Teri Terry

Exit Now!

ISBN 978-3-649-63419-5

First published in Great Britain in 2019 by The Watts Publishing Group Limited

Originalverlag: Orchard Books
Originaltitel: Fated
Aus dem Englischen von Petra Knese
Umschlaggestaltung: Anne Sent, unter Verwendung von Motiven von Orchard Books und von © vdovin_vn/www.shutterstock.com
Lektorat: Sara Mehring
Satz: Sabine Conrad, Bad Nauheim
Printed in Germany
www.coppenrath.de

Das @book erscheint unter der ISBN 978-3-649-63374-7

TERI TERRY

EXIT NOW!

Aus dem Englischen von Petra Knese

COPPENRATH

Für alle »Gelöscht«-Fans, die auf eine
bessere Welt hoffen, davon lesen und träumen:
Sie gehört euch. Macht was draus.

1. TEIL: CHAOS

Ordnung ist künstlich und uns von der
Regierung aufgezwungen.
Die Natur strebt nach Chaos!
Auf wen vertraut ihr?

A4A
Öffentliches Manifest

Es liegt in der Natur des Menschen, Dinge zu erschaffen und zu zerstören. Die Zerstörung könnt ihr getrost euren Gegnern überlassen, anschließend tretet ihr dann als Retter auf. Sie bekommen die Schuld und ihr kassiert die Lorbeeren. Spart auch Energie.

Astrid Connor, Abgeordnete der Opposition,
persönliches Tagebuch

SAM

Wir sitzen in der Falle. Nichts als dünnes Glas und Metall trennen uns von Hass und Zorn; vor Angst ist meine Kehle zugeschnürt, ich bekomme keine Luft mehr.

Dad gibt dem Fahrer harsche Anweisungen, uns hier rauszubringen, aber was soll er machen? Wir sind umzingelt.

Wutverzerrte Gesichter. Krasse Beleidigungen. Als einer aus der Menge versucht, meine Seitenscheibe mit einem Stein einzuschlagen, schreie ich selbst fast los, aber das Glas hält, ist ja kugelsicher. Können sie es trotzdem zertrümmern? Wenn sie immer wieder auf die gleiche Stelle hämmern?

Jetzt schaukelt unser Wagen. Von allen Seiten packen sie das Auto und rütteln es durch.

Das Sirenengeheul kommt näher. Die Menge löst sich auf, die Leute rennen weg. Die Bereitschaftspolizei rückt mit Schutzschilden und Schlagstöcken vor. Menschen, Blut, alles durcheinander.

Neben meinem Fenster fällt ein Mädchen hin, während die Leute einfach weiterstürmen, die tun ihr noch weh, trampeln auf ihr rum. Ich richte mich ein wenig auf, aber ich sehe sie nicht mehr …

»Runter mit dir, Samantha!«, ruft Dad.

Reifen quietschen. Unser Fahrer wendet halb auf dem Gehweg, bahnt sich einen Weg durch den brüllenden Mob. Sobald wir wieder auf der Straße sind, geben wir Gas, soweit das im verstopften London möglich ist, wenn alle das gleiche Ziel haben: bloß weg von hier.

Dad hängt am Telefon, will wissen, wie es sein kann, dass man uns einfach so ohne Vorwarnung eingekesselt hat.

Nach dem Gespräch sagt er: »Samantha. Ich muss sofort ins Ministerium. Du kommst erst mal mit.«

Unterwegs haben wir grüne Welle. Ob die das extra für uns so einrichten? Als wir Westminster Palace erreichen, öffnen die Wachen die neu eingebauten Tore in dem hohen Zaun, sodass wir in den Innenhof einfahren können. Überall Wachen. Die Autotüren werden aufgerissen und wir werden im Eiltempo die Stufen zum Eingang hoch eskortiert. Das mit den Wachen hat was mit der Alarmstufe zu tun, das machen sie nur, wenn es ernst ist.

Nachdem Dad im Pulk verschwunden ist, bleibe ich verwundert allein zurück. Innerlich bin ich ganz ruhig – ein merkwürdiges Gefühl, als hätte jemand die Zeit angehalten oder als wäre ich gar nicht Teil des Geschehens, sondern würde bloß zusehen, wie sich alles um mich herum abspielt. Als wäre ich noch immer im Auto inmitten der Aufständischen.

Jemand berührt mich an der Schulter. Es ist Astrid Connor, sie ist Abgeordnete der Oppositionspartei und auch Schattenministerin für irgendwas. Ich kenne sie über ihre Tochter, die auf meine Schule geht.

»Samantha. Alles okay? Das muss ja ein Schock gewesen sein.« Ihre Lippen verziehen sich zu einem Lächeln, das mich sicher beruhigen soll, aber eher das Gegenteil bewirkt.

Ich schlucke, weiß nicht, was ich sagen soll. »Kann ich nach Hause?«, frage ich schließlich. Mich nervt, dass meine Stimme so piepsig klingt.

»Keine Ahnung. Wir müssen bei den Wachposten fragen, ob dich jemand fahren kann.« Sie sieht sich suchend um und winkt dann eine Assistentin herbei. Dann wendet sie sich wieder mir zu. »Trink du so lange einen Tee, ich sorge dafür, dass sie dir jemanden schicken.«

Die Assistentin bringt mich ins Café und holt mir einen Tee. Ich halte die Tasse mit beiden Händen, damit ich nichts verschütte. Meine Finger zittern.

An der Wand hängt ein Fernseher. Auf BBC werden Ausschnitte von dem gezeigt, was ich gerade erlebt habe. *Zwischenfall* nennen sie es. Das Wort mögen sie. Wenn ich es jetzt so auf dem Bildschirm sehe, unseren Wagen in der tobenden Menge, bin ich sofort wieder mittendrin, als würde es noch mal von vorne losgehen. Nur schaue ich dieses Mal von oben drauf.

In der Berichterstattung heißt es, Vize-Premierminister Gregory sei in eine Protestkundgebung geraten und habe seine Tochter dabeigehabt. Dann erscheint ein Foto von uns. Es ist ein altes Bild, das kurz nach der Wahl vor einem Jahr aufgenommen wurde, da war ich vierzehn, und die hatten mich in ein schreckliches blaues Kleid gesteckt. Die Farbe würde so gut zu meinen Augen passen, meinte Mum, aber als sie mir dann auch noch mein hellblondes Haar zu Korkenzieherlocken gedreht hatten, sah ich viel jünger aus. Dad hat auf dem Foto sein ernstes Politikergesicht aufgesetzt.

Damals schien es noch, als könnte er es jederzeit wieder absetzen, aber jetzt sieht er fast immer so aus, und sein kurzes dunkles Haar wird an den Schläfen auch mit jedem Zwischenfall grauer.

Nachdem unsere Namen genannt wurden, zähle ich langsam im Kopf: Eins, zwei, drei, vier … dann geht es los. Mein Telefon summt mit der ersten Nachricht.

Alles ok, Sam?

Ja.

Was ist passiert?

Guck's dir im Fernsehen an. War in echt nur tausendmal lauter.

Wo bist du?

Westminster. Tee trinken.

Hast du gefilmt?

Ne, hatte andere Probleme.

Kommst du klar, Süße? Schule fällt heute aus, Daumen drücken für morgen!

Ja. Ja!!!

Hast du was gesehen? Hattest du Angst?

Ich zögere. Gerade waren wir noch auf dem Weg zur Schule und im nächsten Moment … brach die Hölle los. Eine Flut von Eindrücken stürmt auf mich ein: hasserfüllte Gesichter, Geschrei, der Stein an der Fensterscheibe, die Polizei und das Blut. Das Mädchen, das vor meinen Augen gestürzt ist und von der Menge überrannt wurde.

Und dann lüge ich:

Ich habe nichts gesehen.

Ständig bekomme ich neue Nachrichten. Schulfreunde texten mir, meine Kunstlehrerin, meine Cousins, sogar Sandy, die kleine Tochter des Oppositionsführers – Hinz und Kunz. Im Grunde immer: *Alles okay? Geht's dir gut?* Und ich antworte Ja, Ja und abermals Ja. Geht mir wohl auch gut. Zumindest bin ich … unversehrt. Die Scheibe ist nicht zu Bruch gegangen. Was dann wohl passiert wäre? Aber ist sie ja nicht. Trotzdem geht es mir nicht gut.

Ich schreibe mir mit den Leuten, denen ich antworten will, während ich auf den einen Anruf warte, der nicht kommt. Schließlich kann ich mich nicht mehr bremsen und schreibe selbst: *Hi Mum, mir geht es gut. Danke, dass du nicht fragst.*

Keine Antwort.

AVA

Dankbar lasse ich mich auf meinem Lieblingsplatz nieder, dieser einen Bank in Kensington Gardens. Anderswo blickt man direkt auf die hässlichen neuen Sicherheitszäune um Westminster, aber von hier sieht man sie nicht, und weil die Bank auch fernab der verblassenden Sommerblumen und Hauptwege liegt, kommt hier kaum jemand vorbei.

Die späte Septembersonne wärmt mir die Arme; der Rasen ist perfekt gepflegt und grün. Eine sanfte Brise weht und die Sirenen sind weit weg. Fast kann ich mir einreden, es gebe sie nicht, doch dann wäre ich jetzt in der Schule.

In London ist die Schönheit immer ein zweischneidiges Schwert. Und das wird immer schärfer. Einmal hat es mir schon das Herz durchbohrt, aber daran will ich jetzt nicht denken. Zeit, die Wirklichkeit auszublenden und meine Bücher aufzuschlagen. In die Welt der Wörter zu tauchen, meinen anderen Lieblingsplatz.

Doch ich bin zu abgelenkt und mir tanzen die Buchstaben vor den Augen herum. Der Schmerz hat damit nichts zu tun, weder der alte noch der neue. Es hat einen ganz anderen Grund. Schließlich gebe ich auf und packe die Bücher weg. Lege mich mit dem Rücken auf die Bank, stelle die Beine auf und genieße die Wärme des Holzes, die ich durch mein dünnes Kleid spüre. Die Sonne blendet und ich muss die Augen schließen, aber trotzdem durchläuft mich ein Zittern.

Warum muss es ausgerechnet sie sein?

Ich konnte nicht ablehnen. Obwohl ich schon ein Vollstipendium habe, verursacht diese Schule immer wieder neue Kosten. Mein Vater kann nicht noch mehr Schichten übernehmen.

Mir bleibt nichts anderes übrig, als diesem Mädchen Nachhilfe zu geben.

Aber warum ausgerechnet ihr?

SAM

Drei Tassen Westminster-Tee, zwei Schokoriegel und endlose Berichterstattungen später kommt die Assistentin zurück und sagt mir, dass ich bald nach Hause kann. Meinen Kram habe ich im Auto gelassen, darum zeichne ich jetzt mit einem geliehenen Stift Bilder von heute Morgen auf Papierservietten. Aber das, was dabei herauskommt, ist nicht klar, nicht real genug. Der Aufstand war brutal, Furcht einflößend und sinnlos, aber real. Nicht gesäubert und vertuscht.

Die Assistentin schaut mir über die Schulter. »Wow! Du bist wirklich sehr gut.«

Als der Fahrer mich abholen kommt, knülle ich die Servietten zusammen und ziele auf den Mülleimer in der hintersten Ecke des Cafés. Gleich der erste Wurf ist ein Treffer.

Spät am Abend sitze ich mit Bleistift und Skizzenblock im Bett. Diesmal versuche ich, aus dem Gedächtnis zu zeichnen, was ich gesehen habe, ohne Fernsehbilder. Das ist nämlich nicht das Gleiche. Kamera und Reporter haben einen Filter zwischen mich und die Ereignisse geschoben, so wie bei den Leichen, die in den Nachrichten immer verschwommen zu sehen sind, damit man sie nicht erkennt. Nun wünschte ich, ich hätte mit meinem Handy selbst Fotos gemacht.

Wenn ich das nächste Mal in einem Aufstand stecke, denke ich dran.

Dann klopft es an meiner Tür.

»Ja?«

Dad steckt den Kopf rein. »Ich habe noch Licht unter deiner Tür gesehen. Solltest du nicht längst schlafen?«

Ich zucke die Achseln und er kommt rein, sieht die Zeichnungen auf dem Bett. Er zieht sich den Schreibtischstuhl ran, setzt sich neben mich und nimmt meine Hand. Schon lange her, dass er zu mir ins Zimmer gekommen ist, um mir Gute Nacht zu sagen. VdW – vor der Wahl – hat er das immer getan. Und ich weiß, dass er nicht rein zufällig das Licht bei mir gesehen hat. In unserem großen Haus muss er sich schon die Mühe machen und einen extra Schlenker laufen.

»Tut mir leid, dass ich dich heute Morgen allein lassen musste«, sagt er. »Geht es dir gut?«

Zum ersten Mal antworte ich ehrlich. »Nein. Eigentlich nicht.«

»Mir auch nicht. Aber sag es nicht weiter.«

»Man sieht es ständig im Fernsehen, aber wenn man selbst drinsteckt …« Ich verstumme.

»Ich weiß. Das ist was anderes.«

»Worum ging es da? In den Nachrichten meinten sie, es würde für Wohnraum und Arbeitsplätze protestiert. Aber die Menschen waren so wütend.«

»Anfangs waren die Proteste wohl noch friedlich, aber es gibt immer kriminelle Elemente, die solche Konflikte für ihre eigenen Zwecke nutzen.«

»Wer steckt diesmal dahinter?«

»Die Ermittlungen sind …«

»… noch nicht abgeschlossen. Das haben sie auch im Fernsehen gesagt. Aber weißt du es denn nicht?«

»Darüber darf ich nicht sprechen …«

»Ich bin doch nicht von der Presse. Habe ich nicht das Recht zu erfahren, ob sie uns gezielt angegriffen haben?« Vor dieser Frage habe ich am meisten Angst.

Gleich schaut mein Vater versöhnlicher. »Glaube ich nicht. Die haben bloß einen Regierungswagen gesehen, mehr nicht. Wahrscheinlich waren wir nur zur falschen Zeit am falschen Ort. Nun ist es aber Zeit, dass du das Licht ausmachst und schläfst. Ich muss wieder an die Arbeit.«

»Solltest du nicht auch lieber schlafen?«

Er grinst. »Bald. Vorher muss ich noch ein paar langweilige Sachen erledigen. Und sei unbesorgt. Die Straßen werden jetzt besser überwacht. Der Vorfall von heute kann sich nicht wiederholen.«

Jedes Mal, wenn was passiert ist, werden Maßnahmen ergriffen – hier was erhöht, da was verstärkt. Aber was ist mit den Dingen, die noch gar nicht geschehen sind, an die noch keiner gedacht hat?

Es gab eine Zeit, da konnte mein Vater zu mir sagen, dass ich mir keine Sorgen machen soll, und ich habe mir auch keine gemacht. Für mich war Dad immer der Größte, der alles konnte. Es ist komisch, aber das stimmt so nicht mehr. Und das ist nicht bloß ein Gefühl, ich weiß es einfach. Die Welt verändert sich ständig, nichts ist mehr vollkommen sicher. London ist Treibsand.

»Wo ist Mum?«

»Sie ist bei ihrer Schwester geblieben. Das ist ja auch vernünftiger, als spätabends noch quer durch die Stadt zu fahren. So. Was machst du, wenn ich die Tür schließe?«

»Schlafen.«

»So ist es brav.« Er sammelt die Zeichnungen ein und legt sie auf den Schreibtisch, bevor er zur Tür geht. »Irgendwas war doch da noch …« Nachdenklich lässt er den Blick in die Ferne schweifen. »Ach ja. Eigentlich wollte ich es dir schon heute Morgen im Auto sagen, aber da haben sich die Ereignisse dann ja überschlagen. Ich mache mir ein bisschen Sorgen um deine Noten, weil du so viel gefehlt hast.«

Ich verdrehe die Augen. Echt jetzt? Nach allem, was heute passiert ist, fängt er davon an?

»Sieh mich nicht so an. Du weißt, wie wichtig die Zwischenprüfungen sind. Ich habe bei deiner Rektorin nachfragen lassen, wer für Nachhilfe infrage käme. Ein Mädchen aus der Oberstufe bietet sich da an. Eigentlich hättest du dich schon heute mit ihr nach Schulschluss treffen sollen. Nun müsst ihr euch eben morgen treffen.«

»Was? Morgen? Aber ich habe schon was vor. Wer ist es denn?«

Er zuckt die Achseln. Falls er ihren Namen mal wusste, hat er ihn nicht mehr parat. Er schaltet die Nachttischlampe ein, bevor er das Deckenlicht löscht, dann schließt er die Tür.

Wenigstens kann ich jetzt über was anderes nachdenken. Unfassbar, dass er nicht wenigstens vorher mit mir darüber gesprochen hat.

Wer es wohl ist?

AVA

Sie singt leise.

Sov, du lilla videung,
än så är det vinter …

Die Melodie ist wohlig vertraut, legt sich schützend um mich. Ich kuschle mich in Mums Arme, in das Nest aus Wolle und ihrem Geruch – Blumenduft und Küchengewürze. Ihr langes Haar berührt mich sanft an der Wange.

… sov, du lilla vide,
än så är det vinter …

Den ganzen Text kenne ich nicht. Ich darf ihn auch nicht lernen, aber an den Teil mit der Weide kann ich mich trotzdem erinnern. Und mir ist klar, dass es Dad nicht gefallen würde. Wenn er Mum jetzt hören könnte, würde er ihr sagen, sie solle aufhören zu singen. Mum sieht ein, dass es besser ist, schließlich dürfen wir offiziell nur noch Englisch reden, aber wenn Dad nicht da ist, gleitet sie manchmal dennoch ins Schwedische ab.

… Solskensöga ser dig,
solskensfamn dig vaggar

Dann endet das Lied und neue Töne werden angeschlagen.

Harsche, schroffe Töne. Erst überfällt mich Angst und dann Traurigkeit. Diesen Text kenne ich, aber ich will ihn nicht hören.

Egal, wie fest ich mir die Ohren zuhalte, es nützt nichts.

Mum ist fort, und ich schreie, damit es aufhört.

Ich reiße die Augen auf. Mein Herz rast, und ich greife im Dunkeln nach der Nachttischlampe, bis mir einfällt, dass keine Birne mehr drin ist, auch die sind jetzt knapp. In der Ferne klingen Sirenen, werden lauter. Vielleicht haben sie sich in meinen Traum geschlichen und ihn verändert. Doch ich möchte wieder zurück zum Anfang, in die Arme meiner Mutter.

Dann ärgere ich mich über mich selbst.

Sie hat uns verlassen. Wie lange ist das jetzt her? Sechs Jahre?

Finde dich damit ab.

Unter die Sirenen mischt sich ein weiteres Geräusch: mein Wecker. Ich muss zur Schule.

Auf dem Weg nach draußen komme ich an dem Tisch mit dem Schachspiel vorbei. Dad hat den nächsten Zug gemacht, und abgesehen davon, dass es mir Spaß bringt zu kontern, ist es auch der einzige Hinweis, dass Dad zu Hause war, während ich geschlafen habe.

Im Grunde liegt die Lösung auf der Hand: Ein Läufer rückt zwei Felder vor, um den Angriff abzuwehren und gleichzeitig selbst anzugreifen. Ein Zeichen, dass Dad müde war. Ich setze den Läufer und stecke das kleine Fähnchen auf seine Seite, damit er weiß, dass er wieder dran ist.

Mein Telefon brummt. Dad schreibt. *Bist du schon aus der Tür? *strenges Gesicht**

Den Arm voller Bücher trete ich lächelnd nach draußen, bevor ich antworte. *Ja, klar.*

Sei vorsichtig. Geh den Umweg.

Ich lasse das Handy in der Tasche verschwinden. Natürlich könnte ich so tun, als hätte ich es nicht gelesen oder als wäre ich schon auf dem Weg. Doch dann vibriert es wieder und ich kann nicht widerstehen und schaue nach.

Ich weiß, dass du meine Nachricht bekommen hast. Vergiss nicht, dass ich über väterliche Superkräfte verfüge!

Ich seufze. *Ja! Ok, mache ich.*

Bald schon bin ich nicht mehr davon überzeugt, dass der lange Weg besser ist als der kurze. Ich lege einen Zahn zu, denn ich will nicht zu spät kommen und auch die Gegend so schnell wie möglich hinter mir lassen.

Die Obdachlosen haben eine weitere Straße in Beschlag genommen; und es sind nicht nur ein paar einzelne, die unter die Räder gekommen sind, sondern ganze Familien. *Sieh nicht hin,* würde Dad sagen, *riskiere keinen Blickkontakt.* Aber wie soll ich wegschauen, wenn Kinder zusammengedrängt in Pappkartons schlafen?

Die Sonne von gestern hat sich verzogen, heute ist es kalt und feucht. Schon bald wird der Winter seine eisigen Finger ausstrecken, und wir Fußgänger gehen alle rasch vorbei, die meisten wenden den Blick ab, wie Dad es mir geraten hat.

Aber es ist nicht mehr wie früher. Die hier auf dem Weg zur Arbeit oder Schule blind vorbeihasten, tun es nicht aus schlechtem Gewissen, weil sie mehr haben oder weil sie nicht helfen. Vielmehr geht die Angst um: Das könnte ich sein. Eines Tages trifft es vielleicht mich.

Wenn sie diese Leute als Menschen betrachten würden, müssten sie sich ihrer Angst ja stellen.

SAM

Am nächsten Tag fällt der Unterricht nicht aus. Ich wünschte, es wäre so und nicht nur, weil ich keinen Bock habe.

Auf der Fahrt zur Schule habe ich ein beklommenes Gefühl, ob ich will oder nicht. Dass Dad schon früher los ist und ich allein im Wagen sitze, macht es nicht besser. Wenn man es gestern nicht auf uns abgesehen hatte, warum fahren wir dann heute eine andere Strecke? Wäre Dad hier, könnte ich ihn zumindest fragen.

Aber es geschieht nichts, und als sich das Schultor für unseren Wagen öffnet, fällt mir ein Stein vom Herzen. Das Tor schließt sich hinter uns, bevor das nächste aufgeht.

Der Fahrer tippt sich an die Mütze, als er mir die Tür öffnet. Es ist der gleiche wie gestern, der durch die Menschenmenge gefahren ist – vielleicht zu schnell, als dass jeder beiseitespringen konnte. Mich schaudert es. In den Nachrichten haben sie heute Morgen gesagt, dass zwei Polizisten verletzt worden seien, von der Gegenseite war gar nicht die Rede. Aber nach dem, was ich gesehen habe, kann ich mir kaum vorstellen, dass alle Demonstranten heil davongekommen sind.

Bevor es zur Stunde klingelt, mache ich mich wie immer zum Kunsttrakt auf. Eine Gruppe von Oberstufenschülern läuft an mir vorbei. Sie müssen nicht die Schuluniform mit dem grausigen dunklen Blazer und Rock tragen, wie wir anderen. Ob eine von ihnen meine neue Nachhilfelehrerin ist? Vielleicht vergesse ich die Nachhilfe auch ganz aus Versehen.

»Sam, warte mal!« Es ist Anji. Als sie mich eingeholt hat, hakt sie sich bei mir unter. »Alles gut?«

»Klar. Hätte heute nur lieber freigehabt.«

Anji sieht mich mitleidig an. »Hättest du nicht noch einen Tag zu Hause bleiben können?«

»Keine Chance. Echt nicht.« Ich verdrehe die Augen.

Im Kunsttrakt treffen wir auf Ruth und Charlize, die an der Heizung lehnen. Diese alten Gemäuer sind immer eiskalt, selbst wenn draußen die Sonne scheint.

»Kannst du das Ganze nicht zum Eskalieren bringen, wenn du das nächste Mal in einen Aufstand verwickelt bist?«, fragt Charlize. »Damit wir ein paar Tage mehr freikriegen?« Sie zwinkert mir zu. Natürlich meint sie nichts von dem, was sie sagt, aber mir ist noch mulmig von der Fahrt hierher. Von der unruhigen Nacht.

»Dass sie unseren Wagen durchgeschüttelt und versucht haben, die Scheibe einzuschlagen, hat dir noch nicht gereicht? Hättest du es lieber gehabt, die Scheibe wäre zu Bruch gegangen?«

Große Augen und beklommenes Schweigen. Will ich zurücknehmen, was ich gerade gesagt habe? Nein, eigentlich nicht. Lieber möchte ich die Zeit zurückdrehen. Möchte es ungeschehen machen.

»Warum tun die das?«, fragt Ruth in die Stille hinein. Und genau deshalb lag ich die Nacht über wach: warum?

»Mein Vater meint, das sind die Euros«, sagt Charlize. »Die hätte man alle rausschmeißen sollen, bevor sie die Grenzen dichtgemacht haben. Könnte man immer noch, wenn die Regierung den Mumm hätte, das Richtige zu tun.« Dabei sieht sie mich an, als hätte ich da ein Mitspracherecht und sollte ihr beipflichten. Aber bevor ich mir eine Antwort zurechtgelegt habe, trudelt der Rest der Clique ein. Nachdem auch sie sich vergewissert haben, dass bei mir noch alles dran ist, wendet sich das Gespräch wichtigeren Themen zu: Charlize' Geburtstagsparty. Sie wird bald sechzehn und ihre Party – das Catering, was sie anzieht, was die anderen anziehen und welche Jungs von welchen Schulen kommen – bestimmt das Gesprächsthema, bis es läutet.

Mit Englisch geht es los. Sonst habe ich nichts gegen das Fach, aber heute schweifen meine Gedanken immer wieder ab. Mal ehrlich, was haben Romeo und Julia mit mir zu tun? Ich stecke hier in einer reinen Mädchenschule fest. Und wie idiotisch sich die beiden aufführen! Ich kenne keinen Jungen, für den ich bereit wäre zu sterben. Bestimmt entgeht der Lehrerin nicht, dass ich die ganze Zeit aus dem Fenster starre, aber sie lässt mich in Ruhe. Vielleicht genieße ich heute ein wenig Narrenfreiheit.

Als es läutet, bittet sie mich, noch zu bleiben. Doch keine Narrenfreiheit.

»Ja, Miss?«

Sie wartet, bis die anderen den Raum verlassen haben.

»Wie geht es dir, Samantha?«

Will sie es wirklich wissen oder ist das Lehrersprech für irgendwas anderes?

»Ganz okay«, antworte ich ausweichend.

»Gibt es was, über das du sprechen möchtest?« Ich schüttle den

Kopf. »Sich was von der Seele reden kann hilfreich sein. Du musst dich im Unterricht konzentrieren, besonders in diesem Schuljahr. Bla, bla, bla, Prüfungen bla, bla, bla …«

Ich nicke. Heuchle Interesse an den Prüfungen. Zugegeben, mit zwanzig wäre ich doch schon gerne aus der Schule raus.

Als Nächstes haben wir Kunst. Ich suche mir mein Bild von letzter Woche heraus und baue alles auf. Wir malen Stillleben. Obwohl es nur um eine Obstschale geht, konnte ich mich letzte Woche noch problemlos hineinversenken – ich wollte die Schatten und die Perspektive ganz exakt hinbekommen.

»Miss?«, ruft Charlize.

»Ja«, antwortet Mrs Jenson mit resigniertem Blick.

»Wann malen wir mal was Interessanteres?«

»Was schwebt dir denn vor?«

»Aktzeichnen.«

»Verstehe.«

»Mit richtigen Modellen, wissen Sie. Mit männlichen Modellen.« Allgemeines Grinsen und Gackern.

Mrs Jenson tut so, als würde sie es sich durch den Kopf gehen lassen, hält dann aber einen Pfirsich hoch. »Benutze deine Fantasie, Charlize.«

»Aber, Miss!«, antwortet sie mit gespieltem Entsetzen. Und wieder kichern alle.

»Kleine Schritte, Charlize. Lerne erst mal Licht, Schatten, Perspektive, Farbe zu beherrschen, dann reden wir über Aktzeichnen.«

»Sie hat nicht Nein gesagt«, raunt sie mir und Ruth zu.

»Träum weiter«, gibt Ruth zurück.

Als Mrs Jenson gegen Ende der Stunde noch mal eine Runde

dreht, bleibt sie bei mir stehen. »Tolle Arbeit, Sam«, sagt sie anerkennend.

Wenn ich das Bild betrachte, weiß ich, dass es keine schlechte Darstellung dessen ist, was ich dort auf dem Tisch sehe. Aber es ist eben bloß ein Abbild und nichts Eigenes. In den Apfel kann man nicht reinbeißen.

Man kann auch niemanden damit bewerfen.

Weder Essen noch Waffe, was soll's also?

AVA

Ich dachte schon, sie kommt nicht mehr, und will gerade gehen – wahrscheinlich auch etwas zu früh, aber ich bin irgendwie nervös. Und das mag ich gar nicht.

Doch da sehe ich sie durch die Glastür hindurch. Die stellvertretende Direktorin läuft neben ihr her. Muss sie begleitet werden, damit sie nicht abhaut? Die Konrektorin öffnet die Tür und gibt ihr einen sanften Schubs.

»Hallo, Ava. Kennt ihr zwei euch?« Samantha schüttelt den Kopf, aber ich kenne sie. Jeder kennt sie hier.

»Samantha, das ist Ava Nicholls. Eine unserer besten Schülerinnen aus der Oberstufe!« In ihrer Stimme schwingt Staunen mit, fehlt nur noch, dass sie sagt: *Sehr verwunderlich für eine Stipendiatin, besonders bei dem familiären Hintergrund.* Das musste ich mir schon etliche Male anhören, wenn neue Schüler rumgeführt wurden. So nach dem Motto: Wenn sie es schon schafft, stellt euch vor, was ihr erst erreichen könnt! Aber heute schenkt sie sich das. »Und das ist Samantha Gregory.« Es klingt, als würde sie ein Kunstwerk von unschätzbarem Wert präsentieren.

»Einfach Sam«, sagt sie und tritt von einem Fuß auf den anderen.

Ich lächle vorsichtig. »Hi, Sam.«

»Na, dann lass ich euch beiden mal allein. Sieh zu, dass du die Zeit gut nutzt, Samantha«, sagt die Konrektorin. Als sie uns den Rücken zugewandt hat, verdreht Sam die Augen.

Kaum ist die Tür ins Schloss gefallen, läuft sie im Nachhilfezimmer umher. Sie schaut sich die Regale mit den Büchern an, streift das Schreibpapier auf dem Tisch mit den Fingern. Mich lässt sie links liegen. Sie bewegt sich wie eine Katze, groß ist sie nicht, aber ihre Bewegungen sind präzise und geschmeidig.

»Willst du dich nicht setzen?«, frage ich schließlich.

Seufzend nimmt sie mir gegenüber Platz, Ellenbogen auf den Tisch, den Kopf in die Hände gestützt.

»Was erhoffst du dir von den Stunden hier?«, frage ich.

»Dass wir früh Schluss machen?«

Als ich eine Braue hochziehe, schaut sie verlegen weg. Dann richtet sie sich auf und verschränkt die Arme vor der Brust. »Tut mir leid. Das hat nichts mit dir zu tun. Die Nachhilfe ist nicht auf meinem Mist gewachsen und ich hatte schon was vor. Bestimmt würdest du auch lieber was anderes machen.«

»Kann sein, aber ich brauche das Geld.«

Interessiert sieht sie mich an. Offenbar ist ihr das Konzept, dass jemand Geld braucht, fremd. »Was bezahlen sie dir?«

»Den üblichen Mindestlohn für eine Siebzehnjährige: 20 Pfund die Stunde.«

»Wie wär's damit? Ich zahle dir 25 Pfund die Stunde und du gibst mir zum Schein Nachhilfe. Berichtest von meinen phänomenalen Fortschritten. Das wäre doch ein super Geschäft! Dann würdest du 45 Pfund die Stunde bekommen, ohne einen Finger krummzumachen. Und ich hätte ein wenig Freizeit.«

Ich tue so, als würde ich überlegen, dabei habe ich Mühe, mir den Schock nicht anmerken zu lassen. Sie hat so viel Geld, dass sie mir die 25 Pfund einfach so überlassen könnte? Und vielleicht bin ich ja tatsächlich ein wenig versucht. Aber mehr, um aus der Nummer rauszukommen, als wegen des extra Geldes, wobei mir das auch gelegen käme.

Ich schüttle den Kopf. »Dafür müsste ich ja lügen. Das kann ich nicht. Außerdem würde ich von der Schule fliegen, wenn das rauskommt.«

»Mist. So was in der Art habe ich schon befürchtet.«

»Die wollen doch nur, dass du bei den Prüfungen besser abschneidest. Sind dir deine Noten denn egal?«

Sam zuckt die Achseln. Als sie nach unten blickt, fällt ihr das Haar ins Gesicht. Ob die Haarfarbe echt ist? So hellblond? Schwer zu glauben, aber ein dunkler Ansatz ist auch nicht zu erkennen. Sie streicht sich ein paar Strähnen zurück und schaut mich an.

»Es ist mir nicht egal. Aber es ist mir auch nicht wichtig.«

»Was denn dann?« Und nun bin ich wirklich gespannt, was für jemanden wie sie wichtig ist.

So wie sich mich ansieht, scheint sie erst ehrlich antworten zu wollen. Doch dann wendet sie sich kopfschüttelnd ab. »Lass es uns so schnell wie möglich hinter uns bringen. Okay?«

»Klar.« Ich schlage die Mappe mit den Unterrichtsmaterialien auf. »Deine Lehrer haben mir in allen Fächern Aufgaben gegeben. Außer in Kunst.«

»Und ich hatte gehofft, wir könnten zusammen eine Obstschale malen.«

»Dabei könnte ich dir nicht helfen. Willst du aussuchen, womit wir anfangen?«

Sie blättert durch die Unterlagen und sucht schließlich das Fach mit den wenigsten Aufgaben heraus. »Mathe.«

Schon bald zeigt sich, dass es so ist, wie ihr Lehrer gesagt hat: Sie ist sehr wohl imstande, die Aufgaben zu lösen, wenn sie sich denn die Mühe macht. Vielleicht wird sie nie eine Einser-Schülerin werden, aber verbessern kann sie sich allemal.

Aber warum sollte sie sich anstrengen? Sie hat doch alles. Sie muss keine Angst haben, zwischen Kartons schlafen zu müssen, falls sie keinen Job bekommt.

SAM

Ich bin kaum im Zimmer, als es leise klopft. Mum kommt herein. Sie sieht … umwerfend aus: blaues Satinkleid, ihr Haar, so hellblond wie meines, ist hochgesteckt und sie ist komplett geschminkt. Smokey Eyes sollten einem so hellen Typ wie ihr eigentlich gar nicht stehen, tun sie aber trotzdem.

»Liebling.« Sie streckt mir die Hände entgegen und zieht mich zu sich. »Pass mit meinem Make-up auf!«, sagt sie. Küsschen in die Luft.

»Hi, Mum. Bist du gut nach Hause gekommen?«

»Bin ich. Oh, das war ja schrecklich gestern! Geht es dir denn gut?«

»Ja, alles okay.« Besser spät als nie. »Ich war schon ziemlich …«

»Wo hast du gesteckt? Ich habe dich mehrmals angerufen.«

»In der Schule? Du weißt schon, da wo man jeden Tag hinmuss, bis man achtzehn ist, um dieses ganze Zeug zu lernen.«

»Werd jetzt nicht frech. Warum kommst du ausgerechnet heute so spät? Wir gehen heute Abend auf eine Wohltätigkeitsveranstaltung für die Tate Modern, schon vergessen?«

»Ich war bei der Nachhilfe. Dad hat das organisiert. Anschließend habe ich vergessen, mein Handy wieder auf laut zu stellen. Sorry.«

Ungeduldig schüttelt sie den Kopf. »Was hat er sich nur dabei gedacht? Nun musst du dich aber wirklich beeilen. Penny hat dir die Sachen rausgelegt. Und Francesco ist hier, um Haare und Make-up zu machen. Er ist schon völlig mit den Nerven runter, weil er so wenig Zeit hat. In zwanzig Minuten kommt der Wagen.«

»Ich habe nicht gut geschlafen und bin total müde. Kannst du mich nicht entschuldigen?«

»Nein, Liebling. Vergiss nicht, wie gut wir es haben. Und hier bietet sich nun die Gelegenheit, eine wichtige Sache zu unterstützen. Mir ist besonders daran gelegen, dass du mich begleitest, weil dein Vater in Sitzungen ist. Zieh dich jetzt an. Und dann kommst du sofort zu mir ins Ankleidezimmer, da wartet Francesco auf dich.«

Mum rauscht aus dem Zimmer und ich lehne mich an die Tür. Da liegt wirklich ein Kleid auf meinem Bett. Es ist blassblau, sieht genauso aus wie Mums, nur dass es kürzer und nicht so tief ausgeschnitten ist. Mir kommt es nicht bekannt vor.

Ich schlüpfe hinein. Es passt, aber knapp. Die Kleider werden für mich von Mums Leuten immer nach Maß angefertigt – ich muss mich dringend mal wieder neu ausmessen lassen.

Ich hasse Strumpfhosen. Eine Nanosekunde lang überlege ich, ob ich auch mit bloßen Beinen gehen kann, aber dafür ist das Kleid zu kurz. Und die Schuhe, o Gott, wie hoch sind die denn? 10 cm? Schon wieder ein Abend in High Heels.

Es klopft an der Tür. Diesmal steckt Penny den Kopf durch die Tür, sie soll mich holen.

»Du siehst wunderschön aus«, sagt sie.

Auf dem Weg aus dem Zimmer werfe ich einen Blick in den Spiegel. Es ist ein bildhübsches Kleid, aber ich werde nichts essen können und in diesen Schuhen kann ich keinen Meter rennen. Francesco wird irgendwas mit meinem Haar anstellen, mich schminken und anschließend, wenn er fertig ist, werde ich vielleicht auch was Schönes an mir entdecken, aber es ist nicht echt. Es ist so falsch wie das Lächeln, das ich heute Abend aufsetzen werde.

Heute sind die Sicherheitsmaßnahmen gleich doppelt verschärft worden. Vor und hinter uns fährt Security und der Clou? Es sind keine Regierungsfahrzeuge. Glauben die wirklich, die Leute lassen sich so leicht täuschen, bloß weil die Fahrzeuge keine Nummernschilder der Regierung haben? Drei funkelnagelneue Autos mit getönten Scheiben. Hallo?

Als wir losfahren, habe ich ein beklommenes Gefühl, aber es ist kaum Verkehr auf den Straßen, und wir sausen ohne *Zwischenfall* dahin. Wir sollten sogar »pünktlich« da sein, zwanzig Minuten zu spät ist in Mums Welt genau richtig.

Nachdem wir das Sicherheitstor passiert haben, hilft man uns aus dem Wagen. Als Regen einsetzt, werden Schirme aufgespannt. Immer wieder werden wir von den Blitzlichtern der Kameras geblendet, ein Großaufgebot an Presse. Kein Wunder, dass Mum mich dabeihaben wollte.

Drinnen am Empfang erwartet uns die übliche Reihe von wichtigen Leuten, denen wir die Hand schütteln sollen. Manche kenne ich, andere nicht. Bei der heutigen Wohltätigkeitsveranstaltung geht es um die Förderung von Nachwuchskünstlern. Ein paar von ihnen sind auch gekommen, wirken auf gute Art fehl am Platz. Sie haben interessante Frisuren und Klamotten, werden von Frauen bewundert und von albernen Mädchen umschwärmt. Ich verdrehe die Augen. Mum muss es gemerkt haben, denn sie sticht mir mit dem Finger in die Rippen. Offenbar konnten sie keine Künstlerinnen finden oder das Wohltätigkeitskomitee, alles Freundinnen meiner Mutter, hatte andere Prioritäten.

Charlize ist mit ihren Eltern ebenfalls da. Sie stibitzt uns ein Glas Champagner und zieht mich auf einen Balkon. Nach ein paar Schlucken ist mir schon schwindelig, aber das Lächeln fällt leichter.

»Hast du gesehen, was Stella trägt?«, fragt sie. »O mein Gott. Und hast du diesen Lucas Sowieso schon getroffen? Der ist mit einem der Künstler gekommen. Voll scharf, oder?«

»Vielen Dank«, sagt jemand. Wir drehen uns um. Der Typ, der lachend hinter uns steht, muss wohl dieser Lucas sein.

Charlize nimmt eine interessante scharlachrote Farbe an, die selbst unter all der Schminke hervorleuchtet.

Ich schüttle den Kopf. »Charlize, du solltest mittlerweile echt mal verinnerlichen, dass man sich immer erst umschaut, bevor man so was sagt.«

Der Typ grinst und er ist wirklich scharf. Zumindest verstehe ich, warum Charlize es gesagt hat: lange, dunkle Locken, braune Augen, groß.

»Wer bist du?«, fragt er mich.

»Sam. Und du musst Lucas Sowieso sein.«

»Der einzig Wahre. Mein Onkel Gil ist der Künstler, ich bin mit ihm hier.«

»Sam ist auch eine Künstlerin«, sagt Charlize, die inzwischen ihre Fassung zurückgewonnen hat.

»Nein, bin ich nicht! Ich zeichne nur manchmal.«

»Malen tut sie aber auch.«

»Wollt ihr noch Champagner?«, fragt Lucas.

Wieder schüttle ich den Kopf. »Ja, gerne«, sagt Charlize und er verschwindet nach drinnen.

»Er hat mit dir geflirtet!« Sie grinst mich an. »Ich bin so nett und lasse dir den Vortritt.« Bevor ich widersprechen kann, tritt Lucas mit zwei Gläsern auf den Balkon.

»Sorry«, sagt Charlize. »Mir ist gerade eingefallen, dass ich, ähm, noch was erledigen muss.« Und damit macht sie sich aus dem Staub.

Ich schlage mir die Hand vor die Stirn. »Das war ihre Idee. Ich habe damit nichts zu tun.«

»Verdammt.« Wieder grinst er und hält mir ein Glas hin. »Wäre doch schade, es zu vergeuden.« Und schon greife ich nach dem Champagner und trinke einen Schluck, nur einen Schluck, mehr nicht.

»Wie kommt es, dass du mit deinem Onkel hier bist?«

»Ich male auch ein wenig, also hat er mich gefragt, ob ich ihn begleiten will.«

»Wie alt bist du?«

»Sechzehn. Stellst du immer so viele Fragen?«

»Nein. Echt nicht. Muss an dem Sprudelzeug hier liegen.« Stirnrunzelnd betrachte ich mein Glas und nehme gleich noch einen Schluck, nur um sicherzugehen.

»Und du?«

»Was?«

»Wie alt bist du?«

»Fast sechzehn.«

»Gehst du oft auf Partys?«

»Und wer stellt hier jetzt viele Fragen? Nur wenn meine Mutter mich zwingt.«

Nun lacht er richtig.

»Was denn?«

»Mein Onkel hat mich zwar eingeladen, aber es war auch meine Mutter, die mich gezwungen hat, zu gehen. Auf dass wir die Party überstehen!« Er stößt mit mir an, da muss ich ja schließlich noch einen Schluck nehmen, oder? Das wäre sonst unhöflich.

Verwundert blicke ich auf mein Glas. »Mysteriöserweise ist mein Glas schon wieder leer.«

»Noch eins?«

»Nein. Auf keinen Fall.«

Durch die Glastür sehe ich, dass drinnen Bewegung in den Saal kommt. »Oh, oh. Sieht so aus, als würde es jetzt mit dem Essen losgehen.«

»Wollen wir zusammensitzen?«

Ich schüttle den Kopf. »Es gibt eine Sitzordnung. Garantiert bin ich am allerlangweiligsten Tisch gelandet.«

»War lustig mit dir, Sam«, sagt er und lächelt. Ich lächle zurück, erwidere aber nichts.

Drinnen entdecke ich Mum schon an unserem öden Tisch mit den wichtigen Leuten. Lucas lässt sich auf der anderen Seite des Saals mit dem Rücken zu mir nieder, war ja klar. Er sitzt bei Charlize, was mir gar nicht recht ist. Denn entweder befindet Charlize, dass Lucas nun Freiwild ist und der Nächste auf ihrer Liste, in den sie sich wahnsinnig verlieben wird, oder sie glaubt, mir helfen zu müssen, und erzählt ihm irgendwelche todpeinlichen Dinge über mich.

Wahrscheinlicher ist aber, dass sie ihn für sich will. Mit Lucas war es lustig und der Champagner hat sein Übriges getan, aber mehr war auch nicht.

Für den unwahrscheinlichen Fall, dass Charlize ein schlechtes Gewissen plagt, schreibe ich ihr unterm Tisch eine Nachricht: *Kannst ihn haben, Süße.*

Das Essen sieht gut aus, wenn auch ein wenig auf Kunst getrimmt, aber so hungrig, wie ich bin, würde ich alles essen. Nur dass ich auch so schon in dem Kleid kaum Luft bekomme. Leise lache ich in mich hinein und stelle mir vor, wie ich auf den Pressefotos aus allen Nähten platze! Aber nachdem ich ein paar Bissen von der Vorspeise gegessen habe, wird mir schlecht, und ich schiebe die nächsten Gänge nur auf dem Teller herum.

Endlich ist es Zeit aufzubrechen. Auf dem Weg zum Wagen gibt es überall Küsschen hier, Küsschen da. Lucas steht etwas abseits, er nickt mir zu und lächelt.

Wieder Blitzlichtgewitter von der Presse. Uns werden die Autotüren aufgehalten. Sobald sie hinter uns zufallen, streife ich die Schuhe ab, hülle mich in meine Stola und öffne heimlich ein paar Knöpfe an meinem Kleid. Mum bemerkt es trotzdem und schüttelt den Kopf.

Mit geschlossenen Augen lehne ich mich im Sitz zurück. Mir pocht der Kopf vom vielen Champagner auf leeren Magen. Ich stelle mir vor, was ich mir zu Hause in der Küche alles reinstopfen kann. Ich bin halb verhungert.

Als der Fahrer ins Mikrofon spricht, bin ich schon fast eingenickt.

»Vor uns ist ein Unfall, also müssen wir eine andere Route nehmen. Die ist zwar als sicher ausgewiesen, könnte aber ein wenig … bunt werden.«

Mum seufzt. »Auch das noch!«

Sofort bin ich hellwach. Bunt? Was immer das heißen soll, ich will es sehen.

Anfangs wirkt alles wie immer, doch allmählich werden die Straßen schmaler, die Läden kleiner, manche haben kaputte Scheiben oder sind verrammelt. Vor den Häusern türmt sich der Müll. An die Hauswände sind Symbole gesprayt. A4A? Daneben Parolen, aber wir fahren zu schnell, als dass ich sie entziffern könnte. An der Straßenecke stehen Leute und trinken etwas, das sich in einer Tüte verbirgt. Sie mustern unsere Wagen mit einer Mischung aus Neugier und Verachtung.

Hinter einer weiteren Kurve kauern Leute in Hauseingängen, liegen dort herum. Schlafen die auf der Straße? Ich mache große Augen.

An einer roten Ampel halten wir.

Eine Frau steht auf und tritt zu mir ans Fenster. Sie klopft dagegen. Durch das Spiegelglas sehe ich sie, aber sie mich nicht. Auf dem Arm hat sie ein kleines Kind, ein weiteres klammert sich an ihr Bein.

»Bitte helfen Sie mir, meine Kinder haben nichts zu essen«, sagt sie. »Bitte!« Die Augen des Kindes auf ihrem Arm sind halb geöffnet, es ist nur noch Haut und Knochen und elend, wie auch die Frau und das andere Kind. Ich bin entsetzt, mir ist übel, und ich kann nicht glauben, was ich sehe.

»Mum?«

Sie reagiert nicht.

»Mum!« Ausdruckslos starrt sie geradeaus. »Siehst du denn nicht! Können wir der Frau nicht helfen?«

Doch dann schaltet die Ampel um und wir brausen davon.

AVA

Als ich ins Nachhilfezimmer komme, ist Sam schon da. Sie liegt halb auf dem Tisch, den Kopf auf den Armen. Die Augen geschlossen.

Ich öffne und schließe die Tür noch mal, diesmal lauter.

Erschrocken fährt sie hoch. Gähnt. Sie ist blass, hat Ringe unter den Augen.

»Alles okay?«, frage ich.

»Hhmm? Ja. Bin nur müde und habe ein bisschen Kopfschmerzen. Habe nicht viel Schlaf gekriegt.«

»Ich habe die Fotos in der Zeitung gesehen. Ein Wohltätigkeitsdinner?«

»So was in der Art.«

»Heißt das, dass du noch nichts von deinen anderen Aufgaben gemacht hast?«

»Nein. Ist aber nicht meine Schuld. Ich wollte da ja gar nicht hingehen.«

»Egal, wessen Schuld es ist, deine Englischhausaufgaben sind doch bis morgen fällig, oder? Darum kümmern wir uns als Erstes.

Und dann sind da auch noch ein paar Aufgaben in Naturwissenschaften, die du bis morgen fertig haben musst.«

Sam stöhnt. »Neiiiin. Das ist zu viel. Nur ein Fach, danach brauche ich eine Pause.«

»Vielleicht eine kurze.«

»Wie wär's damit? Wir machen was von dem langweiligen Zeug und dann zeichnen wir uns gegenseitig?«

Damit hätte ich so gar nicht gerechnet, aber ich habe schon gehört, dass sie echt gut in Kunst ist. Oder das ist nur übertriebenes Gerede, weil sie eben Samantha Gregory ist.

»Ich kann gar nicht zeichnen«, antworte ich. Aber ich bin neugierig, wie sie mich zeichnen würde.

»Dann versuchst du es einfach und ich gebe dir ein paar Tipps. So kann ich dir auch was beibringen.«

Ich zögere. Die Lehrer wären sicher nicht begeistert, wenn ich einen Teil der Stunde aufs Zeichnen verwende, aber wenn ich sie so motivieren kann?

»Okay. Aber nur, wenn du die Englischhausaufgabe vorher fertig hast.«

Als ich den Ordner aufschlage, macht Sam Würgegeräusche. »Echt jetzt? Schreib aus Julias Perspektive ein Liebessonett über Romeo? Die haben sie doch beide nicht mehr alle. Kein Junge ist es wert, dass man für ihn stirbt. Und Liebe auf den ersten Blick ist der größte Schwachsinn überhaupt.«

Sam überrascht mich. Die meisten Mädchen auf der Schule schwärmen hier doch ständig von irgendwelchen Jungs. »Manche würden sagen, dass du vielleicht nur noch nicht den Richtigen getroffen hast.«

»Noch so ein Märchen: der Richtige. Als gäbe es nur eine einzige Person auf der Welt, die für uns die richtige ist. Wie stehen wohl die Chancen, dieser Person zu begegnen? Gehen gegen null, würde ich sagen, da kann man ja gleich einpacken.«

»Du musst es ja nicht glauben. Tu einfach so, als seist du Julia, wärst gerade Romeo begegnet und würdest an die Liebe auf den ersten Blick glauben.«

»Und das auch noch in Sonettform?«

»Nur vierzehn Zeilen. Stell dir einfach vor, du wolltest ihn malen.«

Sam legt den Kopf schief und überlegt. »Wie ein Bild aus Worten?«

»Warum nicht?«

Eine Weile schaut sie auf die leere Seite in ihrem Heft, dann nimmt sie den Stift in die Hand.

SAM

Ständig muss ich mich verstellen. Ich bin schon so gut darin geworden, dass ich gar nicht mehr weiß, wie ich wirklich bin.

Ich versuche, mich in Julia hineinzuversetzen, stelle mir vor, wie es in ihr aussieht: auf der einen Heftseite ein Bild, auf der anderen Worte. Die Zeichnung hilft mir beim Schreiben. Ava sieht mir zu, gibt Hilfestellung, wenn ich nicht weiterweiß, erinnert mich immer wieder ans korrekte Reimschema.

Als ich fertig bin, streicht sie über die Zeichnung von Romeo. Er ähnelt Lucas, aber ich habe ihn so perfekt dargestellt, dass er beinahe abstoßend wirkt. Ob die Lehrerin den Witz versteht? Und Ava?

»Romeo ist eine Karikatur«, sagt sie zu meiner Zufriedenheit.

»Fertig. Zeit für eine Pause.«

Auf einmal gehen die Lichter aus. Ohne Vorwarnung, ohne Flackern, von einem Moment auf den anderen ist es dunkel. Die Türen sind verschlossen und in dem kleinen Zimmer gibt es keine Fenster. Es ist stockfinster.

Automatisch steigt bescheuerte Panik in mir auf: Mein Herz

klopft, mein Magen rebelliert und ich fummle in der Tasche nach meinem Handy. Als ich es gefunden habe, schalte ich die Taschenlampe ein. Mit dem dünnen Lichtstrahl kann ich schon wieder besser atmen.

»Was ist los?«, fragt Ava.

»Vielleicht ein Stromausfall?«

Ich mache die Tür auf und schaue in den dunklen Gang. Keiner da. Ava ist inzwischen durch die andere Tür zum Nachbarzimmer, das ein Fenster hat.

»Nicht nur in der Schule«, sagt sie. »Die Lichter sind überall aus.«

Mist. Ich habe gestern Abend vergessen, mein Telefon aufzuladen. Es hat nur noch elf Prozent. Wie lang reicht das wohl? Diese alten Gebäude haben so wenig Fenster und ich will unbedingt nach draußen, ins Licht und an die Luft.

»Das ist wohl ein Zeichen, dass wir für heute fertig sind«, sage ich.

»Einverstanden«, entgegnet Ava.

Wir sammeln unsere Sachen zusammen und laufen durch den schmalen Gang, der nur vom dünnen Lichtstrahl meines Telefons beleuchtet wird. Dann treten wir nach draußen in den Hof. Andere Leute kommen dazu, Lehrer und ein paar Schüler, die aus irgendwelchen Gründen länger geblieben sind. Wir laufen Richtung Sekretariat und Hauptausgang, aber bevor wir ihn erreichen, taucht die stellvertretende Direktorin auf.

»Fürs Erste wurden wir gebeten, alle hier …« Der Rest ihres Satzes geht im Sirenengeheul unter.

»Was ist passiert?«, fragt eine Lehrerin besorgt. Die stellvertretende Direktorin wirft ihr einen vielsagenden Blick zu.

»Bestimmt ist alles in Ordnung. Vielleicht legt der Stromausfall auch den Verkehr lahm? Wir kümmern uns darum. Fürs Erste bleibt bitte hier im Hof oder kommt mit in die Bibliothek. Die Hausmeister gehen durch die Gebäude und trommeln alle zusammen.«

Die anderen verschwinden durch die Türen zur Bibliothek, aber ich steuere auf eine Bank zu, ich möchte lieber draußen im Tageslicht bleiben. Ava zögert.

»Geh ruhig rein, wenn du magst«, sage ich.

Stattdessen setzt sie sich neben mich auf die Bank; ich bin erleichtert, dass ich nicht allein bleiben muss, gleichzeitig ärgert mich das auch schon wieder.

»Du hast Englisch erledigt«, sagt sie. »Abgemacht ist abgemacht. Wir können uns auch hier draußen zeichnen. Aber ich bin echt nicht gut, also nimm's nicht persönlich.«

»Werde ich nicht.« Und ich hole meine Zeichenutensilien hervor, die ich immer dabeihabe, reiße ein paar Seiten aus dem Zeichenblock und reiche sie Ava. Wenigstens lenkt mich das ein wenig ab. Wie lange haben wir noch Licht? Die Sonne steht schon ziemlich tief.

»Ich weiß nicht, wo ich anfangen soll«, meint Ava.

»Versuch es mit einem Detail, einer Haarsträhne zum Beispiel. Es muss nicht gleich das ganze Gesicht sein. Konzentriere dich auf dieses eine Detail, du kannst es möglichst genau wiedergeben oder es auch verändern, wenn du es mit dem Auge des Künstlers anders siehst.«

»Dass ich ein Künstlerauge habe, bezweifle ich! Aber ich gebe mein Bestes.«

Mit dem Stift in der Hand mustert sie mich lange, blickt dann aufs Papier, beginnt, blickt wieder auf. Ich betrachte noch immer ihr Gesicht, die Proportionen. Ava ist ... nicht unbedingt schön, aber faszinierend. Sie zieht Blicke auf sich. Hat hohe Wangenknochen, ein markantes Gesicht. Ihre Augen stehen ein wenig auseinander, mit langen Wimpern, ohne dass sie getuscht sind. Ihr dunkles, glattes Haar ist links hinters Ohr geklemmt, rechts fällt es bis über die Schulter. Ihr Blick ist intensiv, immer. Sie lebt im Moment, konzentriert sich voll und ganz auf das, was sie gerade tut. All das muss ich zu Papier bringen, wenn ich ihr Wesen erfassen will. Ich schnappe mir einen Stift und lege los.

Gestern habe ich gelogen. Wir haben uns vielleicht noch nie unterhalten, aber ich wusste, wer sie ist, und ich male sie auch nicht zum ersten Mal. In dem Meer aus geschminkten Gesichtern und sorgfältig frisiertem Haar sticht sie aus der Menge heraus, sie ist einfach anders. Als man mich gestern ins Nachhilfezimmer geschleift hat, war ich so überrascht, sie zu sehen, dass ich mich nicht gleich setzen konnte. Ich musste mich erst mal sammeln. Ava hat was an sich, das ich bislang noch nicht einfangen konnte. Nun, wo ich sie direkt vor mir habe, bin ich wild entschlossen.

Ava gehört hier keiner Clique an, hat auch keine engen Freunde, jedenfalls ist mir niemand aufgefallen. Zwischen all den Gruppen in der Schule bleibt sie für sich. Sie ist ziemlich isoliert. Ob sie sich einsam fühlt? So wirkt sie aber nicht. Eher unabhängig, als wären wir anderen ihr egal oder als würden wir in ihrer Welt gar nicht vorkommen. Irgendwie schafft sie es so, dass die anderen sie mit ihren üblichen Lästereien in Ruhe lassen – obwohl sie ein Stipendium hat und sich, na ja, nicht gerade super kleidet. Bei solchen Sachen ist man hier sonst nicht unbedingt zimperlich, gerade weil es Schülerinnen wie Charlize und Ruth gibt, deren

Kleiderschränke größer sind als die kompletten Häuser von anderen Leuten.

Wenn ich rumlaufen würde wie Ava, würde ich ihre Krallen zu spüren bekommen. Wahrscheinlich würde ich in der Zeitung auf der Liste mit den schlechtangezogensten Leuten landen. Irgendwie beneide ich Ava. Wie kommt sie nur damit durch?

Mir ist bewusst, dass Ava aufgehört hat zu zeichnen und wartet, dass ich fertig werde. Sie beugt sich vor, um einen Blick auf meine Zeichnung zu erhaschen, aber ich halte den Block hoch.

»Noch nicht!«

Sie setzt sich wieder zurück und ich arbeite weiter an ihren Augen, verwische die Linien ein wenig …

Ich arbeite so konzentriert, dass ich zusammenzucke, als sie sich räuspert.

»Kannst du denn überhaupt noch was sehen?«, fragt sie.

Mir ist gar nicht aufgefallen, dass es schon fast dunkel ist. Sofort bekomme ich es wieder mit der Angst zu tun. In den Gebäuden ringsherum geht der Strom immer noch nicht, aber hinter den Fenstern der Bibliothek flackert Licht. Bestimmt haben sie ein paar Kerzen aufgetrieben.

»Lass uns reingehen«, sage ich und klappe den Block zu.

»Darf ich mal sehen?«

Bevor ich es richtig hinbekommen habe, will ich es ihr nicht zeigen, deshalb schüttle ich den Kopf. »Später. Hier ist es zu dunkel, und wenn ich es dir drinnen zeige, sehen es die anderen, das will ich nicht.«

»Okay. Warte mal kurz. Bevor wir reingehen, rufe ich meinen Vater an.«

Ava holt ihr Telefon aus der Tasche, es ist praktisch museumsreif. Kaum zu glauben, dass es noch funktioniert. Kurz darauf spricht sie mit ihrem Dad und erklärt, dass sie noch in der Schule ist und wir keinen Strom haben. Sie hört eine Weile zu und verabschiedet sich dann. Nachdem sie aufgelegt hat, sieht sie mich mit großen Augen an.

»Dad meint, ganz London ist abgeriegelt.«

»Ist er bei der Polizei?«

Sie schüttelt den Kopf, zögert. »Er ist Taxifahrer.« So wie sie es sagt, klingt es fast trotzig. Ich wusste es nicht und bestimmt weiß es auch sonst niemand auf der Schule, sonst hätte das längst die Runde gemacht. Selbst wenn sie unterm Radar fliegt, würde das nicht unbeachtet bleiben. Hat Ava mir gerade etwas anvertraut, was sie sonst für sich behält? »Er weiß immer, was wo vor sich geht.«

Ich krame mein eigenes Handy hervor, es war auf lautlos gestellt. Verpasste Anrufe von Dads Assistentin und einer von Dad. Daneben hat er mir noch eine Nachricht geschrieben: *Bist du noch in der Schule? Bleib da.*

Ich drücke auf den grünen Hörer und lausche dem Freizeichen.

AVA

In der Bibliothek erwarten uns besorgte Gesichter im Kerzenschein. Sam zieht es gleich zum Licht, mitten in den Kreis der Leute. Immer wieder huscht ihr Blick ängstlich in die dunklen Ecken, als könnte dort etwas lauern.

Wir setzen uns. Ein paar Dutzend Lehrer und halb so viele Schüler sind anwesend. Manche unterhalten sich, andere lesen oder texten, während sich in ihren Augen der gespenstische Schein ihrer Telefone widerspiegelt.

Die stellvertretende Direktorin kommt zu uns. »Die Polizei will sich melden, wenn wir die Schule verlassen können.« Sie fragt nicht direkt, aber in der kleinen Pause am Ende des Satzes schwingt eine Frage an Sam mit. Andere schauen zu uns hinüber und horchen.

Sam zuckt die Achseln. »Ich weiß nur, dass die Straßen abgesperrt sind.« Den Rest, den sie mir nach dem Telefonat mit ihrem Vater erzählt hat, verschweigt sie. Dass nämlich die Polizei die Gegend absucht, weil sie glaubt, dass das Stromnetz sabotiert wurde.

Plötzlich erwachen die Deckenlampen flackernd zum Leben und alle jubeln.

Kurz darauf klingelt Sams Telefon.

»Ja … okay … in zwanzig Minuten? Können wir Ava auch nach Hause fahren? … gut, ich schicke gleich die Adresse.«

Sie legt auf. »Der Fahrer ist auf dem Weg.«

»Wir haben ja noch kein grünes Licht bekommen«, sagt die stellvertretende Direktorin, aber da klingelt auch schon ihr Telefon und sie bestätigt es. Allmählich ziehen sich alle ihre Mäntel an, verabschieden sich, rätseln, was wohl los war und warum sie so lange warten mussten. Die Lehrer stellen sicher, dass die Schüler auch abgeholt werden.

»Wir nehmen Ava mit«, sagt Sam, als sich jemand bei uns erkundigt.

Nun ziehen auch wir uns an und laufen zum Tor.

»Wo wohnst du denn?«, fragt Sam.

»Ich komme schon allein nach Hause, keine Sorge.«

»Sei doch nicht blöd. Es ist spät, wer weiß, was da draußen los ist. Ich muss ihnen nur deine Adresse geben, damit sie die Route freimachen können oder irgend so ein Quatsch.«

»Danke, aber nein.«

Besorgt sieht Sam mich an, dann dreht sie sich um. Hält sie nach der stellvertretenden Direktorin Ausschau? Ich verabschiede mich schnell und verlasse das Gelände über einen Seitenausgang, bevor Sam noch jemandem Bescheid geben kann oder weiter auf mich einredet.

Am Tor gebe ich den Code ein und laufe rasch um die Ecke Richtung Bushaltestelle.

Auf der Straße ist nicht viel los, nur wenige Menschen sind

unterwegs. Eigentlich war es ziemlich bescheuert von mir, mich nicht nach Hause fahren zu lassen. Wenn sich der Bus jetzt verspätet oder gar nicht kommt?

Warum habe ich das Angebot ausgeschlagen? Ich seufze. Im Grunde weiß ich es, will es aber nicht zugeben.

Ich wollte nicht, dass sie sieht, wo wir wohnen.

Dabei habe ich geglaubt, mir wäre es gelungen, mich endlich davon frei zu machen, was andere denken. Jetzt das. Und das Schlimmste daran ist, dass es nicht irgendjemand ist, sondern sie.

SAM

Das Tor öffnet sich und schwingt direkt hinter dem Wagen wieder zu, dann erst öffnet sich das nächste. Ohne Strom hätte das gar nicht funktioniert. Gefangene unserer eigenen Sicherheitsvorkehrungen! Ob es so was wie eine Notentriegelung gibt?

Warum wurde das Stromnetz überhaupt sabotiert? Rund um die Schule gibt es nichts als große Häuser, teure Läden und Restaurants. Die gesamte Nachbarschaft ist durch Tore, Alarmanlagen und Kameras geschützt.

Fast alles läuft elektronisch. Manche haben vielleicht eine Reservebatterie, aber es muss ja wohl für alle anderen eine Notentriegelung geben. Sonst würde man beim Stromausfall ja in der Falle sitzen. Was, wenn ein Feuer ausbricht?

Wieder beschleicht mich ein ungutes Gefühl. Die Polizei weiß all das. Haben sie deshalb alles abgesperrt und uns befohlen, uns nicht vom Fleck zu rühren, damit sie die Gegend in Ruhe absuchen können? Es ist nur wenig los auf den Straßen, und je weiter die Schule zurückbleibt und je näher mein Zuhause kommt, desto mehr löst sich meine Anspannung.

Dann knallt es hinter uns plötzlich mehrmals. Ein Auto mit Fehlzündung? Aber es hört überhaupt nicht mehr auf. Wird da geschossen?

Ich drücke auf den Knopf, um mit dem Fahrer hinter der Trennscheibe zu sprechen.

»Was ist denn da los?«

»Polizeiaktion. Betrifft uns aber nicht.«

Ob es Ava gut geht? Die Geräusche kommen aus der Ecke, aus der wir gekommen sind, aber ich weiß ja gar nicht, wo sie wohnt und wie sie da hinkommen wollte, deshalb kann ich mich nicht mal vergewissern. Ich habe solche Angst um sie. Warum wollte sie bloß nicht bei uns mitfahren?

Diese beiden ersten Nachhilfestunden verliefen nicht wie erwartet. Ava hat mich zwar dazu gebracht, was für die Schule zu tun, aber da waren auch noch die Sachen, über die wir geredet haben. Und dass ich sie zeichnen durfte.

Ich kann mich nicht erinnern, wann ich das letzte Mal so offen war wie heute Ava gegenüber. Dabei weiß ich noch nicht mal, warum. Vielleicht weil ich so wenig geschlafen hatte.

Dass ich ihr erzählt habe, dass ich nicht an die Liebe auf den ersten Blick glaube. Meine Freundinnen würden das nicht verstehen. Darüber reden sie nämlich ständig. Mit Charlize bin ich befreundet, seit wir fünf sind. Früher haben wir uns alles anvertraut. Sie stand mir näher als jeder andere. Doch das hat sich geändert, seit Charlize Jungs für sich entdeckt hat. Jede Woche verliebt sie sich neu und will dann über nichts anderes reden. Deshalb habe ich ihr natürlich nicht gesagt, wie ich darüber denke.

Und dann habe ich auch noch gesagt, dass ich nicht glaube, dass es den einen Menschen gibt, der uns vom Schicksal vorherbestimmt wurde. Ich habe jedenfalls noch nie so jemanden kennengelernt.

Ava ist anders als alle meine anderen Freunde. Ich habe wirklich versucht, sie zu malen, so wie sie ist, aber ich habe ihre Augen nicht hinbekommen. Wenn sie mir bloß noch mal Modell sitzen würde. Das wünsche ich mir.

Hoffentlich ist alles okay, Ava.

Ich kenne sie doch kaum. Natürlich würde ich mich um jedes Mädchen aus der Schule sorgen, aber warum geht sie mir so nah? Das verstehe ich nicht.

AVA

Es wird kälter und ich schlinge beim Gehen die Jacke enger um mich.

Die Straße, in der der Bus normalerweise abfährt, ist gesperrt. Ich laufe einen großen Schlenker, aber überall stehen orange-weiße Straßensperren. Die Polizei vor Ort wirkt wachsam, nervös. Wo soll ich denn jetzt noch langgehen?

Dad wüsste natürlich, wie ich am besten nach Hause käme, das wissen Taxifahrer immer, aber wenn ich ihn jetzt anrufe, macht er sich bloß Sorgen, und bei den Blockaden überall kann er mich ja doch nicht holen. Ich werde mal in dem kleinen Shop fragen, in dem ich manchmal was kaufe. Doch als ich dort ankomme, ist er geschlossen. Der ist sonst nie geschlossen. Als ich mich umschaue, wird mir ernsthaft bewusst, wie leer gefegt es plötzlich ist. Und auch so still, als würden Straßen, Gebäude und Gehwege den Atem anhalten. Wo sind denn die Leute hin?

Polizeiwagen rasen vorbei, dann sind da plötzlich Schreie, ein lauter Knall und dann noch einmal, sodass mir fast die Ohren wegfliegen. Waren das Schüsse?

Wenigstens ist die Straße vor mir nicht gesperrt, bloß weg hier. Ich eile in die entgegengesetzte Richtung, am liebsten würde ich rennen, aber das sollte ich lieber sein lassen. Zurzeit sieht es die Londoner Polizei gar nicht gerne, wenn man rennt. Ich laufe und laufe, bis der Lärm kaum noch zu hören ist und ich erschöpft stehen bleibe. Ich habe mich total verlaufen. Aber wenigstens sind hier ein paar Menschen auf der Straße zu sehen, nicht so viele, wie man an einem solch schönen Abend erwarten würde, aber ich kann schon wieder durchatmen.

Mein Telefon summt. Dad.

»Hi.«

»Wo bist du?«

»Weiß ich nicht genau. Ich wollte den Bus nehmen, musste aber einen Umweg gehen.«

»Das habe ich mir schon gedacht. Finde heraus, wo du bist, dann hole ich dich ab.«

Eigentlich sollte ich Nein sagen. Ich bin doch schon siebzehn. Und die Gefahr ist vorüber. Ich sollte einfach selbst mit dem Bus oder der U-Bahn nach Hause fahren.

Stattdessen laufe ich zur nächsten Ecke und lese ihm die Straßennamen vor, damit er mich abholen kommt.

SAM

Ich kann nicht einschlafen und stehe schließlich wieder auf. Bestimmt kann Dad herausfinden, was mit Ava ist. Sollte ihr was zugestoßen sein, wird die Polizei es wissen; und Dad würden sie es bestimmt sagen. Auch wenn er Scotland Yard schon vor Jahren verlassen hat, hat er noch genügend Kontakte, um schnell eine Antwort zu bekommen. Ich gehe in den vorderen Teil des Hauses und behalte vom Fenster aus den Haupteingang im Blick.

Es ist schon nach Mitternacht, als sein Wagen endlich auftaucht. Ich warte auf der Treppe auf ihn.

»Hallo, Dad.«

»Sam? Du bist ja noch wach!«

»Ja, ich wollte dich was fragen.« Doch genau da summt das Telefon in meiner Hand.

Ava hier. Habe deine Nummer über die Schule. Wollte dir nur sagen, mach dir keine Sorgen, bin gut zu Hause angekommen. Gute Nacht.

»Was denn?«

Ich schüttle den Kopf. »Ich habe mir um jemanden Sorgen gemacht. Aber ich habe gerade erfahren, dass alles okay ist.« Ist Ava jetzt erst zu Hause? Oder ist ihr bloß gerade eingefallen, mir zu schreiben?

Dad legt den Arm um mich. »Wenn du ohnehin wach bist, kannst du ja auch mit mir anstoßen. Ich werde mir einen Whisky genehmigen. Wie wär's mit einem heißen Kakao?«

»Was gibt's denn zu feiern?«

»Heute Abend ist alles sehr gut gelaufen. Komm.«

Ich folge ihm in seine kleine Büroküche und bin überrascht, dass er mitten in der Schulwoche mit mir anstoßen will und mich nicht sofort ins Bett schickt. Oder weiß er schon, dass der Unterricht morgen ausfällt?

»Hat das was mit dem zu tun, was rund um die Schule passiert ist?«

»Ja, der Stromausfall war nur ein Trick. Es waren Angriffe in dem Bezirk geplant. Wir haben sie verhindert.«

»Bei meiner *Schule*?« Ich bin geschockt. Seit ich elf bin, gehe ich dorthin. Oft habe ich mich da gelangweilt, fühlte mich auch eingesperrt mit all den Zäunen, Toren und der Security, aber ich habe mich immer sicher gefühlt.

»Keine Sorge, ich habe den Einsatz überwacht. Es war alles unter Kontrolle. Ansonsten hätte ich dich da mit einem Hubschrauber rausgeholt. Ehrenwort.«

Dad schenkt sich einen Whisky ein. Als der Kessel pfeift, gießt er mir heißes Wasser in einen Becher und rührt Kakaopulver hinein. Ich habe hier schon seit Monaten keinen Kakao mehr getrunken. Wahrscheinlich ist er längst abgelaufen. »Bitte«, sagt er.

»Wie dicht war es denn an der Schule dran?«

»Dicht.«

»Und was geschieht dort morgen?«

»Das gesamte Viertel ist abgeriegelt und wird durchsucht. Deine Schule bleibt mindestens einen Tag lang geschlossen.«

Klirrend stoße ich mit ihm an. »Juhu! Ist das auch sicher?«

Er nickt. »Gewöhn dich bloß nicht dran.«

»Wer steckt denn dahinter? Was hatten die geplant?«

»Es wird sowieso bald öffentlich bekannt gegeben, deshalb kann ich' s dir auch sagen. Nur bitte behalt es bis morgen für dich.«

»Eigentlich habe ich nach Mitternacht immer eine Telefonkonferenz mit der Presse, aber ich kann sie ja dieses eine Mal ausfallen lassen.«

»Sei so gut. Hast du schon mal von A4A gehört? Anarchy for all?«

»A4A? Ich habe neulich vom Wagen aus die Graffiti gesehen. Vorher nie.«

»Das ist eine dieser Splittergruppen, Anarchisten, die nur Chaos und Zerstörung wollen. Zunächst haben sie das Stromnetz lahmgelegt – die empfindlichen Sicherheitssysteme von Privatleuten und Geschäften ausgeschaltet –, um dann Anschläge zu verüben. Ihre Ziele schienen dabei willkürlich. Doch wir haben vorher Wind von der Sache bekommen und sie auf frischer Tat ertappt. Es war ein durchschlagender Erfolg für Polizei und Security.« Wieder stößt er mit mir an.

Doch mir wird auf einmal eiskalt, da hilft auch kein heißer Kakao. Anschläge gleich neben meiner Schule? »Warum machen die das?« Doch im selben Moment erinnere ich mich wieder an Gespräche, die ich mit halbem Ohr gehört habe, düstere Graffiti-Slogans und die Frau, die mit ihren Kindern bei uns am Wagen gebettelt hat. Anarchisten sind gegen die Herrschenden. Gegen die, die ihr Leben bestimmen und es zu dem gemacht haben, was es ist. Habe ich das richtig verstanden? Die wollen die Ordnung zerstören, alles niederreißen.

»Warum sie das tun, ist für einen rationalen Menschen nicht nachvollziehbar«, antwortet Dad. »Aber keine Sorge, wir haben ihnen ja das Handwerk gelegt. Nun schnappen wir uns noch die Mittelsmänner. A4A wird uns keine Probleme mehr machen.«

Eine dieser Splittergruppen hat er gesagt. Selbst wenn es der Polizei gelingt, von denen alle zu fassen, was ist mit den anderen Gruppen?

»Schau nicht so ernst und troll dich ins Bett. Auch wenn morgen kein Unterricht ist, hast du sicher eine Menge zu tun. Wie läuft es mit der Nachhilfe?«

»Gut. Ava ist okay.«

»Vielleicht kann sie ja morgen vorbeikommen.«

Kurz darauf gehe ich schnell auf mein Zimmer, ich renne fast, als könnte ich damit alles hinter mir lassen. Zu viele Dinge schießen mir durch den Kopf, über die ich nicht nachdenken will. Und wenn morgen auch noch die Schule ausfällt, habe ich nichts, was mich ablenken kann. Ich will nicht den ganzen Tag allein sein, aber auf mein übliches Programm habe ich auch keine Lust. Wenn ich Charlize besuche, redet sie bloß über ihre Geburtstagsparty, wahrscheinlich darf ich dann über jede mögliche Kombination von Outfit und Schuhen meine Meinung abgeben. Dass ich eines einfach besser finde als ein anderes, akzeptiert Charlize nicht, ich muss es genau begründen. Das habe ich schon tausende Male gemacht und es kommt mir jetzt so belanglos vor.

Dad will, dass Ava morgen kommt. Einerseits graut mir davor, mir meinen schulfreien Tag mit Hausaufgaben zu ruinieren, andererseits auch nicht. Hat Dad Avas Nummer oder einer seiner Assistenten? Allerdings haben die wohl gerade andere Sorgen. Wenn ich Dad nicht erinnere, vergisst er es bestimmt wieder.

Ich schließe meine Zimmertür und hole die Zeichnung von Ava hervor. Es wird, aber noch ist sie nicht fertig. Irgendwas fehlt.

Da fällt mir ein: Ava hat mir geschrieben! Ich habe doch ihre Nummer!

Ist es zu spät, ihr zu antworten? Bevor ich meine Meinung wieder ändere, tippe ich: *Schön, dass du ok bist. Hab mir Sorgen gemacht. Morgen ist keine Schule. Insider-Info ;) Willst du vorbeikommen?*

Es ist schon nach eins, und ich erwarte keine Antwort mehr, doch während ich mir die Zähne putze, brummt mein Handy.

Klingt gut.

Ich klettere ins Bett und decke mich zu. Meine Nachttischlampe ist an, doch der zarte Lichtstrahl kann die nächtlichen Schatten nicht verscheuchen. Die Angst kehrt zurück. Deshalb schalte ich auch noch die Schreibtischlampe ein.

Ich wickle mich fest in die Decke. Rechts und links extra Kissen, damit es sich wie ein Nest anfühlt. Bumble, der Löwe, passt von hinten auf.

Doch es reicht noch nicht. Ich kämpfe darum, die Augen offen zu halten. Wenn ich sie schließe, verschwindet alles.

Es ist dunkel.

Ich sehe nichts. Ich mache die Augen weit auf, sehe immer noch nichts. Alle Monster dieser Welt könnten neben mir sitzen, ohne dass ich es merke. Und ich weine und habe Angst, unvorstellbare Angst.

Noch immer kommt keiner.

Ich will auch nie mehr böse sein. Versprochen. Bitte, bitte bringt mich nach Hause.

Mit aufgerissenen Augen verfolge ich die Schatten in der Dunkelheit, aber sobald ich danach schlage, ist da nichts. Mein Herz pocht immer schneller und lauter.

Bitte bringt mich nach Hause …

AVA

»Ein Haus, so groß wie das Kolosseum«, sagt Dad und das ist gar nicht mal so übertrieben. Durch das hohe Tor sehe ich eine Parklandschaft und mittendrin eine unfassbar riesige Villa mit drei oder vier Stockwerken. Die gesamte Nachbarschaft ist eingezäunt, abgeschlossen und überwacht. Für die Sicherheitssysteme stehen bestimmt noch extra Notstromgeneratoren bereit und bei Anruf kommt die Polizei sofort.

Hier sieht es so anders aus als überall sonst.

Mir ist schlecht. Ich gehöre nicht in diese Welt, aber das wusste ich auch schon vorher. Warum habe ich bloß zugesagt? Die Nachhilfe in der Schule bekomme ich noch irgendwie hin – auch wenn es Sam ist. Die Schule ist für mich wie ein zweites Zuhause, da habe ich irgendwie das Gefühl, noch das Sagen zu haben. Hier wird es mir nicht so gehen.

Doch nun ist es zu spät. Dad fährt ans Tor heran und drückt auf den Knopf der Gegensprechanlage.

»Ja?«, fragt jemand.

»Taxi mit Ava Nicholls.«

Nach einer Weile öffnet sich das Tor langsam. Zwei Männer stehen vor einem kleinen Wachhäuschen, sie sind bewaffnet. Haben all diese großen Häuser so viel Security, oder liegt es daran, dass Sams Vater Politiker ist?

Eine der Wachen winkt uns heran und wir fahren durch. Er klopft an meine Scheibe und verlangt nach meinem Ausweis. Aufmerksam studiert er ihn, schaut mich an und nickt, bevor er ihn mir zurückgibt. Dann spricht er in sein Headset.

Wir warten, dass sich das Tor zur Einfahrt öffnet. Vergebens. Stattdessen tritt eine Frau durch eine Seitentür.

»Wahrscheinlich habe ich keinen Zugang zum Innersten des Heiligtums.« In Dads Stimme schwingt leichte Verärgerung mit. »Dann mal ab mit dir.«

Ich hole tief Luft und steige aus, während die Frau auf uns zukommt.

»Hallo, Ava? Ich bin Penny.« Sie lächelt. »Ich bringe dich ins Haus.« In der Hand hat sie das Geld für die Taxifahrt. Ich sehe Dad an, dass er ablehnen will, aber es ist ein ordentlicher Batzen.

Ich beuge mich noch mal über den Sitz, um Jacke und Bücher einzusammeln, und sage leise: »Nimm es doch an. Wenn ich mit einem anderen Taxi gekommen wäre, hätten die auch bezahlt.«

Widerstrebend greift Dad nach den Scheinen. Situationen wie diese, in denen er daran erinnert wird, wie sehr wir das Geld brauchen, verbittern ihn. Sie erinnern ihn an das, was er verloren hat, als seine Abteilung an der Uni geschlossen wurde. Latein und Griechisch zählten plötzlich nicht mehr und Dads Doktortitel war über Nacht wertlos geworden.

»Melde dich, wenn ihr fertig seid.« Mit starrem Blick winkt er mir zu.

Ich verschwinde mit Penny hinter dem inneren Tor.

Penny scheint die angespannte Atmosphäre nicht bemerkt zu haben. Wahrscheinlich gehört sie zu den Menschen, die Taxifahrer nicht wahrnehmen, es sei denn, um mit ihnen über den besten Weg zu streiten. Abschätzig betrachtet Penny meine Jeans und mein T-Shirt. Ich bin ihr wohl auch nicht ganz geheuer. Über den Gartenpfad erreichen wir einen Seiteneingang.

»Warte mal kurz«, meint Penny und drückt auf die Gegensprechanlage neben der Tür.

»Samantha, Ava ist hier.«

»Kannst du sie bitte hochbringen?«, antwortet Sam.

»Hier entlang«, sagt Penny. Ich folge ihr durch die Tür in den Flur und eine Treppe hinauf. Von hier sehe ich eine weitere geschwungene, reich verzierte Treppe in der Mitte des Hauses, die wohl zum Haupteingang führt. Wir steigen aber andere Stufen hinauf, laufen durch noch einen Flur, und bei all den Zimmern, an denen wir vorbeikommen, verliere ich allmählich den Überblick. Drinnen ist das Haus sogar noch größer, als es von außen scheint. Es gibt hohe Decken, und an den Wänden hängen Bilder, die alle echt wirken. Wie im Museum. Muss seltsam sein, hier zu wohnen. Ob man sich hier je zu Hause fühlt?

Als wir um eine Ecke biegen, kommt Sam uns entgegen.

»Hi«, sagt sie. »Danke, Penny. Den Rest übernehme ich. Kannst du uns bitte Tee in mein Atelier kommen lassen?«

»Natürlich.«

Sam trägt auch Jeans, verblichen zwar, aber mit perfektem Sitz; sie schmiegen sich an, ohne zu eng zu sein, und sehen nach Designer aus. Ein weites rotes Top, das ihr auf einer Seite über die Schulter fällt, als hätte sie es in aller Eile übergezogen. Ich war wohl eine der wenigen, die bei Beginn der Oberstufe der Schuluniform nachgetrauert haben. Als Stipendiatin bekam ich die Uniform gestellt und wirkte dadurch mehr wie alle anderen. Und Sam? Selbst in Schuluniform sieht sie immer mühelos perfekt angezogen aus, und das in einer Schule, in der sich die meisten eine Menge Mühe geben. Heute dasselbe, ohne Schmuck und Make-up. Dass sie sich offenbar nie anstrengen muss, verschüchtert mich nur noch mehr. Sie ist einfach … wunderschön, so wie sie ist.

»Was denn?«, fragt sie und zieht sich das Top zurecht.

Habe ich sie angestarrt? »Sorry.« Ich schaue mich um. »Bei eurem Haus bleibt mir ein wenig die Luft weg.«

»Es ist groß. Aber es hat keine Seele. Ich kann dich gerne rumführen, wenn du magst.« So wie sie es sagt, hat sie keine Lust, deshalb schüttle ich den Kopf, obwohl ich eigentlich neugierig wäre.

»Ich bringe dich in mein Reich«, sagt sie. Sam hält mir eine Tür auf und ihr Blick wandert zu den Büchern unter meinem Arm. »Das sind aber eine Menge.«

»Deinen Lehrern zufolge hinkst du in den meisten Fächern hinterher.«

»Na toll!«

Wir laufen den Flur entlang, bis sie vor einer Tür stehen bleibt. »Hier wohne ich.«

Es ist ein riesiges Zimmer mit Bett, Schreibtisch, Bücherregalen, Schränken und sogar einem Sofa. Am Ende gibt es noch eine weitere Tür – ein Bad vielleicht? – und Sam steuert darauf zu. Oder ist das ihr Atelier? An die Tür ist ein Eintritt-verboten-Schild mit einem schaurig realistischen Totenkopf gemalt.

Dahinter herrscht das reinste Chaos. Eine Seite des Ateliers ist komplett verglast, selbst an einem grauen Tag wie heute ist das Zimmer lichtdurchflutet. Eine Wand ist mit Szenen aus *Der Herr der Ringe*, eine andere mit *Harry Potter* bemalt, ansonsten ist jede freie Fläche mit Bildern und Zeichnungen bedeckt. Auf den Tischen, die herumstehen, liegen Zeichenutensilien, Farben, Pinsel. In der Mitte ist ein Tisch fast frei, Sam räumt noch ein paar Dinge weg und bedeutet mir, meine Sachen dort hinzulegen.

»Hast du das alles gemalt? Auch das an der Wand?«

Sie tritt von einem Fuß auf den anderen. Ist sie etwa verlegen? »Ja, es gab mal eine Zeit, da waren mir Zeichenblock und Leinwand nicht groß genug. Eigentlich will ich es immer mal übermalen, bin nur noch nicht dazu gekommen.«

»Aber das ist doch der Hammer!« Meine Bücher sind vergessen. Fasziniert sehe ich mir die Bilder und Zeichnungen der Reihe nach an.

Es klopft an der Tür. Sam geht nachsehen und kommt mit einem Tablett zurück. »Hier darf niemand rein. Lernen tue ich hier sonst auch nicht, das Licht ist zum Zeichnen hier einfach am besten. Deshalb wollte ich eigentlich auch, dass du kommst. Weil ich gestern nicht fertig geworden bin. Und so war es ja abgemacht. Deshalb weiß ich nicht, was du mit all dem hier willst?« Sie wirft einen Blick auf meine Bücher und zieht eine Grimasse, während sie das Tablett daneben abstellt.

Meint sie das ernst? So einfach mache ich es ihr nicht. »Ich bin mit meiner Zeichnung fertig. Was kann ich dafür, wenn du so langsam bist?«

»Hast du sie dabei?«

»Ja. Aber ich zeige sie dir erst, wenn du mir deine zeigst.«

»Okay. Wenn ich fertig bin. Magst du Tee?«

Es gibt Kekse, Kuchen und Scones. »Ist das alles für uns?«

»Unsere Köchin glaubt, mich mästen zu müssen. Mum ist heute nicht da. Ihrer Ansicht nach bin ich nämlich zu dick.« Sam verdreht die Augen.

»Was? Nein, weder noch.«

Achselzuckend sagt sie: »Ich esse, was ich will, solange keiner hinschaut. Hau rein, dann freuen die sich in der Küche.«

Ich greife mir ein Scone mit Sahne und Marmelade. Es ist köstlich.

»Wie bist du denn gestern nach Hause gekommen?«, fragt Sam und beißt in einen Keks. »Du hättest wirklich mit uns fahren sollen.«

»Wahrscheinlich. Dad fand es auch nicht gut. Es ging aber. Am Ende ist er mich abholen gekommen.«

»Wir haben kurz nach der Abfahrt Schüsse gehört. Warst du da in der Nähe?«

»Nicht weit weg, glaube ich. Gesehen habe ich nichts, weil ich in die andere Richtung gelaufen bin. Aber die Polizei ist vorbeigerast. In den Nachrichten hieß es heute, dass sie Anschläge verhindert haben.«

Sam nickt. »Hat mir Dad gestern Abend schon erzählt. Er war richtig guter Dinge. Als er nach Hause kam, meinte er, sie hätten alle geschnappt. Laut Nachrichten ist jetzt alles vorbei.« Sam schaut nachdenklich zu Boden, als würde sie noch etwas beschäftigen.

»Laut Nachrichten, sagst du. Denkst du, da ist noch mehr, über das sie nicht berichtet haben?«

»Ist das nicht immer so?« Sam zuckt die Achseln. »Ich weiß nicht mehr. Dad sagt mir nichts, das nicht fünf Minuten später sowieso Schlagzeilen macht. Apropos Dads. War das dein Vater, der dich gebracht hat?«

Ich nicke.

»Hättest du doch was gesagt! Ich hätte ihn reingebeten. Obwohl Penny sicher blöd geguckt hätte, dass dein Vater …« Beschämt verstummt sie.

»Was? Dass mein Vater Taxi fährt?«

»Tut mir leid. Hab's nicht so gemeint.«

»Schon gut, egal.« Aber natürlich ist es nicht egal. Was stört mich genau? Dass Sam weiß, was mein Vater tut? Dass ihr klar ist, wie die Leute darauf reagieren, oder dass sie womöglich selbst so denkt wie diese Leute? Ich weiß es nicht, deshalb wechsle ich schnell das Thema. »Was macht Penny bei euch?«

»Sie ist eine Art extra Haushälterin. Eigentlich ist sie ganz okay, nur ein wenig neugierig.«

»Euer Personal besteht also aus zwei Wachen, einem Koch, einer extra Haushälterin, also gibt es noch eine, und dann du, deine Mum und dein Dad?«

»Ja. Wir haben noch Gärtner, Zimmermädchen, Fahrer und Security, die bei besonderen Gelegenheiten kommt. Sich aus dem Haus zu schleichen ist fast unmöglich.«

»Fast?«

Sam grinst, sagt aber dazu nichts mehr. »Bist du satt?« Ich nicke und sie bringt kurz das Tablett raus. »Okay.« Sam sieht sich um und schiebt einen Stuhl ans Fenster. »Setz dich dahin.«

Ich stehe auf und setze mich ans Fenster. Sam stellt eine kleine Staffelei daneben.

»Ich mache nur mit, wenn wir uns anschließend noch ein Fach vorknöpfen«, sage ich.

»Klar. Natürlich. Aber was wir danach tun, darf ich mir wieder aussuchen.«

»Deine Eltern bezahlen mich für Nachhilfe. Denen wäre das bestimmt nicht recht.«

»Pech. Mum hat eh keine Ahnung, weil sie in ihrem Spa abhängt. Und Dad ist heute den ganzen Tag in Westminster. Sonst darf hier keiner rein. Also bekommt es auch keiner mit. Nun musst du still sitzen.«

Sam konzentriert sich, legt den Kopf zur Seite. »Dreh dich mal ein wenig nach links. Nein, nicht so viel.« Ich drehe mich zurück, doch sie schüttelt den Kopf und kommt zu mir.

Ihre Hand ist warm an meiner Wange. Leicht dreht sie meinen Kopf, tritt einen Schritt zurück. Nun fasst sie mir sanft ans Kinn, neigt meinen Kopf einen Hauch mehr ins Licht.

Wieder tritt sie zurück. »So. Nun versuch, dich nicht mehr zu bewegen.«

Sam setzt sich wieder auf den Schemel vor die Staffelei, die Stifte in der Hand, den Blick auf mich gerichtet, überlegt sie, aber es scheint so, als würde sie mich gar nicht wirklich wahrnehmen. Was sieht sie? Linien, Schatten? Zeichen auf Papier?

Ich halte still, atme kaum noch und mein Kopf fühlt sich merkwürdig leer an. So als stünde ich unter ihrem Bann und könnte mich nicht mehr regen. Ich habe mich so in mich selbst verkrochen, dass ich vielleicht nie wieder rauskommen werde.

SAM

Ava ist ein gutes Modell. Nachdem ich ihr einmal gesagt habe, dass sie stillsitzen soll, tut sie es auch. Ihr Gesicht ist perfekt zum Licht ausgerichtet.

Aber ihre Augen machen mir immer noch zu schaffen, ich kann ihren Blick so gar nicht deuten.

Irgendwann löse ich seufzend meinen Skizzenblock von der Staffelei. Das Schnappgeräusch der Klemme lässt Ava zusammenfahren, dann atmet sie tief durch. Sie lässt die Schultern kreisen und schaut auf ihre Armbanduhr. Ihre Augen weiten sich erschrocken.

»Guck mal, wie spät es ist! Wir müssen uns an die Arbeit machen.«

Ich werfe einen Blick auf die Uhr hinter ihr und bin selbst überrascht. Ava ist schon seit zwei Stunden hier. Beim Zeichnen vergesse ich total die Zeit.

»Tut mir leid, dass du dich so lange nicht rühren durftest. Hättest du doch was gesagt.«

Ava zuckt die Schultern. »Mir ist es nicht aufgefallen. Habe wohl mit offenen Augen geschlafen. Die Nacht war ziemlich mies.«

»Bei mir auch. Hast du geträumt?«

»Heute Nacht oder gerade eben?«

»Eben.«

Sie lächelt ein wenig. »Wenn, dann habe ich's schon wieder vergessen.«

Doch das kaufe ich ihr nicht ab.

»Darf ich mal sehen?«

»Meinetwegen. Aber ich bin nicht zufrieden damit.« Ava kommt zu mir herum und ihr bleibt der Mund offen stehen.

»Oh! Das ist richtig gut getroffen! Das bin ich.«

Und als ich zwischen dem Bild und der Ava in Fleisch und Blut hin- und herschaue, verstehe ich, warum sie es sagt. Die Details stimmen, nur ist es nicht die Ava, die ich zeichnen wollte.

»Warum bist du nicht zufrieden?«

»Schwer zu sagen. Es sieht aus wie du, wie du dich der Welt zeigst. Und gleichzeitig bist du es auch nicht.«

»Da kann ich dir nicht mehr folgen. Es ist genial.« Ava zieht ein Blatt Papier aus einem Buch und wedelt damit herum. »Jetzt kannst du mal sehen, wie schlecht ich darin bin.« Sie reicht mir ihre Zeichnung.

Es sind meine Augen, aber jedes für sich gezeichnet. Eines schaut nach rechts, das andere nach unten, sodass es vom Lid halb verdeckt ist. Und auch wenn die Proportionen so gar nicht stimmen und sie nicht wie ich versucht hat, genau das abzubilden, was sie vor sich hat, ist es dennoch faszinierend.

»Warum hast du dich für die Augen entschieden?«

Ava zuckt die Achseln. »Keine Ahnung. Als du meintest, ich soll mir ein Detail herausgreifen, fand ich deine Augen am interessantesten.«

»Es ist eher abstrakt als gegenständlich, was ja auch völlig okay ist. Wenn du es naturalistischer willst, sieh es aus mathematischer Sicht. Brüche. Ich weiß, wie gerne du Mathe magst.«

»Wie meinst du das?«

»Wenn du dir mein Auge anschaust, was für einen Anteil hat die Pupille an der Iris? Es geht darum, genau hinzuschauen und die Proportionen richtig hinzubekommen.«

»Oder ich behaupte einfach, ich wollte abstrakt malen.«

Ich lache. »Genau. Wollen wir tauschen?«

»Echt? Im Ernst? Ich darf das Bild von mir haben?«

»Klar. Ich male ein neues. Nimm es.«

»Danke. Das schenke ich meinem Vater.«

»Hier. Du signierst deins und ich meins. So machen das Künstler!« Ich schreibe meine Initialen unten in die Ecke und sie macht es ebenso.

Ava hält das Bild von sich hoch und betrachtet es erneut. »Du hast echt Talent!«

Ich zucke die Achseln. »Zeichnen ist eben mein Ding. Das habe ich schon immer gekonnt. Nur ist das doch alles reine Fantasie! Es scheint irgendwie nicht mehr«, ich überlege, »wahrhaftig genug.« Ich deute auf die Wände ringsum. »Natürlich ist vieles davon auch mit Absicht Fantasie, aber jetzt möchte ich es realer, und es gelingt mir nicht, das auf Papier zu bringen.«

»Naturwissenschaften oder Sprachen scheinen dich ja nicht so zu interessieren, warum studierst du dann nicht Kunst? Lernst darüber so viel, wie du kannst, machst es so real wie möglich. Du könntest großartig darin sein.«

Verlegen schlinge ich die Arme um mich. »Vielleicht will ich das gar nicht.«

»Warum denn nicht?«

»Nicht jeder ist so ehrgeizig wie du. Warum strengst du dich in der Schule so an?«

»Ich möchte auf eine gute Universität gehen, später mal einen guten Job bekommen. Mir schenkt keiner was, ich muss mir alles erarbeiten.« Sie beißt sich auf die Lippen. »Sorry, so habe ich das nicht gemeint.«

»Schon gut«, sage ich, obwohl es mir einen Stich versetzt. Es stimmt ja. »Aber nicht alle sind so ehrgeizig wie du.«

»Wenn ich mich hier umschaue, sehe ich überall, wie talentiert du bist. Und wie viel Freude dir die Malerei macht. Wenn du zeichnest, dann bist du so versunken, dass du nicht wahrnimmst, wie die Stunden vergehen. Du bist eine Künstlerin, ob du willst oder nicht. Warum versuchst du nicht, eine großartige Künstlerin zu werden?« Während sie spricht, tritt ein Leuchten in ihre Augen, das vorhin gefehlt hat. Genau dieses Leuchten wollte ich in meinem Bild einfangen, doch ich fürchte, dass es verschwindet, sobald ich den Skizzenblock zücke.

Deshalb schüttle ich bloß den Kopf. »Ich kann es nicht erklären, aber ich sehe mich immer nur im Jetzt, nie in der Zukunft. Besonders in der letzten Zeit.«

»Reicht dir das denn?«

»Manchmal.« Doch es stimmt nicht und es ärgert mich. Ava bringt mich dazu, über Dinge nachzudenken, die ich sonst lieber verdränge.

Bevor ich etwas erwidern kann, klingelt ihr Telefon. Und als sie danach greift, klingelt auch meins.

AVA

»Hi Dad. Was gibt's?«

»Da ist was im Gange. Ich wollte dich eigentlich abholen, doch die Straßen sind überall abgeriegelt. Ich komme nicht durch.«

»Was ist denn los? Geht es dir gut?«

»Du weißt doch, mir geht es immer gut. Und ich habe keine Ahnung, was da genau vor sich geht. Die Polizei hat ein ganzes Straßennetz gesperrt, um einige Bezirke abzuschotten. Auch dort, wo du gerade bist.«

Ich schaue zu Sam, die ihr Gespräch gerade beendet hat. »Warte kurz, vielleicht kann ich was in Erfahrung bringen. Sam?«

»Das war einer von Dads Assistenten. Er meinte, es hätte einen Zwischenfall gegeben, wusste aber auch nichts Näheres. Überall gehen die Leute auf die Straße und halten den Verkehr auf. Du kannst also nicht nach Hause. Alle wichtigen Zugangsstraßen wurden vorsichtshalber gesperrt. Dad meinte, du müsstest bei uns bleiben, bis sich die Lage beruhigt hat.«

»Hast du das gehört, Dad?«, frage ich und presse den Hörer wieder ans Ohr.

»Ja.«

»Da sitze ich hier wohl fest.«

»Versprich mir, dass du nicht versuchst, auf eigene Faust nach Hause zu kommen. Geh nicht, ohne mich vorher anzurufen.«

»Versprochen«, sage ich und meine es auch so. Was ich gestern nach der Schule erlebt habe, war ein Schock. Auf eine Wiederholung bin ich nicht scharf.

Nachdem wir uns verabschiedet haben, sehe ich Sam an, und mir wird erst richtig klar, was da gerade passiert ist. Ich muss hierbleiben? »Sorry. Jetzt hängen wir wohl noch länger zusammen. Was glaubst du, was da los ist?«

»Keine Ahnung. Klingt nicht wie sonst.«

»Vielleicht hat dein Vater das bloß alles inszeniert, um deine Nachhilfelehrerin so lange im Haus festzusetzen, bis du alle Prüfungen bestanden hast.«

»Ha! Zuzutrauen wäre es ihm. Aber du kannst ihn selbst fragen. Er kommt nämlich nachher. Zum Abendessen ist er da. Mum ist irgendwo unterwegs.«

»Kommt er denn durch?«

»Von Westminster bis zu uns sind die Straßen noch frei. Aber das war es denn auch. Vor dem Essen hat er hier noch ein Treffen, deshalb bleibt ihm gar nichts anderes übrig, als zu kommen.«

»Oh. Okay.« Mir ist mulmig zumute. Abendessen? In diesem Haus? Mit dem stellvertretenden Premierminister. Und mit Sam.

»Lass uns Nachrichten gucken. Mal sehen, was die so sagen.« Sam steht auf und ich folge ihr zurück in ihr Zimmer. Sie schnappt sich die Fernbedienung und richtet sie auf einen Schrank, in dem ich ihre Anziehsachen vermutet hatte. Eine Tür öffnet sich und dahinter kommt ein Fernseher zum Vorschein.

Sam setzt sich aufs Bett und bedeutet mir, auf dem Schreibtischstuhl Platz zu nehmen.

»Bereit?« Ohne meine Antwort abzuwarten, schaltet sie den Fernseher ein. Er ist schon auf den 24 Stunden Nachrichtenkanal von BBC gestellt.

»… gerade eingetroffen. Um 16.00 Uhr wird es eine Pressekonferenz mit dem Londoner Bürgermeister und den Sicherheitskräften geben, gefolgt von einer Liveansprache der Premierministerin aus der Downing Street.«

Die Uhr auf Sams Schreibtisch zeigt 15:45 Uhr.

In der Zwischenzeit wiederholen sie die gestrigen Berichte vom Stromausfall und dem Polizeieinsatz. Den Razzien in London, Birmingham, Manchester und Glasgow. Schnelles und entschlossenes Vorgehen gegen die A4A. Doch nun berichten sie, dass es im Anschluss an die Razzien in London zu Unruhen gekommen ist und viele Straßen abgesperrt wurden.

Die Pressekonferenz beginnt. Der Bürgermeister fasst die Geschehnisse nochmals zusammen, konzentriert sich dabei auf London, auf die Schauplätze und die Anzahl der Festnahmen. Dann dürfen Fragen gestellt werden.

»Woher wussten die Sicherheitskräfte von den geplanten Anschlägen?«

»Sie werden bestimmt verstehen, dass wir keine vertraulichen Sicherheitsinformationen preisgeben können. Der Erfolg zeigt, dass wir denen trauen können, die Londons Einwohner schützen.«

»Es gibt Berichte, dass die Polizei bei den Razzien mit großer Härte vorgegangen ist. Was können Sie uns dazu sagen?«

»Bedauerlicherweise musste konsequent durchgegriffen werden, um die Stadt für uns alle sicher zu machen. Wir können nicht riskieren, dass Terroristen entkommen.«

Jemand flüstert dem Bürgermeister was ins Ohr, und die Pressekonferenz wird beendet, bevor noch weitere Fragen gestellt werden können.

»Die verbergen doch was«, sagt Sam.

»Politiker verbergen immer was.« Sofort wird mir bewusst, dass es so klingt, als könnte ich damit ihren Vater meinen. »Tut mir leid, ich meinte …«

»Schon gut. Hast ja recht«, entgegnet sie, aber wohl fühlt sie sich dabei nicht. Vielleicht geht es ihr so wie mir vorhin, als sie meinte, Penny würde blöd gucken, wenn sie wüsste, dass mein Vater Taxifahrer ist.

»Manchmal ist es vielleicht berechtigt, Dinge zurückzuhalten.«

»Oder nicht.«

Kamera auf die Downing Street Nr. 10. Premierministerin Powell tritt in einem zerknitterten Anzug und mit einem müden Lächeln aus der Tür.

»Unsere furchtlose Anführerin«, sagt Sam sarkastisch. »Mir reicht's. Hast du was dagegen, wenn ich ausschalte?«

Ich schüttle den Kopf und die Premierministerin verschwindet wortlos.

»Mag denn dein Vater Powell nicht?«, frage ich neugierig. »Er hat sie doch ins Amt gesetzt.«

»Ab und zu darf ich auch mal eine eigene Meinung haben.«

»Sorry, so meinte ich das gar nicht …«

»Entspann dich, das weiß ich doch. Das ist bloß ein wunder Punkt. In der Öffentlichkeit müssen wir immer eine einheitliche Front bilden, aber ich rede meinem Vater nicht nach dem Mund.

Du kannst ihn selbst nach der Premierministerin fragen. Und was immer diese Frau ankündigt, sie setzt eh nie was um. Ich halte sie für keinen schlechten Menschen, aber als Ministerin kann man sie vergessen.«

»Die Wahl letztes Jahr war … ziemlich heftig, fandest du nicht? Hast du sie verfolgt?«

»Klar, mir blieb ja nichts anderes übrig. War auch spannend. Und alle haben sich so aufgeregt, dass die gewohnten Parteien abgewählt wurden und Armstrongs *Recht-und Ordnungspartei* zwar die meisten Sitze, aber nicht die absolute Mehrheit bekam. Und natürlich wurde alles auf den Kopf gestellt, als sich Dads Partei *Freiheit für Großbritannien* mit der Reform-Partei zu einer Regierung zusammengeschlossen hat und nicht mit Armstrongs Leuten.«

»Niemand hat das geahnt. Du auch nicht?«

»Nein. Aber Dad hatte am Tag zuvor was gesagt, das musst du aber für dich behalten.«

»Natürlich«, antworte ich.

»Ich weiß noch, dass er fragte, was wäre dir lieber? Ratten oder ein sinkendes Schiff?«

»Wer war was?«

»Hat er nie gesagt. Eigentlich kam keins von beiden infrage. Doch Neuwahlen wären in dem ganzen Chaos noch schlimmer gewesen, meinte er, deswegen musste er sich entscheiden. Und dabei hat er nicht so sehr an sich selbst gedacht, sondern daran, was für das ganze Land das Beste wäre.«

Fasziniert beobachte ich, wie sich die Emotionen in Sams Gesicht spiegeln. Über all diese Dinge habe ich schon hundertmal gesprochen, doch sie war mittendrin.

»Du musst deinem Vater sehr nahe stehen. Deine Augen leuchten richtig, wenn du über ihn sprichst.«

»Ach ja?« Irgendwie scheint ihr das peinlich zu sein. »Ja, wir haben uns schon immer gut verstanden. Auch wenn ich ihn jetzt viel seltener sehe.«

»Nachdem du miterlebt hast, wie es mit dieser Regierung weitergegangen ist, wie hättest du dich entschieden? Lieber Ratten oder ein sinkendes Schiff?«

Sam grinst. »Ratten natürlich. Wer will schon untergehen? Vielleicht ist es ja auch nur ein Bluff und im Grunde sind sie alle Ratten, die auf dem Schiff und die an Land. Was dann? Dann gibt es keine richtige Entscheidung.« Auch wenn sie lächelt, ist ihr Blick überschattet. »Jetzt reicht es aber mit der Politik. Da sind mir ja Hausaufgaben fast lieber.«

»Sehr gut. Dann bringen wir mal die Naturwissenschaften hinter uns.«

»Aber nur, wenn ich entscheide, was wir heute Abend machen.«

»Was denn?«

»Verrate ich nicht.«

»Hhmm. Okay. Bestimmt bereue ich es noch.«

SAM

Ava sieht in den geliehenen Klamotten von Mum so anders aus. Sie hat sich mit Händen und Füßen gesträubt, bis ich ihr gezeigt habe, dass sie aus dem Haufen für die Altkleidersammlung kommen. Von meinen Sachen hätte ihr ohnehin nichts gepasst, aber Mum und Ava sind gleich groß.

Ich suche ihr ein paar schwarze Hosen aus, die vielleicht ein wenig zu kurz sind, doch sonst gut sitzen, und dazu einen langen lila Pulli, der ihr dunkles Haar noch mehr glänzen lässt.

Verunsichert betrachtet sich Ava im Spiegel. »Ich fühle mich gar nicht wie ich selbst«, sagt sie.

»Willkommen in meinem Leben. Komm. Mum ist nicht da, es wird ein tolles Essen geben.«

»In den Hosen werde ich wohl nicht viel essen können.«

»Der Pulli ist doch lang genug, mach einfach den obersten Knopf auf. Komm schon.«

Sie folgt mir den Flur entlang, die Treppe hinunter bis zum Haupttreppenhaus. »Was für ein Geländer.« Ava streicht über den geschnitzten Handlauf.

»Wollen wir runterrutschen?«, frage ich, doch dann höre ich unten Stimmen. »Vielleicht nachher.« Artig nehmen wir die Stufen.

»Hi Dad.« Neben ihm steht Astrid Connor. Was zum Teufel will die denn hier? Sie ist doch in der Opposition.

»Ah, Samantha«, sagt er. »Und das muss deine Nachhilfelehrerin Ava sein.«

Ich nicke und die beiden geben sich die Hand.

Astrid begrüßt mich – typisch London – mit Küsschen rechts, Küsschen links. Dann stellt Dad ihr Ava vor. Ava wirkt erleichtert, als Astrid ihr bloß die Hand reicht und ihr die Küsserei erspart. Nachdem Astrid gegangen ist, frage ich: »War das dein Termin?«

»Nur ein Schwätzchen unter Nachbarn. Sie wohnt hier gleich um die Ecke«, fügt er Ava zuliebe hinzu. Und das stimmt auch, aber bisher hat sie nie die gute Nachbarin raushängen lassen.

Worüber die wohl gesprochen haben? So ganz geheuer ist mir diese Frau nicht. Weil ihre Tochter Stella auf die gleiche Schule geht, begegnen wir uns dort hin und wieder – und natürlich hat sie mich vor Kurzem gerettet, als ich in Westminster festsaß. Warum war sie heute wirklich hier? Vor Ava kann ich das Dad nicht fragen, wahrscheinlich würde er es mir ohnehin nicht verraten.

Wir folgen Dad ins kleine Esszimmer. Ich sage jetzt klein, aber zehn Leute können hier gut essen. Für uns ist am Ende des Tisches gedeckt. Dad nimmt am Kopfende Platz, Ava und ich sitzen einander gegenüber.

»Und was habt ihr zwei heute gemacht?«, fragt Dad.

»Naturwissenschaften. Ich habe alle Aufgaben erledigt.«

»Und wann hättest du abgeben sollen?«

Ich verdrehe die Augen. »Heute. Aber heute war ja keiner da, also sind alle zu spät.«

»Hat das den ganzen Nachmittag in Anspruch genommen?«

»Ähm, nein, aber…«

»Wir haben auch noch die Nachrichten verfolgt und uns über die Wahl vom letzten Jahr unterhalten«, sagt Ava, und ich bin froh, dass sie mich unterbricht. Dad wäre sicher nicht begeistert, wenn er wüsste, dass ich stundenlang gezeichnet habe, und lügen kann ich nicht gut.

»Großartig! Eine politische Debatte. Hast du die Wahl verfolgt, Ava?«

»Natürlich. Es stand ja viel auf dem Spiel.«

»Nicht viele junge Menschen interessieren sich dafür.«

Avas Blick wird ernst, sie richtet sich gerade auf. »Da täuschen Sie sich. Wir dürfen zwar nicht wählen, aber die Ergebnisse haben wir trotzdem am Hals.«

»Was hast du denn am Hals, das du gerne ändern würdest?«

»Den Ausstieg aus Europa. Die Schließung der Grenzen. Die Abspaltung des Vereinigten Irlands. Ökonomische Entscheidungen, die zum wirtschaftlichen Kollaps geführt haben. Kürzungen im Gesundheitsbereich, bei den Bibliotheken, Universitäten und im Sozialen.«

»Autsch«, sagt er. »Willst du noch die Abschaffung der Monarchie mit auf die Liste setzen?«

Ava zuckt die Achseln. »Das stört mich eigentlich nicht so.«

»Wenn du die Wahl verfolgt hast, weißt du ja, dass meine Partei in den übrigen Punkten mit dir übereinstimmt.«

Mir kommt es wie ein Tennismatch vor: Aufschlag, Volley, Punkt.

»Dann haben Sie ja vielleicht auch Dinge am Hals, die Sie gerne ändern würden.«

Nun lacht er. Ihm ist anzumerken, dass er das Wortduell mit Ava genießt. Und bei mir regt sich die Eifersucht. Von mir will er nie wissen, wie ich politisch denke.

Warum auch? Ich bin sowieso immer auf seiner Seite.

»Würden Sie was ändern, wenn Sie könnten?«

»Vielleicht, aber ich muss die Situation so betrachten, wie sie ist, und nicht, wie ich sie haben möchte. Das ist der Unterschied zwischen einer Sechzehnjährigen ...«

»Siebzehnjährigen.«

»Gut, einer Siebzehnjährigen und jemandem, der Entscheidungen treffen muss, die Auswirkungen auf das Leben vieler Menschen haben. Ich muss das Beste aus Situationen machen, für die ich nichts kann.«

»Wie eine Koalition mit der Reform-Partei einzugehen, trotz politischer Differenzen?«

»Genau.«

»Was halten Sie von der Premierministerin?«

»In dem Punkt behalte ich meine Meinung für mich.« Was ja im Grunde schon alles sagt.

»Fragen Sie sich manchmal, was gewesen wäre, wenn Sie sich anders entschieden hätten und stattdessen mit Armstrongs *Recht- und Ordnungspartei* koaliert hätten?«

Um Dads Mundwinkel spielt ein amüsiertes Lächeln und ich zähle eins und eins zusammen. War Astrid vielleicht deshalb hier? Haben sie darüber gesprochen? »Es liegt in der menschlichen Natur, Entscheidungen infrage zu stellen«, antwortet er schließlich. »Auch wenn ich Politiker bin, bleibe ich Mensch.«

Als ich meine Gabel auf dem Teller ablege, klirrt es laut, und mein Vater wendet sich mir zur, als wäre ihm erst gerade eingefallen, dass ich ja auch noch da bin. »Was habt ihr zwei für heute Abend geplant? Wollt ihr noch was für die Schule tun?«

»Dad! Ich habe diese Woche schon was für Mathe UND Englisch UND Naturwissenschaften gemacht. Ist morgen garantiert auch keine Schule?«

»Ich glaube nicht, nein.«

»Dann können wir uns ja heute Abend freinehmen.« Charlize schreibt mir schon die ganze Zeit, ob ich nicht kommen will, aber ich war noch unschlüssig. Doch jetzt bin ich auf einmal entschieden. »Wir besuchen Charlize.«

»Ich weiß nicht, ob ihr nicht lieber hierbleiben solltet.«

»Sie sagt, es ginge um Leben oder Tod.«

»Na, dann …«

»Es ist auch gleich um die Ecke. Wenn du willst, nehmen wir einen Wagen.«

»Ja, ich sage dem Fahrer Bescheid. Acht Uhr?«

»Okay.«

AVA

Sams Dad muss noch arbeiten, deshalb verlässt er uns schon vor dem Nachtisch. Als ich ihm hinterhersehe, wird mir bewusst, wie nett er eigentlich ist. Im Fernsehen wirkt er nicht so.

»Dein Vater ist in Ordnung«, sage ich.

»Ja, so übel ist er nicht.«

»Ihm schien es nichts auszumachen, dass ich so viele Fragen gestellt habe. Ich hoffe, ich habe es nicht zu weit getrieben.« Auf einmal mache ich mir Sorgen. »Aber als er den Spruch über die jungen Leute gebracht hat, konnte ich nicht anders. War das jetzt schlimm?«

»Glaub mir, Ava, mein Vater liebt Streitgespräche. Warum wäre er sonst Politiker geworden?«

Irgendwie klingt Sam verärgert. Erst jetzt fällt mir auf, dass sie sich an dem Gespräch gar nicht beteiligt hat. Hat sie sich ausgeschlossen gefühlt?

»Warum sagst du nicht, was du denkst? Als wir vorhin allein waren, hast du es doch auch getan. Warum hast du dich heute Abend zurückgehalten?«

»Klar, das würde super ankommen. Schon okay, Ava. Ich bin nicht die kluge Tochter, die er sich gewünscht hätte. Du schon.«

»Sam! Sei doch nicht …«

Da geht die Tür auf und ich schlucke die Worte runter, schüttle nur noch den Kopf. Ein Tablett mit Kuchen wird hereingetragen. Riesige Stücke Schokoladenkuchen.

»Mein Lieblingskuchen! Danke«, sagt Sam. »Könnten Sie bitte meinem Vater Tee und Kuchen ins Arbeitszimmer bringen lassen? Und schauen, ob er uns einen Wagen für acht bestellt hat?«

»Sehr gerne, Miss.«

Die Tür schließt sich wieder und Sam beißt in den Kuchen. »Mhmm, lecker.«

»Besuchen wir wirklich Charlize?«

»Ja.«

»Damit meinst du Charlize Leighton oder ›das angesagteste Mädchen‹?« Nur Sam überstrahlt sie vielleicht noch auf der Beliebtheitsskala. Aber Sam ist auch eindeutig netter als Charlize. Das Wort »nett« käme mir zu Charlize gar nicht erst in den Sinn.

»Die einzig Wahre.«

»Sie ist doch deine Freundin. Warum gehst du nicht einfach ohne mich? Ich bin ganz glücklich allein mit einem Buch. Du musst mich nicht mitnehmen.«

»Muss ich wohl. Ich habe meine Aufgaben gemacht und das war der Deal. Nun machen wir, was ich möchte.«

»Weiß sie denn, dass ich mitkomme?«

»Ja, habe ich ihr gesagt.«

»Macht ihr das nichts aus?«

»Quatsch!«

»Und wieso geht es da um Leben oder Tod?«

»Schwer zu sagen bei Charlize. Wahrscheinlich bangt sie um einen Jungen oder sie schlägt sich mit einer schwierigen Kleiderfrage herum. Da kannst du dann deinen Senf dazugeben.« Sam zwinkert mir zu. Weiß sie eigentlich, wie wenig mich das interessiert?

Man lässt uns wissen, dass der Wagen bereitsteht.

Wir steigen ein und fahren erst durch das eine, dann durch das andere Tor. Der Fahrer biegt gleich in die erste Straße links ein und hält schon nach ein paar Häusern. Weil die Anwesen so groß sind, ist es ein weiteres Stück, als man denken würde, mehr als fünf Minuten wären wir aber trotzdem nicht gelaufen.

Es gibt eine Kamera. Wieder müssen wir zwei Tore passieren.

Das Haus ist noch größer als Sams. Größer, neuer und auch moderner. Der Fahrer öffnet uns die Türen.

»Wann wünschen Sie zurückzufahren, Miss?«

»Wir rufen an«, antwortet Sam.

Die Haustür geht auf. »Sam!« Es ist Charlize, sie nimmt Sam in den Arm. »Und du musst Ava sein?«

»Ja. Hi.«

»Kommt rein.« Charlize sprüht nur so vor Energie. Ist völlig aus dem Häuschen. Sam verzieht verwundert das Gesicht.

»Was hast du denn für eine Krise?«, fragt Sam.

»Nicht direkt eine Krise. Ich wollte nur unbedingt, dass du kommst.«

»Warum?«

»Komm schon.« Charlize hakt sich bei Sam unter und zieht sie den langen Flur entlang bis zu einer Tür. Ich folge den beiden. Stimmen und Gelächter. Offenbar sind wir nicht die Einzigen, denen es gelungen ist, die Straßensperren zu überwinden. Vielleicht wohnen ihre Freunde aber auch alle hier in der Gegend.

Charlize öffnet die Tür zu einem riesigen Raum. Es gibt Sofas und Sitzecken, Tische und Stühle und ganz hinten am Ende sogar eine Bar mit Kellner. Etwa ein Dutzend Jungs und Mädchen sind da, einige der Mädchen gehören zu der angesagten Gruppe in der Schule.

Doch Sam hat nur Augen für einen Jungen, der sich auf einem Sofa fläzt. Um ihn hat sich eine Schar von Mädchen versammelt, die offenbar hin und weg sind.

»Lucas ist hier?« Sam sieht Charlize kopfschüttelnd an. »Wie hast du das denn angestellt?«

Charlize lacht. »Meinst du Romeo? Bedank dich einfach.«

»Charlize!«

Dieser Lucas steht auf und steuert auf uns zu. Hochgewachsen, lockiges Haar, irgendwie kommt er mir bekannt vor, wobei wir uns sicherlich noch nie begegnet sind. Hat Charlize nicht gerade *Romeo* gesagt? Deshalb habe ich ihn wiedererkannt. Er hat für Sams Zeichnung Modell gestanden. Anders als die Karikatur ist Lucas in Wirklichkeit nicht so perfekt, aber doch Romeo-Material. Wahrscheinlich hat Charlize die Zeichnung in Sams Englischheft gesehen und so die Verbindung hergestellt.

Als Lucas lächelnd auf Sam zugeht, wird sie rot, ihr ist es peinlich. Dann sehen sie sich in die Augen.

Ah, nun begreife ich.

Sie sind ein hübsches Paar. Beide so gut aussehend, er dunkel, sie blond.

Charlize zieht mich am Arm weg, weil sie mich unbedingt allen vorstellen muss. So bleiben Sam und Lucas allein zurück.

Ich spiele mit, antworte freundlich, versuche mich einzubringen, aber dieses Haus und diese Leute sind mir so fremd.

Nein, es ist andersherum. Ich bin die Fremde. Die Außenseiterin. In diesem Raum voller Menschen fühle ich mich einsamer als zuvor.

SAM

»Schön, dass du kommen konntest«, sagt Lucas. »Ich hatte gehofft, dich wiederzusehen.«

Charlize zieht mit Ava ab, und ich weiß nicht so recht, was ich sagen soll.

»Charlize meinte, dass das da deine Nachhilfelehrerin sei? Das Mädchen, mit dem du gekommen bist?«

»Ava? Ja, sie hilft mir. Ich bin nicht besonders gut in der Schule, außer in Kunst. Aber Ava ist auch eine Freundin«, antworte ich, und in dem Moment geht mir auf, wie wahr das ist. Mir tut es leid, dass ich sie gezwungen habe, heute Abend mitzukommen. Ihr wird das hier gar nicht gefallen. Und mir vielleicht auch nicht.

»Charlize hat mir ein paar Zeichnungen gezeigt, die du für sie gemacht hast. Du hast echt Talent.«

Ich zerbreche mir den Kopf, was das für Zeichnungen sein könnten. Als es mir einfällt, schäme ich mich in Grund und Boden. Es waren Kleider. Charlize hat sie mir beschrieben und ich habe sie für ihre Schneiderin gezeichnet.

Ich schüttle den Kopf.

»Doch, wirklich. Weißt du, was? Hast du beim Wohltätigkeitsdinner die Gelegenheit gehabt, mit meinem Onkel zu reden? Möchtest du ihn kennenlernen? Ich könnte dich mal in sein Atelier mitnehmen, dann kannst du sehen, was er mit Farbe so anstellt.«

Wow, spannend, das Atelier eines richtigen Künstlers zu sehen! Doch mit einem Seufzer sage ich: »Im Moment kann ich praktisch nirgendwohin, ohne dass die Security einen Riesenwirbel veranstaltet. Das wäre deinem Onkel bestimmt nicht recht.«

»Willst du was trinken?«

»Nein, also Champagner rühre ich garantiert nicht mehr an.« Wobei es mir sicher helfen würde, mich nicht länger wie ein Wesen vom Stern der langweiligen Volltrottel zu fühlen.

Lucas grinst. »Verstehe. Was Alkoholfreies?«

»Ja, gerne. Vielleicht ein Ginger Ale?«

Nachdem er an die Bar verschwunden ist, schaue ich mich nach Ava um. Sie sitzt auf dem Sofa neben Anji. Keine schlechte Wahl, Anji ist bestimmt netter als die meisten anderen. Ich gehe zu ihnen hin.

»Er ist ein Traum«, sagt Anji.

Mir ist das todespeinlich. »Er ist nicht übel. Aber nicht mein Typ, also tu dir keinen Zwang an.«

»Charlize würde mir den Kopf abreißen. Schließlich hat sie das alles nur veranstaltet, um dich zu verkuppeln.«

»Wer ist er denn?«, fragt Ava. Doch in dem Moment kommt Lucas auch schon mit meinem Getränk zurück. Kurz darauf geht er wieder, um auch den anderen was zu holen.

»Warum will Charlize mich immer unbedingt verkuppeln?«, frage ich Anji.

»Als deine Freundin fühlt sie sich verpflichtet, den Prinzen zu finden, der das Herz der Eiskönigin zum Schmelzen bringt.«

»Hhmm.« Mir ist das Thema unangenehm. Ich bin einfach noch keinem Jungen begegnet, der mich so in seinen Bann gezogen hat. Und das wird auch nicht passieren. Doch das behalte ich für mich, sonst stachele ich Charlize nur noch mehr an.

Anji schaut zur Tür. »Endlich. Ruth ist da.« Und damit verschwindet sie und lässt mich und Ava allein. Doch bevor ich noch was zu Ava sagen kann, ist Lucas schon mit ihrem Mineralwasser zurück.

Ich stoße mit Ava an und wende mich dann Lucas zu. »Sorry, uns ist gerade nicht so nach Party. Wenn du weiterziehen willst, sind wir nicht böse.«

»Kommt nicht infrage.« Er setzt sich.

»Ava hat gerade gefragt, wer du bist. Aber viel kann ich nicht über dich sagen, vielleicht kannst du uns ja aufklären.«

»Wer ich bin? Oh. Ist das existenzialistisch gemeint oder reichen euch ein paar banale Infos? Ich bin Lucas Sowieso.« Er grinst.

»Häh?«

»Ich habe Sam auf einer Wohltätigkeitsveranstaltung kennengelernt und sie mit Champagner abgefüllt.«

»Der Abend, nach dem du solche Kopfschmerzen hattest?«, fragt Ava.

»Genau«, antworte ich.

»Viel mehr gibt es auch nicht zu sagen«, fährt Lucas fort. »Ich bin gerade am East London College in die Oberstufe gekommen.«

»Das ist ganz schön weit weg«, sagt Ava. »Wohnst du da in der Gegend?«

»Ja.«

»Wie bist du denn hergekommen? Sind die meisten Straßen nicht gesperrt?«, frage ich.

»Ich habe den Bus genommen, bis es nicht mehr ging. Den Rest bin ich gelaufen.«

»Bei den ganzen Sperrungen muss das ein ziemlicher Marsch gewesen sein«, sagt Ava.

»Laut Charlize ging es um Leben und Tod.« Er grinst. »Sam, ich weiß, dass es dir unangenehm ist, dass sie uns verkuppeln will. Mir auch. Machen wir ihr einen Strich durch die Rechnung und werden einfach Freunde?«

Erleichtert lächle ich ihn an. »Das sollte kein Problem sein. Aber sag mal, weißt du, was da draußen los ist?«

»Leichter Nieselregen. Zunehmender Mond. Eine Welle der Wut. Eine der Razzien wurde im falschen Haus durchgeführt, deshalb ist ein Junge weggelaufen und wurde in den Rücken geschossen. Jetzt liegt er im Krankenhaus.«

»Was?« Ich bin entsetzt. »Du meinst, die haben sich im Haus geirrt?«

»Genau. Es war ein Haus weiter.«

»Wenn das stimmt, warum hört man denn nichts in den Nachrichten?«, fragt Ava.

»Was glaubst du denn? Die Behörden streiten alles ab. Behaupten, die Familie, in deren Haus sie eingedrungen sind, gehörten ebenfalls zur A4A. Aber das ist eine Lüge.«

»Woher weißt du das alles?«

Und auf einmal wird er todernst. »Weil ich ihn kenne, den Jungen im Krankenhaus. Er ist ein Freund von mir.«

AVA

Kurz nach Mitternacht sind wir zurück bei Sam.

Wir treten durch den Haupteingang und wollen gerade die große Treppe hoch, als das Licht von Autoscheinwerfern durch die Fenster hineinfällt.

Sam dreht sich um. »Wer von meinen Eltern war denn noch so lange weg?«

Kaum sind wir wieder unten, geht auch schon die Haustür auf. Es ist Sams Mutter.

Ich bin gespannt, denn aus irgendwelchen Gründen ist sie ständig in der Zeitung: wegen ihrer Haare, ihres Kleides oder eines Empfangs. In natura ist sie noch schöner. Geradezu atemberaubend, in einem langen Kleid, das Haar hochgesteckt. Und an Hals, Ohren und im Haar funkeln echte Diamanten, zumindest glaube ich das. Sie ähnelt Sam, nur dass sie größer ist. Und sie wirkt so jung, dass die beiden Schwestern sein könnten.

»Samantha, Liebling.« Die Mutter streckt die Hände nach Sam aus und zieht sie an sich, gibt ihr rechts und links ein Luftküsschen. »Und wer ist deine Freundin?«

»Das ist Ava. Ich habe dir doch geschrieben, dass sie über Nacht bleibt. Sie ist meine Nachhilfelehrerin. Wegen der Straßensperren kommt sie nicht nach Hause.«

»Natürlich. Freut mich sehr, Ava«, sagt sie und lächelt. Dann bekomme auch ich ein Luftküsschen. »Was habt ihr zwei denn heute gemacht? Warum seid ihr überhaupt noch wach?«

»Auf dich gewartet, was sonst. Du kommst aber spät.« Sam setzt eine gespielt strenge Miene auf.

Ihre Mutter lacht glockenhell. »Wir saßen in der Royal Albert Hall fest! Die haben uns nicht gehen lassen, bevor die Straßen alle wieder frei waren. Was für eine Aufregung! Geh ins Bett, Liebling!«

Als sie Sam über die Wange streicht, flackert in mir plötzlich Sehnsucht auf – das fehlt mir.

Gemeinsam steigen wir die Treppen hinauf, doch ihre Mum verabschiedet sich im ersten Stock, während wir noch einen weiter gehen.

»Penny hat mir vorhin geschrieben, dass du das Gästezimmer gegenüber von mir bekommst«, sagt Ava. »Es sollte alles da sein. Klamotten, Handtücher und so. Und ein eigenes Bad hast du auch.« Wir gehen durch den Flur. »Da ist es.« Sam öffnet die Tür und schaltet das Licht ein.

Das Zimmer ist so groß wie Sams, nur dass es keine persönlichen Dinge dort gibt. Obwohl es sehr nobel eingerichtet ist, wirkt es hotelmäßig. Unsere gesamte Zwei-Zimmer-Wohnung hätte darin locker Platz.

»Ist das okay?«

»Das ist mehr als okay. Danke.«

Zögernd bleibt Sam in der Tür stehen. »Bist du müde?«

Ich zucke die Achseln. »Müde schon, aber ich weiß nicht, ob ich schon schlafen kann.«

»Ich auch nicht. Lass uns noch ein bisschen reden.« Wir gehen in ihr Zimmer. Auf dem Tisch neben dem Sofa steht ein Tablett mit Popcorn- und Chipstüten und Getränken. Und ein paar Stücke von dem Schokoladenkuchen.

»Mmh. Ein Mitternachtsimbiss!«, ruft Sam. »Unsere Köchin kann Gedanken lesen.«

Sie schüttet das Popcorn in eine Schale und bedeutet mir, mich neben sie zu setzen.

»Was für ein Tag«, sagt sie.

»Ja.«

»Meinst du, das mit Lucas' Freund stimmt?«

»Überraschen würde es mich nicht. Fehler passieren doch ständig, aber das ist schon heftig.« Ich schaudere. »Die Verantwortlichen sollten richtig Ärger bekommen und sich nicht hinter Lügen verstecken können.« Ich runzle die Stirn. »Aber schon seltsam.«

»Was denn?«

»Wenn es Lucas' Freund war, auf den geschossen wurde, warum ist er denn auf die Party gekommen?«

Sam legt den Kopf schief. »Weiß ich auch nicht«, sagt sie schließlich. »Anfangs wirkte er auch noch nicht aufgebracht. Vielleicht hat er nur versucht, sich abzulenken.«

»Vielleicht.« Dafür habe ich Verständnis. Dinge, die mich am meisten belasten, vergrabe ich auch am tiefsten in mir. Nur warum hat er das Thema denn überhaupt angeschnitten? Irgendwas stimmt da nicht.

Eine Weile sagen wir beide nichts und kauen gedankenverloren vor uns hin. Aber das macht nichts, ich fühle mich wohl – irgendwie geborgen, hier bei Sam und in den schönen geliehenen Klamotten.

»Deine Mutter ist so hübsch«, sage ich schließlich.

»Hhmm. Sollte sie auch. Schönsein ist ihre Lebensaufgabe.«

»Sam!«

»Ist doch wahr. Das ist das Wichtigste für sie.«

»So solltest du nicht über deine Mutter sprechen.«

»Du kennst sie doch gar nicht. Ich schon.«

»Stimmt. Aber ich bin überzeugt, dass sie dich gernhat. Wenigstens hast du eine Mutter.«

Es dauert eine Weile, bis Sam begreift. »Tut mir leid«, sagt sie. »Das wusste ich nicht. Was ist denn mit deiner Mutter passiert?«

»Sie hat uns verlassen. Vor sechs Jahren, als die Grenzen dichtgemacht wurden. Sie kam aus Schweden und ging dann lieber zurück, als hier festzusitzen. Sie hat uns einfach zurückzulassen.«

»Das ist ja furchtbar. Tut mir echt leid. Hat sie sich nie gemeldet?«

»Nein. Gar nicht. Nicht mal eine E-Mail.«

»Oh, Ava.« Mitfühlend sieht sie mich an, greift nach meiner Hand.

»Am schlimmsten ist die Ungewissheit. Geht es ihr gut? Meldet sie sich nicht, weil ihr was zugestoßen ist?« Ich zucke die Achseln. »Manchmal wünsche ich mir das regelrecht. Wenigstens gäbe es so einen Grund dafür, dass sie nichts von sich hören lässt. Und dann fühle ich mich schrecklich, dass ich so denke.«

»Ich erinnere mich noch daran. Der Tag der Entscheidung, da hieß es: Geh oder bleib! Es muss für so viele Menschen schrecklich gewesen sein.«

»Es hat Familien zerrissen. Aber meine Mutter hätte nicht gehen müssen, niemand hat sie gezwungen, wegen mangelnder Sprachkenntnisse das Land zu verlassen. Sie sprach perfekt Englisch. Am Ende hat sie sich bewusst dafür entschieden, meinen Vater und mich zu verlassen.«

»Wie war sie so?«

»Wundervoll. Deshalb verstehe ich es auch nicht. Wenn ich an meine Mutter denke, sehe ich diese warmherzige, tolle Frau vor mir, die für mich da war, mir vorgesungen hat und sich in jeder Hinsicht gut um mich gekümmert hat. Ich habe nie begriffen, warum sie fort ist. Begreife es heute noch nicht.« Ich schaue Sam an, die noch immer meine Hand hält. »Normalerweise rede ich nicht über meine Mutter.« Und das stimmt auch. Ich rede nie über sie, warum bin ich Sam gegenüber so offen?

In vielerlei Hinsicht ist Sam nicht, wie ich es erwartet habe. So gar nicht. Am Anfang habe ich mich in ihrer Gegenwart total unwohl gefühlt, aber sie ist so viel mehr, als man zunächst sehen kann: lustig, talentiert, liebenswürdig.

Jetzt lässt sie meine Hand los. Rückt ein wenig von mir ab, als sie nach einem Stück Schokokuchen greift. Plötzlich ist da eine Distanz, vielleicht sind es nur Zentimeter, dennoch kommt es mir unüberbrückbar vor.

Und nun hoffe ich, dass sie nicht gesehen hat, dass ich ihr nah und auch wieder nicht nah sein wollte. Dass ich insgeheim gehofft hatte, dass sie jemand wäre, den ich verachten könnte. Aber das ist sie nicht und das macht es schwerer.

Sam fängt an, über Lucas zu sprechen, gibt zu, dass sie ihn ins Englischheft gezeichnet hat.

»Ist er denn dein Romeo?« Ich necke sie ein wenig, doch es interessiert mich auch. Sam schüttelt den Kopf, aber so ganz kaufe ich es ihr nicht ab. Da scheint mehr zu sein.

Und dann lächle ich, bin glücklich und traurig zugleich. Glücklich über Sams Vertrauen und ihre Freundschaft. Ich fühle mich nicht mehr ganz so einsam wie zuvor. Aber dennoch bin auch traurig.

SAM

Am nächsten Tag stehe ich nachmittags am Fenster und schaue Avas Taxi hinterher. Die Polizei hat die Lage so weit beruhigt, dass die Straßen wieder freigegeben werden konnten. Ava fährt nach Hause.

Gestern Nacht haben wir stundenlang geredet. Fast hätten wir noch das Mittagessen verschlafen.

Auch wenn wir uns noch nicht lange kennen, vertraue ich ihr. Und ich war ich selbst. Ich habe gesagt, was ich denke und fühle, ohne mir einen Kopf zu machen, ob ich es sagen darf oder nicht. Richtig befreit habe ich mich gefühlt! Ich hoffe, dass wir bald wieder so miteinander reden können.

Die Geschichte mit ihrer Mutter ist so traurig. Vielleicht kann ich da was für sie tun.

Abends klopfe ich an Dads Tür.

»Komm rein«, sagt er.

Ich stecke den Kopf in die Tür.

»Hi, Samantha.« Mit hochgezogenen Schultern und einer tiefen Falte zwischen den Brauen sitzt er am Schreibtisch. Er ist müde und gestresst. Kein guter Moment, ihn um einen Gefallen zu bitten. Ich will schon den Rückzug antreten.

»Komm ruhig rein«, sagt er. »Ich muss mal eine Pause machen.«

»Wenn du meinst. Lust auf einen Tee?«

»Gute Idee.«

»Kommen lassen oder selbst kochen?«

»Lass uns selbst kochen.« Zusammen gehen wir in die kleine Büroküche am Ende des Flurs und ich fülle den Kessel.

»Gibt es Probleme, Dad?«

»Wann gibt es mal keine Probleme? Mach dir keine Sorgen.«

»Das sagst du immer.«

»Du hast dir auch schon immer gerne Sorgen gemacht.«

»Aha.« Ich schenke uns Tee ein. Nun fällt mir wieder ein, was ich ihn noch fragen wollte. »Hat es mit Astrid Connors Besuch gestern zu tun?«

Zögernd rührt er sich Milch in den Tee. »Kein Kommentar.«

Ich verdrehe die Augen. Normalerweise bohre ich nicht nach, aber diesmal will ich es wissen. »Dass sich der Vize-Premierminister mit einer führenden Person der Opposition trifft, passiert nicht alle Tage. Will sie die Seiten wechseln?«

»Kein Kommentar.«

Ich mustere ihn. »Nein, es ist was anderes. Hhmm.«

»Ist ja schlimmer als eine Pressekonferenz. Färbt Ava auf dich ab? Du scheinst ja auf einmal ein Interesse an Politik zu entwickeln.«

Nun bin ich echt sauer. »Wieso entwickeln? Das liegt mir im Blut.«

»Halt dich da bloß raus, Sam. Das ist ein hartes Geschäft.«

»Damit käme ich nicht klar, meinst du?«

»Davor möchte ich dich beschützen, mehr nicht. Nun muss ich aber weiterarbeiten. Oder wolltest du irgendwas Bestimmtes?«

»Eigentlich wollte ich fragen, ob du was für Ava tun kannst.«

»Was denn?«

»Ihre Mutter ist am Tag der Entscheidung zurück nach Schweden gegangen. Ava hat seither nichts mehr von ihr gehört.«

Mein Vater schüttelt den Kopf. »Das muss schwer für sie sein.«

»Aber nach allem, was Ava mir erzählt hat, ergibt es keinen Sinn, dass ihre Mutter das Land verlassen hat. Da scheint was anderes dahinterzustecken. Und an den strengen Sprach-Gesetzen lag es auch nicht. Ihre Mutter sprach perfekt Englisch.«

»Und jetzt fragst du dich, ob ich was rausbekommen kann?«

»Ja. Kannst du?«

Nach einem Moment des Zögerns greift er in seine Tasche und zieht sein Handy hervor. »Wie heißt Ava mit vollem Namen?«

»Ava Nicholls.« Er macht sich eine Notiz. »Danke, Dad.«

»Versprechen kann ich nichts. Vielleicht gibt es da auch nichts herauszufinden. Nun leg dich mal lieber hin und schlaf. Morgen ist sicher wieder Schule.«

Kurz darauf liege ich im Bett, starre an die Decke und hoffe, bald einschlafen zu können. Dass ich gestern die halbe Nacht aufgeblieben bin und heute so lange geschlafen habe, hat meinen Rhythmus total durcheinandergebracht.

Und außerdem lässt mir noch was anderes keine Ruhe. Warum habe ich mich eigentlich so über Dads Reaktion geärgert, als ich ihn auf Astrid angesprochen habe?

Er nimmt mich einfach nicht richtig ernst. Dass ich auch politisch interessiert bin und was zu sagen haben könnte, scheint er sich nicht vorstellen zu können. Ava gegenüber hat er sich gestern beim Abendessen ganz anders verhalten. Vielleicht wollte er auch einfach nur nett sein, weil sie bei uns zu Gast war und eine potenzielle Wählerin ist. Aber ich glaube, dass es nicht nur daran lag. Irgendwie hat er ein festes Bild von mir, ich stecke in der Tochterschublade, in der es keinen Bewegungsspielraum gibt, und das tut weh. Bin ich immer so brav in dieser Schublade geblieben, dass er mich jetzt nicht mehr mit anderen Augen sehen kann?

Endlich gleite ich in diesen Zustand zwischen Wachsein und Schlafen, mir gehen alle möglichen Bilder durch den Kopf – Ava, Lucas –, als plötzlich mein Handy auf dem Schreibtisch vibriert. Wer ruft denn jetzt an?

Erst will ich es ignorieren, aber dann bin ich auf einmal wieder hellwach. Weil ich fürchte, dass die Mailbox gleich anspringen könnte, klicke ich schnell auf *Annehmen* und bemerke dann erst, dass es eine unbekannte Nummer ist. Um Mitternacht?

»Hallo?«, sage ich.

»Sam? Lucas hier.«

»Ah, hi.«

»Charlize hat mir deine Nummer gegeben. Sorry, dass ich so spät anrufe.« Irgendwie klingt er bedrückt.

»Ist was passiert?«

»Ja. Vielleicht hätte ich dich nicht anrufen sollen, ich weiß auch nicht. Gestern hast du dich so interessiert und …«

»Sag schon, was los ist.«

»Der Freund, von dem ich dir gestern erzählt habe …«

»Auf den die Polizei geschossen hat?«

»Ja. Kenzi, so heißt, hieß er. Er ist im Krankenhaus gestorben.«

AVA

Auf dem Weg zur Bibliothek lese ich Sams Nachricht noch einmal: *Muss dich dringend sprechen. Mittags? Bibliothek? Aber nur, wenn du noch mehr Geheimnisse für dich behalten kannst.*

Als ich dort ankomme, sitzt Sam schon auf einem der Stühle und tut so, als würde sie lesen. Leider hält sie das Buch verkehrt herum.

»Was gibt es?«, frage ich.

Sam zieht mich in den hinteren Teil der Bibliothek, schaut sich zwischen den Regalen um, keiner da.

»Lucas' Freund, der angeschossen wurde, ist gestern im Krankenhaus gestorben.«

Ich sehe sie an. Im ersten Moment bin ich schockiert, dann besorgt. Wo soll das hinführen?

»Familie und Freunde des Jungen organisieren heute Abend eine Protest-Demo, eigentlich eine Mahnwache. Lucas ist dabei. Er hat mich gefragt, ob ich mitkomme.«

»Und gehst du?«

»Weiß ich nicht.«

»Was haben sie denn vor?«

»Sie wollen eine Menschenkette bilden und durch London ziehen, Ziel ist Bow, der Stadtteil, in dem Lucas' Freund gewohnt hat. Verschiedene Gruppen treten für Frieden und ein Ende der Gewalt ein, vor allem wollen sie Antworten.« So lebendig und leidenschaftlich habe ich Sam noch nie gesehen.

»Willst du hin?«

»Ja, ich habe bloß Angst. Mich nach der Schule vor den Security-Leuten davonstehlen ist nicht so das Problem, aber mein Dad …« Sie schüttelt den Kopf. »Was würdest du an meiner Stelle machen?«

Ich zögere. Natürlich sollte ich sagen, geh nicht, setz dich keiner Gefahr aus. Doch ist das der Rat, den sie braucht?

»Überleg's dir einfach gut. Ich finde auch, dass du ein Recht auf eine Meinung hast. Aber würde die Aktion deinem Vater schaden?«

»Hier geht es zur Abwechslung mal nicht um meinen Vater. Ich möchte da hin, um die Leute zu unterstützen. Mich einbringen, teilhaben an dem, was da draußen vor sich geht.«

Sam muss auf die Demo. Das begreife ich nun, nur habe ich kein gutes Gefühl dabei. Was, wenn ihr etwas zustößt?

»Wie wär's, wenn ich mitkomme?« Die Worte sind heraus, bevor ich überhaupt weiß, was ich da sage. Das könnte Folgen für mich haben. Wenn die Schule glaubt, ich wäre in was verwickelt, aus dem ich mich besser raushalten sollte, verliere ich mein Stipendium. Ich bin kurz davor, mein Versprechen zurückzunehmen.

»Würdest du das wirklich tun?«

Sams Augen leuchten und schon ist all meine Entschlossenheit dahin. »Na klar«, sage ich.

»Danke.«

SAM

Es ist alles kein Problem. Als Oberstufenschülerin hat Ava den Code für das Seitentor. Nach der Schule treffen wir uns zur vereinbarten Nachhilfe und nach der Hälfte der Zeit verlassen wir die Schule. Meinen Wagen habe ich schon abbestellt, habe einfach behauptet, ich würde mit zu Charlize fahren. Falls jemand bei ihr nachfragen sollte, wird sie mich decken. Ich habe ihr gesagt, dass ich mich mit Lucas treffe. Stimmt ja auch, bloß haben wir nicht das vor, was Charlize denkt.

Und ich habe weiter darüber nachgedacht, ob es sich auf meinen Vater auswirken könnte. Aber heute tue ich etwas als Sam und nicht als seine Tochter. Braucht ja keiner zu wissen, wer ich bin. Mit Avas Hilfe habe ich mein Aussehen verändert. Im Fundus der Theater-AG hat sie eine Brille mit Fenstergläsern aufgetrieben, das Haar habe ich straff zurückgebunden und unter einem Tuch versteckt. Statt der Schuluniform trage ich eine Jeans und einen hässlichen dicken schwarzen Pulli. Er ist viel zu groß und so ganz anders als das, was ich sonst trage. Nicht mal meine eigene Mutter würde mich so erkennen.

In der Dämmerung laufen wir durch die Straßen und ich fühle mich wild und frei. So ist es also, wenn man einfach mal allein herumlaufen kann!

Es ist windig. Die letzten bunten Blätter werden im Schein der Straßenlaterne aufgewirbelt und übers Pflaster verteilt.

»Bist du dir auch ganz sicher?«, fragt Ava.

»Ja. Was ist mit dir? Du musst mich nicht begleiten. Ich komme auch allein klar.« Natürlich ist das gelogen. Und wie zur Bestätigung gibt in dem Moment die Straßenlaterne vor uns flackernd den Geist auf. Sofort werde ich panisch. Ich rücke näher an Ava heran und greife nach ihrem Arm. Auch wenn ich mir sage, dass es noch nicht ganz dunkel ist und dahinten ja wieder eine Straßenlaterne brennt, kann ich nichts gegen die Angst machen. Ich laufe schneller in Richtung der nächsten Laterne, ziehe Ava mit mir.

»Alles okay?«, fragt Ava.

»Nein. Ja. Ich mag nur die Dunkelheit nicht.« Normalerweise sage ich das nie laut, und als wir uns dem nächsten Lichtkegel nähern und ich wieder besser Luft bekomme, wünschte ich, ich hätte den Mund gehalten.

»Das habe ich mich schon gefragt.«

»Was hast du dich gefragt?«

»Ob du Angst vor der Dunkelheit hast. Beim Stromausfall in der Schule hast du dich auch so seltsam benommen.«

Ich bin überrascht, dass es ihr aufgefallen ist. Sonst kann ich meine Gefühle eigentlich ganz gut verbergen, jedenfalls hat bislang noch nie jemand etwas gesagt. »Ja, stimmt schon. Ein bisschen. Kein Ding.« An der nächsten Ecke treffen wir auf eine belebte Straße mit hell erleuchteten Läden und Restaurants und die Angst verfliegt langsam.

»Warum? Ich meine, gibt es dafür einen Grund oder ist das einfach so?«

Nach einigem Zögern gebe ich ihr die kurze Antwort. »Ich bin als Kind mal lange Zeit im Dunkeln eingesperrt gewesen. Seither kann ich das nicht mehr ab.«

»Eingesperrt? Meinst du mit Absicht? Deine Eltern doch nicht?«

»Nein, natürlich nicht.« Ava hat tausend Fragen, das sehe ich ihr an, aber ich will nicht darüber reden, nicht jetzt. »Das ist eine lange Geschichte, die ich dir bei Gelegenheit mal erzähle.« Ob sich diese Gelegenheit je ergibt, weiß ich nicht.

»Okay. Wir sind da«, sagt Ava. Wir laufen die Treppenstufen zur U-Bahn hinunter, schieben unsere Taschen durch die Metalldetektoren, treten durch die Schleusen und nehmen die Taschen auf der anderen Seite wieder in Empfang. Wie die meisten hat Ava eine Chipkarte, die man beim Durchgehen ans Lesegerät hält, für mich hat sie extra einen Fahrschein besorgt. Im U-Bahnhof wimmelt es von Menschen.

Natürlich bin ich schon mal U-Bahn gefahren, aber das ist Jahre her, das war noch vor der Wahl. Doch selbst damals bin ich nie allein oder so wie jetzt nur mit einer Freundin unterwegs gewesen. Und seit sie diese flughafenmäßigen Sicherheitskontrollen eingeführt haben, gar nicht mehr.

Neugierig betrachte ich die Leute, bis Ava mir ins Ohr flüstert: »Starr die Leute nicht so an. Bei manchen kommt das nicht gut.«

Von da an weiß ich nicht, wo ich hinsehen soll, ich starre auf meine Schuhe, auf die Wände.

»Entspann dich«, sagt sie.

Fünf Stationen, dann umsteigen. Jetzt noch mal sechs Stationen. Ich zähle mit, bis es Zeit ist, auszusteigen. Wir laufen die Treppen zum Ausgang hoch.

»Wie spät?«, fragt Ava.

Ich schaue auf meine Armbanduhr. »Wir haben noch zwanzig Minuten.«

Wir gehen aus der U-Bahn raus und laufen die Straße entlang. Bilde ich mir das bloß ein oder liegt wirklich eine gewisse Spannung in der Luft? Überall Menschen. Ist das normal hier? Keine Ahnung.

Lucas' Anweisungen folgend, biegen wir links in eine Straße ein. Es wurde vorher berechnet, wie viele Leute nötig sind, um die Straßen miteinander zu verbinden, und wir sind Teil dieser Menschenkette, die das Herz des Arbeiterviertels einzirkelt.

Ich entdecke Lucas, lange bevor er uns sieht. Bei seiner Größe sticht er aus der Menge raus, außerdem fängt sich das Licht der Straßenlaterne in seinem Haar. Wir stehen schon fast vor ihm, als er uns endlich wahrnimmt.

»Sam? Ich habe dich gar nicht erkannt! Du bist echt gekommen!« Er drückt mich an sich und ich störe mich nicht daran. Dann nimmt er auch Ava in den Arm. Ihr ist das sichtlich unangenehm, aber sie sagt nichts.

»Habe ich doch versprochen.«

»Weiß ich, nur für dich ist das eine große Sache. Also, danke.«

Es wirkt, als würden die Leute ziellos durcheinanderlaufen, doch dann zeigt Lucas uns unseren Platz. Langsam formiert sich eine Reihe.

»Das ist meine Schwester Molly«, sagt Lucas und stellt uns einem Mädchen vor, das ebenso dunkles Haar hat wie er, »und das ist mein kleiner Bruder Nicky. Eigentlich sollte er nicht hier sein, aber er ist Molly nachgelaufen und nun haben wir ihn an der Backe.« Ein vier- oder fünfjähriger Junge grinst mich an. Er hat blondes Haar, nicht so hell wie meines, bloß mit hellen Strähnen. »Und das ist mein Onkel Gil. Der Künstler, weißt du noch?«

Es geht los.

Wir fassen uns alle an den Händen. Molly nimmt Nickys rechte, Lucas greift nach Nicky und mir; meine Finger umschließen die von Ava und Ava hält wiederum Gils Hand – so weit man blicken kann, zieht sich die Menschenkette die Straße entlang, Londoner jeden Alters und jeder Hautfarbe, manche in abgetragenen Klamotten, manche todschick.

Verkehrslärm, Hupen. Die Straßen werden von Menschen blockiert, die sich an den Händen halten.

»Es passiert«, sagt Lucas. »Es passiert wirklich!«

Und der Protest wächst. Von den Fußgängern und Autofahrern, die zufällig vorbeikommen und fragen, was los ist, schließen sich einige uns an oder applaudieren.

Was ich jetzt fühle, kenne ich sonst gar nicht. Gemeinsam stehen wir für Frieden und gegen Gewalt auf der Straße und fordern die Regierung auf, Antworten zu liefern.

Ein Stück von uns entfernt ist etwas erhöht ein Podium mit Mikrofon aufgebaut.

»Das sind Kenzis Eltern«, sagt Lucas. »Die warten auf die … ah, da sind sie ja schon.«

Die Presse. Kameras laufen. Lucas zeigt auf eine Kamerafrau, erzählt mir, dass es seine Mutter ist. Sie ist Journalistin.

Kenzis Mutter hat Tränen in den Augen, dennoch lächelt sie. Als der Vater die Hände hebt, verstummen alle.

»London gehört uns«, sagt er. »Wir wollen es zurück. Leute

wie du und ich stehen zusammen, weil wir uns Frieden und Sicherheit für unsere Kinder wünschen. Uns wurde vorgeworfen, Verbindungen zu Anarchisten zu haben. Das hat sich als falsch herausgestellt und man hat uns freigelassen. Aber unser Sohn, unser kleiner Junge …« Ihm bricht die Stimme weg und er muss einen Moment innehalten. »Kenzi hat Angst bekommen und ist weggerannt. Sie haben ihm in den Rücken geschossen. Gestern ist er gestorben. Nun wollen wir in Frieden um ihn trauern, ohne Gewalt.«

Tränen fließen. Noch immer halten sich alle an der Hand.

Es ist wunderschön.

Und dann kommt die Bereitschaftspolizei.

AVA

Plötzlich sind da überall Waffen, bei den Leuten in der Menge ringsum, aber auch bei welchen, die mit uns in der Kette standen. Haben sie auf diesen Moment gewartet? Auf die Bereitschaftspolizei? Mit Wutgeschrei stürzen sie sich auf die Polizei.

Gerade noch haben Kenzis Eltern zur Gewaltfreiheit aufgerufen. Nun bitten sie die Menge, Ruhe zu bewahren und aufzuhören, bloß es hört keiner zu. Dann wird das Podium umgeworfen und ich verliere sie aus den Augen.

»Lauft!«, ruft Lucas und wir rennen los, ich, Sam, Molly und Lucas mit seinem kleinen Bruder auf dem Arm. Wir gehören zu einem ganzen Schwung von Leuten, die sich nur in Sicherheit bringen und nicht kämpfen wollen, aber wir geraten zwischen die Polizei mit ihren Schilden und Schlagstöcken und die Leute, die heimlich bewaffnet nur auf Randale gewartet haben.

Molly wird von einem Schlagstock getroffen und fällt hin. Ich helfe ihr auf, sie blutet am Kopf. Wo ist Sam?

Sam? Und dann rufe ich nach ihr. Lucas und Sam sind nirgends zu sehen.

Jemand nimmt mich und Molly an die Hand und zieht uns weiter. Ein Höllenlärm. Gebrüll. Geschrei. Es klingt, als würden Knochen brechen, während die Knüppel auf Arme und Köpfe niederprasseln. Auf einmal stehen wir in einer Gasse, fernab des Lärms, ich, Molly und der Junge, der uns weggezerrt hat.

»Wo sind meine Brüder?« Der Junge tröstet die weinende Molly.

»Erst mal bringe ich euch hier weg, dann gehe ich zurück, sie suchen. Okay? Okay?« Widerstrebend lässt sich Molly darauf ein und er führt uns weiter bis zu einer Tür. Nachdem er zweimal geklopft hat, wird sie geöffnet.

»Rein mit euch, schnell«, ertönt eine Frauenstimme. Die Frau ist um die sechzig, sieht nett aus. »Ts«, macht sie, als sie Molly sieht, bugsiert sie sofort auf einen Stuhl und tupft ihr das Blut ab, das ihr mit den Tränen übers Gesicht rinnt. Der Junge kümmert sich währenddessen nicht um den Protest der Frau und eilt wieder nach draußen.

Ich folge ihm.

Ich muss Sam finden. Nichts anderes ist jetzt wichtig.

Wir laufen hinaus in die Nacht.

SAM

Körper. Rufe. Schreie. Über mir ein Schlagstock, den Lucas irgendwie noch blockt, dann stolpere ich und falle hin. In der wogenden Menge verliere ich Lucas aus den Augen. Ich komme nicht mehr hoch, immer wieder werde ich zu Boden gerissen. Als ich es erneut versuche, packt mich jemand bei der Schulter, zieht mich mit einem Ruck hoch und schleppt mich mit sich.

Es ist ein Typ Anfang zwanzig, kurzes Haar, unauffälliger dunkler Anzug. Keine Ahnung, wer das ist. Ich versuche, mich loszureißen, aber er hält mich mit eisernem Griff fest. Die Polizei lässt ihn durch, und er zerrt mich immer weiter, bis wir die Menschenmenge hinter uns gelassen haben.

»Hör auf, dich zu widersetzen, Samantha Gregory«, sagt der Mann. Er weiß, wer ich bin? Vor Schreck sträube ich mich nicht länger. »Wer sind Sie?«

Darauf antwortet er nicht. Vor einem Wagen bleibt er stehen und öffnet die Tür. »Steig ein, ich bringe dich nach Hause.«

Ich sehe ihn nur an, rühre mich nicht von der Stelle. Dann greift er in seine Tasche und hält mir seinen Ausweis hin.

Einen Regierungsausweis. Agent Coulson?

Ich steige hinten in den Wagen ein.

Ich zittere. Wo ist Lucas? Ava? Nicky? Molly? Geht es ihnen gut? Und Kenzis Eltern?

Was ist passiert?

Die Ungewissheit überwältigt mich, macht mir Angst. Ich ziehe das Handy aus der Tasche, es ist tot, das Display gesprungen. Muss beim Sturz kaputtgegangen sein.

Wie hat Agent Coulson mich gefunden?

Und nun bringt er mich nach Hause.

Zu meinem Vater.

AVA

Kurz bevor wir das Ende der Gasse erreichen, bedeutet mir der Junge zu warten und geht an sein Handy. Von Weitem schlägt mir schon wieder der Lärm entgegen. »Ja? Lucas? Gott sei Dank.«

»Frag ihn, ob Sam bei ihm ist«, sage ich.

»Und Nicky und Sam? … ja. Okay. Kannst du zu meiner Tante kommen? Molly ist außer sich … Okay. Bis dann.« Nach dem Gespräch steckt er das Handy wieder weg.

»Du bist doch Ava, nicht?«, fragt er. »Sams Freundin?«

»Ja?«

»Ich bin Juro, Mollys Freund.«

Ungeduldig nicke ich. Warum sagt er nicht endlich, was mit Sam ist? Und dann fürchte ich das Schlimmste.

»Lucas hat gesehen, wie Sam durch den Polizisten-Block geschleust wurde. Er glaubt, dass sie jemand erkannt und sie da rausgeholt hat. Ihr geht es gut. Nicky auch, der ist bei Lucas. Sie sind über eine Nebenstraße entkommen, aber auf der anderen Seite der Menschenmenge. Das heißt, sie kommen heute Abend wohl nicht mehr zurück.«

Vor lauter Erleichterung sinke ich ihm fast in die Arme. Er stützt mich. Der Lärm – Rufe, schnelle Schritte – wird lauter.

»Oh, oh. Nichts wie weg hier«, sagt er.

Wir rennen.

SAM

Dad schüttelt Coulson die Hand. »Danke. Ich bin Ihnen was schuldig und meine Schulden begleiche ich immer.«

»Nicht nötig, Sir.«

Hinter ihm fällt die Haustür zu.

»Komm«, sagt Dad. Ein Wort, nur ein einziges, aber es bebt vor Wut. Ich folge ihm ins Arbeitszimmer, er schließt die Tür.

»Samantha, was hast du dir nur dabei gedacht?«

Stumm sehe ich ihn an. Wo soll ich anfangen? Ich möchte ihm so vieles sagen.

»Wenn dich der Agent nicht erkannt hätte, mein Gott. Wenn dir was zugestoßen wäre …« Und dann nimmt er mich in die Arme, drückt mich an sich und all die Angst, das Drama und die gesamte Nacht stürmen auf mich ein und ich fange an zu weinen. Er streicht mir übers Haar. Weint er etwa auch?

Ich will ihm erklären, warum ich auf die Demo gegangen bin und was es mir bedeutet hat, aber davon will er nichts wissen. Er sagt bloß, dass ich noch jung bin und mir sicher klar ist, dass ich einen Fehler begangen habe. Dass ich so was nicht noch mal tue.

Dass mich dank Agent Coulsons schnellem Eingreifen niemand erkannt hat.

Und dass er nie wieder ein Wort darüber hören will.

Er bringt mich auf mein Zimmer, meint, ich soll schlafen, damit ich morgen wie immer bin, damit keiner merkt, dass was nicht stimmt.

Und dann ist die Tür zu und ich stehe zitternd da.

Ava? Lucas? Ob es ihnen gut geht? Als mich Coulson aus der Menge gezerrt hat, sah es alles andere als gut aus. Sofort kehrt die Angst zurück: Fast wäre ich zu Tode getrampelt worden.

Wie kann ich nach dem, was ich heute Abend erlebt habe, einfach zu Hause rumsitzen und so tun, als wäre nichts?

Lange Zeit stehe ich reglos wie eine Statue da. Auch meine Gedanken sind erstarrt.

Ohne funktionierendes Handy weiß ich Avas und Lucas' Nummer nicht, Mailadressen habe ich auch nicht. Ich könnte natürlich im Netz danach suchen. Ha, was ist denn mit der E-Mail von der Schule?

Nun bewege ich mich wieder schneller, logge mich über mein Tablet ins Netzwerk der Schule ein.

Als ich in meinen Posteingang schaue, fällt mir ein Stein vom Herzen: Ava hat mir vor einer Stunde geschrieben.

Hi Sam, können wir uns morgen eine Viertelstunde später zur Nachhilfe treffen? Ich habe noch was zu erledigen. Und mach dir keinen Kopf wegen Englisch morgen. Bestimmt bekommst du eine gute Note. Du hast Romeo auf dem Papier zum Leben erweckt, sorg dich nicht um ihn.

Ava geht es gut. Um Lucas muss ich mir auch keine Sorgen machen. Endlich kann ich aufatmen.

Ich antworte ihr, damit sie weiß, dass es auch mir gut geht: *Klar, kein Problem. Bis morgen.*

Irgendwann liege ich im Schlafanzug unter der Decke. Das Licht bleibt an, nicht nur das Nachtlicht und die Nachttischlampe, auch die Deckenleuchte.

Hand in Hand für den Frieden einzustehen, hatte etwas so Schönes und Reines. Noch nie habe ich mich so vielen anderen Menschen verbunden gefühlt.

Bis die Bereitschaftspolizei aufgetaucht ist. Warum? Wir haben doch nichts getan, außer uns an den Händen zu halten. Und kaum war die Polizei da, kamen auch die anderen aus dem Nichts und die Gewalt brach los.

Auf einmal steckten wir mittendrin, obwohl wir es nicht wollten. So viele Menschen wurden verletzt, haben vor Schmerz geschrien. Was ist passiert, nachdem Coulson mich weggezerrt hat?

Ob darüber was in den Nachrichten kommt?

Ich taste nach der Fernbedienung und schalte den Fernseher ein. Dann sitze ich Stunde um Stunde da und schaue mit wachsendem Entsetzen jeden neuen Bericht. Überall herrscht Gewalt, nicht nur in London, sondern auch in Manchester, Birmingham, Glasgow und vielen anderen Städten. Es hat sich von London in Windeseile ausgebreitet. Die Leute strömen auf die Straßen; es kommt zu Plünderungen und Schlägereien. Häuser und Autos stehen in Flammen.

Weil ich Samantha Gregory bin, hat man mich nach Hause gebracht. Ich bin sicher und geborgen. Aber für die Menschen, die in den Gegenden wohnen, gibt es keine Sicherheit.

Ich kann einfach nicht begreifen, was da vor sich geht. Kenzis Eltern waren voller Kummer, dennoch haben sie zu einem friedlichen Protest aufgerufen. Sie wollten, dass die Gewalt ein Ende findet. Doch die Leute im ganzen Land nutzen nun Kenzis Tod, um mit noch mehr Gewalt zu antworten.

Und Dad? Von ihm hätte ich erwartet, dass er sauer wird, Erklärungen verlangt, wissen will, mit wem ich da hingegangen bin. Ich hätte erwartet, dass ich ihm wenigstens einmal sagen kann, was ich wirklich denke, dass er mir vielleicht zuhört.

Aber keine Spur davon.

Bis heute habe ich eigentlich immer getan, was von mir erwartet wurde.

Dad hat meine Aktion gar nicht ernst genommen. Wie es in mir aussieht, versteht er nicht, und es interessiert ihn auch nicht. Ihn interessiert nur, dass ich in Sicherheit bin, dass ich den Mund halte und nicht in die Medien komme. Er möchte nie wieder davon sprechen.

Nur bekommt man nicht immer das, was man möchte.

AVA

Am nächsten Morgen habe ich einen Brummschädel, als hätte ich wie Molly einen Schlag abbekommen. Als der Wecker klingelt, habe ich Mühe, wach zu werden.

Es klopft an der Tür. Ist Dad zu Hause? Er steckt den Kopf ins Zimmer. »Ich bringe dich heute Morgen. Ich will nicht, dass du mit dem Bus fährst.«

Also stehe ich auf und mache mich für die Schule fertig, als wäre es ein ganz normaler Tag, dennoch kommt mir alles so unwirklich vor.

Beim Frühstück laufen die Nachrichten in der Küche. In manchen Stadteilen herrscht noch Chaos, aber meinen Schulweg betrifft es nicht. Im Netz gibt es eine Liste von Schulen, die geschlossen bleiben. Meine ist nicht darunter.

Im Fernsehen gibt man dem ursprünglichen Protest, also Kenzis Eltern, die Schuld an den Aufständen, bloß so war es überhaupt nicht. Eine andere Gruppe hat die Protest-Demo für ihre Zwecke genutzt. *Anarchy for all* wird auch in den Berichten genannt.

Dad ist schweigsam, besorgt. So kenne ich ihn gar nicht.

»Bestimmt beruhigt sich alles bald wieder. Meinst du nicht?«, frage ich.

»Diese Stadt, dieses Land ist ein Pulverfass. Und nicht erst seit gestern. Die Menschen sind hungrig, verzweifelt und haben nichts mehr zu verlieren. Der Tod des Jungen war nur der Funke, der es in die Luft gejagt hat. Ich weiß nicht, ob sich die Lage so schnell beruhigt.«

»Sollten wir heute lieber zu Hause bleiben?«

Zum ersten Mal heute schaut er mich richtig an. »Mein kleines Superhirn will nicht in die Schule? Das sieht dir aber gar nicht ähnlich.«

»Nein. Ich fühle mich auch nicht ganz wie ich selbst, bei allem, was passiert.«

»Ruhe bewahren und weitermachen. Ein Rat aus alten Zeiten, doch was bleibt uns anderes übrig?« Dad steht auf und gibt mir einen Kuss auf die Stirn. »Aber ich zwinge dich nicht, wenn du also lieber zu Hause bleiben möchtest.«

Doch dann fällt mir wieder Sams Mail ein: *Bis morgen*, hat sie geschrieben.

»Nein, du hast ja recht. Dann los.«

»Das ist meine Ava.«

Bevor wir losfahren, verbringt mein Vater im Taxi einige Zeit am Funk, um die beste Route auszutüfteln. Und am Anfang fällt auch noch gar nichts auf, die Straßen sehen aus wie immer. Vielleicht bewegen sich die Leute etwas anders, machen besorgte Gesichter, flüstern verstohlen miteinander.

Dann bemerke ich das Graffiti. Hier gibt es immer welche, aber nun leuchtet an allen Ecken frische rote Farbe, an Mauern und sogar auf Gehwegen. Überall steht dasselbe: *A4A bleibt!* Gestern war das noch nicht da. Mich beschleicht ein ungutes Gefühl: Hat die A4A dafür gesorgt, dass die Demo eskaliert ist?

Es ist viel mehr Polizei als sonst unterwegs. In fast jeder Straße kommt uns ein Streifenwagen entgegen. Am Horizont steigt Rauch auf. In den Nachrichten haben sie von Bränden berichtet.

Im dichten Verkehr kommen wir kaum voran. Stop-and-go. Vor uns springt die Ampel auf Rot.

»Soll ich einfach die U-Bahn nehmen?«, frage ich. An der nächsten Ecke ist eine Station.

»Nein, ich bringe dich schon. Weiß nur nicht, ob wir es noch rechtzeitig schaffen, aber …«

Er hält inne, beide schauen wir nach links. Menschen laufen herbei. Kommen sie aus der U-Bahn? Manche schreien.

Dann zittert und bebt die Erde.

»Raus!«, brüllt Dad. Wir reißen die Türen auf und laufen weg.

SAM

Es gibt einen Teil in mir, der möchte Dad packen, ihn schütteln und anschreien, er soll mir zuhören. Aber der größere Teil in mir ist taub. Wir führen ein Theater auf, bei dem wir uns Guten Morgen sagen, uns den Toast reichen und dann gemeinsam in den Wagen steigen. Dad will mich auf dem Weg nach Westminster an der Schule absetzen, vielleicht um sicherzugehen, dass ich unterwegs nicht noch mehr *Fehler* mache.

Als wir losfahren, meint Dad: »Gestern Abend habe ich ganz vergessen, dir noch was zu sagen.« Hat er es vergessen oder war er abgelenkt, weil mich ein Agent von einer Demo nach Hause geschleift hat? »Ich habe was über Avas Mutter in Erfahrung gebracht. Da steckt noch viel mehr dahinter.«

Nun sehe ich ihn gebannt an. »Was denn?«

»Leider nichts Erfreuliches. In ihrer Krankenakte stand, dass sie Krebs hatte, eine sehr aggressive Form. Sie hatte nicht mehr lange zu leben. Wahrscheinlich hat sie deshalb das Land verlassen.«

Das verschlägt mir die Sprache. Avas Mutter hatte Krebs? Arme Ava. »Aber was hat ihre Krankheit mit der Ausreise zu tun?«

»Es war der Tag der Entscheidung. Bevor die Grenzen geschlossen wurden, konnten sich die Euros entscheiden, ob sie gehen oder bleiben wollten. Aber alle, die bleiben wollten, mussten ein kompliziertes Verfahren durchlaufen, bevor sie die gewohnten Rechte und Leistungen erhielten. Also keine unentgeltliche medizinische Versorgung, bis sie als Bürger anerkannt waren. Ich könnte mir vorstellen, dass sie deshalb zurück in ihre Heimat ist.«

»Ava hat davon garantiert nichts gewusst. Warum haben ihre Eltern ihr das nicht gesagt?«

»Manchmal verheimlichen Eltern ihren Kindern Dinge, um sie zu schützen.« Dabei sieht er mich vielsagend an, doch im Moment habe ich anderes im Kopf.

Was soll ich jetzt Ava sagen? Soll ich überhaupt was sagen? Am schlimmsten ist die Ungewissheit, meinte sie. Aber will sie das wirklich wissen?

Ich schaue aus dem Fenster. Der Verkehr stockt, wir halten.

Vor uns ist die Ampel rot.

Es ist viel los auf den Straßen, Leute hasten zur Arbeit oder Schule, und während ich sie beobachte, frage ich mich, ob manche von ihnen auch gestern Abend bei der Menschenkette dabei waren.

Auf einmal kommt Bewegung in die Menge. Viele drehen den Kopf. Reißen erschrocken die Augen auf.

Die Ersten laufen schreiend weg.

Dad fragt den Fahrer, was hier los ist, und ich sehe mich angestrengt um. Als sich die Menge zerstreut, wird auf dem Boden ein roter Fleck sichtbar.

Und dann sieht man deutlich ein Graffiti: *A4A bleibt.*

»Bringen Sie uns hier weg!«, befiehlt Dad dem Fahrer. Aber wie soll er das machen? Wir stecken zwischen lauter anderen Autos fest. Und dann entdecken wir sie. Die Menge ist vor einem Mädchen auseinandergestoben. Sie hat eine Schuluniform an und grinst breit, bloß darüber trägt sie keinen Mantel, sondern was Breites, Klobiges voller Kabel und irgendwelcher Elektroteile. Ich traue meinen Augen nicht. Ist das ein Sprengstoffgürtel?

Ihre Hand, sie hält was in der Hand.

»Alle in Deckung!«, brüllt jemand. Fast gleichzeitig hallt ein Schuss – jetzt sehe ich auch die Polizistin mit der Waffe in der Hand – der Kopf des Mädchens prallt zurück. Er ist rot, über und über rot wie die Farbe …

Und dann – dann –

BLITZE

LÄRM

ZERSTÖRUNG

2. TEIL: KONTROLLE

Wie wichtig einem abstrakte Konzepte wie Freiheit
und Sicherheit sind, hängt immer davon ab, wie hungrig
und ängstlich man ist. Vor der Freiheit kommen Sicherheit,
wirtschaftliche Stabilität und Gleichheit.
Erst wenn diese Bedürfnisse gestillt sind, kann es
wahre Freiheit geben.

William Armstrong, Oppositionsführer,
Koalitionsgespräche

Nichts ist gefährlicher als ein Mensch, der glaubt,
das Richtige zu tun.
Nichts ist nützlicher als der Mensch, den man
davon überzeugt hat.

Astrid Connor, Abgeordnete der Opposition,
persönliches Tagebuch

AVA

Ich halte meinen Vater im Arm.

Immer wieder hustet er, versucht zu sprechen.

Hat er *Tut mir leid* gesagt?

»Du musst nicht reden«, sage ich. »Egal, was es ist. Spielt doch keine Rolle.«

»Ich glaube, ich … ich … habe mich geirrt. Vergib mir«, bringt er keuchend hervor. Dann hustet er wieder, gibt gurgelnde Geräusche von sich, Blut läuft ihm aus dem Mund. Ich glaube, er will *Ich liebe dich* sagen.

»Ich liebe dich auch, Dad.« Und nun hat er aufgehört, um Worte zu ringen, hat überhaupt mit allem aufgehört. Er regt sich nicht mehr und ich weine.

Nach einer Weile kommen Sanitäter dazu. Sie versuchen, mich von ihm wegzureißen, merken aber bald, dass sie ihm nicht mehr helfen können.

Von überall ertönen Schmerzensschreie, bei anderen ist es noch nicht zu spät, also ziehen die Sanitäter weiter.

Nach der Explosion in der U-Bahn sind wir wie alle vor dem

Rauch und den Flammen geflohen. Als wir an die Ecke kamen, stand er da. Ein Junge mit einem Gürtel, einem Sprengstoffgürtel.

Dad hat mich auf den Boden geworfen und sich schützend auf mich gelegt. Er hat mich gerettet.

Dad ist für immer fort, dennoch halte ich ihn fest. Was soll ich sonst tun?

SAM

Warum spielen sich diese schrecklichen Momente immer in Zeitlupe ab? Damit man sich auch jede Einzelheit einprägen kann, um sie dann später wieder und wieder im Kopf abzuspulen?

Ich konnte die Augen einfach nicht geschlossen halten. Ich hab's versucht. Aber das Problem war nicht bloß das, was ich gesehen habe.

Die Geräusche am Anfang, der Schuss, die ohrenbetäubende Explosion waren noch nicht mal das Schlimmste. Sondern die Schreie.

Und auch die Gerüche. Brennende Autos, Häuser und Menschen, der Geschmack nach Zerstörung und Tod, der mir immer noch in Mund und Kehle brennt.

Dann Dads feste, starke Hände, die meinen Gurt gelöst und mich durch die verbeulte Autotür ins Freie gezerrt haben.

Ich zwinge mich, nicht zu unserem Fahrer und zur Security vor uns zu sehen. Deren Wagen hat sich überschlagen und ist auf unserer Motorhaube gelandet. Dieser metallische Geschmack in meinem Mund – ist das das Blut von unserem Fahrer? Oder habe ich mir auf die Zunge gebissen? Die Security-Leute, die hinter uns gefahren sind, kommen angelaufen und wollen uns wegbringen, doch Dad weigert sich, schiebt nur mich in ihre Arme. Dann geht er zu den Verletzten. Bei der Polizei wurde er in Erster Hilfe ausgebildet. Er sagt, er muss helfen.

Ich bin stolz auf ihn. So ging es mir schon oft, aber jetzt bin ich so mit Stolz erfüllt, dass es sogar das Grauen ein wenig überdeckt.

Fürs Erste.

Die Albträume werden später kommen.

AVA

»Name?«

»Ava Nicholls.«

»Und der des Verstorbenen?«

Der Verstorbene schwirrt mir im Kopf herum, bevor ich die Verbindung herstelle.

Daddy.

»Das ist mein Vater. Ethan Nicholls.«

»Geburtsdatum? Adresse? Angehörige?«

Mechanisch beantworte ich die Fragen, während ich zusehe, wie sie den Leichensack verschnüren. Einer von vielen hier. Die Sanitäter haben vollauf mit den Lebenden zu tun, die Toten müssen warten.

Geburtsdatum – Sterbedatum. Er war 52 Jahre alt.

»Kann dich hier jemand abholen?«

Erst da sehe ich die Frau richtig an. »Ich bleibe bei ihm.«

»Das geht nicht, mein Liebes, es ist kalt draußen. Du brauchst ein paar frische Sachen. Geh nach Hause.«

»Nach Hause?« Entgeistert blicke ihr ins Gesicht. Zu Hause war der Ort, an dem ich mit Dad gelebt habe. Wie kann ich jetzt dahin zurück?

»Bahn und Busse fahren heute nicht mehr. Wenn dich keiner abholen kann, bekommst du ein Taxi gestellt.«

»Ein Taxi?«

»Alles okay?«

Wie kann alles okay sein? Aber die Frau tut ihr Bestes, und es gibt noch so viele andere Menschen, die ihre Hilfe brauchen. Ich schwindle sie an und behaupte, mein Onkel käme mich holen. Erleichtert zieht sie ab.

Doch ich bleibe. Warte. Schließlich kommen weitere Rettungswagen und irgendwann nimmt einer auch Dad mit.

Es ist spät. Ich bin wie betäubt, von den Ereignissen, von der Kälte. Ich mache mich nach Hause auf, das kein Zuhause mehr ist. Eigentlich ist es zum Laufen zu weit, aber was bleibt mir anderes übrig?

Nach einer Weile entdecke ich ein Café, in dem noch Licht brennt. Ich stolpere hinein. Alle starren mich entsetzt an. Als ich an mir herunterschaue, merke ich, dass ich voller Blut bin. Dads Blut.

Irgendwer bringt mir einen Stuhl und die englische Antwort auf alle Krisen: eine Tasse Tee. Wenigstens ist er warm und ich umklammere die Tasse mit beiden Händen.

An der Wand hängt ein Fernseher und alle lauschen gebannt den Worten des Moderators. Doch noch weiß niemand so recht, was geschehen ist oder warum. Es gibt Berichterstattungen aus allen Teilen Londons. Tod, Zerstörung, weitere Anschläge. Selbstmordanschläge. Unserer war nicht der einzige.

Was soll ich jetzt machen?

In der Tasche ist noch mein Handy. Ich hole es heraus. Der Akku ist fast leer, doch ich habe noch Empfang. So ein Uralt-Handy hat auch Vorteile, es ist unverwüstbar.

Wen kann ich anrufen? Wir sind immer für uns geblieben, Dad und ich. Ihm machte das nichts aus, er wollte es nicht anders, hat er immer gesagt. Bloß in Wahrheit haben die meisten seiner Uni-Freunde das Interesse verloren, als er mit dem Taxifahren anfing, und irgendwann hat sich gar keiner mehr gemeldet. Dads Eltern sind tot, und dann hat er noch einen Bruder, mit dem er aber kaum Kontakt hatte. Ich weiß nicht mal, wo der lebt.

Ich rufe Sam an. Keine Ahnung, warum. Eigentlich kennen wir uns ja kaum, doch irgendwie möchte ich jetzt ihre Stimme hören.

Es klingelt ein paar Mal. Geht sie nicht ran? Dann klickt es in der Leitung und jemand meldet sich, es ist nur nicht Sam. Jetzt gerate ich in Panik. Ist ihr was zugestoßen?

»Ist Sam da? Geht es ihr gut?«

»Wer spricht da?«

»Ihre Freundin Ava.«

»Hallo, Ava, hier spricht Penny. Sam geht es gut, ihre Anrufe werden nach Hause umgeleitet, weil ihr Handy kaputt ist. Soll ich ihr was ausrichten?«

»Ich … ich weiß nicht …«

»Ava? Ist was?«

Was soll ich sagen? Beinahe hätte ich aufgelegt.

»Mein Vater. Er ist g…g…gestorben. Beim Bombenanschlag.«

»Oh, Ava, das tut mir ja so leid. Wo bist du? Ist jemand bei dir?«

»Nein. Ich weiß nicht, wo ich bin. In irgendeinem Café.«

»Warte kurz.« Nach einer Weile ist sie zurück und sagt: »Erkundige dich, wo du bist, wir schicken dir einen Wagen.«

SAM

»Ich habe nichts«, sage ich. Das stimmt nicht so ganz, aber nach dem, was andere durchmachen mussten, kommen mir die paar blauen Flecken vom Herumgeschleudere im Auto wie eine Lappalie vor.

»Streck mal deine Arme aus und beuge dich vor.«

Als ich mich vorbeuge, bleibt mir fast die Luft weg, so weh tut das.

Ich werde gezogen, gezerrt und in alle Richtungen gebogen.

»Nichts Ernsthaftes«, sagt sie schließlich.

»Habe ich doch gesagt.«

»Ich verschreibe dir ein paar Schmerzmittel. Vielleicht auch was zum Schlafen?« Sie tippt ein Rezept in den Computer, als Dad hereinkommt. Sofort fliege ich in seine Arme. Einen Moment lang drückt er mich.

»Wie geht es meinem Mädchen?«, fragt er und die Ärztin erzählt ihm den gleichen Quatsch noch mal.

»Echt, mir geht es gut. Können wir jetzt nach Hause?«

»Endlich mal eine gute Idee.«

Es ist schon spät. Ich fühle mich wie in einem künstlichen Wachzustand, als wäre mein Hirn an die Steckdose angeschlossen.

Kurz darauf steigen wir in den Wagen. Das Auto sieht genauso aus wie das alte, aber das ist ja Schrott. Wieder muss ich an unseren Fahrer denken, an all das Blut. Natürlich haben wir jetzt einen anderen Fahrer, kenne ich den? Die Fahrer wechseln so häufig, dennoch mache ich mir Vorwürfe, dass ich nicht mal weiß, wer uns davor gefahren hat. Der Mann wird nicht wie wir nach Hause gehen.

Dad hängt am Telefon. »Planänderung«, sagt er. »Wir bringen dich nach Hause, dann muss ich nach Westminster. Krisensitzung.«

»Um diese Zeit?«

»Es hat schon vor einer Weile begonnen. Ich komme bereits zu spät. Und ich muss dir noch was sagen.« Sofort bekomme ich Angst.

»Ist was mit Mum? Oma? Tante Mo?« Im Geist gehe ich schnell alle durch.

»Nein, nein. Mit der Familie ist nichts. Es ist deine Freundin Ava. Ihr ist nichts geschehen, aber ihrem Vater.«

»Was ist passiert?«

»Eine Bombe hat ihn erwischt. Tragischerweise ist er gestorben.«

Ich brauche einen Moment, bis mir die Bedeutung von Dads Worten richtig bewusst wird. Avas Vater? Neulich hat er sie erst zu uns gefahren. Ich hatte nie die Chance, ihn kennenzulernen.

»Ava hat dich angerufen und Penny ist rangegangen. Penny und deine Mutter haben ihr einen Wagen geschickt. Ava sollte bald bei uns sein.«

AVA

»Ava Nicholls?«

Langsam drehe ich den Kopf. Vor mir steht ein Mann in dunklem Anzug, so wie ihn die Fahrer der Regierung tragen.

»Ihr Wagen ist da.«

Der Fahrer weiß über meinen Vater Bescheid, das sehe ich ihm an. Behutsam hilft er mir aus dem Stuhl. »Hier.« Er zieht sich das Sakko aus und legt es mir um.

Im Café sehen sich einige Leute nach uns um, fragen sich garantiert, wer ich wohl bin, dass mir ein Fahrer sein Sakko gibt. Doch die meisten sind viel zu sehr mit ihren eigenen Ängsten und Nöten beschäftigt.

Zu Sam ist es nicht weit, aber weil auf den Straßen solch ein Chaos herrscht und es zig Umleitungen gibt, dauert alles viel länger. Durch die Scheibe, die mich vom Fahrer trennt, sehe ich, dass er ständig ins Funkgerät spricht, nur verstehe ich nicht, was er sagt.

Als wir das Haus endlich erreichen und die doppelten Sicherheitstore passiert haben, steht Penny schon draußen mit einer

Decke parat, die sie mir umlegt. Von Hochnäsigkeit keine Spur mehr.

»Danke«, sage ich.

Penny bringt mich auf das Zimmer, in dem ich auch beim letzten Mal geschlafen habe, sagt, dass Sam bald zu Hause sei und dann gleich nach mir sehen würde. Anschließend wuselt sie besorgt um mich herum, lässt mir ein Bad ein.

Als sie endlich geht, sitze ich auf der Kante eines Sessels und schaue mich um.

Wo wäre ich jetzt, wenn ich nicht mit Sam befreundet wäre? Keine Ahnung. Und wie lange ich hierbleiben darf oder wo ich sonst hinkönnte, weiß ich auch nicht. Aber nach kurzer Zeit bin ich gedanklich wieder beim Unglück. Ich kann es einfach nicht fassen. Auch wenn es sich nicht leugnen lässt, fühlt es sich nicht real an.

Es muss ein Irrtum sein, ein schlechter Traum. Bald wache ich auf …

Es kann nicht wahr sein. Dad würde mich nie …

Warum habe ich heute Morgen nur nicht darauf bestanden, zu Hause zu bleiben? Wenn ich ihm gesagt hätte, dass ich ihn brauche, hätte er nachgegeben, bestimmt. Ich wollte ja, hätte ich doch nur. Warum habe ich bloß nicht?

Und er wollte mich zur Schule bringen.

Und dann …

Ich versuche, die Erinnerung auszublenden, was ich gesehen und gehört habe – die Explosion, die Schreie – und … und …

Doch ich darf es nicht verdrängen, ich muss mich erinnern. Dad hat sein Leben für mich gegeben.

Und dennoch wollte er sich am Ende noch bei mir entschuldigen. Für was nur? Mir fällt nichts auf der Welt ein.

Und dann … und dann. Ist er gestorben. Wirklich gestorben.

Sie haben ihn mir weggenommen, in einen Leichensack gesteckt. Wo haben sie ihn nur hingebracht?

Daddy?

Doch er antwortet nicht. Kann er nicht, wird er nie wieder.

Ich schlinge die Arme um mich und weine.

SAM

Ich klopfe vorsichtig an Avas Tür, aber es kommt keine Antwort. Was soll ich jetzt tun?

Zögernd öffne ich die Tür. Das Deckenlicht ist aus, und meine Augen brauchen einen Moment, um sich an das Schummerlicht von der Nachttischlampe zu gewöhnen. Ava sitzt im Bademantel kerzengerade auf dem Sofa. Ihre Haut ist bleich, die Wangen eingefallen, als hätte sie in den paar Stunden Gewicht verloren oder als wäre es ihr gewaltsam entrissen worden.

Ich versuche, mich in Ava hineinzuversetzen, wie würde es mir gehen, wenn es meinen Dad getroffen hätte? Das hätte ganz leicht passieren können. Wir sind ja selbst nur knapp mit heiler Haut davongekommen.

Ava schaut mich an, ohne sich zu bewegen, und ich schließe die Tür hinter mir.

Schweigend stehe ich im Zimmer. »Es tut mir so leid. Ich weiß nicht, was ich sagen soll«, bringe ich schließlich raus.

Sie schüttelt den Kopf, eine winzige Bewegung, im Halbdunkeln kaum auszumachen. »Ich auch nicht.« Nur ein Flüstern.

Ich setze mich neben sie aufs Sofa und nehme ihre kalte Hand. Ava krümmt sich mir entgegen wie eine welkende Blume. Und so sitzen wir einfach da, reglos, eine halbe Ewigkeit. Irgendwann wird ihr Atem flach und gleichmäßig. Schläft sie?

Die Vorhänge sind nicht zugezogen. Draußen geht die Sonne auf. Es ist ein prächtiger Sonnenaufgang, schon bald erstrahlt der Himmel in leuchtenden Farben.

Ein roter Himmel über einem blutigen London, das nie mehr so sein wird wie zuvor.

AVA

Langsam wache ich auf. Ich bin steif und verspannt, auf einer Seite bin ich warm, auf der anderen kalt. Liegt jemand neben mir? Ich mache die Augen auf. Sam schläft neben mir auf dem Sofa im Gästezimmer. Im ersten Moment bin ich total verwirrt, dann kehrt der Schmerz mit Wucht zurück.

Daddy.

Es klopft an der Tür. Vorsichtig schiebe ich Sam beiseite, doch bevor ich mich erheben kann, geht die Tür schon auf. Penny steckt den Kopf rein. Sam wird wach, gähnt und reckt sich.

»Ich störe euch nur ungern, aber ihr müsst was essen. Ihr könnt in einer halben Stunde runterkommen oder ich schicke euch was hoch. Was ist euch lieber?«

»Ist Dad zu Hause?«, fragt Sam.

»Er ist gerade eben gekommen. Er wird beim Frühstück dabei sein.«

»Lass uns kurz überlegen«, antwortet Sam und Penny zieht sich zurück. »Willst du lieber hier oben oder unten frühstücken?«

Stumm sehe ich sie an. Frühstück mit Sam und ihrem Vater?

An dem langen Tisch im Esszimmer? Womöglich ist die Mutter auch noch dabei. Ich schüttle den Kopf. »Ich bleibe hier.«

»Klar.« Sam zögert. »Hast du was dagegen, wenn ich gehe? Ich möchte gerne wissen, was los ist.«

»Geh ruhig. Du kannst mir dann ja berichten«, presse ich hervor.

»Sicher?«

»Ja, geh.«

»Duschen sollte ich auch mal wieder«, meint Sam. Sie steht mit ungelenken Bewegungen auf und jetzt erst sehe ich die Blutergüsse an ihrer Wange.

»Bist du verletzt?«

»Nein, nicht ernsthaft. Lange Geschichte, erzähle ich dir später.«

»Okay. Geh duschen.«

Sie dreht sich noch mal zu mir um und küsst mich rasch auf die Wange. »Ich sag Penny, sie soll dir Frühstück hochbringen lassen.«

Und während sie schon durch die Tür ist, spüre ich noch ihre Lippen auf meiner Haut.

Von ihrem Vater will sie herausfinden, was los ist. Mein Hirn funktioniert noch nicht so gut. In London meint sie wohl.

Ich stehe auf und gehe ins Bad. Als ich mir die Hände wasche, bemerke ich, dass meine alten Sachen fort sind. Ich hatte sie auf dem Boden liegen lassen, nachdem ich mich gestern endlich ins Bad geschleppt hatte. Das Wasser in der Wanne war inzwischen schon fast kalt. Im Zimmer wartet frische Kleidung auf mich, fein säuberlich auf einem Stuhl gefaltet.

An der Wand hängt ein Fernseher. Ich schaue mich nach der

Fernbedienung um. Immer noch im Nachthemd, das ich mir gestern Abend übergeworfen habe, klettere ich ins Bett. Ich sollte einfach weiterschlafen. In mir gibt es einen Teil, der all das nicht begreifen will, der glaubt, dass wenn ich wieder wach werde, sich alles als Traum oder vielmehr Albtraum entpuppt. Doch als ich heute Morgen wach wurde, hat das schon nichts geändert. Bevor ich mich wieder hinlege, schalte ich noch mal den Fernseher ein und gehe auf BBC.

Gewaltszenen beherrschen den Bildschirm. Bei jeder neuen Meldung schrecke ich auf. Insgesamt gab es gestern sieben Selbstmordattentate in London. Die Täter alle sehr jung, so wie der Junge, den wir gesehen haben, Teenager, den Gesichtern nach zu urteilen, jünger als ich. Warum tun sie sich und allen anderen das an? Und dann auch noch meinem Vater.

An jedem Schauplatz das Zeichen aus roter Farbe: A4A, Anarchy for all. War das nicht die Organisation, die die Regierung angeblich beseitigt hatte? Das hatte doch die Premierministerin persönlich behauptet.

Nach diesem schockierenden Gegenbeweis verlangen alle ihren Rücktritt.

Die Einzelheiten prasseln auf mich ein, ohne dass ich mir alles merken kann: die Orte, die Zahl der bestätigten Toten, der Verletzten. Dann fällt auf einmal der Name von Sams Vater und ich spule ein wenig zurück.

Das Video einer Überwachungskamera zeigt ein Mädchen mit Bombengürtel. Menschen rennen schreiend weg. Ein Schuss fällt. Licht und Lärm zerreißen das Mädchen und alles um sie herum. Ein Wagen wird durch die Luft geschleudert und landet auf einem anderen. Sam und ihr Vater klettern aus dem unteren Auto.

Schaudernd wird mir bewusst, wie knapp sie dem Tod entronnen sind. Davon hat sie gar nichts erzählt.

Dass der stellvertretende Premierminister den Verwundeten vor Ort geholfen hat, wird extrem ausgeschlachtet. Bevor er in die Politik ging, war er offenbar bei der Polizei. Ich erinnere mich dunkel, dass ich das schon vor der Wahl mal gehört hatte, dass er eine Art Held war. Aber dass er damals so an vorderster Front stand, zur Terrorabwehr gehörte, wusste ich nicht. Und die Erste-Hilfe-Ausbildung ist offenbar auch hängen geblieben.

Jetzt hat er den Terrorismus, mit dem er sich vorher so gut auskannte, am eigenen Leib erfahren. Sein Leben und das seiner Tochter waren in Gefahr.

Ich denke an den Mann, den ich hier in seinem Haus kennengelernt habe, und auch daran, wie er sich in der Öffentlichkeit gibt, wofür seine Partei steht: Ich muss das Beste aus Situationen machen, für die ich nichts kann, hat er gesagt.

Wenn die Wahl anders verlaufen wäre, wenn er gewonnen hätte, wäre es vielleicht nie zu diesen Anschlägen gekommen.

Die Wahlbeteiligung war extrem niedrig, so viele Menschen sind gar nicht erst hingegangen. Waren sie faul? Gleichgültig? Oder desillusioniert? Überzeugt, dass sich doch nichts ändern würde, ganz gleich, wem sie ihre Stimme geben? Und viele von denen, die zur Wahl gegangen sind, haben ihre Stimme verschenkt. Proteststimmen nannten sie es. Und wer schimpft jetzt am lautesten über die Regierung und die Premierministerin?

Zur Zeit der Wahl war ich sechzehn, noch nicht wahlberechtigt. Dabei wurde über meine Zukunft entschieden. Es war nicht bloß diese Wahl, es waren auch die turbulenten Wahlen davor, die zur Spaltung Europas führten, dann der Tag der Entscheidung – an dem Mum nach Schweden ging –, die geschlossenen Grenzen.

Ich habe keine Lust, mit den Folgen zu leben, nicht mehr. Was soll ich ohne Dad noch in diesem Land?

Schule, Noten, Universität waren mir so wichtig, aber wer weiß, wann die Schulen wieder geöffnet werden.

Ich kann mich nicht länger belügen. Egal was Mum getan hat oder warum: Sie ist der einzige Mensch, den ich jetzt bei mir haben will.

SAM

»Wie geht es Ava?«, fragt Dad.

»Ich weiß es nicht«, antworte ich wahrheitsgemäß. Er streckt mir die Hand entgegen und ich ergreife sie. Auch wenn ich ein schlechtes Gewissen habe, Ava allein zu lassen, musste ich Dad unbedingt sehen, mich davon überzeugen, dass es ihm gut geht. Mum ist auch schon da, sie sieht ebenfalls müde aus. Aber normalerweise steht sie auch nicht zum Frühstück auf, nicht mal zu einem späten wie heute.

»Hat Ava noch Verwandte?«, fragt Mum. In dem Moment wird mir schlagartig bewusst, dass Ava ja noch gar nicht weiß, dass ihre Mutter nicht mehr lebt. Bei dem ganzen Durcheinander habe ich nicht mehr daran gedacht. Müssen wir es ihr sagen? Sollten wir?

»Ich glaube nicht.« Wenn das stimmt, kann sie nirgendwo hin. »Kann sie bei uns bleiben? Ich meine, für länger?«

Mum und Dad sehen sich an. »Wir müssen überlegen, was für Ava das Beste ist«, sagt Dad schließlich.

Bevor ich noch was entgegnen kann, geht die Tür auf und das Frühstück wird hereingebracht.

»Ich weiß ja nicht, wie es bei euch aussieht, aber ich bin am Verhungern«, sagt Dad. Wenn es um ernste Probleme geht, war es bei uns in der Familie immer so: erst essen, dann reden. Das ist besser für die Verdauung, meinte Dad immer, doch ich habe eher den Eindruck, aufgeschoben ist aufgehoben.

Dad haut rein, als hätte er gestern den ganzen Tag nichts bekommen. Mum und ich stochern im Essen herum, und ich glaube nicht, dass es ihr diesmal um ihre schlanke Linie geht. Sie achtet nicht mal darauf, was ich esse. Im Morgenlicht sind ihr die Sorgen anzusehen.

Endlich legt Dad die Gabel beiseite.

»Was kannst du uns sagen?«, frage ich.

»Das meiste habt ihr ja sicher schon gehört«, sagt er mit einem müden Lächeln. »Anarchy for all ist wiederauferstanden, hat sogar noch breitere Unterstützung gewonnen. Vor allem unter unzufriedenen jungen Leuten. Und die haben die Selbstmordanschläge geplant.«

»Warum? Was wollen die?«

»Das ist nicht ganz klar, außer Chaos. Aber mach dir keine Sorgen, wir bekommen sie wieder in den Griff.«

»Und ihr hattet keine Ahnung? Beim letzten Mal habt ihr sie doch rechtzeitig aufgehalten, aber dieses Mal wusstet ihr von nichts?«

»Nein.«

»Wie wollt ihr sie dann stoppen, wenn ihr nicht wisst, was sie als Nächstes vorhaben?«

»Samantha.« Mum wirft mir einen warnenden Blick zu.

»Schon gut«, sagt Dad. »Die Presse wird mir noch mehr zusetzen. Wir tun unser Bestes, mehr kann ich dir nicht versprechen.«

Dann erklärt er, wie sie die Sicherheit für uns erhöhen wollen, aber ich höre nur mit halben Ohr hin. Wenn nicht mal die Regierung solche Anschläge verhindern kann, wer dann?

Und wenn sie die Sicherheitsmaßnahmen noch so sehr erhöhen, ist überhaupt irgendjemand irgendwo sicher?

Es ist ein seltsamer Tag, wobei seltsam nicht das richtige Wort ist. Unwirklich vielleicht? Nichts fühlt sich real an. Ich schaue nach Ava, aber sie möchte allein sein. Als ich ein zweites Mal nach ihr sehe, schläft sie oder tut zumindest so.

Ich versuche in meinem Atelier, die Dinge zu malen, die ich gestern Abend gesehen habe und die mich seither verfolgen. Als könnte ich die Bilder durch das Malen aus dem Kopf bekommen. Doch irgendwie macht der Pinsel in der Hand alles nur noch unwirklicher.

Wo ist überhaupt meine Kamera? Ich benutze sie kaum. Es ist kleines, handliches Gerät, nicht mal so groß wie ein Handy. Irgendein Verwandter hat sie mir mal zu Weihnachten geschenkt. Wie eine Wilde suche ich jetzt das Zimmer ab, bis ich sie hinten in einer Schublade finde.

Ich muss die Realität anders festhalten. Von nun an werde ich diese Kamera überall mit hinnehmen. Wenn ich selbst Fotos mache, kann ich die Bilder später direkt betrachten.

Natürlich nur, wenn man mich hier je wieder aus dem Haus lässt.

Ich gehe ins Internet. Ohne Handy fühle ich mich so abgeschnitten. Die halbe Schule hat mir geschrieben, um zu erfahren, wie es mir geht, aber ich kann mich nicht überwinden, auf die Nachrichten zu reagieren und tausendmal dasselbe zu antworten.

Ich schreibe Charlize, erkläre das mit dem Handy, damit sie den Leuten sagen kann, warum ich mich nicht melde.

Sie antwortet gleich. Allen aus der Schule gehe es gut. Bei Charlize bedeutet ›alle‹ wahrscheinlich nur ihre Freundinnen, der unbeliebte Rest zählt nicht, deshalb suche ich auf die Website der Schule. Bloß da steht auch nichts.

Charlize erzählt mir, dass Lucas versucht habe, mich zu erreichen. Sie leitet mir seine Nachricht weiter, doch ich bitte sie nur, ihm auszurichten, dass es mir gut geht und dass ich mich später melde.

Ich lege das Tablet beiseite. Als die Sonne untergeht, hängt ein rötlicher Rauchschleier am Horizont. Brennt es?

Ich bin besorgt, unruhig. Dad ist nach Westminster und noch nicht wieder zurück. Ich stehe im dunklen Zimmer am Fenster und halte nach seinem Wagen Ausschau. Avas Vater ist gestorben, in einem Moment war er bei ihr, im nächsten tot. Und wenn man noch so viel Security hat, ganz sicher ist man nie.

Endlich fahren drei Wagen ein. Als ich Dad aus einem aussteigen und ins Haus gehen sehe, ziehe ich die Vorhänge zu, mache das Licht an und schalte den Fernseher ein.

Ein bleicher Nachrichtensprecher mit ängstlichem Blick verliest die Neuigkeiten. Überall Aufstände. Plünderungen. Vandalismus. Es ist nicht mehr auszumachen, wer oder was dafür verantwortlich ist. Kann ja wohl schlecht alles auf das Konto der A4A gehen. Mir kommt es vor, als würde sich jeder, der irgendwie unzufrieden ist, an der Zerstörung beteiligen.

Ich schleiche schließlich über den Flur und lausche an Avas Zimmer. Sie guckt auch Nachrichten. Ich klopfe und öffne die Tür.

»Kann ich reinkommen?«

Sie nickt. Gemeinsam schauen wir stundenlang Nachrichten. Aufstände in London, aber auch in den angrenzenden Grafschaften. Ebenso in anderen Städten und Dörfern in England, Wales und Schottland.

Die Armee wurde hinzugezogen. Straßensperren werden errichtet.

»Das ist ja wie im Krieg«, flüstert Ava. Ich erschrecke mich richtig, weil wir so lange geschwiegen haben.

»Ja, ich verstehe nicht, wie das alles passieren konnte.«

»Mein Vater«, sagt sie mit bedrücktem Gesicht, »hat mal gemeint, London ist ein Pulverfass. Es würde nicht viel brauchen, um es in die Luft zu jagen.«

»Das gilt offenbar fürs ganze Land.«

»Ja.« Schweigend schauen wir denselben Nachrichtenblock zum wiederholten Mal, bis Ava die Fernbedienung nimmt und den Ton ausstellt.

»Sam, ich möchte dich um was bitten.«

»Was denn?«

»Ich weiß, dass viel los ist, aber könntest du deinen Vater irgendwann mal um einen Gefallen für mich bitten?«

»Natürlich. Um was geht es?«

»Ich will weg von hier. Für mich gibt es in diesem Land nichts mehr. Ich weiß, dass die Grenzen verschlossen sind, vielleicht kann er mir trotzdem helfen, die Insel zu verlassen? Ich möchte nach Schweden und meine Mutter suchen.«

AVA

Mitfühlend sieht Sam mich an. Schluckt schwer. »Ava, ich … es geht nicht … ich meine …« Sie verstummt und nun bekomme ich es mit der Angst zu tun.

»Was ist denn? Was hast du?«

Sie schüttelt den Kopf. »Ich wollte noch warten. Ein wenig zumindest. Es ist zu viel.«

»Du brauchst ihn nicht zu fragen. Ich mache es selbst.«

»So meine ich es doch gar nicht. Ich habe ihn schon gefragt.«

»Wie?«

»Vor ein paar Tagen. Vor … vor all den Aufständen. Nicht, ob du nach Schweden kannst natürlich. Aber ich habe ihn gebeten, etwas über deine Mutter in Erfahrung zu bringen. Und das hat er auch.«

Und sie hat keine guten Nachrichten, das sehe ich ihr sofort an. Mir ist, als würde ich ertrinken. Die Wellen schlagen über mir zusammen, trennen mich vom Licht und vom Himmel. Dass Sam näher rückt und meine Hand nimmt, sehe ich mehr, als dass ich es fühle.

»Erzähl schon. Los«, sage ich matt.

»Okay. Es tut mir so leid, Ava. Deine Mutter war krank, sie hatte Krebs. Du weißt ja, dass sich die Euros am Tag der Entscheidung überlegen mussten, ob sie gehen oder bleiben wollten. Wenn sie blieben, mussten sie die Staatsbürgerschaft beantragen, und solange das Verfahren lief, waren sie nicht krankenversichert und bekamen auch sonst keine Unterstützung. Dad meint, dass deine Mutter wahrscheinlich wegen der Krankenversicherung zurück nach Schweden ist.«

Meine Mutter soll krank gewesen sein? Ich versuche, mich an diese Zeit zu erinnern. Gab es da Anzeichen? Mir ist nichts aufgefallen, aber ich war ja noch ein Kind. Mum hat meine aufgeschrammten Knie verarztet, mein Fieber gesenkt, nicht umgekehrt. Wenn meine Mutter was hatte, habe ich davon nichts mitbekommen.

»Aber vielleicht wurde sie behandelt und jetzt geht es ihr wieder gut?«

Sam schüttelt den Kopf. »Tut mir leid, Ava. Dad sagt, dass der Krebs bereits im Endstadium war. Sie hat das Land todkrank verlassen.«

Mit geschlossenen Augen lehne ich mich im Sofa zurück. Ich bin wie betäubt, ich kann es nicht begreifen, ich kapiere es nicht. Mum ist weggegangen, weil sie krank war? Aber da hätte sie doch erst recht bei uns bleiben sollen, der Familie, die sie geliebt hat.

Sie sterben zu sehen. Sie ohne medizinische Hilfe leiden zu sehen. Das wollte sie uns nicht antun. Das muss der Grund gewesen sein! All die Jahre war ich sauer, weil sie mich und Dad verlassen hat, dabei war sie krank, und ich habe es nicht gewusst.

Hat Dad es gewusst?

SAM

Ava hat mich gebeten, sie allein zu lassen, doch mir kam das nicht richtig vor. Sie war so ruhig und gefasst. Ich hätte erwartet, dass sie ausrastet, vielleicht kommt das noch. Ich hab ihr noch gesagt, dass sie mich holen kann, wenn sie reden will, egal wie spät.

Jetzt laufe ich rastlos in meinem Zimmer umher. Es ist schon nach zwei Uhr nachts, aber wie soll ich bloß schlafen?

Ich klappe den Laptop auf, zögere. Auf oberflächliche Chats mit Leuten wie Charlize habe ich keine Lust, doch was ist mit Lucas? Charlize meinte ja, er habe versucht, mich zu erreichen. Nach allem, was wir gestern gemeinsam auf der Demo erlebt haben, ist er vielleicht einer der wenigen Menschen, der sich für mich echt anfühlt.

Ich: *Hi Lucas, hoffe, dir und deiner Familie geht es gut. Die letzten Tage waren verrückt. Gibt noch eine schlimme Nachricht: Avas Vater ist beim Bombenanschlag umgekommen. Sie ist jetzt bei mir.*

Er antwortet beinahe sofort. Noch so ein Schlafloser! *Oh, nein, die arme Ava. Und was ist mit dir? Ich habe in den Nachrichten gesehen, wie knapp es bei dir und deinem Vater war. Geht es dir gut?*

Ich: *Außer ein paar blauen Flecken fehlt mir nichts. Aber gut geht es mir nicht. Warum bist du überhaupt noch wach?*

Lucas: *Bisschen laut hier. Sirenen und so.*

Ich: *Wie und so? Was geht ab?*

Lucas: *Wenn ich aus dem Fenster schaue, sieht's ein bisschen nach Weltuntergang aus. Aber mach dir keine Sorgen, das Haus ist verrammelt, wir gehen nirgends hin.*

Ich bin entsetzt. Die meisten Leute, die ich kenne, leben wie ich in gesicherten Wohngebieten mit Security. Mir ist es gar nicht in den Sinn gekommen, dass Lucas nur wegen seines Wohnorts in Gefahr sein könnte.

Ich: *Versprich mir, dass du dich ab und zu meldest. Will wissen, ob du okay bist.*

Lucas: *Oh, du sorgst dich um mich! Echt jetzt, uns geht's gut. Außer Büchern gibt es bei uns nichts zu holen und das scheint die Plünderer nicht so zu interessieren.*

Ich: *Versprich es mir!*

Lucas: *Hiermit verspreche ich dir hoch und heilig, mich morgen früh zu melden. Jetzt vergrabe ich mich unter ein paar Kissen und versuche zu schlafen. Das solltest du auch tun.*

Ich: *Mach ich.*

Lucas: *Pass auf dich auf.*

Ich: *Du auch.*

Schon im Schlafanzug und im Bett schalte ich den Fernseher wieder ein. Livebilder aus der Luft und vom Boden zeigen, was auf Londons Straßen und auch anderswo passiert. Die Bereitschaftspolizei hat die Lage längst nicht mehr im Griff. Am Horizont ist der Himmel rot. Häuser brennen. Vermummte plündern die Geschäfte. Auf der Straße wird gekämpft. Und die Unruhen greifen um sich. Auf der Karte werden die betroffenen Gebiete gezeigt, die sich mit jeder neuen Meldung vergrößern.

Mir ist speiübel.

Trotz der hell lodernden Flammen herrscht im Land tiefste Dunkelheit.

Mit Mummy einzukaufen ist langweilig, ich verstecke mich hinter den Kleiderständern, kichere, als Mummy und die Verkäuferin mich suchen. Aber ihre Stimmen werden leiser, und als ich das nächste Mal aus dem Versteck schaue, ist da eine Frau, die ich nicht kenne.

Hallo, Sam, *sagt sie und lächelt.* Ich bringe dich zu Mummy und Daddy.

Sie nimmt mich bei der Hand. Doch als wir den Laden verlassen und Mummy immer noch nicht da ist, versuche ich, mich loszureißen. Da packt sie fester zu.

Sie steckt mich in ein Auto, dann in ein fremdes Haus. Wo sind Mummy und Daddy?

Ich bin in einem Zimmer eingeschlossen. Mir ist kalt, ich habe Hunger und es ist stockfinster. Ich kann überhaupt nichts erkennen. Die Dunkelheit ist wie ein gemeines Monster, das tief in mir lauert und immer herauskriecht, wenn ich allein bin.

Ich weine, aber niemand kommt zu mir.

Ich werde immer brav sein, ich versprech's! Bitte bringt mich nach Hause, bitte!

Ich will nur nach Hause …

AVA

Ich mache unsere Haustür hinter mir zu, drehe den Schlüssel einmal um und lehne mich mit geschlossenen Augen dagegen.

Endlich bin ich mal allein, darauf habe ich bestanden. Sams Vater hätte ihr ohnehin nicht erlaubt, mich in diese Nachbarschaft zu begleiten. Dabei sind wir bisher sogar von Unruhen verschont geblieben. Eigentlich hätte Sams Vater es lieber gesehen, wenn der Fahrer und die Security mit ins Haus gekommen wären und mir beim Packen geholfen hätten, aber ich habe gesagt, ich bräuchte den Raum und die Zeit für mich.

Jetzt muss ich ein paar Mal tief Luft holen, bevor ich die Augen öffnen kann.

Es ist erst wenige Tage her, seit ich mit Dad zum letzten Mal durch diese Tür gegangen bin. Alles ist genau so, wie wir es hinterlassen haben. Wie auch sonst? Alles ist so alltäglich.

Unser Schachspiel: Ich war an der Reihe. Ich lasse es, wie es ist, sodass Dad immer den letzten Zug gemacht hat.

Mit meinem Zimmer fange ich an. Das ist am leichtesten.

Ich lasse die Hände über die Bücherregale gleiten. Als ich ein

Kind war, waren Bücher meine Freunde, die meisten habe ich von Mum oder Dad geschenkt bekommen. Ich streiche über die Buchrücken und packe sie dann in die Kartons, die ich mitgebracht habe. Zu viel Zeit kann ich mir nicht lassen. In ein oder zwei Stunden kommen die Männer zurück und helfen mir beim Tragen, haben sie gesagt.

Dads Zimmer. Natürlich war es früher Mums und Dads und noch immer befinden sich hier Dinge von ihr. Dad wollte sich nicht davon trennen. Obwohl sie uns doch im Stich gelassen hat, hing er viel zu sehr an ihr, so kam es mir jedenfalls vor.

Aber vielleicht war es für Dad auch ganz anders als für mich.

Wollte ich deshalb unbedingt gleich herkommen? Es müssen sich in diesen Zimmern doch Antworten finden lassen!

Zunächst gehe ich vorsichtig Mums Sachen durch. Versteckt in einer Schublade finde ich ihr Amulett. Sonst hat sie es immer getragen, warum hat sie es nur zurückgelassen? Darin ist ein Babybild von mir und meine erste Haarlocke. Als ich das Amulett öffne, ist es leer. Hat sie den Inhalt mitgenommen und mir das Amulett hinterlassen? Ich hänge es mir um, und bald schon spüre ich, wie sich das Silber an meiner Haut aufwärmt.

Dann stoße ich noch auf einen Pulli, den sie immer getragen hat, den ziehe ich mir übers T-Shirt, einen Band mit Gedichten, zwar auf Schwedisch, aber ich nehme ihn trotzdem mit.

Nun Dads Sachen.

Außer seinen Büchern besaß er wenig persönliche Gegenstände. Er hat Klassische Philologie studiert und an der Uni gelehrt, bevor seine Abteilung geschlossen wurde. Ich packe ein paar von seinen Lieblingsbüchern ein, die er immer wieder gelesen hat. Ich berühre die Seiten, die er berührt haben muss.

Es gibt noch einen Schal, den ich ihm vor Jahren mal gestrickt habe und den er trotz seiner Unförmigkeit getragen hat. Er riecht nach ihm, nach Minze und Kaffee und noch was. Ich atme tief durch, um nicht den Verstand zu verlieren.

Sein Schreibtisch.

Finanzkram. Bankauszüge, auf dem Konto ist nicht viel. In einer der unteren Schubladen ist Bargeld, das ich einstecke. Mietquittungen. Die Miete wird immer vierteljährlich im Voraus bezahlt, das hat er erst vor drei Wochen getan. Da bleibt mir ein bisschen Zeit zu überlegen, was ich mit den restlichen Sachen anstellen soll. Papiere, Fotos, auf einem sind wir zu dritt drauf, das kenne ich gar nicht. Und unter den Fotos ist eine Schachtel, eine alte Pralinenschachtel. Ich mache den Deckel auf.

Briefe. Von Mum aus Schweden. Ein ganzer Stapel nach Datum sortiert, aber alle alt, von vor meiner Zeit, bevor sie geheiratet haben, als Mum noch gependelt ist, bevor sie endgültig zu Dad nach England gezogen ist.

Doch beim Durchsehen der Briefe entdecke ich, dass manche auch ein späteres Datum tragen. Ich bekomme eine Gänsehaut. Diese Briefe wurden geschrieben, nachdem sie uns verlassen hat.

Und dazwischen stecken auch Umschläge, ungeöffnete, die an mich adressiert sind. Mir zittern die Hände. Die habe ich noch nie gesehen. Ungläubig starre ich auf die Briefe meiner Mutter. Die Mutter, von der ich glaubte, sie hätte mich verlassen, ohne auch nur einmal zurückzuschauen. Sie hat mir geschrieben?

Ich kann das jetzt nicht. Schnell stopfe ich die Umschläge in die Tasche zu den anderen Briefen, um sie mir später anzuschauen.

Ganz unten in der Schachtel ist noch ein Brief, der nicht zu den anderen passt. Der Umschlag sieht offiziell aus, die Adresse ist nicht handgeschrieben, sondern gedruckt. Er ist an Dad adressiert, der jüngste aller Briefe, abgestempelt ein paar Monate nachdem sie uns verlassen hat.

Den öffne ich.

Die Wörter verschwimmen vor meinen Augen.

… uns aufgetragen, Sie als nächste Angehörige zu informieren … gestern Abend gestorben ist.

Dad wusste es. Er hat Mums Briefe zurückgehalten. Er wusste die ganze Zeit, was mit ihr geschehen ist.

Und er hat es mir nicht gesagt.

SAM

Ava wendet mir den Rücken zu und schaut aus dem Fenster. Kartons stehen fein säuberlich aufeinandergestapelt an der Wand ihres Zimmers. Wenn das alles ist, was sie aus ihrem alten Leben mitgebracht hat, ist es wirklich nicht viel.

»Ava?«

Als sie sich umdreht, ist sie noch blasser als sonst, unter den Augen hat sie dunkle Ringe. Sie hält eine Schultertasche fest an sich gepresst.

»Du guckst, als hättest du einen Geist gesehen.«

»Habe ich auch irgendwie.«

»Geht es dir gut? Sorry, dumme Frage.«

»Schon okay. Im Moment bin ich irgendwie taub, fühle gar nichts.«

Um ihren Hals hängt ein selbst gestrickter Schal. Als würde es ihr selbst gerade bewusst werden, reißt sie sich ihn vom Hals.

»Ava?«

»Er wusste es, Sam. Mein Vater. Er wusste von ihrer Krankheit.«

»Wirklich? Bist du sicher?«

»Ja, ich habe Briefe gefunden, die sie ihm geschrieben hat. Und auch …«, Ava schauderte, »… die Mitteilung über ihren Tod ein paar Monaten später.«

»Es tut mir so leid, Ava.«

»Eigentlich hattest du das ja schon rausgefunden, nur es schwarz auf weiß zu sehen, ist doch ein Schock. Und das ist noch nicht alles.« Ava schaut mich an. Wut, Schmerz, Bestürzung liegen in ihrem Blick. »Mum hat mir auch Briefe geschrieben. Er hat sie mir nie gegeben. Sie waren in seinem Zimmer in einer Schachtel.«

»Hast du sie gelesen?«

»Noch nicht. Sie sind hier drin.« Sie schaut auf die Tasche, die sie so fest an sich drückt. »Ich hätte es mir denken können. Kurz bevor er gestorben ist, wollte er mir noch was sagen. Tut mir leid, hat er noch gesagt.« Sie schüttelt den Kopf. »Wie konnte er mir das antun? Mir nichts sagen? Mich im Glauben lassen, ich wäre ihr egal?«

Diesmal schüttle ich hilflos den Kopf. »Ich weiß es nicht.«

»Ich werde ihn jetzt nie mehr fragen können. Nie mehr sauer auf ihn sein, mir seine Version anhören und ihm schließlich verzeihen können. Es wird immer zwischen uns stehen.«

»Oh, Ava.« Obwohl sie aufgebracht wirkt, gehe ich zu ihr hin. Ich nehme sie bei der Hand und ziehe sie neben mich aufs Sofa. Dort sitzt sie mit kerzengeradem Rücken.

»Nun weiß ich mit Sicherheit, dass … dass meine Mutter gestorben ist. Wo soll ich jetzt hin? Ich kann ja nicht ewig bei euch im Gästezimmer bleiben.«

»Warum nicht? Also an Zimmern mangelt es uns nicht. Wenn man nicht aufpasst, verläuft man sich hier.«

»Darum geht es ja nicht. Was ist mit deinen Eltern?«

»Was soll mit ihnen sein? Bitte bleib! Außerdem kann Dad dich schlecht rausschmeißen. Stell dir mal vor, was das für eine Presse gibt! Erst behauptet er, sie hätten der A4A das Handwerk gelegt, die wären keine Gefahr mehr, und dann setzt er ein Mädchen auf die Straße, das die A4A zur Waise gemacht hat. Das kann er nicht bringen.«

Ava sieht mich groß an, legt den Kopf schief, lacht fast los. »Du hast wahrscheinlich recht. Bloß darum geht es auch nicht.«

»Worum dann?«

»Weiß ich jetzt auch nicht mehr.«

»Bleib. Vertrau mir.«

Um Avas Lippen spielt ein Lächeln. »Danke fürs Zuhören. Aber nun muss ich ein bisschen lesen.« Sie klopft auf die Tasche, die sie immer noch festhält. »Und dafür will ich allein sein.«

»Sicher?«

»Ja, ganz sicher.«

»Du sagst Bescheid, wenn du Gesellschaft brauchst, reden willst? Irgendwas?«

»Mach ich. Versprochen.«

Ich drücke sie an mich. Im ersten Moment ist sie ganz steif, doch dann entspannt sie sich ein wenig, schmiegt ihre Wange an meine. Dann rückt sie von mir ab und sieht mich an. In ihren Augen liegt ein Ausdruck, den ich nicht deuten kann.

Ava senkt den Blick. »Nun geh«, sagt sie.

AVA

Ich blicke Sam nach. An der Tür dreht sie sich noch mal um. Dann fällt die Tür hinter ihr ins Schloss.

Seufzend lehne ich mich auf dem Sofa zurück. Allmählich verebbt meine Wut. Das verdanke ich Sams Bemerkung über ihren Vater. Nun muss ich wirklich grinsen, aber das hält nicht lange vor.

Sam hat keine Ahnung, warum ich hier nicht mehr bleiben kann. Ich weiß nicht, wie lange ich meine Gefühle für sie noch verbergen kann.

Nur wo soll ich sonst hin?

Ich schüttle den Kopf. Ich will mich ja nur vor dem drücken, was jetzt ansteht. Einerseits brenne ich darauf, die Briefe zu lesen, anderseits habe ich Angst.

Ich öffne die Tasche. Darin sind auch die Briefe an Dad, die hebe ich mir für später auf – vielleicht lese ich sie auch nie.

Ich nehme die Briefe an mich heraus, achte auf die Reihenfolge.

Mit den Fingern streiche ich über den ersten Umschlag, fahre die Buchstaben ab.

Dann öffne ich ihn. Ziehe das Blatt Papier heraus. Falte es auseinander.

Meine allerliebste Ava,

erst mal möchte ich dir sagen, wie leid es mir tut, dass ich mich nicht verabschiedet habe. Ich dachte, es wäre das Beste, aber kaum war ich fort, wurde mir klar, wie dumm das war. Verzeih mir.

Ich bin wieder zurück nach Schweden gegangen. Ich vermisse dich so, mehr als alle Sterne am Himmel, alle Wellen im Meer. Ich wollte nicht fort.

Ich habe eine schlimme Krankheit. Ich brauche Ärzte, die wir in London nicht bezahlen können. Deshalb haben Daddy und ich entschieden, dass ich nach Hause gehen soll.

Daddy liebt dich. Er wird alles tun, um dich glücklich zu machen. Verzeih auch ihm.

In Liebe Mummy

Mir kommen die Tränen, alles verschwimmt vor meinen Augen. Lesen kann ich erst mal nicht mehr.

Später öffne ich die anderen Briefe, einen nach dem anderen. In jedem Brief schreibt sie mir, wie sehr sie mich liebt. Und erzählt mir von den Blumen im Garten des Hospiz, von den Dingen, die sie in den Wolken sieht, und von den netten Schwestern und Ärzten, die ihr helfen.

Im letzten Brief weiß sie offenbar schon, was kommt. Sie sagt mir, dass ich tapfer sein muss, dass ich die Stärke und den Willen hätte, um in diesem Leben alles zu werden.

Und dann verabschiedet sie sich.

SAM

Kaum bin ich wieder in meinem Zimmer, klopft es auch schon und die Tür geht auf. Mum.

»Dein Vater ist zurück«, sagt sie. »Er will uns beide im Arbeitszimmer sprechen. Sofort.«

»Worum geht's?«

»Weiß ich nicht«, antwortet sie, aber ich sehe ihr an, dass sie beunruhigt ist.

Gemeinsam gehen wir zu ihm, Mum schließt die Tür hinter uns.

»Da sind ja meine beiden Mädchen«, sagt Dad.

»Was ist los?«, fragt Mum.

»Setzt euch erst mal.« Mum und ich sehen uns an, nehmen auf dem Sofa Platz. Dad zieht sich einen Stuhl ran, sodass er uns gegenübersitzt. »Zeit für eine Familienkonferenz.«

»Was ist denn, Merton?«, fragt Mum.

»Bevor ich überhaupt anfange: Das hier ist vertraulich.«

Von Dad erfahre ich sonst nie was Vertrauliches. »Du machst mir Angst«, sage ich.

»Premierministerin Powell tritt wegen der jüngsten Vorkommnisse zurück.«

»Wann?«, frage ich.

»Heute Nachmittag wird es eine Pressekonferenz geben.«

»Heißt das, dass du jetzt Premierminister wirst?«, fragt Mum.

»Unwahrscheinlich«, antwortet er. Sie ist enttäuscht, ich erleichtert.

»Ist die Reform-Partei jetzt nicht mehr an der Macht oder ernennen sie einen neuen Premierminister?« Meine Gedanken überschlagen sich. »Was ist mit der Koalition? Gibt es Neuwahlen?«

Mein Vater hebt eine Augenbraue. »Die Einzelheiten müssen noch erarbeitet werden. Ich muss wieder zurück.«

»Hast du die ganze Nacht durchgemacht?«, will Mum wissen.

»Fast. Ein paar Stunden habe ich auf der Couch im Büro geschlafen.«

»Kannst du uns sonst noch was sagen?«, frage ich.

»Geduld.« Er zögert. »Es muss sich was ändern. Das Land muss mit festerer Hand regiert werden.« Während er das sagt, nimmt er meine in die linke und Mums in die rechte Hand. »Ist Team Gregory an Bord?« Vor großen politischen Auftritten, bei denen Mum und ich lächelnd im Hintergrund winken mussten, hat er das früher immer gesagt. Soll heißen, wir gegen den Rest der Welt, als gäbe es die Sprünge und Risse nicht.

Trotzdem sind sie da.

»Natürlich«, sagt Mum.

Er küsst sie auf die Wange, dann zieht er an meiner Hand. »Samantha?«

Ich soll einverstanden sein, ohne zu wissen, was kommt, worauf ich mich einlasse. Aber mache ich das nicht immer so? Ich nicke und bekomme auch einen Kuss auf die Wange.

»Jetzt muss ich duschen, mich umziehen und los«, sagt er. »Schaut die Nachrichten und geht nicht ans Telefon. Die Vermittlung ist angewiesen, keine Anrufe weiterzuleiten.«

Er steht auf und geht.

Mum und ich sehen uns an. Sie schüttelt den Kopf. »Was kommt wohl als Nächstes?« Und dann nimmt sie mich in den Arm, so richtig, ohne sich um ihr Outfit oder Make-up zu sorgen.

So selten, wie das vorkommt, macht es die Situation umso beängstigender.

Ich warte oben an der Treppe auf Dad. Mich beschleicht ein ungutes Gefühl, dass etwas sehr schief gehen wird, nicht nur mit dem Land, auch mit uns.

Schon bald eilt er im frischen Anzug durch den Flur auf mich zu und ich begleite ihn zur Tür.

»Dad? Musst du dich wieder zwischen Ratten und einem sinkenden Schiff entscheiden? Und wenn du einfach mal gar nichts tust, anderen die Entscheidung überlässt?«

Doch er hört mir gar nicht richtig zu. Hat er noch nie, warum sollte er also jetzt damit anfangen?

AVA

Im Türrahmen bleibe ich stehen, ich möchte nicht unter Leuten sein. Doch nachdem Sam mir geschrieben hat, was los ist, konnte ich schlecht nicht runterkommen, hoffentlich bemerkt mich keiner, so kann ich von hier zusehen und im Notfall unbemerkt wieder gehen.

Aber Sam muss schon nach mir Ausschau gehalten haben. Sie dreht sich zur Tür und winkt mich rein. Auf dem Sofa hat sie mir einen Platz neben sich freigehalten. Ihre Mutter, die auf der anderen Seite von ihr sitzt, nickt leicht mit dem Kopf. Penny ist auch da, sie steht hinter unserem Sofa, ansonsten sitzen noch ein Dutzend anderer Leute, die ich nicht kenne, auf den Sesseln und Sofas im Raum. Eine Frau sieht aus wie eine rundere und weichere Version von Sams Mutter, ihre Schwester vielleicht? Die anderen sind sicher Angehörige, Freunde und leitende Mitarbeiter. Penny berührt mich kurz an der Schulter, sagt aber nichts, auch sonst gibt keiner einen Laut von sich. Im Raum halten alle den Atem an, was mich entspannt, alle Augen sind auf den großen Fernseher an der Wand gerichtet und nicht auf mich.

Auf BBC wird über die jüngsten *Gräueltaten der A4A* berichtet, was klingt, als würde es zu einem festen Begriff werden. Selbstmordattentate in London, Birmingham, Manchester und Glasgow. Allmählich wird mir bewusst, dass ich nicht allein dastehe, sondern viele Menschen betroffen sind. Doch so schnell, wie sich Unruhen und Gewalt ausgebreitet haben, kann es unmöglich allein auf das Konto der A4A gehen. Vielmehr haben sie wohl etwas losgetreten, das unter der Oberfläche schon lange gegärt hat.

Und nicht nur die Leute in diesem Zimmer halten den Atem an, sind quasi in Lauerstellung, auch den Nachrichtensprechern und Experten, die nach ihrer Einschätzung gefragt werden, ist anzusehen, dass sie damit rechnen, dass etwas Einschneidendes passieren wird.

Endlich ist es so weit: *Nun schalten wir live zur Pressekonferenz nach Westminster.* Jemand stellt den Ton lauter.

Alle drei Parteivorsitzenden – Gregory, Armstrong und Powell – stehen zusammen. Ist das überhaupt eine Pressekonferenz? Es findet ja in Westminster statt und dort kommt nur die geladene Presse rein.

Premierministerin Powell tritt ans Mikrofon. Sie räuspert sich. In der zitternden Hand hält sie ein Blatt Papier.

»Ich danke Ihnen, dass Sie heute gekommen sind, nach einer Woche mit den wohl schwärzesten Tagen, die ich je erlebt habe. Zuallererst möchte ich im Namen der Regierung allen Opfern der terroristischen Gräueltaten mein tief empfundenes Beileid aussprechen. Wir werden alles tun, um ihnen durch die schwere Zeit zu helfen. Die Verhandlungen haben die ganze Nacht gedauert und wir haben eine historische Drei-Parteien-Einigung erzielt. Mit sofortiger Wirkung trete ich als Premierministerin zurück.

Das Parlament wird aufgelöst und der Ausnahmezustand verhängt. Unser Land befindet sich in einer noch nie da gewesenen Lage. Es treten Zusatzartikel zu den geltenden Gesetzen in Kraft, wieder mit Zustimmung aller drei Parteien, die Einzelheiten werden später bekannt gegeben. Eine Übergangsregierung mit neuer Koalition wird das Land regieren, bis der Ausnahmezustand aufgehoben wird und Neuwahlen abgehalten werden.« Powell hält inne. »Es war mir eine Ehre, dieses großartige Land führen zu dürfen. Danke.«

Damit tritt sie zurück … und Armstrong und Gregory treten gemeinsam vor. Armstrong nimmt das Mikro.

»Es sind schlimme Zeiten für uns alle. Unser Land braucht Ordnung, eine strenge und gerechte Hand, damit diese abscheulichen Terroristen zügig ihre Strafe erhalten. Parteipolitische Fragen spielen jetzt keine Rolle, es geht darum, Farbe zu bekennen. Gemeinsam.«

So redet er ewig weiter, sagt, was die Leute hören wollen, aber viel Substanz haben seine Worte nicht. Irgendwann blende ich ihn aus. Trotz allem, was in meinem eigenen Leben passiert ist, schwirrt mir der Kopf von dem eben Gehörten.

Was bedeutet das alles? Das Parlament ist aufgelöst und Armstrong wird mit Gregory als stellvertretendem Premier das Land führen … bis die Lage geklärt ist? Was heißt das überhaupt? Und wie kann man ohne Parlament, ohne Legislative, reagieren?

Kann man nicht. Jedenfalls nicht demokratisch.

Eine Flut an Kommentaren bricht los. Ich sehe Sam an. Ihr steht der Schock ins Gesicht geschrieben, doch dann flüstert ihr ihre Mutter was ins Ohr und sie setzt ein künstliches Lächeln auf.

SAM

Krampfhaft versuche ich, gute Miene zu allem zu machen, mir tun schon alle Gesichtsmuskeln weh. Am liebsten würde ich schreiend auf den Tisch springen: Versteht denn hier niemand, was gerade passiert ist?

Team Gregory, rufe ich mir in Erinnerung, bevor Mum es kann. Ava, der man als Einziger den Schock angesehen hat, hat sich gleich nach der Pressekonferenz davongeschlichen. Davor hat sie noch kurz meine Hand gedrückt. Nachdem sie in aller Stille die Briefe ihrer Mutter lesen wollte, war ich nicht mal sicher, ob sie überhaupt kommen würde.

Ich habe das Gefühl zu ersticken. Ich will nur noch weg hier, um mit Ava zu reden.

Aber das kann ich vergessen.

Auch wenn Mum größtenteils Familie und enge Freunde eingeladen hat, sind darunter doch welche, die uns mit Argusaugen beobachten, die nicht Team Gregory sind und voller Schadenfreude etwas zur Presse durchsickern lassen würden.

Eine Drei-Parteien-Einigung. Heißt es, dass Dad mit allem einverstanden war? Ich muss unbedingt mit ihm reden, ihn fragen, wie es hinter den Kulissen aussieht.

Nicht dass er mir groß was sagen würde.

Dad kommt erst Stunden später nach Hause. Man schüttelt ihm die Hand und gratuliert ihm zu seinen sieben Leben als Politiker: noch immer an der Macht, noch immer stellvertretender Premierminister, ihn hat der Rücktritt der Premierministerin nicht den Kopf gekostet.

Es gibt ein Abendessen.

Dad ist bester Laune, er ist sein öffentliches Selbst. Mum strahlt, sie ist ihr eigentliches Selbst, glücklich, im Mittelpunkt zu stehen. Aber wie lange geht das noch gut?

Und darf es noch lange gut gehen?

Während rundherum die Gewalt tobt, ist es im Auge des Sturms ganz still, doch da kann man nicht ewig bleiben, irgendwann holt einen der Sturm ein.

Mein Lächeln sitzt, nur mit den Augen flehe ich Dad an, mir doch was zu sagen, egal was, Hauptsache, es verleiht dem Ganzen einen Sinn. Falls er mein stummes Flehen bemerkt, geht er nicht drauf ein.

Vielleicht trinkt Dad mehr Wein als sonst, vielleicht zittert seine Hand ein wenig, als er einen Toast auf den neuen Premierminister ausbringt. Ansonsten gibt es keine Hinweise darauf, was er wirklich denkt.

Als ich endlich gehen darf, renne ich zurück zu meinem Zimmer, wie gerne würde ich bei Ava klopfen. Soll ich? Doch da geht ihre Tür schon von selbst auf, sie muss auf mich gewartet haben.

»Hi«, sagt sie. »Damit habe ich ja so gar nicht gerechnet.«

»Ich auch nicht.«

»Hast du Lust auf einen Nachrichtenmarathon?«

»Eigentlich nicht, aber du weißt ja.« Ich lächle.

»Bei dir oder bei mir?«

»Bei mir. Ich habe Knabberzeug. Wenn du willst. Alles okay? Ich meine wegen der Briefe von deiner Mutter?«

»Nein, nur will ich nicht drüber reden, also noch nicht.«

»Okay. Dann komm.«

Mit einer Decke machen wir es uns auf dem Sofa bequem, schalten den Fernseher ein. Meine Notfallpralinen liegen offen vor uns. Warm schmiegt sich Avas Arm an meinen, ihre bloße Nähe lässt mich durchatmen und allmählich verziehen sich auch meine Kopfschmerzen.

Die Pressekonferenz von vorhin wird in einer Endlosschleife gezeigt.

Die Reporter befragen Experten, Bürger, Politiker. Alle spekulieren über die Folgen. Doch ihre Reaktionen wirken merkwürdig gedämpft.

Und im Hintergrund geht die Gewalt weiter.

AVA

Am nächsten Morgen klopft es an meiner Tür. Als ich öffne, bin ich überrascht, dass nicht Sam, sondern Penny vor mir steht.

»Hallo, Ava.«

»Guten Morgen.«

»Wie geht es dir? Brauchst du was?«

»Nein, vielen Dank.«

»Hast du Zeit? Mrs Gregory würde gerne mit dir reden.«

Sams Mutter will mit mir reden? Ausgerechnet jetzt, wo alles drunter und drüber geht? »Natürlich. Ich komme gleich.«

»Ich warte«, sagt sie und schließt die Tür.

Wenn es das ist, was ich glaube, habe ich im Grunde damit gerechnet, aber irgendwie auch nicht, was überhaupt keinen Sinn ergibt. Mir scheint allmählich das rationale Denken abhandenzukommen. Deshalb kämme ich mir lieber schnell das Haar, streiche die Bluse glatt, die sie nach meiner Ankunft hier für mich rausgelegt hatten – wahrscheinlich eine von Sams Mutter. Und dann atme ich ein paar Mal tief durch, bevor ich in den Flur trete.

Penny führt mich die Treppe hinunter, durch einen weiteren

Flur zu einem Wohnzimmer. Sie geleitet mich hinein und geht dann.

»Ava, Schätzchen.« Mrs Gregory erhebt sich aus ihrem Sessel und gibt mir Luftküsschen. Wir setzen uns. »Wie geht es dir?«

Ist das eine ehrliche Frage oder eine Höflichkeitsfloskel? Ich gehe mal von Letzterem aus. »Mir geht es gut, danke. Und Ihnen?«

»Ich bin noch ein wenig müde von all der Aufregung gestern! Wir sollten uns mal unterhalten, Ava.«

Ich gebe mir Mühe, entspannt zu wirken, lass es dann aber bleiben.

»Wir haben dich gerne aufgenommen, Ava.«

»Danke, das war sehr nett von Ihnen.«

»Nun müssen wir an die Zukunft denken, was für dich das Beste wäre. Hast du noch Familie oder Freunde, bei denen du gerne leben würdest?«

»Mein Vater hat noch einen Bruder, bloß die haben sich nicht verstanden. Ich weiß gar nicht, wo er wohnt. Und meine Mutter kam aus Schweden. Dort gibt es vielleicht noch Verwandte, aber die kenne ich nicht.«

»Oh, ja. Merton hat mir von deiner Mutter erzählt. Das sind ja noch zusätzlich traurige Nachrichten. Tut mir wirklich leid, dass du das auch noch verkraften musst.« Sie berührt meine Hand. »Du kannst bei uns bleiben, wenn du möchtest, ansonsten gibt es noch eine weitere Möglichkeit. Deine Direktorin hat sich gemeldet und angeboten, dein Stipendium bis zum Abschluss in einen Internatsplatz umzuwandeln. Wie klingt das?«

Es wundert mich. »Ich dachte, so ein Stipendium wie meins würde nur die Schulkosten decken?«

»Normalerweise schon. Aber offenbar haben sie in diesem besonderen Fall noch etwas Luft im Budget. Was meinst du?« Es ist offensichtlich, was sie denkt, was ich sagen soll, mir bleibt eigentlich kaum eine Wahl.

Hier kann ich nicht bleiben. Internat ist die perfekte Lösung. »Das wäre toll. Vielen Dank«, sage ich, obwohl ich irgendwie auch ungern gehe, traurig bin, Sam nicht verlassen will. Ihr Haus war meine Zuflucht.

Mit den Internatsschülerinnen komme ich in etwa so gut klar wie mit Charlize und ihren Freundinnen. Das hat mir sonst nichts ausgemacht, weil ich ja wusste, dass ich nach der Schule nach Hause gehen konnte, bloß wenn ich nun mit ihnen unter einem Dach leben muss?

»Die Direktorin hofft, dass die Schule bald wieder aufmachen kann, wahrscheinlich nächste Woche schon. Wir organisieren einen Wagen, der dich mit deinen Sachen hinbringt. Doch jetzt müssen wir noch was anderes bereden.«

»Gerne. Was denn?«

»Ich muss es leider ansprechen, Ava, auch wenn es schwer für dich ist. Die Gerichtsmedizin hat sich mit uns in Verbindung gesetzt, sie wollen wissen, was mit der Leiche deines Vaters geschehen soll.«

Seine Leiche. Sofort habe ich wieder vor Augen, wie Dad im Leichensack verschnürt wurde. Und wohin hat ihn dann der Rettungsdienst gebracht? Mühsam reiße ich mich zusammen. Daran hätte ich schon früher denken sollen, habe ich bloß nicht.

»Weißt du, ob er irgendwelche Pläne für seine Beerdigung hatte, gibt es ein Familiengrab?«

Ich schüttle den Kopf, meiner Stimme traue ich nicht.

»Merton und ich haben darüber gesprochen und würden gerne

helfen. Penny hat alle Informationen und kann mit dir die Möglichkeiten durchgehen.«

»Ich … danke.«

Als könnte sie Gedanken lesen, taucht Penny augenblicklich mit einer Mappe auf.

Sams Mutter verabschiedet sich, angeblich hat sie noch einiges zu erledigen, ich habe den Eindruck, dass in ihrer schönen Welt Tod und Beerdigungen keinen Platz haben, dass sie kaum daran denken mag und darüber reden schon gar nicht.

Wir gehen zurück auf mein Zimmer. Penny spricht von Erdbestattung und Einäscherung, fragt, ob ich eine Trauerfeier möchte. Obwohl ich mir große Mühe gebe zuzuhören, kommt mir auf einmal was in den Sinn, über das ich vorher nicht nachgedacht habe. Wo ist meine Mutter? Ist sie begraben oder verbrannt worden? Die Grenzen sind dicht. Wenn sie begraben wurde, kann ich ihr Grab nie besuchen.

Allerdings weiß ich auch nicht, ob ich Dads Grab besuchen möchte.

Einäscherung. Keine religiöse Zeremonie, Dad war Atheist. Eine schlichte Trauerfeier. Penny kümmert sich darum, sagt mir dann Bescheid. Die Asche kann ich später verstreuen, keine Ahnung, wo.

»Geht es dir gut?«, fragt Penny. Es klingt aufrichtig.

»Nein, natürlich nicht. Aber nett, dass Sie fragen.«

Mitfühlend nickt sie, streicht mir über die Hand. Ich soll ihr Bescheid geben, wenn ich was brauche.

Als wir uns im Flur verabschieden, schaue ich hinüber zu Sam. Wie gerne möchte ich mit ihr über alles sprechen. Aber vielleicht schläft sie noch. Wir waren gestern lange wach.

Das hat Zeit. Ich schließe die Tür, lege mich wieder ins Bett. Im Moment ist es mein Bett, nur wie lange noch? Wann hat sich die Lage wohl so weit beruhigt, dass ich in die Schule ziehen kann?

Und als ich die Nachrichten einschalte, habe ich die Antwort: nicht sehr bald.

SAM

Als ich morgens aufwache, denke ich im Halbschlaf noch: *Hätte nicht längst der Wecker klingeln sollen? Muss ich nicht zur Schule?* Eigentlich will ich nur wieder einschlafen.

Und dann stürmt alles auf mich ein. Heute ist wieder keine Schule, fast sehne ich mich nach dem öden Alltag.

Ich taste nach meinem Handy. Ist noch früh, der Wecker hätte gerade erst geklingelt. Durch den unregelmäßigen Schlaf ist meine innere Uhr durcheinandergeraten.

Lucas hat mir vor ein paar Minuten eine Nachricht geschickt.

Lucas: *Rate mal, was ich heute Morgen vom Fenster aus gesehen habe?*

Ich: *Keine Ahnung, was denn?*

Lucas: *Rate.*

Ich: *Eine fliegende Untertasse. Einen sprechenden weißen Puschelhasen … deinen Zwillingsbruder, von dem du nichts wusstest.*

Lucas: *Falsch, falsch und falsch! Das habe ich gesehen.*

Kurz darauf bekomme ich ein Foto.

Entsetzt schaue ich's mir an. Es ist riesig, aus Metall und passt so gar nicht ins typische Londoner Straßenbild. Jedenfalls in das, was früher typisch war. Heute sieht man ausgebrannte Läden, Trümmer, kaputte Autos. Ich traue meinen Augen kaum, ich muss blinzeln, zweimal hinsehen.

Es ist ein Panzer. Vor Lucas' Haus steht tatsächlich ein waschechter Kampfpanzer.

Ich: *Ist es das, was ich denke?*

Lucas: *Glaubst du, es ist ein Panzer?*

Ich: *Ja.*

Lucas: *Falls wir nicht beide unter der gleichen Wahnvorstellung leiden, muss es wohl ein Panzer sein.*

Ich: *Was macht der da?*

Lucas: *Jetzt gerade? Warte, ich gucke mal … Nix. Steht rum und sieht gefährlich aus. Und so Militärtypen geistern umher, die scheinen einen Laden an der Ecke besetzt zu haben und hängen hier ab. Als sie gestern Abend mit dem Panzer aufgekreuzt sind, ist der Mob auf und davon. Seither ist es ziemlich still hier.*

Ich schüttle den Kopf. Der Panzer vor Lucas' Haus ist sicher nicht der einzige. Panzer in den Straßen? In London?

Als ich ihm zurückschreiben will, klingelt mein Handy plötzlich, und ich erschrecke mich furchtbar. Mum. Noch vor acht? Kann nicht sein.

»Hallo? Was ist los?«

»Tut mir leid, ich weiß, es ist noch früh, Schatz. Wir müssen uns für diese Pressesache fertig machen. In ein paar Stunden geht es los. Der Premierminister und dein Vater geben eine gemeinsame Erklärung ab. Team Gregory ist dabei und die Armstrong-Familie auch. Steh auf, Penny bringt dir gleich das neue Kleid. Vorausgesetzt, die Lieferung kommt zu uns durch. Ansonsten lass ich mir was anderes einfallen.« In ihrer Stimme schwingt Panik mit. »Husch, husch, Samantha.«

»Okay. Bis dann.«

Eine weitere Nachricht von Lucas: *Bist du noch da oder hat dich die Größe meines Panzers umgehauen?*

Ich: *So schnell haut mich nichts um. Aber die Pflicht ruft, muss mich für so eine Pressesache fertig machen. Behalt den Panzer im Auge.*

Lucas: *Mach ich. Du hast es gut. Viel Spaß.*

AVA

»Gehst du irgendwohin?«

»Ja, aus Langeweile mache ich mich garantiert nicht so zurecht«, sagt Sam und zupft am Saum ihres blassblauen Kleides, das aus einem Glitzerstoff geschneidert ist und perfekt zu ihren Augen passt. Überhaupt sieht sie perfekt aus, nur muss es schrecklich unbequem sein.

Aufmerksam blickt sie mich an. »Hast du was?«

»Penny hat gerade mit mir wegen Dads Beerdigung gesprochen.«

Sam nimmt meine Hand. »Das muss echt schwer sein, dich damit auch noch zu befassen.«

»Muss eben sein. Deine Eltern unterstützen mich dabei finanziell, was echt großzügig ist.«

»Lass es dir von jemandem gesagt sein, der sich auskennt. Mit Geld um sich schmeißen ist ihre leichteste Übung. Mitgefühl zeigen oder für jemand wirklich da sein, ist viel schwerer. Die machen es sich leicht.«

»Sam!« Ich bin geschockt.

»Was ich sagen will, ist, sei nicht zu dankbar. Ich bin froh, dass sie dir helfen, aber Geld ist kein Ding für sie.«

»Du hast überhaupt noch nicht gesagt, wohin du jetzt gehst.«

»Die neue Regierung« – während sie das sagt, schaut sie mich bedeutungsvoll an –, »gibt eine Erklärung ab. Die Familien haben sich dabei dekorativ im Hintergrund zu versammeln.«

»Was werden die wohl verkünden?«

»Keine Ahnung. Ich übe schon mal, mir nichts anmerken zu lassen, egal, was kommt. Hier, teste mich mal!« Sofort macht sie einen gefassten Eindruck. Streicht sich das Haar glatt, faltet die Hände vor der Brust und lehnt sich leicht vor, als würde sie gebannt lauschen, ihr Plastiklächeln sitzt.

»Sehr gut. Hhmm, okay … Einführung der allgemeinen Wehrpflicht.« Sam verzieht keine Miene. »Wie wäre es damit? Die Wehrpflicht beginnt im Alter von fünfzehn Jahren?« Immer noch keine Reaktion. »Du hast es drauf. Hoffentlich wird es nicht so schlimm für dich.«

Ihr Lächeln erstirbt und sie lehnt sich gegen den Türrahmen. »Für mich ist das immer schlimm, aber ich mache mir mehr Sorgen darum, was sie sagen werden.«

Ich nicke. »Ich auch.«

Sam schaut mich an. Obwohl sie High Heels trägt, bin ich größer als sie. Sie legt den Kopf schief. »Danke, Ava.«

»Wofür?«

»Obwohl du selbst so viel durchmachst, bist du für mich da, hörst mir zu. Du kannst dir nicht vorstellen, wie gut es tut, ab und zu mal seine Meinung sagen zu können.« Sie drückt mich, ihr Haar streicht mir weich über die Wange. Mir kommen gleich die Tränen.

Sam weiß nicht, dass ich sie verlassen werde, sonst hätte sie bestimmt was gesagt. Doch gerade scheint mir nicht der richtige Moment zu sein.

Nachdem sie fort ist, bereue ich, dass ich nicht doch was gesagt habe. Wenn ihre Mutter nun davon anfängt? Zu spät.

SAM

Im Flur nimmt Mum mich in Augenschein. Zupft am Ärmel, richtet meine Kette. Hakt mich dann unter. Wir drehen uns zu dem großen, reich verzierten Wandspiegel um.

Und weil Mum so ernst aussieht, als sie uns im Spiegel betrachtet, sage ich ihr, was sie hören will. »Wir sehen wie Schwestern aus.« Und das stimmt, altersmäßig würde keiner sie für meine Mutter halten, und außer dass sie größer ist, sehen wir uns zum Verwechseln ähnlich, was durch die Klamotten noch betont wird: Ich im Kleid und sie im Hosenanzug, der aus dem gleichen Stoff geschneidert ist, nur einen Ton dunkler, aber im ähnlichen Stil. Ihre Schneiderin muss die ganze Nacht durchgenäht haben.

Mum lächelt. »Das stimmt wohl.«

Dad ist schon los. Wir gehen die Treppe hinunter zum Haupteingang, wo uns die neue Security-Mannschaft erwartet. Ich bin nervös, nicht wegen der Veranstaltung vor Ort – jedenfalls noch nicht –, eher wegen der Fahrt dahin. Wie einen Talisman halte ich die Kamera fest. Mit dem kleinen Ring, der daran war, habe ich sie an meinem Armband befestigt. Dadurch kann ich die Kamera im Ärmel verstecken und sie jederzeit benutzen; so klein und schmal, wie sie ist, hat sie sogar Mums Outfit-Check unbemerkt überstanden.

Unten stehen ein halbes Dutzend Männer und Frauen. Darunter auch einer von Dads Assistenten, der sofort auf uns zugeeilt kommt.

»Lleyton, wie schön, Sie zu sehen«, sagt Mum.

»Habe die Ehre, zwei so wunderschöne junge Damen begleiten zu dürfen«, antwortet er. Schleimer! »Wenn ich Ihnen nun die neue Sicherheitsmannschaft vorstellen darf?«

Mum und ich nicken und lächeln, während uns alle namentlich vorgestellt werden, bis uns jemand gegenübersteht, den ich kenne: Agent Coulson, der mich bei der Demo aufgegabelt hat. Damals war ich total sauer, dass er mich zurück zu Dad geschleift hat, aber sonst wäre ich vielleicht verletzt worden. Oder noch schlimmer. Revanchiert sich Dad mit einer Beförderung bei ihm?

Ich werfe Mum einen Blick zu. Soll ich zugegeben, dass wir uns schon kennen? Nein. Dad hat ihr garantiert nichts davon erzählt. Coulson zwinkert mir kurz zu, als Mum sich abwendet, er denkt wohl das Gleiche.

Mum und ich werden zu einem neuen Wagen geleitet. Es ist eine Limousine, bei der man sich hinten auf zwei Bänken gegenübersitzt. Die Limousine hat doppelt schusssicheres Glas und eine integrierte Panzerung, was so ziemlich allem standhalten würde, sagt man uns, doch mich beruhigt das kein Stück: Was glauben die denn, welchen Situationen genau der Wagen standhalten muss?

Wir fahren vom Hof durch unsere Tore. Und als wir kurz darauf die Tore unseres Wohngebiets erreichen, steht davor ein Panzer. Wenn mir Lucas heute Morgen nicht schon das Foto vom Panzer geschickt hätte, wäre ich wohl noch erschrockener, dennoch finde ich es unglaublich.

Mum reißt die Augen auf. »Ist das wirklich nötig, hier in dieser Nachbarschaft?«

»Es ist zur Abschreckung gedacht und schützt Ihr Viertel«, antwortet Lleyton.

Ich mache schnell ein Foto vom Panzer und den verstärkten Toren. Und später auch von den zusätzlichen Wachen, als wir in Westminster einfahren.

Man hält uns die Wagentüren auf. Es geht los.

AVA

»Und nun aus Westminster eine Erklärung unseres neuen Premierministers William Adam Armstrong und unseres stellvertretenden Premierministers Merton Gregory.«

Die Kamera schwenkt über die Gruppe. Armstrongs Frau, seine Töchter und sein Sohn und rechts daneben Sam und ihre Mutter, die Berater stehen links, Armstrong und Gregory in der Mitte. Armstrong tritt vor.

»Angesichts der vielen Herausforderungen müssen wir uns als Nation bewähren. Gemeinsam sind wir stark. Wir müssen die Spaltung in der Gesellschaft überwinden. Aber damit nicht genug. Der Reichtum und die Ressourcen des Landes waren viel zu lange in den Händen einiger weniger. Das muss sich ändern. Das wird sich ändern.«

Armstrong umreißt kühne Pläne für die Umverteilung von Vermögen. Leer stehender Privatbesitz soll beschlagnahmt werden, um Obdachlose unterzubringen. Arbeit für alle mit Unterstützung staatlicher Unternehmen. Sogar strenge Antidiskriminierungsgesetze, die Benachteiligungen wegen Behinderung, Geschlecht, sexueller Vorlieben, Herkunftsland und Sprache untersagen. Werden auch wieder andere Sprachen erlaubt sein?

Können die das einfach so machen? Wird das die Unzufriedenen, die sich dem Protest der A4A angeschlossen haben, wieder zurück in die bürgerlichen Reihen bringen?

Ich höre einem Mann zu, der den anderen die Macht entrissen hat, und zwar so, dass er sich vor niemandem mehr verantworten muss. Charisma hat er zwar, aber auch einen eisenharten Kern. Würde er es wagen, sich gegen die Banker und den Geldadel zu stellen und ihnen den Besitz zu nehmen? Was ist mit Sams Familie, deren Vermögen aus der Familie der Mutter stammt, und mit den anderen, die Armstrong unterstützt haben? Würde er bei denen eine Ausnahme machen?

Sam lauscht nach wie vor andächtig lächelnd. Doch dann hält Armstrong inne. »Aber natürlich ist das noch nicht alles, was nötig ist. Jetzt müssen wir die Straßen erst mal sicher machen für Ihre Kinder und unsere.« Er dreht sich zu seinen Kindern um. »Mit seinen Erfahrungen als Sicherheits- und Antiterrorexperte bei der Polizei gibt es wohl kaum jemanden, der besser geeignet wäre, harte Maßnahmen durchzusetzen, als Merton Gregory.«

Nun tritt Sams Vater ans Mikrofon.

»Die letzten Tage und Wochen haben uns alle auf eine schwere Probe gestellt. Nun gilt es, keine Schwäche zu zeigen. Leute, die unsere Kinder Gewalt lehren, haben keinen Respekt für die Werte unserer Gesellschaft. Recht und Gesetz müssen wieder Geltung finden. Auf den Straßen muss wieder Ordnung herrschen. Die Notfallmaßnahmen umfassen folgende Punkte: Die Streitkräfte werden eingesetzt, um Unruhen, Aufstände und unerlaubte Versammlungen niederzuschlagen. Damit wurde gestern Abend begonnen. Es wird mit sofortiger Wirkung eine landesweite Ausgangssperre verhängt, die ab 21.00 Uhr gilt. Wer dagegen verstößt, wird automatisch verhaftet. Eine neue Elite-Sicherheitstruppe wird ins Leben gerufen, die dafür zuständig ist, terroristische Elemente in unserer Gesellschaft aufzuspüren und zu eliminieren. Die Vorbereitungen laufen. Mit den Rekrutierungen für die Elite-Sicherheitstruppe und auch für zusätzliche Kräfte in Polizei und Armee wird sofort begonnen. Schließlich wird die Todesstrafe für Terrorismus und Hochverrat wieder eingeführt.«

Mir bleibt die Luft weg. Die Todesstrafe? Die gibt es bei uns doch schon ewig nicht mehr!

Armstrong ergreift wieder das Wort, fasst noch mal zusammen, was gesagt wurde. Man lächelt, schüttelt sich die Hände und klopft sich auf die Schultern. Währenddessen starre ich ungläubig auf den Bildschirm, meine Gedanken überschlagen sich.

Vermögen und Besitz sollen umverteilt werden. Wessen Besitz und wer entscheidet das?

Die Todesstrafe für Verbrechen, die allgemein unter den Begriff Terrorismus und Hochverrat fallen, nur was beinhaltet das? Und wer entscheidet das wieder?

Eine Elite-Sicherheitstruppe mit welchen Befugnissen?

Und eine Ausgangssperre. Wer dagegen verstößt, wird verhaftet und wie bestraft? Sam bewahrt weiter die Fassung, aber ihr Blick wirkt angespannt, vielleicht kenne ich sie inzwischen einfach zu gut. Irgendwie hält sie die Hände auch so verkrampft, oder bilde ich mir das nur ein?

Gut gemacht, Armstrong. Du hast es alles so geregelt, dass du der Held bist und Gregory der Vollstrecker. Wenn es zu weit geht, ist am Ende alles seine Schuld.

SAM

Als die roten Lampen der Kameras endlich ausgehen, bin ich kurz vorm Zusammenbruch. Ich suche Dads Blick, doch der spricht mit Armstrong und dann werden ich und Armstrongs Kinder weggebracht.

»Alles okay, Sam?«, flüstert Sandy, die Älteste, mir ins Ohr. Sofort reiße ich mich wieder zusammen.

Ich zucke die Achseln. »Mir tun die Füße weh.« Ist zwar die Wahrheit, aber nur ein kleiner Teil.

»Und mir das Gesicht. Von all dem Lächeln.« Sandy schneidet eine Grimasse. Sie ist gerade erst auf meine Schule gekommen, elf muss sie sein, und schon ein Profi im Stillstehen und Lächeln. Was viel schwerer ist, als man denkt, besonders heute.

Uns werden Softdrinks und Cupcakes gebracht, dabei hätte ich so wahnsinnig gerne einen Tee.

»Es nervt total, dass man uns hier zu den Kindern steckt«, sagt Sandy und ich muss fast lachen. Genau das Gleiche habe ich auch gedacht, wobei ich froh bin, nicht länger im Rampenlicht zu stehen. Sandys Geschwister sind Zwillinge, Junge und Mädchen. Wie alt mögen sie sein? Acht vielleicht. Gerade streiten sie sich um den letzten Schoko-Cupcake. Ihr Leben hat sich mit einem Schlag geändert. Von nun an gibt es nur gepanzerte Limousinen und Spezialagenten. Team Armstrong und Team Gregory. Und nicht mal genügend Schoko-Cupcakes.

Bei der Pressekonferenz habe ich die Kamera in den gefalteten Händen gehalten. Ich glaube nicht, dass es aufgefallen ist. Während gefilmt wurde, habe ich keine Bilder gemacht, aber davor und danach. Ich habe versucht, die Leute zu erwischen, wenn sie sich unbeobachtet fühlten. Wer stand bei wem, wenn das Land nicht hinsah? Und wie standen sie da? Machten sie einen entspannten oder alarmierten Eindruck? Nun schieße ich ein paar Selfies von mir und Sandy mit den prügelnden Zwillingen im Hintergrund.

Allmählich werden die beiden müde und quengelig, Sandy gähnt, und ich brauche dringend was zu essen, das keinen Zuckerguss hat. Endlich kommt jemand. Lleyton? Und mit ihm Coulson und ein weiterer Agent.

»Ich habe tolle Neuigkeiten!«, sagt Lleyton.

Ich hebe eine Braue. *Alles nur ein Traum?*

»Ihr dürft im Hubschrauber nach Hause fliegen! Und diese Herren werden euch begleiten.«

»Im Hubschrauber?« Die Zwillinge und Sandy nehmen jubelnd ihre Jacken, aber ich registriere Coulsons angespannten Blick. Um die anderen nicht zu beunruhigen, spiele ich mit und gehe zur Tür, wo er wartet.

»Was ist los?«, frage ich.

Er dreht sich zu mir um, sieht mich unschlüssig an, fragt sich wohl gerade, ob er mich wie ein Kind abwimmeln oder mir die

Wahrheit sagen soll. »Demonstranten sind auf dem Weg hierher. Wir bringen euch hier raus.«

»Danke für Ihre Ehrlichkeit.«

»Du kannst es verkraften.«

Mum und Mrs Armstrong stoßen nun zu uns und wir werden rasch in den Flur gebracht. Sandy sieht sich verunsichert um, als spürte sie, dass was nicht stimmt. Schon bevor wir den Ausgang erreichen, hören wir die Menschenmenge. Ferne, unverständliche Proteste und Wutgeschrei.

Umringt von Agenten werden wir rasch zum leeren Parkplatz geführt, der offenbar für unseren Abtransport geräumt wurde.

Auf uns wartet ein großer Militärhubschrauber, in dem wir alle Platz haben. Die Rotoren sirren laut über unseren Köpfen und die Zwillinge müssen ein wenig angetrieben werden. Man hilft uns beim Einsteigen.

»Wo ist Dad?«, frage ich Mum, als wir Platz nehmen.

Coulson, der uns beim Anschnallen assistiert, schnappt es auf. »Er ist schon mit dem Premierminister in einem anderen Hubschrauber weg.«

»Frauen und Kinder zuerst, das lobe ich mir«, sagt Mrs Armstrong.

»Bei Fragen der Sicherheit haben sie keine Wahl«, sagt einer der Agenten, der hier das Sagen zu haben scheint. »Dafür sind wir verantwortlich.«

»Großartig«, sagt Mrs Armstrong mit einem sarkastischen Unterton. Ich schaue sie an. Die Frau könnte mir gefallen. War sie nicht mal in der Bürgerrechtsbewegung aktiv? Was hält sie wohl von alldem und der Rolle ihres Mannes? Würde mich wirklich interessieren.

Als wir abheben, wird mir flau im Magen. Senkrecht in die Luft zu steigen mit den dröhnenden Rotoren über einem ist ein merkwürdiges Gefühl. Ich habe mich extra ans Fenster gesetzt, damit ich alles im Blick habe, wenn wir am Himmel schweben.

Mit der Kamera in der Hand presse ich mich an die Scheibe, zoome bis zum Anschlag. Ich kann nur hoffen, dass der Winkel stimmt und ich auch aufnehme, was unter uns am Boden los ist. Aber aus Angst, jemand könnte es unpassend finden und mir die Kamera wegnehmen, vergewissere ich mich lieber nicht.

Unter uns ist Westminster, die Themse und die stetig wachsende, wütende Menge, in der wir bis gerade eben eingeschlossen waren. Um sie herum formiert sich ein Kreis, der die Demonstranten bald einkesseln wird. Soldaten. Polizei.

Was wird passieren? Können sie so viele Menschen einsperren?

Die Todesstrafe wurde wieder eingeführt, hat Dad gesagt. Einfach so, ohne Debatte, Referendum oder Abstimmung.

Könnte es sein, dass sich all diese Menschen des Terrorismus oder des Hochverrats schuldig machen?

AVA

»Habe ich da gerade einen Hubschrauber im Garten gesehen?«, frage ich.

»Ja, ich hatte Bock auf einen Rundflug.«

»Was hast du gesehen?«

»Das Übliche. Massendemonstrationen. Einsatzpolizei. Hier und da einen Panzer.«

»Alles okay, Sam?«

Als Sam mit den Schultern zuckt, bröckelt das Plastiklächeln, schwindet ihre zur Schau gestellte Tapferkeit, und sie wirkt mitgenommen. »Ich kann einfach nicht … ich meine …«

Es klopft und Penny steckt den Kopf durch die Tür. »Tut mir leid, dass ich euch stören muss, Mädchen. Samantha, deine Eltern möchten dich in zehn Minuten unten beim Essen sehen, nur die Familie heute. Ava, dir lasse ich was hochbringen.«

Sam will protestieren, aber ich schüttle den Kopf. »Ihr habt bestimmt viel zu bereden. Alles gut.« Und mir macht es wirklich nichts aus, doch Sam sackt in sich zusammen, und ich verstehe, dass sie auf weitere Unterredungen gut verzichten könnte.

»Danke, Penny«, sagt sie trotzdem. »Ich komme gleich, ich kenne den Weg.« Und beide schauen wir Penny an, bis sie endlich geht.

»Oh, Gott«, sagt Sam. »Schon wieder Team Gregory?«

»Team Gregory?«

»Dad hat das früher immer gesagt und fängt jetzt wieder davon an. Sorry, dass ich dich hier oben allein lasse.«

»Macht nichts, wirklich nicht.«

»Ich ziehe mich lieber um, die Schuhe killen mich.«

»Bevor du gehst, muss ich dir noch was sagen.«

Interessiert wendet sie sich mir zu. »Ist was passiert?«

»Nein, diesmal nicht. Ich habe sogar Glück gehabt.« Nun winde ich mich ein wenig. »Also die Schule hat angeboten, mein Stipendium auszuweiten. Ich werde da jetzt auch noch wohnen.«

Ihre Augenbrauen schieben sich zusammen und bilden eine kleine Falte. »Willst du wirklich ins Internat, dort leben, die ganze Zeit da sein, sag mal ehrlich?«

»Ich glaube, es ist das Beste.«

»Oh.«

»Wenn die Schule wieder geöffnet wird, ziehe ich um.«

Sam schaut zu Boden. Dann hebt sie den Blick und sieht mich direkt an. »Willst du das auch wirklich?«

»Nein, was ich wirklich will, ist weiter mit meinem Vater zusammenzuleben. Und mit meiner Mutter verdammt noch mal auch.«

Sams Augen sprühen nun nur so vor Mitgefühl, das wollte ich gar nicht. »So ist das im Moment einfach. Du musst dich jetzt umziehen, sonst kommst du zu spät zum Essen.«

»Ja. Okay.« Noch immer rührt sie sich nicht vom Fleck.

»Geh jetzt, Sam.«

Endlich wendet sie sich ab und verlässt das Zimmer. Drüben höre ich ihre Tür auf- und zugehen.

Ich lehne mich gegen die Wand. Irgendwie lief das schief, aber ich weiß nicht, warum.

Wäre es besser gewesen, wenn wir mehr Zeit gehabt hätten, darüber zu sprechen? Keine Ahnung. Ich musste es ihr ja sagen, sonst hätte sie es nachher noch von ihrer Mutter erfahren. Ich hab schon viel zu lange gewartet.

Warum haben Sams Eltern es denn nun mit dem Essen so eilig? Die sind doch gerade erst nach Hause gekommen, wollen die nicht erst mal durchatmen?

Auf einmal habe ich ein mulmiges Gefühl. Wollen die vielleicht jeden, der nicht zum Team Gregory gehört, von Sam fernhalten?

Ist dieses ausgedehnte Stipendium gar kein Riesenglück, sondern nur ein Mittel, um mich aus dem Haus zu bekommen, mich von Sam zu trennen?

Aber hätten Sams Eltern denn nicht gesagt, dass sie das Stipendium finanzieren? Es sei denn, Sam soll nichts erfahren.

Ich schüttle den Kopf. Manchmal geht die Fantasie mit mir durch. Nach allem, was sie für mich getan haben, warum sollten sie mich plötzlich loswerden wollen?

SAM

Eigentlich sollte ich mich total beeilen, aber ich kann meine Füße einfach nicht dazu bringen, schneller zu gehen. Als ich die ersten Stufen hinuntergehe, tritt Mum aus ihrem Ankleidezimmer. Sie wartet auf mich.

»Was für ein Tag«, sagt sie.

»Ja.«

»Da sind ja meine beiden wunderschönen Mädchen«, ruft Dad, als wir ins Esszimmer treten.

Wir setzen uns und das Essen wird aufgetragen. Die alte Regel, dass man während des Essens nichts Wichtiges anspricht, scheint noch gültig zu sein. Mum und Dad plaudern über Belanglosigkeiten wie das Wetter und das Essen, doch ich habe keine Lust auf dieses Spielchen.

»Du bist aber still«, sagt Dad, dem meine Schweigsamkeit nach einer Weile auffällt.

»Ich bin müde.« Stimmt auch. Vorher war ich hungrig, bloß nun mag ich nichts mehr. Irgendwie scheine ich immer noch alles zu verarbeiten, was ich den Tag über gesehen und gehört habe.

Mir kommt es nach wie vor wie ein Traum vor, als würde ich morgen aufwachen und mich totlachen.

Dann fällt mir die Kamera ein – ich bin noch nicht dazu gekommen, mir die Fotos anzuschauen. Beim Runtergehen habe ich sie mir in die Hosentasche gesteckt, und sie dort sicher verwahrt zu wissen, beruhigt mich. Die Aufnahmen werden zeigen, was wirklich passiert ist und dass ich nicht den Verstand verloren habe.

»Sam?«, sagt Dad.

»Wie bitte?«

»Ich habe gerade gesagt, du musst dich wieder um die Schule kümmern. Wir hoffen, dass du bald schon gehen kannst. Da musst du vorbereitet sein.«

»Im Ernst? Darüber willst du jetzt reden?«

»Ava ist im Moment sicher nicht in der Verfassung, dir zu helfen. Vielleicht kann uns die Schule ja jemand anders vorschlagen.«

»Nein! Ich meine, natürlich will sie mir noch weiter helfen. Wobei sie mir erzählt hat, dass sie auszieht, in der Schule wohnen wird. Die haben ihr einen Internatsplatz angeboten.«

»Du wirst sie sicher vermissen«, antwortet Dad.

»Und wie. Mehr, als ich gedacht habe. Ich habe mich total an sie gewöhnt.«

Tee wird gebracht. Die Tür schließt sich, wir sind wieder allein.

»Ich wollte heute Abend gerne nur zu dritt sein, mal Bilanz ziehen«, fährt Dad jetzt fort. »Ich werde in der nächsten Zeit sehr beschäftigt sein, aber ich glaube, heute lief alles gut.«

»Wie immer«, sagt Mum und lächelt ihn an. Wir machen hier auf glückliche Familie, während das Land im totalen Chaos versinkt, damit habe ich ein Problem.

»Dad? Was hatte das mit dem Hubschrauber und all den Demonstranten auf sich?«

»Wie du siehst, sind wir in Sicherheit. Zerbrich dir darüber nicht den Kopf.«

»Das meine ich nicht. All die Leute, die nach eurer Ansprache auf der Straße demonstriert haben. Hatten die sich schon vorher versammelt, oder war das eine spontane Aktion, weil denen nicht gefiel, was ihr gesagt habt?«

»Die Ermittlungen sind noch nicht abgeschlossen. Wir kümmern uns um diese Gruppen und werden wieder für Recht und Ordnung sorgen.«

»Mich hat das mit der Todesstrafe gewundert«, sagt Mum, und ich wundere mich, dass sie es erwähnt.

»Das kommt nur in Extremfällen zum Einsatz«, entgegnet Dad.

»Ich dachte, du hättest dich ganz offiziell dagegen ausgesprochen«, sage ich.

»Die Zeiten haben sich geändert, Samantha. Nun hört zu. Morgen haben wir eine Sicherheitsunterweisung. Es werden zusätzliche Kameras installiert, mehr Wachen eingesetzt und die Security überhaupt engmaschiger. Agent Coulson wird die Koordination übernehmen. Und wir sind für ein paar Tage nach Chequers eingeladen.«

»Wie schön!«, ruft Mum.

»Aus Sicherheitsgründen ist es wichtig, es geheim zu halten«, sagt Dad.

»Natürlich«, antwortet Mum und wirkt einen Hauch enttäuscht.

»Samantha?«

»Ja? Ich werde es keinem erzählen. Willst du das hören?«

»Ich will es nicht nur hören, halt dich auch dran.«

»Geht es dir nicht gut, Liebling?«, fragt Mum.

»Kopfschmerzen. Und ich bin total müde.«

»Es war ein langer Tag«, sagt Dad. »Ab mit dir ins Bett.«

Ich sage Gute Nacht. Unbemerkt mache ich noch ein Foto von den beiden, wie sie sich anlächeln. Kotz, würg. Wenn man meine Eltern anschaut, fragt man sich, warum sie überhaupt zusammen sind. Er ist älter als sie, sie war und ist wunderschön und hatte alles. Ich meine, früher sah mein Vater gar nicht so übel aus, wobei ich es seltsam finde, in solchen Kategorien über ihn zu denken. Mum meint, er habe umwerfend in seiner Uniform ausgesehen. Als sie geheiratet haben, war er noch bei der Polizei. Aber er arbeitet ständig und trifft Entscheidungen und sie trainiert ständig und trifft sich zu Partys. Was haben die beiden gemeinsam?

Doch obwohl sie in vieler Hinsicht nicht zueinander zu passen scheinen, gehören sie trotzdem zusammen.

Team Gregory sieht auf Fotos gut aus: der Politiker, die Partyqueen und ich. Doch in der letzten Zeit fühle ich mich zunehmend unwohl, für die Kamera zu posieren.

Ab ins Bett? Ich glaube nicht.

Ich klopfe bei Ava.

AVA

Auf BBC hört die Berichterstattung gar nicht mehr auf: die Ansprachen. Bilder der vom Aufstand betroffenen Bezirke Londons, wie die Armee eine weitere Ausbreitung verhindert und die Massen einkesselt. Kommentare. Kameraschwenks auf bekannte Persönlichkeiten, die begeisterte Statements darüber abgeben, dass die Armee die Extremisten überwältigt und die Straßen wieder sicher für die Kinder macht. Die zweite Schachtel mit Sams Notfallpralinen ist schon fast leer, aber in so einer Situation würden nicht mal alle Pralinen der Welt reichen.

»Ich kapier das einfach nicht«, sagt Sam.

»Was jetzt genau nicht?«

»Wo soll ich anfangen?« Sie verdreht die Augen. »Warum halten es offenbar alle für eine gute Idee, die Armee zu rufen und Maßnahmen wie Todesstrafe und Ausgangssperre wieder einzuführen? Ich meine, schon klar, dass die BBC nicht gerade sehr ausgewogen berichtet. Bestimmt ließen sich auch Leute finden, die anders denken. Aber die, die sie befragt haben, scheinen das ja alles brav zu schlucken.«

»Ich weiß. So nach dem Motto: ›Ihr tut, was wir sagen, sonst werdet ihr verhaftet, zum Beispiel wenn wir euch um zehn nach neun auf der Straße erwischen. Und wer sich richtig unbeliebt macht, kriegt die Todesstrafe. Ihr habt zwar nicht dafür gestimmt und die Abgeordneten auch nicht, aber damit müsst ihr euch jetzt abfinden. Wenn wir die Lage wieder unter Kontrolle haben, halten wir vielleicht Wahlen ab, bloß bis dahin ist es einfach so.‹ Und dann stehen alle auf und klatschen.«

»Genau. Lass uns mal im Netz nach anderen Meinungen suchen«, sagt Sam und schnappt sich ihr Tablet. Erst schauen wir auf die Websiten der Sensationsblättchen, aber die sind entweder verstummt oder folgen der Linie der Regierung.

»Merkwürdig«, sagt Sam.

»Darf ich mal?« Sam reicht mir das Tablet. »Lass uns mal allgemeiner suchen und nicht nur auf den üblichen Nachrichtenseiten.«

Nach kurzer Überlegung tippe ich »Großbritannien undemokratisch«, dann »Armstrong Gregory Demokratie«, »Protest englische Journalisten« …

Hier und da lassen Leute Dampf ab, verrücktes Internetzeug eben, doch dann …

»Geh mal da rauf«, sagt Sam und zeigt auf einen Link von der Bloggerin Giana Economos.

Während die Seite lädt, erscheint oben ein Foto. »Das ist Lucas' Mutter«, ruft Sam. »Sie war auch auf der Protestdemo für seinen Freund. Ich habe sie zwar nur von Weitem gesehen, aber ich bin sicher, dass sie es ist.«

»Economos, klingt irgendwie griechisch«, sage ich. Da weiß man gleich, dass sie sich nicht unterordnet. Es gibt kaum noch

Namen, die nicht anglisiert wurden, weil die Leute nicht als Euros abgestempelt werden wollen.

Auf der Leiste oben klicke ich auf *Über mich.*

Ich arbeite seit fast zwanzig Jahren als freie Journalistin. Vor Kurzem haben alle Zeitungen, für die ich sonst schreibe, ohne Angaben von Gründen verkündet, dass sie meine Artikel nicht mehr drucken könnten. Am selben Tag hatte ich unter Tränen einen Artikel über die Drei-Parteien-Einigung eingereicht, die das Ende einer stolzen Demokratie markierte. Denn genau die steht auf dem Spiel!

Ich schreibe auf meinem Blog weiter über die politische Entwicklung. Bitte teilt ihn mit allen, die ihr kennt! Übers Kontaktformular könnt ihr mir eure Geschichten und Bilder schicken.

Sam und ich sehen uns an und lesen den bislang einzigen Artikel: Der Tod der Demokratie.

»Die ist echt sauer«, meint Sam leise.

Ich nicke. »Ja, endlich spricht mal jemand aus, was ich denke, dass sie einfach über unsere Köpfe hinweg entschieden haben. Und was hat es mit dieser Elitetruppe auf sich, die Recht und Ordnung durchsetzen soll? Lorder nennt sie die in dem Artikel.«

»Bei ihr klingt das wie SS oder Gestapo. Aber bislang weiß ja noch keiner, wer sie sind und was sie tun werden. Ist das nicht ein wenig unfair?«

»Findest du? In diesem System gibt es keine Gewaltenteilung mehr. Die Regierung hat freie Hand.«

»Ist es wirklich so schlimm, Ava? Ich finde, es klingt ziemlich gut, dass sie Arbeitsplätze schaffen und den Obdachlosen eine Bleibe geben wollen. Und sonst versuchen sie doch einfach nur, die Lage wieder unter Kontrolle zu bringen. Deshalb haben sie doch die Armee gerufen und die Sperrstunden eingerichtet, meinst du nicht? Mich macht eigentlich vorwiegend die Sache mit der Todesstrafe fertig. Was, wenn man sich irrt? Einen Toten kann man nicht wieder freilassen.«

Wie gerne würde ich Sam trösten, ihr ein gutes Gefühl geben, kann ich aber nicht. »Sorry, Sam. Ich weiß, er ist dein Vater. Aber ich finde es echt schlimm. Im Grunde können die jetzt alles machen. Und was ist mit der Presse? Lucas' Mutter hat mit einem Schlag all ihre Auftraggeber verloren, nachdem sie die Sache beim Namen genannt hat. Nein. Die Berichterstattung ist so einseitig, weil sie die Nachrichten im Fernsehen und auch die Printmedien kontrollieren. Eine andere Erklärung gibt es nicht.«

»Du meinst, die Regierung kontrolliert die BBC? Und die Zeitungen?«

»So muss es sein.«

»Ich kann mir nicht vorstellen, dass mein Vater bei so was mitmachen würde.« Sam wiegt nachdenklich den Kopf. »Vielleicht weiß er nichts davon?«

»Kann sein, dass er nicht direkt damit zu tun hat, aber irgendwie muss er mit drinstecken. Zumindest weiß er Bescheid. Er ist Politiker. Nach einer Ankündigung wie dieser hagelt es normalerweise Kritik. Ist doch auffällig, dass da gar nichts kommt.«

»Wir können doch nicht die Einzigen sein, denen das auffällt?«

»Sicher nicht. Wenn sich alles ein wenig beruhigt hat, wachen die Leute vielleicht auf, merken, was passiert ist, und ändern was.«

»Meinst du, dass sie im Moment einfach Angst haben?«

»Glaube schon. Im Fernsehen haben sie Tote und Verletzte gesehen. Bestimmt kennt jeder jemanden persönlich oder über Dritte, der davon betroffen ist und es nie mehr vergessen wird.

Dazu noch die Ausschreitungen und Plündereien. Natürlich wollen sie, dass es aufhört. Ich hab auch Angst, aber mehr vor der Regierung als vor sonst jemandem.«

Wir suchen weiter im Netz nach Berichten und Blogs. Es ist schon nach Mitternacht, als es an der Tür klopft.

Erschrocken springt Sam auf und öffnet.

Es ist Penny.

»Was denn?«, fragt Sam.

»Nichts. Aber deine Mutter hat mich gebeten, dafür zu sorgen, dass du nicht so lange aufbleibst. Morgen wird es anstrengend. Und sie hat auch gemeint, du hättest Kopfschmerzen? Hier sind Tabletten.« Penny hat eine Schale mit Tabletten in der einen und ein Glas Wasser in der anderen Hand.

Sam zögert, nimmt dann zwei Tabletten und schluckt sie mit dem Wasser herunter.

»Tut mir leid, Ava. Ich bin echt total müde.«

»Wundert mich nicht. Reden wir morgen weiter?«

»Na klar.«

Ich folge Penny aus dem Zimmer und gehe in mein eigenes. Ich schalte die Nachrichten ein, doch dann überlege ich, dass ich mir vielleicht lieber Sams Tablet leihen sollte.

Ich klopfe noch mal bei ihr.

»Komm rein.«

Ich öffne die Tür. Sam ist schon im Schlafanzug und klettert ins Bett.

»Darf ich mir dein Tablet leihen?«

»Natürlich. Nimm es dir. Es lädt auf dem Schreibtisch.«

»Danke.« Ich nehme auch das Ladekabel mit. »Schlaf gut.«

An der Tür knipse ich das Licht aus.

»Nein!«, ruft Sam. »Lass es bitte an.«

Ich schalte es wieder an. »Du schläfst bei voller Beleuchtung?«

»Seltsam, ich weiß.«

»Gute Nacht, Sam.«

Zurück in meinem Zimmer bin ich unruhig, nervös. Ich ziehe die Vorhänge beiseite. Unten vorm Haus stehen Wachen. Es scheinen immer mehr zu werden. Hinter den Toren auf der Straße sind weitere Männer postiert. Im fahlen Licht der Straßenlaterne sind sie schwer auszumachen, aber ich glaube, es sind Soldaten.

Sam wird rund um die Uhr überwacht. Wussten ihre Eltern, dass sie nicht direkt ins Bett gegangen ist? Haben sie deshalb Penny geschickt? Hören sie sie ab?

Sicher beneiden Sam viele, doch ich kann mir allmählich vorstellen, wie es sein muss, Sam zu sein und dauernd so zu leben. Als würde sich alles immer enger um einen zusammenziehen und man bekäme keine Luft mehr.

Sam macht das schon seit Jahren mit, aber nun spitzt sich die Lage zu. Und genau jetzt verlasse ich sie, wo sie dringend Freunde braucht.

SAM

Dass mir um Mitternacht noch persönlich Kopfschmerztabletten gebracht werden, ist auch noch nicht vorgekommen.

Ich baue mir ein kuschliges Nest aus Decken. In diesem Zimmer fernab der Welt habe ich mich immer sicher gefühlt. Ich habe mich auch mit meinem Vater immer sicher gefühlt, als könnte er mich vor allem beschützen. Doch dieses Vertrauen wurde erschüttert, als wir zwischen die Aufständischen geraten sind, und dann, als wir fast bei dem Selbstmordanschlag getötet wurden. Manche Dinge kann auch mein Dad nicht vorhersehen oder verhindern.

Hat er sich deshalb mit Armstrong zu diesen Maßnahmen entschlossen? Ausgangssperre, Armee, Todesstrafe und diese Truppe, die Lucas' Mutter Lorder nennt? Ich finde es unglaublich, überzogen, krass. Ist das die einzige Möglichkeit, wie sie ihre eigenen und auch alle anderen Kinder schützen können? Ist es dann nicht irgendwie okay, wenn es darum geht?

Allmählich lassen die Kopfschmerzen nach, der Schlaf kommt, ich muss nur loslassen. Aber ich will nicht, noch nicht …

Ich bin gefangen in lautloser Dunkelheit.

Die Schwärze ist zähflüssig wie Sirup. Ich habe keine Tränen mehr, bekomme kaum noch Luft …

Es knallt. Laute Stimmen. Wieder knallt es. Ich habe solche Angst, ich halte mir die Ohren zu. Kneife die Augen so fest zusammen, dass ich Sterne sehe.

Samantha? Samantha!

Als ich eine Berührung am Arm spüre, habe ich noch genug Luft zum Schreien.

Samantha, ich bin's, Daddy. Alles gut, du bist in Sicherheit.

Noch immer habe ich Angst, die Augen zu öffnen. Vielleicht ist es nur ein Trick. Ich habe es mir so gewünscht, bestimmt ist ein Trick.

Aber dann singt er, so wie er immer singt, wenn ich einschlafe, und er wiegt mich im Arm.

Ist er es wirklich? Als ich die Augen öffne, sehe ich kaum was, das Licht blendet mich, und meine Augen sind voller Tränen, aber er ist es, auch wenn er die Uniform von der Arbeit anhat.

Er hebt mich hoch, drückt mich fest, und ich sage ihm, dass es mir leidtut, dass ich nicht mehr böse sein werde, nie wieder. Ehrenwort.

Daddys liebes Mädchen für immer und ewig.

AVA

»Ich habe jetzt Anproben.« Sam verzieht das Gesicht. »Mum möchte, dass wir bei der Schneiderei warten, während die Kleider geändert werden. Dann holt Dad uns dort ab und wir fahren gemeinsam ein paar Tage Freunde besuchen.«

»Ihr fahrt weg?« Ich bin total überrascht, dass ihr Vater in der angespannten Lage die Stadt verlässt. »Sind die Straßen denn frei?«

»Glaube schon. Ist auch nicht weit«, meint Sam, aber sie scheint nervös, ob es nun an der Fahrt an sich liegt oder an ihrem Reiseziel. Merkwürdig, dass sie nicht sagt, wohin es geht. So merkwürdig, dass ich nicht nachfrage.

»Bestimmt ist alles sicher, sonst würdet ihr nicht gehen.«

»Langweilst du dich auch nicht allein? Hast du was zu tun?«

»Mich langweilen? Überhaupt nicht. Ich muss noch für die Schule lesen, wobei ich das wohl eher morgen machen werde. Heute habe ich Kopfschmerzen.«

»Soll ich Penny nach Tabletten fragen?« Sam runzelt die Stirn. »Die müssen ganz schön stark gewesen sein, so wie ich geschlafen habe. Du kannst dich also auf ein langes Schläfchen einstellen.«

»Nein, mach dir keine Gedanken. Ich komme schon zurecht. Geh ruhig.«

Als ich jetzt bei Tageslicht durchs Fenster schaue, erkenne ich, dass ich gestern Abend richtiggelegen habe: Vor den Toren sind Soldaten postiert. Sam, ihre Mutter und ein Sicherheitsbeamter steigen in eines dieser neuen Autos. Die Tore öffnen sich und fort sind sie.

Ich schaue wieder BBC. Das Ausmaß der Plünderungen wird gezeigt. Noch immer müssen Feuer gelöscht werden. Es ist zu Verhaftungen gekommen. Wie viele Leute verhaftet wurden, wird allerdings nicht gesagt. Einige Gebiete soll man nach wie vor meiden, doch die Regierung scheint die Sache schneller in den Griff zu bekommen, als ich gedacht hätte.

Als würden die Demonstranten kapitulieren.

Ich habe tatsächlich Kopfschmerzen, aber das liegt wohl eher daran, dass ich stundenlang auf Sams Tablet gestarrt habe, um nach anderen Meinungen zu suchen. Irgendwie kann ich damit gar nicht mehr aufhören.

Von Armstrong weiß ich so gut wie gar nichts, deshalb tippe ich jetzt seinen Namen in die Suchmaschine. Sofort taucht das übliche Zeug auf, Biografie und so. Er war schon immer ein Hardliner, seine Frau hingegen war vor ihrer Heirat eine Bürgerrechtlerin. Da hatten sie bestimmt jede Menge Gesprächsstoff.

Spontan suche ich auch nach Informationen über Sams Vater. Habe ich da nicht mal was gehört, wie er zur Politik gekommen ist?

Anfangs war er ein Polizist, den man nur wegen seiner Ehefrau kannte, die schön, reich und prominent war.

Und dann wurde ihre Tochter entführt. *Sam wurde entführt?*

Da war sie erst drei Jahre alt. Die Kidnapper haben Lösegeld verlangt. Doch Sams Vater hat den Fall geknackt, er bekam raus, wo sie gefangen gehalten wurde. Dann hat er sie sicher nach Hause geholt. Hat er sich so einen Namen gemacht? Kurz darauf ist er in die Politik gegangen.

Ich lese alles über die Entführung, was ich finden kann. In manchen Meldungen geht es nur um die Sensation: das arme, reiche Mädchen, das ganz allein ins Dunkle gesperrt wurde. Lässt sie deshalb beim Schlafen das Licht an?

In einem anderen Bericht steht, ihr Vater habe kein Lösegeld gezahlt, weil er sich niemals mit Verbrechern einlassen wollte. Weil Entführer ihre Opfer nur selten freilassen, selbst wenn gezahlt wird.

Das ist krass. Zwar ist alles gut ausgegangen, aber was wäre wenn …? Nicht zu zahlen hätte genauso gut dazu führen können, dass Sam bis in alle Ewigkeit allein im Dunkeln sitzt.

Ist da was Wahres dran? Und wenn ja: Weiß Sam davon?

SAM

Ich war schon mal auf Chequers, als uns die damalige Premierministerin übers Wochenende eingeladen hatte. Es ist ein wunderschöner Landsitz, und ich erinnere mich gut, wie wir mit deren Hunden durch den Matsch gestiefelt sind. Damals fand ich es aufregend. Dad war gerade zum stellvertretenden Premierminister ernannt worden und plötzlich durften wir diesen Ort besuchen.

Nun ist es anders, allein die Fahrt dahin erinnert an einen James-Bond-Film. Statt stundenlang im Auto zu sitzen, fährt man uns zu einem Ort ganz in der Nähe, wo uns ein Hubschrauber abholt. Niemand soll erfahren, wohin die Reise geht, das ist an sich schon schräg.

Mir kam es auch komisch vor, Ava nichts zu sagen. Freunde besuchen, habe ich behauptet. Irgendwas musste ich ihr ja sagen, aber war das nicht gelogen? Laufen die Armstrongs unter Freunden? Ich kenne sie kaum, so dehnbar ist der Begriff eigentlich nicht.

Nach kurzer Zeit schon nähern wir uns Chequers; aus der Luft bekommt man einen ganz anderen Blick auf den Landsitz des

Premiers. Alles ist noch grün in den weitläufigen Parks. Es ist Anfang Oktober. Ob sie auch Hunde haben?

Bei all den Agenten, die uns erwarten, um uns über den Rasen zu geleiten, kehrt dieses unheimliche Gefühl zurück.

»Willkommen«, ruft Armstrong. Er schüttelt Dad die Hand, küsst Mum.

Und wer steht dahinter neben seiner Frau? Astrid Connor und ihre Tochter Stella. Was machen die denn hier?

»Astrid, wie schön, dich zu sehen«, sagt Dad ohne jede Überraschung in der Stimme. Und wieder werden Hände geschüttelt und Luftküsschen ausgeteilt.

Warum ist Astrid hier? Bevor es überhaupt zu all den politischen Umbrüchen kam, hat sie sich mit Dad bei uns zu Hause getroffen. War sie irgendwie an dem ganzen Szenario beteiligt, hat sie zwischen Dad und Armstrong vermittelt?

Alle verziehen sich, bis nur noch Mrs Armstrong, die Kinder und ich übrig sind. Die drei Armstrong-Kinder ziehen gleich mit Stella im Schlepptau ab und toben durchs Haus – fast fühlt sich alles ganz normal an.

Statt eines noblen Abendessens grillen wir später. Anschließend werde ich mit den Kindern und Mrs Armstrong in die Bibliothek geschickt.

Bibliothek? Im Ernst?

In der Mitte des Raums befindet sich eine große, freie Fläche … und jetzt fangen die Zwillinge ernsthaft an, unter Mrs Armstrongs Anleitung kleine Törchen aufzustellen.

Kricket in der Bibliothek? Auf Chequers? Ich könnte mich totlachen.

Bald finde ich heraus, dass Mrs Armstrong bei dem Spiel ganz schön kniffelige Tricks draufhat. Wenn Dad wüsste, was in diesen historischen Hallen vor sich geht, wäre er garantiert nicht begeistert, aber gleichzeitig bin ich schon lange nicht mehr so ausgelassen und albern herumgesprungen.

Nach einer Weile meint Sandy, dass wir das Licht löschen sollten, um das Teleskop zu nutzen. Fast hätte ich lauthals Nein geschrien, aber ich will mich vor den Kindern nicht blamieren. Außerdem ist es auch noch nicht richtig dunkel.

Das Teleskop steht vorm Fenster.

Jedes Kind möchte mal durchschauen, und ich hoffe nur, dass sie schnell machen und endlich die Lampen wieder angehen. Ich gebe mir alle Mühe, nicht auszuflippen, konzentriere mich auf meine Atmung, bis alle dran waren.

»Jetzt du, Sam!«, sagt Sandy.

»Ich muss nicht unbedingt.«

»Doch, los! Schau dir den Mond an.«

»Also gut.« Besser bringe ich die Sache schleunigst hinter mich. Mir zittern die Hände. Ich schaue durch die Linse, aber da ist bloß ein Lichtfleck. »Ich sehe kaum was. Ist total verschwommen.«

»Du richtest das Teleskop zuerst auf etwas dicht unter dem Horizont und schwenkst es dann erst in den Himmel«, sagt Mrs Armstrong.

Ich bewege das Teil nach unten, wie sie gesagt hat, drehe am Rädchen, bis das Bild schärfer wird, und als ich gerade auf den Mond schwenken will, nehme ich Bewegungen am Boden wahr. Ich stelle noch mal scharf. Tatsächlich. Gestalten in dunklen Klamotten laufen geduckt durch den Park. Wenn sie sich nicht bewegt hätten, wären sie mir gar nicht aufgefallen.

»Können Sie mir noch mal kurz helfen?« Mrs Armstrong

kommt zu mir. »Da schleichen Leute über den Rasen«, flüstere ich ihr zu. Mrs Armstrong überzeugt sich selbst, dann richtet sie sich entschlossen auf: »Los, Kinder. Wer zuerst in der Halle ist!«

Kreischend stürmen alle los, Mrs Armstrong und ich folgen. Sie hat ein Handy in der Hand und gibt eilig wieder, was wir gesehen haben. Als wir in der Halle ankommen, wartet schon Security auf uns.

»Alle nach oben. Sofort«, sagt Coulson.

AVA

Als ich von meinem Buch aufschaue, steht Penny in der Tür.

»Hallo, Ava. Darf ich reinkommen?«

»Natürlich.« Ich klappe das Buch zu.

Penny setzt sich mir gegenüber auf einen Sessel.

»Ich wollte dir sagen, dass die Trauerfeier für deinen Vater kommenden Samstag stattfindet.«

»Oh. Okay. Danke, dass Sie sich darum gekümmert haben.«

»Kein Problem, Ava. Wem soll ich denn Bescheid geben? Freunden, Arbeitskollegen, Verwandten?«

»Mein Vater hatte keinen großen Freundeskreis. Er hatte einen Bruder, aber den kenne ich nicht und habe seine Adresse auch nicht.«

»Und was ist mit Arbeitskollegen?«

Ich erzähle ihr von dem Taxiunternehmen mit den schwarzen Limousinen und dem Seminar für Klassische Philologie. Dann erklärt sie mir, wie alles ablaufen wird, die Trauerfeier und die Einäscherung. Ich bekomme Bescheid, wann ich die Asche abholen kann, aber so lange, bis ich mich entschieden habe, was ich damit machen will, kann sie auch dort bleiben. Mir scheint das alles so unwirklich, allein dieses Gespräch.

»Ich habe auch gute Nachrichten für dich, Ava.« Penny lächelt.

»Endlich. Was denn?«

»Die Schule soll nächste Woche wieder geöffnet werden, wahrscheinlich Mittwoch oder Donnerstag. Die stellvertretende Direktorin hat vorgeschlagen, dass du schon vorher umziehst, damit du dich ein wenig einleben kannst.«

»Oh.«

»Ist das okay für dich? Möchtest du denn nicht ins Internat?«

»Doch, doch. Ich bin nur überrascht, dass es so schnell geht. Und gerade jetzt, wo Sam und ihre Eltern nicht da sind. Ich kann doch nicht so einfach gehen, ohne ihnen zu danken.« Und sicherzugehen, dass Sam klarkommt.

»Das kann ich doch ausrichten. Wir haben dich gerne hier gehabt, auch wenn die Umstände, die dich hergeführt haben, nicht so schön waren. Kann ich dir beim Packen helfen?«

»Nein. Das meiste ist ja ohnehin schon verpackt, die Sachen aus der Wohnung.« Die Kisten stehen noch immer an der Wand. »Sonst habe ich ja kaum was.«

»Sollen wir dann einen Wagen für morgen früh bestellen? Ich buche einen Fahrer für zehn Uhr.«

SAM

Mit einem Mal ist die Parkanlage hell erleuchtet. Scheinwerfer strahlen vom Zaun und vom Haus auf das Grün. Schreie, dann laute, durchdringende Geräusche. Sind das Schüsse?

Ich presse mich an die Scheibe, zoome mit meiner kleinen Kamera, schieße Bilder in schneller Reihenfolge. Keine Ahnung, wer die Leute da draußen sind, aber sie werden in Nullkommanichts umzingelt. Gut organisiert scheinen sie nicht und bewaffnet wohl auch nicht, nachdem die ersten Schüsse gefallen sind, haben sie sich sofort ergeben und die Hände hochgerissen.

Eigentlich sollte doch keiner wissen, dass wir auf Chequers sind, bloß wenn hier die Hubschrauber kommen und gehen, kann sich jeder seinen Teil denken. Doch wenn sie uns hätten angreifen wollen, wären sie da nicht vielleicht etwas, na ja, organisierter und militärischer vorgegangen?

Coulson ist bei uns geblieben. Nun steht er am anderen Ende des Zimmers und hängt am Funkgerät. Ich horche angestrengt, aber ich verstehe nicht, was er sagt.

Dann kommt Coulson zu uns. »Die Lage scheint unter Kontrolle«, sagt er. »Wir suchen nur noch kurz das Gelände und die übrigen Teile des Gebäudes ab, um sicherzugehen, niemanden übersehen zu haben.«

Mrs Armstrong nickt. Sie ist überraschend ruhig geblieben. Meine Mutter schien von Anfang an viel aufgelöster und wirkt nun sichtlich erleichtert.

Ich stelle mich wieder ans Fenster. Wie Coulson gesagt hat, durchkämmen Gestalten, Soldaten wahrscheinlich, den Park, und kurz darauf sagt man uns, dass alles wieder sicher sei. Mrs Armstrong bringt ihre Kinder und Stella auf ihre Zimmer, aber ich will noch nicht.

Dad und Armstrong sind stinksauer. Sie sprechen mit einem der Sicherheitsbeamten, fragen, ob die Eindringlinge wussten, dass wir hier sind. Und wie sie unbemerkt all die Zäune und Wachen passieren konnten?

Der Beamte meint, dass es nur Vandalen seien, die nichts von unserer Anwesenheit geahnt hätten. Sonst wären sie wahrscheinlich uns und der zusätzlichen Security ferngeblieben. Es wird eine Untersuchung geben.

Und wenn sich die Agenten nun täuschen? Was wäre wohl passiert, wenn wir nicht mit dem Teleskop herumgespielt hätten und die sogenannten Vandalen entdeckt hätten? Mir ist mulmig. Das will ich mir nicht ausmalen. Was hätten sie wohl mit uns gemacht, wenn sie ins Haus gelangt wären?

Dad sieht mir meine düsteren Gedanken offenbar an. Er legt mir die Hand auf die Schultern. »Solange ich da bin, tut dir keiner was. Klar?«

»Klar.« Er drückt mich und schickt mich und Mum dann nach oben auf unsere Zimmer.

Er, Armstrong und Astrid bleiben.

Von meinem Zimmer aus kann ich wieder den Teil des Parks sehen, aus dem die Leute kamen. Beklommen prüfe ich, ob das Fenster verschlossen ist. Die Tür lässt sich nicht verriegeln, deshalb stelle ich einen Stuhl unter den Griff.

So bald werde ich wohl nicht schlafen, ich versuche es erst gar nicht. Stattdessen übertrage ich alle Fotos von der Kamera auf mein Handy, damit ich sie mir dort anschauen kann.

Die Fotos von heute Abend sind überraschend scharf geworden. Die Kamera hat einen extrem starken Zoom, der sich automatisch an die Lichtverhältnisse anpasst. Alle paar Sekunden habe ich ein Bild geschossen, beim Durchsehen wirkt es fast wie ein ruckeliger Film.

Von den Eindringlingen sehen die meisten echt jung aus, mein Alter oder sogar noch jünger. Die Soldaten haben sie gezwungen, sich auf den Bauch zu legen, mit den Händen über dem Kopf. Einer nach dem anderen wurde danach grob hochgerissen, in Handschellen gelegt und weggeschleift. Es waren bestimmt so um die zwanzig Leute.

Und sie sehen verängstigt aus, nicht wütend. Waffen schienen sie auch keine zu haben.

Was in aller Welt haben dir nur hier gemacht? Waren es wirklich bloß Vandalen, Einbrecher, wie der Agent gesagt hat?

Ich würde gerne Ava anrufen, sie fragen, was sie davon hält, aber es ist schon so spät. Bestimmt schläft sie bereits.

Ich spreche morgen mit ihr, wenn ich wieder zu Hause bin.

AVA

Hinterm Schultor wartet die stellvertretende Direktorin schon auf mich. »Ava, das mit deinem Vater tut mir ja so leid.« Ihre Worte triefen förmlich vor Bedauern.

»Danke«, antworte ich. Was soll ich sonst sagen? *Danke, dass es Ihnen leidtut*, klingt genau so hohl. Reine Höflichkeitsfloskeln so wie ›*Tut mir leid, dass ich Sie im Flur angerempelt habe*‹ oder ›*Tut mir leid, dass ich Ihnen Kaffee übers Buch geschüttet habe*‹. Die stellvertretende Direktorin hat mich schon vorher immer so breit angelächelt, als wäre ich ihr soziales Projekt, dem gegenüber man sich möglichst unaufrichtig verhält.

Wenn die Schule wieder losgeht, wird es so weitergehen. Von allen Seiten. Tut uns leid, Ava. Sympathiebekundungen von Mädchen, die mich sonst keines Blickes gewürdigt haben.

Doch ich muss aufpassen und kann darauf nicht reagieren, wie ich möchte, und mich womöglich mit den Mädchen anlegen oder sie ignorieren. Wenn ich dieses Stipendium verliere, steht nicht nur meine Ausbildung auf dem Spiel, ich habe dann auch keine Bleibe mehr.

»Der Hausmeister wird deine Kartons tragen. Komm, ich zeige dir, wo es langgeht.«

Glaubt sie im Ernst, dass ich nach all den Jahren den Weg nicht kenne?

Ich folge ihr durch das Schulgebäude, die Wohnräume des Internats liegen dahinter. Vielleicht weiß ich, wo alles ist, aber ich bin noch nie dort gewesen, und nun bin ich doch nervös.

»Sind die anderen Mädchen auch da?«

»Die sind zu Hause, bis die Schule wieder losgeht.«

»Wissen Sie schon, wann das sein wird?«

»Momentan heißt es Donnerstag. Wir warten noch auf die Bestätigung durch die Behörden.«

Sie öffnet die Tür zum Wohntrakt. Dort nimmt uns die zuständige Lehrerin in Empfang, die sich als Mrs Morgan vorstellt, und die stellvertretende Direktorin lässt uns allein.

»Ich zeige dir jetzt mal dein Zimmer«, sagt Mrs Morgan. Es geht drei Treppen hinauf, und mir tut der Hausmeister jetzt schon leid, der meine Kisten, die größtenteils mit Büchern gefüllt sind, heraufschleppen muss.

Nachdem wir einen Gang entlanggelaufen sind, öffnet sie die Tür ganz am Ende.

»Hier ist dein Reich. Ein Einzelzimmer, weil du ja schon in der Oberstufe bist. Gott sei Dank war noch eines verfügbar.« Es ist ein rechteckiger Schuhkarton mit einem Einzelbett, einem Schreibtisch, ein paar Regalen. Kahle Wände.

»Die Waschräume und Toiletten sind am Ende des Flurs rechts. Die Küche ist geschlossen, aber wir lassen uns zusammen was einfallen. Komm einfach um sechs runter. Da ist auch noch ein Gemeinschaftszimmer mit Fernseher.« Mrs Morgan zeigt auf eine weitere Tür auf dem Gang. »Dann lass ich dich jetzt mal allein, damit du dich einrichten kannst.«

Die Tür fällt hinter ihr ins Schloss, ich werfe meine Tasche aufs Bett und trete ans Fenster. Von hier habe ich den fast leeren Lehrerparkplatz und den Stacheldrahtzaun im Blick.

Es ist kalt, der Heizkörper ist aus, ich drehe am Thermostat, aber nichts passiert. Ich schlinge die Arme um mich, doch es ist nicht nur die fehlende Wärme, die mir zusetzt. Hier werde ich von jetzt an leben. Allein. Und was ist nach der Schule?

Ich habe immer noch Dads Stimme im Ohr: *Streng dich an, Ava. Sieh zu, dass du ein Stipendium kriegst. Geh zur Uni und studiere was Nützlicheres als ich.* Und dann kam meistens: *Dann kannst du mich unterstützen, wenn ich alt und grau bin.* Doch daraus wird nichts mehr. Sofort ist da wieder Wut. Und Schmerz. So geht es mir jetzt immer, wenn ich an ihn denke, er fehlt mir, aber gleichzeitig bin ich sauer, dass er mich so angelogen hat.

Im Gemeinschaftsraum ist es wärmer, weil es dort keine Außenwände gibt, also verziehe ich mich dahin und schalte gewohnheitsmäßig die Nachrichten ein.

Gerade macht eine Meldung von Chequers Schlagzeilen.

»Eine Gruppe von Regimegegnern hat sich unter Umgehung der Sicherheitskontrollen Zugang zum Landsitz des Premierministers verschafft. Premierminister Armstrong und seine Familie, ebenso der stellvertretende Premierminister Gregory mit Familie waren zugegen, des Weiteren war auch die Abgeordnete Astrid Connor mit ihrer Tochter dort. Diese Erklärung wurde gerade eben erst vom Büro des Premierministers herausgegeben«, die Reporterin liest vom Tablet in ihrer Hand ab. »Wir nehmen die Sicherheit unserer Familien und den Schutz öffentlichen Eigentums sehr ernst. Die Täter werden die volle Härte des Gesetzes zu spüren bekommen.«

Sam ist auf Chequers? Hat sie deshalb nicht gesagt, wo sie hin ist? Wahrscheinlich durfte sie nichts preisgeben. Dennoch kränkt es mich ein wenig, dass sie mir das verschwiegen hat. Zögernd nehme ich mein Handy heraus und schreibe ihr:

Habe gerade die Nachrichten gesehen. Alles Ok?

Keine Antwort.

SAM

Am nächsten Morgen packen wir in aller Eile. Die Pläne wurden geändert, statt zwei Nächte zu bleiben, müssen wir nun alle den Landsitz verlassen, auch die Armstrongs. Keiner sagt, warum.

Mum steht vor meiner Tür. »Samantha, bist du fertig?«

»Fast.« Ich klappe meinen Rollkoffer zu und drehe mich zu meinem Handy um, aber es liegt nicht mehr auf dem Nachttisch. Verwundert schaue ich noch mal im Koffer nach, falls ich es aus Versehen schon eingepackt habe. Nein. Merkwürdig.

»Was ist denn noch?«

»Ich kann mein Handy nicht finden.«

»Was hast du denn diesmal damit angestellt?«

»Nichts! Es hat auf dem Nachttisch gelegen.« Als ich mir gestern Abend noch die Fotos auf dem Handy angesehen habe, war ich total müde, vielleicht habe ich es auch aus Versehen neben mir aufs Bett gelegt und es ist runtergefallen. Ich bücke mich und schaue unterm Bett nach.

»Wir müssen los, die warten schon auf uns. Sie können es uns doch schicken, wenn sie es finden.«

Das alles kommt mir seltsam vor. Wie kann mein Handy denn hier im Zimmer verloren gegangen sein? Aber was soll sonst damit passiert sein? Ob es mir jemand weggenommen hat? Dort waren all die Bilder drauf, die ich gestern Abend geschossen habe, vielleicht hat mich jemand dabei beobachtet und wollte sie löschen.

Doch das ergibt auch keinen Sinn, ich habe sie ja noch auf der Kamera.

Es sei denn, sie wissen nichts von der Kamera und haben bloß mein Handy gecheckt – meinen Code geknackt – die Fotos gesehen und es mitgenommen.

Ich schüttle den Kopf. *Sei nicht so paranoid, Sam.*

Als wir endlich zu Hause ankommen, gehe ich gleich zu Ava. Ich erwarte, sie in ihrem Zimmer mit einem Buch oder vor den Nachrichten vorzufinden, aber sie ist nicht da. Auch ihre Sachen sind verschwunden.

Sofort rufe ich Penny übers Haustelefon an.

»Hi, wo ist denn Ava?«

»Sie ist gestern ins Internat gezogen.«

»Schon? Davon wusste ich gar nichts.«

»Ihr seht euch ja in ein paar Tagen in der Schule. So wie es aussieht, geht es Donnerstag wieder los.«

Na toll.

Auf meinem Schreibtisch liegen mein Tablet und das Ladekabel. Ava hat mir gestern Abend geschrieben und heute Morgen noch mal.

Tut mir leid, dass ich nicht geantwortet habe. Mein Handy ist weg. Mir geht es gut. Nicht viel passiert.

Sie antwortet sofort.

Kein Ding. Mach mal BBC an.

Ich schalte den Fernseher ein und unter dem Bildschirm steht: Live aus Chequers. Was ist da los? Ungläubig starre ich auf den Bildschirm. Soldaten bauen was auf dem Rasen auf, drei so Gerüste; unverkennbar, was es ist, auch wenn ich meinen Augen kaum traue. Von jedem Gerüst baumelt ein Strick.

Nein. Im Ernst? Galgen?! Im Park von Chequers?

Ich schnappe mir das Tablet und schreibe Ava. *Sind die bescheuert?*

Ava: *Ich dachte, da wäre nicht viel passiert.*

Ich: *Ist es auch nicht. Angeblich waren es Randalierer, die nicht mal wussten, dass wir da waren. Jugendliche.*

Ava: *Die hängen die drei, die über 18 sind.*

Live. Im Fernsehen.

Das kann nicht sein. Das verkrafte ich nicht. Nein. Was geht da ab? Passiert das wirklich?

Ich: *Muss los.*

Ich stürme in Dads Arbeitszimmer.

»Dad!«

»Was ist denn?«

»Die …«, ich schnappe nach Luft. »Die hängen Leute! Auf Chequers!«

Er legt seinen Stift beiseite und nickt. »Ja, das stimmt.«

»Warum? Und was ist mit einem Prozess? Was haben die überhaupt groß verbrochen?«

»Es gab ein Schnellverfahren. Dich zu schützen, alle Kinder zu schützen, ist unsere Priorität. Wir müssen eine deutliche Botschaft senden.«

»Aber, Dad!« Ich bin so geschockt, dass mir die Worte fehlen.

»Keine Diskussion.«

»Dad?« Als ich ihn anschaue, weiß ich nicht, wen ich sehe. Meinen Vater, von dem ich fast mein ganzes Leben überzeugt war, er könnte nichts Unrechtes tun? Hat er sich verändert? Oder habe ich ihn nie richtig gekannt?

Ich weiß nicht, was mir mehr Angst macht.

»Mach bitte die Tür zu, Samantha. Ich habe zu arbeiten.« Er widmet sich wieder den Papieren auf dem Schreibtisch. *Entlassen.*

Schritt für Schritt ziehe ich mich aus seinem Arbeitszimmer zurück, bis ich schließlich auf mein Zimmer renne. Dort hole ich als Erstes meine Kamera heraus und spiele die Bilder über Bluetooth auf mein Tablet. Und dann sehe ich mir die Fotos, die ich auf Chequers gemacht habe, immer wieder an.

Alles, was ich sehe, sind verängstigte Teenager.

Ich gehe sämtliche Fotos durch, die ich in den letzten paar Tagen gemacht habe, angefangen von den Aufnahmen aus dem Hubschrauber. Und wieder sind es zumeist Teenager, die nach der Ansprache auf die Straße geströmt sind. Aufgebracht sind sie, wie ich jetzt, doch Waffen haben sie keine in der Hand. Trotzdem knüppeln Soldaten sie nieder.

Dad ist dafür verantwortlich, weil er sich auf den Deal mit Armstrong eingelassen hat. Aber er hat doch gesagt, er will mich bloß beschützen, alle beschützen.

Ich zwinge mich, den Fernseher wieder einzuschalten. Zwei Männer und eine Frau, die vielleicht so gerade eben achtzehn sind. Die Schlingen um ihren Hals, die Falltüren, die unter ihnen aufgehen. Die Verurteilten hängen in der Luft, zucken zuerst noch, dann nicht mehr.

Ava meinte ja, nun hat die Regierung freie Hand, aber ich hätte nie gedacht, dass sie so etwas tun würden.

Der Tod der Demokratie – das waren doch die Worte von Lucas' Mutter, oder? Ich suche auf dem Tablet nach ihrem Blog.

Seltsam, da finde ich nichts.

Ich gehe in meinen Verlauf und klicke ihre Seite an, aber der Link funktioniert nicht mehr. Ich vergewissere mich, dass es da nicht noch einen anderen Link gab, aber das war der einzige, und er lässt sich nicht mehr öffnen.

Moment mal, was sind das denn da noch für Seiten im Verlauf? Ava hat mein Tablet gehabt. Sie hat nach Informationen über Armstrong gesucht. Und über Dad.

Und mich.

Warum?

Sie hat Berichte über meine Entführung gelesen. Wieso hat sie das gemacht?

Nun kann ich mich nicht bremsen und klicke all die Seiten an, die sie sich angesehen hat. So klein, wie ich war, kann ich mich kaum noch an die Entführung erinnern, aber ich habe noch immer Albträume davon und denke möglichst nicht daran. Reden kann ich schon gar nicht darüber. Ich habe mir all diese Berichte noch nie angesehen.

Dad hat mich gerettet. Sie haben damals gesagt, er wäre ein Held. Ist er jetzt wieder einer?

Und dann lese ich auf einmal etwas, das mir den Atem raubt. Er hat kein Lösegeld gezahlt? Die Entführer haben gedroht, mich umzubringen, und dennoch wollte er nicht zahlen. Er hat sie aufgespürt, mich gerettet, aber wenn er nun zu spät gekommen wäre? Mit Verbrechern lässt er sich nicht ein, nicht mal für mich.

Ich sollte ihn sofort zur Rede stellen. Schließlich ist nicht alles, was in den Medien über Politiker berichtet wird, wahr. Das weiß ich aus langjähriger Erfahrung.

Doch irgendwie weiß ich, dass diese Nachricht stimmt.

Dass er den Entführern kein Lösegeld zahlen wollte, hatte damals nichts damit zu tun, dass er mich beschützen wollte. Geht es ihm denn jetzt darum? Er will die Verbrecher fassen, will sie bestrafen, sie einsperren wie meine Entführer oder an den Galgen bringen. Kümmert es ihn überhaupt, was ich oder was andere von ihm denken?

Mein ganzes Leben habe ich mich bemüht zu tun, was er will, zu sein, wie er mich haben will. Doch wie kann ich hinter dem stehen, was er jetzt gerade tut?

Das kann ich nicht. Ich kann es einfach nicht.

Auf dem Tablet erscheint eine Nachricht von Lucas. Er fragt, warum ich nicht ans Handy gehe. Ich schüttle den Kopf und will ihn ignorieren.

Dann fällt mir aber die Sache mit der Webseite seiner Mutter wieder ein. Ob es bei ihm zu Hause allen gut geht?

Ich: *Sorry, hab mein Handy verloren. Alles okay?*

Lucas: *Nein. Kannst du mich auf dem Festnetz anrufen? Bitte. Ich brauche deine Hilfe.* Er gibt mir seine Nummer.

Was ist denn da jetzt los?

Ich hole mir das Telefon und kaum hat es geklingelt, geht er auch schon ran.

»Ich bin's«, sage ich. »Was ist passiert?«

»Meine Mutter. Sie ist verschwunden.«

»Wie verschwunden?«

»Sie haben sie abgeholt.«

»Wer?«

»Lorder, was denkst du denn? Sie ist Journalistin. Meine Mutter hat darüber geschrieben, dass die Regierung sämtliche Regeln übertritt. Als sie in ihr Auto steigen wollte, um Nicky zu unserer Tante zu bringen, hielt plötzlich ein Regierungsfahrzeug vor und eines hinter ihr, dann haben sie sie gepackt und in einen ihrer Wagen gezerrt. Ich habe alles vom Fenster aus beobachtet. Aber als ich nach unten gerannt bin, war sie schon weg. Nicky saß allein im Wagen und hat geheult wie ein Schlosshund. Sie war weg.«

Nein. Ich schüttle den Kopf, was er natürlich am anderen Ende der Leitung nicht sehen kann. »Nein, unmöglich. Vielleicht waren das Kriminelle, die sie entführt haben und nun Lösegeld wollen.« Allein der Gedanke an Entführer und Lösegeld lässt mich zusammenzucken.

»Gruselig, dass das besser klingt als das, was passiert ist. Dad war schon an allen möglichen Stellen, um was herauszubekommen, doch überall stößt er auf Schweigen. Kannst du vielleicht was rausbekommen?«

»Aber ich kann einfach nicht glauben …«

»Wenn du nicht glauben kannst, was draußen geschieht, lebst du in einer Traumwelt. Wach auf, Dornröschen.«

Die Verbindung bricht plötzlich ab.

Wie benommen starre ich auf den Hörer. Ob er recht hat? Hat auch Ava recht? Ist es möglich, dass die Regierung, zu der auch mein Vater gehört, verhindern will, dass die Wahrheit an die Öffentlichkeit dringt, dass sie Journalisten mundtot machen und die, die sich nicht mundtot machen lassen, abholen?

Und den kleinen Nicky lassen sie mit seinen vier, fünf Jahren allein im Wagen zurück, während er nach seiner Mutter weint … Wenn Lucas nun dabei gewesen wäre?

Lucas und überhaupt die ganze Familie tut mir leid. Was die jetzt durchmachen müssen! Ich versuche, ihn zurückzurufen, als keiner rangeht, mache ich mir Sorgen. Hoffentlich ist er bloß sauer auf mich.

Wenn seine Mutter verhaftet wurde, muss es doch eine Anklage, einen Prozess geben, alles den normalen Gang gehen: Ihr wird ein Anruf zugestanden, und die Familie erfährt, wo sie ist.

Nun habe ich wieder die Galgen auf Chequers vor Augen. Dad meinte, es hätte ein Schnellverfahren gegeben, was auch immer das sein soll. Doch wenn es das für die drei gegeben hat, muss es verdammt schnell vonstatten gegangen sein. Sie wurden einen Tag nach ihrer Verhaftung gehängt. Deshalb hat man uns so früh nach Hause geschickt, damit wir es nicht vor Ort mitbekommen.

Lucas hat mich um Hilfe gebeten, bloß was kann ich schon groß tun? Dad wird mir nichts sagen. Wahrscheinlich hält er Lucas' Mutter auch für eine Kriminelle.

Ich überlege, welche Journalisten in der Vergangenheit kritisch waren. Wer hat heftige Fragen gestellt und Probleme verursacht, sodass Dad ihnen nur ungern ein Interview gegeben hat? Mir fallen fünf Namen ein. Ich gebe sie nacheinander in die Suchmaschine ein. Nichts, keine Artikel, keine Blogs. Selbst ihre Konten in sozialen Netzwerken wurden gelöscht.

Wie können Menschen wissen, was vor sich geht, wenn alles zensiert wird? Wenn ihnen keiner mehr die Wahrheit sagt?

Londons Straßen werden von der Armee beherrscht. Krieg gibt es nicht, jedenfalls nicht im herkömmlichen Sinn, uns greift keine fremde Macht an. Brite gegen Brite: Die Armee gegen die Zivilisten. Die Aufstände werden rasch niedergeschlagen, während wir warm und gemütlich vor dem Fernseher sitzen.

Nur die Medien dürfen berichten, die den harten Kurs der Regierung befürworten. Und man kann ja auch Argumente dafür finden. Die Straßen sind bald wieder sicher. Die Geschäfte öffnen, die Leute können zurück zur Arbeit. Die Schulen, auch unsere, gehen ab übermorgen wieder los.

Um neun ist Sperrstunde, jeder, der dagegen verstößt, wird verhaftet.

So viele Gefängnisse gibt es gar nicht, da müssen neue gebaut werden.

So viele Soldaten gibt es nicht, die Arbeitslosen könnten sich melden und einen Job bekommen, bei dem sie ihre Nachbarn mit einer Waffe bedrohen können.

Und wer hält alle in Schach? Diese Recht- und Ordnungsleute, diese Lorder, die auch Lucas' Mutter abgeholt haben?

Ich habe immer an meinen Vater geglaubt. Ich habe mich zwar auch über ihn geärgert, war sauer, aber ich habe immer zu Team Gregory gehalten. Und selbst wenn er mir nie so richtig zugehört hat, war ich felsenfest davon überzeugt, dass er alles tun würde, um mich zu beschützen.

Dennoch … hat er sich geweigert, Lösegeld zu zahlen, um seine dreijährige Tochter zu retten. Er hat mich zur Schule geschickt, obwohl er wusste, dass ganz in der Nähe Anschläge geplant waren. Vielleicht wollte er vermeiden, dass A4A Wind davon bekamen, dass ihnen die Behörden auf die Schliche gekommen waren, aber dennoch zeigt es, was meinem Vater wirklich wichtig ist.

Doch mir geht es nicht darum, mich an meinem Vater zu rächen oder einen albernen pubertären Aufstand gegen meine Eltern zu veranstalten. Hier geht es um mehr.

Für mich wird es Zeit, endlich zu mir selbst zu stehen und zu tun, was ich für richtig halte. Nicht, was mein Vater sich wünscht.

Ich schreibe Lucas.

Sorry. Ich bin noch wach. Ich glaube dir. Wenn ich ihn frage, würde mir mein Vater sowieso nichts über deine Mutter erzählen, aber kann ich sonst was für dich tun?

3. TEIL: REBELLION

Um eine Gesellschaft wirklich zu einen, braucht man einen Sündenbock. Hält in der Öffentlichkeit erst mal eine Wir-gegen-sie-Mentalität Einzug, lassen sich die Ziele und Ideale eines Regimes leicht vorantreiben.

Abgeordnete Astrid Connor,
persönliches Tagebuch

Wenn man einen Teil der Gesellschaft politisch entrechtet und mundtot macht, führt das zu Unzufriedenheit. Das lehrt uns die Geschichte.

Linea Armstrong,
Frau des Premierministers;
ehemalige Bürgerrechtlerin

AVA

Es klingelt zur ersten Stunde: Chemie. Vortrag über die Hauptsätze der Thermodynamik. Während ich mir Notizen mache, driften meine Gedanken immer wieder ab. In einem geschlossenen System kann die Entropie – das Maß der Unordnung – nicht abnehmen, sondern nur zunehmen, dennoch wird uns allen Ordnung aufgezwungen. Wann befreit uns die Entropie endlich von diesem Mist?

Wieder klingelt es. Freistunde.

Das mit meinem Vater hat sich in der Schule herumgesprochen, und als ich durch den Flur gehe, streifen mich mitfühlende Blicke.

Immer wieder bekomme ich zu hören, wie leid es ihnen tut. Aber was ist mit meiner Mutter? Keiner weiß, dass ich auch gerade erst herausgefunden habe, dass meine Mutter tot ist. Sagen will ich es auch keinem, dazu ist die Wunde noch zu frisch.

Nur Sam weiß es.

Nach dem kurzen Austausch von vor zwei Tagen, als ich ihr geschrieben habe, sie soll BBC einschalten, habe ich nichts mehr von ihr gehört. Hoffentlich geht es ihr gut oder wenigstens einigermaßen gut. Bestimmt schwer auszuhalten, dass ihr Vater so mit drinsteckt. Um die Mittagszeit hängt sie eigentlich immer im Kunsttrakt herum, jedenfalls war das früher so. Bloß Charlize und ihre Freundinnen sind dann bestimmt auch da und dem bin ich gerade nicht gewachsen.

Ich fühle mich so verwundbar. Auch wenn meine Mutter schon lange tot ist, für mich ist es erst vier Tage her. Nach dem anfänglichen Schock überkommt mich jetzt eine tiefe Traurigkeit, die eigentlich schon immer da war, die ich aber nie so ganz zugelassen habe. Es tut weh, sie so zu vermissen.

Noch nie in meinem Leben habe ich mich so einsam gefühlt, ich sehne mich nach Sam. Möchte mit ihr allein sein. Um mal ehrlich sagen zu können, was ich denke. So offen bin ich selten jemandem gegenüber gewesen, vielleicht noch nie. Geht es Sam genauso? Ihren Besuch auf Chequers hat sie mir verschwiegen, vielleicht hält sie noch mehr vor mir zurück. Doch trotz aller Zweifel vermisse ich sie ganz schrecklich und die Sehnsucht nach Sam vermischt sich mit der nach meiner Mutter und meinem Vater.

In der Bibliothek verkrieche ich mich in meine Lieblingsecke. Hier war ich früher glücklich, allein, inmitten all der Bücher rings um mich herum. All der Freunde in den Regalen.

Damit ist es vorbei.

SAM

»Wer gibt sich denn da die Ehre?«, fragt Charlize und schaut mich mit zusammengekniffenen Augen an.

»Sei doch nicht blöd«, sagt Anji. Sie und Ruth umarmen mich zur Begrüßung. Doch Charlize wirkt immer noch sauer, fast gekränkt. Was hat sie nur? Als es mir dämmert, bin ich entsetzt. Kann es nicht fassen. Ich habe doch tatsächlich ihren Geburtstag vergessen! Sofort bekomme ich Schuldgefühle.

»Charlize, tut mir so leid, dass ich nicht zu deiner Party kommen konnte.«

»Mit einer Einladung nach Chequers kann ich natürlich nicht mithalten.«

»Ist doch totaler Blödsinn, ich wäre viel lieber zu dir gekommen. Das war nicht meine Entscheidung und erzählen durfte ich auch keinem davon. Und sorry, dass ich mich kaum gemeldet habe.«

»Gar nicht. Außer wenn ich deine Nachrichten weiterleiten durfte.«

»Du hast ja recht. Ich bin eine schlechte Freundin gewesen. Tut mir leid.« Das ist zwar nicht gelogen, aber so richtig von Herzen kommt es auch nicht. Mit Charlize bin ich schon so lange befreundet, wie ich denken kann. Ist es vielleicht nur noch Gewohnheit? Ich kann mir nicht vorstellen, mit Charlize so offen zu reden wie mit Ava.

»Das reicht jetzt«, sagt Anji. »Dass du fast von einem Selbstmordattentäter in die Luft gesprengt wurdest, entschuldigt dich. Und dann auch noch der Überfall auf Chequers. Geht es dir gut?«

Ich zögere. Überfall auf Chequers. So wurde darüber berichtet? Soll ich ihnen erzählen, was wirklich passiert ist? Wollen sie denn überhaupt die Wahrheit hören? Verkraften sie sie?

»Sag schon, Sam«, meint Anji.

Ich würde ja gerne, nur Ruths Vater ist ein hohes Tier bei der Polizei, Charlizes Mum arbeitet für die BBC. Natürlich traue ich meinen Freunden, aber ich muss mir vorher gut überlegen, was ich preisgeben will.

»Klar geht's mir gut. Ihr kennt mich doch. Aber ich möchte über was anderes reden, über zwei Sachen eigentlich.«

»Worüber denn?«

»Wie war die Party? Ich will alle Einzelheiten. Und dann will ich über Lucas reden.«

AVA

Als ich aus der Bibliothek komme, halte ich den Blick gesenkt – weniger Augenkontakt, weniger Beileidsbekundungen. Deshalb wäre ich fast an ihr vorbeigelaufen, doch dann schaue ich noch auf. Zum ersten Mal an diesem Tag lächle ich. »Sam?«

»Ava. Hi.«

Sam sitzt auf der Bank, auf der wir einmal gemeinsam gesessen und uns gezeichnet haben. Mir kommt es vor, als wäre das schon Ewigkeiten her. Liegt es daran, dass so viel in meinem Leben und überhaupt passiert ist?

»Wie geht es dir?« Ich setze mich neben sie.

»Weiß nicht. Und dir?«

»Weiß auch nicht.«

»Seltsam, wieder in der Schule zu sein. Alle tun so, als wäre alles normal und nichts hätte sich geändert. Dir muss es ja erst recht so vorkommen.«

Sam spricht aus, was ich schon den ganzen Tag über denke, ich nicke, will es ihr sagen, als mir aufgeht, dass sie mein Lächeln gar nicht erwidert hat und jetzt nervös auf die Uhr schaut.

Ihr Handy klingelt. Sie holt es aus der Tasche. »Sorry, muss mal kurz rangehen.« Sam steht auf und geht.

Ich bin verunsichert, verwirrt.

Als ich bei Sam gewohnt habe, war es eine intensive Zeit für mich und auch für sie und ihre Familie. Wie ich schien auch Sam jemanden zum Reden zu brauchen. Bilde ich mir das bloß ein oder ist diese Zeit einfach vorbei?

Oder will Sam nur nicht wahrhaben, dass ihr Vater in alles verwickelt ist? Da bin ich sicher die Letzte, mit der sie reden will.

Oder hat sie vielleicht ein Problem und braucht Hilfe? Ich runzle die Stirn. Wenn ihr Handy nicht geklingelt hätte, hätte ich sie fragen können.

Moment mal, hat sie nicht behauptet, ihr Handy verloren zu haben?

Ich schüttle den Kopf. Nun werde ich aber albern. Entweder hat sie es wiedergefunden oder ein neues bekommen. Na und?

Doch das ungute Gefühl bleibt.

SAM

»Lucas, bist du das?«

»Der einzig Wahre. Ich dachte schon, du gehst nicht ran.«

»Sorry, ich musste kurz um die Ecke gehen, um ungestört zu sein.«

»Treffen ist eh besser. Konntest du was für heute Nachmittag organisieren?«

»Ja. Ich gehe später mit Charlize und Ruth in diesen neuen Designerladen im Shoppingcenter in der Bond Street, von da kann ich mich abseilen. Im vierten Stock ist ein Café. Fünf Uhr? Geht das?«

»Ja. Ich weiß, wo das ist. Ich finde dich schon in dem Café. Bis dann.«

»Das Handy habe ich nur von Anji geliehen. Ich muss es ihr zurückgeben. Falls es Probleme gibt, melde dich bei Charlize.«

»Mach ich. Pass auf dich auf.«

»Du auch.«

Nach dem Telefonat bleibe ich noch einen Moment hinter der Bibliothek stehen. Mein Herz klopft wie wild, meine Hände sind feucht. *Reiß dich zusammen, Sam.* Noch lebst du in einem freien Land, zumindest in der Theorie; sich während eines Shopping-Trips mit einem Freund im Café zu treffen, ist schließlich kein Verbrechen.

Aber das, über das wir reden werden, vielleicht schon.

Ich atme tief ein und aus, ein und aus, und mache mich auf den Rückweg.

Plötzlich bleibe ich stehen. Ob Ava noch vor der Bibliothek sitzt?

Vorhin habe ich mich von ihr überrumpelt gefühlt, weil ich auf Lucas' Anruf gewartet habe. Irgendwie möchte ich jetzt gerade nicht mit ihr reden. In ihrer Gegenwart neige ich dazu, alles immer auszuplaudern. Dass ich mich mit Lucas treffen will, soll sie lieber nicht erfahren, vor allem nicht, warum, aber wenn ich es ihr nicht sage, ahnt sie, dass ich ihr was verheimliche.

Doch das ist nicht der einzige Grund, weshalb ich sie nicht sehen will. Nach wie vor finde ich es seltsam, dass sie im Netz über mich und Dad recherchiert hat.

Um den Eingang der Bibliothek zu meiden, kehre ich um und laufe hinter dem Gebäude zurück.

Der Nachmittag zieht sich ewig hin, Minuten kommen mir wie Stunden vor. Als es endlich zum Schulschluss klingelt, springe ich fast vom Stuhl.

»Hast du's etwa eilig?«, fragt Charlize mit einem Zwinkern. Sollen meine Freundinnen doch glauben, was sie wollen. Natürlich gehen sie davon aus, dass da was zwischen Lucas und mir läuft. Und das tut es auch, nur nicht das, was sie denken.

Unser Wagen, wieder dieses limousinenähnliche Ungetüm,

wartet schon vor der Schule. Um das mit der Security so kurzfristig hinzukriegen, musste ich Mum involvieren. Ich habe ihre Sprache gesprochen, ihr gesagt, dass ich Charlizes Party verpasst habe und *sterben* würde, wenn ich nichts Neues für Ruths Party bekäme, was ich mir unbedingt selbst aussuchen müsste. Wenn ich Mum für den Ausflug nicht ins Boot bekommen hätte, wäre das niemals so kurzfristig gegangen.

Der Fahrer öffnet uns die Türen. Bevor ich überhaupt eingestiegen bin, überschlägt sich Charlize schon vor Begeisterung über die Innenausstattung des Wagens. Coulson sitzt vorne neben dem Fahrer und nickt mir im Rückspiegel zu.

Nach den letzten Tagen ist es auf den Straßen beinahe gespenstisch ruhig. An den Kontrollpunkten, die wir unterwegs passieren, werden unsere Nummernschilder automatisch erfasst. Manche Fahrzeuge werden angehalten, aber uns winkt man durch, doch für London sind ungewöhnlich wenig Autos und Menschen unterwegs.

»Es ist so ruhig«, sagt Ruth und bricht damit zumindest das Schweigen im Wagen.

An manchen Straßenecken stehen Wachen mit Waffen. Sie sehen ganz schön gefährlich aus. Wer sind diese Leute? Armee oder Polizei ist das nicht, sie tragen eine Art schwarze Uniform, die so unförmig wirkt, als hätten alle Schusswesten darunter an.

Sind das Lorder? Das ging aber schnell! Diese neue Recht- und Ordnungstruppe wurde doch erst gerade ins Leben gerufen, anscheinend war es schon länger geplant, sonst ständen sie wohl kaum in voller Montur auf der Straße. Im Grunde wurde das alles erst vor ein paar Tagen angekündigt, kommt einem nur länger vor, weil so viel passiert ist.

Inzwischen bin ich richtig geschickt im Umgang mit der kleinen Kamera geworden. Unter den verschränkten Armen halte ich sie diskret an die Scheibe.

Kurz nach vier kommen wir an. Sobald wir durch die Security durch sind und die großen Glastüren im Inneren hinter uns gelassen haben, übernimmt Charlize das Kommando. Auf Ruths sechzehntem Geburtstag gibt es einen Dresscode: Smoking und Ballkleid. Ich muss mit einem Kleid nach Hause kommen, das Mums Ansprüchen genügt, zum Glück ist ihr Charlize im Shoppen ebenbürtig.

Ruth und ich warten in der Umkleidekabine, während Charlize ein Kleid nach dem anderen für mich anschleppt. Immer wieder schaue ich auf die Uhr, wünschte, ich könnte einfach einen Smoking nehmen. Am Ende sind nur noch drei Kleider in der engeren Wahl.

»Es ist deine Party, Ruth. Entscheide du«, sage ich.

»Du willst doch bloß schnell weg, um dich mit Lucas zu treffen«, neckt mich Ruth. »Das hier vielleicht?« Ruth hält ein schwarzes Kleid hoch. Es ist schlicht, aber echt sexy.

»Soll es deiner Mutter gefallen?«, fragt Charlize.

»Super mitgedacht. Mit ihr stelle ich mich lieber gut.«

»Dann nimm das Blaue«, sagt Charlize und Ruth stimmt ihr zu.

Charlize besteht darauf, mich kurz mit Lidschatten und Lippenstift aufzumöbeln, bevor sie mich gehen lassen.

Mit der Rolltreppe fahre ich zwei Etagen nach oben in den vierten Stock. Das Café liegt im hinteren Teil, ich bin noch ein paar Minuten zu früh dran und tue so, als würde ich mir Taschen ansehen. Die eine würde toll zum Kleid passen, eigentlich gefällt sie mir. Ich posiere damit vor dem Spiegel, drehe mich hin und her.

Aus dem Augenwinkel nehme ich Bewegung wahr, eine Silhouette im Spiegel. Ein Mann. Rasch tritt er zurück und geht davon.

Ich habe ihn nur eine Sekunde lang gesehen. Ist er umgedreht, weil ich ihn bemerkt habe? Auch wenn er mir mit großem Abstand gefolgt ist, bin ich ganz sicher.

Es war Coulson.

AVA

Ich verkrieche mich in meinem Zimmer.

Ich mag nicht unter Leuten sein, die mich ständig so mitleidig ansehen und denen man anmerkt, dass sie unbedingt das Richtige sagen wollen. Und wenn es dann endlich raus ist, ziehen sie erleichtert ab. Auch steht ihnen die Angst ins Gesicht geschrieben. Als könnte mein Unglück ansteckend sein und auf ihre Familien überspringen. Daran wollen sie lieber nicht denken.

Aber ich kann an nichts anderes denken.

Immer wieder lese ich die Briefe meiner Mutter, als könnte ich sie von diesen Papierseiten, die sie vor Jahren in den Händen gehalten hat, aufsaugen. So lange habe ich versucht, nicht an Mum zu denken, weil ich überzeugt war, sie hätte mich im Stich gelassen. Nachdem ich nun die Wahrheit kenne, krame ich all die schmerzhaften Erinnerungen wieder hervor und versuche, mich so gut wie möglich an alles zu entsinnen. Vieles bleibt vage, weil es schon so lange her ist. Irgendwie kann ich meine Mutter als Person nicht so richtig fassen.

Wenn ich mehr von ihr erfahren will, eine andere Seite von ihr kennenlernen möchte, gibt es natürlich noch den Briefwechsel zwischen ihr und Dad.

Einerseits möchte ich die Briefe lesen, andererseits auch wieder nicht. Immer wenn ich an Dad denke, überkommt mich neben dem Schmerz auch Wut. Ich möchte um meine Mutter trauern, nicht um den Vater, der sie mir vorenthalten hat.

Ist das fair? Keine Ahnung. Ich kann meine Eltern ja nicht mehr fragen, warum sie sich so und nicht anders verhalten haben. Im Moment fühle ich eben so, selbst wenn es unfair ist, auf Dad sauer zu sein, wo er doch gerade erst gestorben ist; wo seine Leiche noch nicht mal verbrannt wurde. Ich habe Schuldgefühle, als hätte ich etwas verbrochen, so sollte er sich eigentlich fühlen.

Doch er wird weder Schuld noch irgendetwas anderes fühlen. Nie wieder.

Ich halte die Briefe meiner Mutter in der Hand, die sie ihm geschrieben hat. Ich kann sie nicht lesen. Noch nicht. Vielleicht nie.

Und vielleicht werde ich auch nie damit klarkommen, was er getan hat.

Ich liege in meinem winzigen Zimmer im Bett und starre an die Decke, die Wände. Vier Wände, die immer dichter auf mich zurücken. Mich einsperren, unter sich begraben wollen.

Entweder wehre ich mich jetzt und krieche raus oder ich rolle mich schreiend in einer Ecke zusammen.

SAM

Ich senke den Blick, als würde ich mir die Tasche genau ansehen, drehe Coulson den Rücken zu, damit er mir den Schock nicht ansieht. Unfassbar! Beschattet er mich doch tatsächlich beim Shoppen.

Was soll ich jetzt machen? Dass ich Lucas kenne, ist ja kein Geheimnis. Gibt es einen Grund, mich vor Coulson nicht mit ihm zu treffen?

Was ist mit Lucas' Mutter? Wenn sie noch nicht wissen, wer Lucas ist, werden sie es spätestens jetzt erfahren. Was werden sie denken, wenn ich mich mit jemandem aus dieser Familie treffe? Ich will die Sache nicht schon von vornherein vermasseln. Eine Verkäuferin kommt auf mich zu und schwärmt, wie toll die Tasche ist. Das sollte sie auch für den Preis, selbst Mum würde bei all den Nullen zucken.

Lächelnd reiche ich der Verkäuferin eine Kreditkarte und hoffe, dass Lucas nicht gerade jetzt vorbeikommt und mich grüßt.

Die Verkäuferin schlägt die Tasche in Papier ein und steckt sie ganz vorsichtig, fast schon ehrfürchtig, in einen farblich darauf abgestimmten Beutel. Und während ich die ganze Zeit bloß denke *Mach schon*, sehe ich Lucas. Er steht vorm Café, offenbar hat er die andere Rolltreppe genommen. Lucas schaut ins Café.

Dreh dich bloß nicht um.

Tut er zum Glück nicht. Als die Verkäuferin mir den Bon reicht, verschwindet er im Café. Eilig stürme ich zur Rolltreppe.

»Miss! Ihre Tasche?« Die Verkäuferin hält mir meinen Beutel hin, den ich auf dem Tresen habe liegen lassen.

»Oh. Sorry, danke.«

Dann fahre ich nach unten zu Charlize und Ruth. Coulson sehe ich im Moment nirgends, doch bestimmt folgt er mir heimlich.

Meine Freundinnen sind nach wie vor in der Umkleide, haben haufenweise Kleider im Arm, die sie selbst anprobieren wollen. Wenigstens habe ich hier Ruhe vor Coulson.

»Das ging aber schnell«, sagt Charlize.

Was sage ich bloß? Ich schüttle den Kopf und halte mich an die Wahrheit. »Der Agent, der mit uns im Wagen saß, ist mir gefolgt. Ich bin nicht zum Treffen gegangen.«

»Was? Echt?«, ruft Charlize aus. Die beiden tauschen Blicke aus.

»Das ist doch albern«, sagt Ruth. »Was soll er denn dagegen haben, dass du dich mit Lucas triffst?«

Ich verdrehe die Augen und übertreibe ein wenig. »Ohne Security-Check darf ich mit niemandem zusammen sein. Und das ist echt ein bisschen schwierig, wenn man noch nicht mal weiß, ob man will.«

»Verdammter Mist«, sagt Charlize. »Ihr beiden seid wirklich wie Romeo und Julia.« Sie sieht Ruth an. »Aber du lädst ihn doch zu deinem Geburtstag ein, oder?«

Ruth grinst. »Na klar.«

»Charlize, kannst du Lucas schreiben, dass ich nicht kommen konnte? Den Grund musst du ihm ja nicht sagen. Und dann gib ihm wegen der Party Bescheid. Vergiss nicht, ihm zu sagen, dass er im Anzug kommen muss.« Wenigstens weiß ich von der Wohltätigkeitsveranstaltung, dass er einen hat.

»Kein Ding.« Charlizes Daumen fliegen nur so übers Handy. »So. Willst du noch mal ganz sicher gehen, ob dir das Kleid wirklich gefällt? Denn dein Romeo wird dich ja darin sehen.«

Als wir nach Hause fahren, ist es immer noch ruhig auf den Straßen, ich muss zugeben, dass ich mich mit den neuen Maßnahmen sicherer fühle, auch wenn mir die schweren Waffen an jedem Kontrollpunkt Schauder über den Rücken jagen. Wir bringen erst Ruth und dann Charlize nach Hause, bis nur noch der Fahrer, Coulson und ich im Wagen sitzen.

Warum ist er mir gefolgt? Gehört das auch zu den Neuerungen, Kinder prominenter Politiker auf Schritt und Tritt zu überwachen?

Oder zielt es speziell auf mich ab? Nicht so sehr ein Beschützen, sondern vielmehr ein Im-Auge-Behalten, damit ich keinen Blödsinn mache.

Wir fahren zu Hause durch die Tore.

Der Fahrer hält mir die Tür auf und ich steige aus. Er sammelt die Einkaufstaschen zusammen. Coulson steht schon neben dem Wagen parat.

»Könnte ich Sie mal kurz sprechen?«, frage ich ihn.

»Natürlich«, antwortet Coulson.

»Und könnten Sie die Taschen bitte auf mein Zimmer bringen?«, frage ich den Fahrer. Woraufhin er nickt und mit den Taschen im Haus verschwindet. Coulson und ich sind jetzt allein.

»Warum sind Sie mir im Einkaufscenter gefolgt?«

Nachdem sich seine Überraschung gelegt hat, wirkt er amüsiert. »Du hast mich bemerkt? Ich lasse nach.«

»Warum?«

»Es ist mein Job, dich zu schützen.«

»Vor exorbitant hohen Preisen? Taschendieben?«

»Vor allen Gefahren.« Aus seinem Gesicht werde ich nicht schlau.

»Wenn Sie mich immer so genau im Auge behalten, können Sie mir ja vielleicht bei einem Problem behilflich sein.«

»Womit denn?«

»Mein Handy ist verschwunden.«

»Ach ja?«

»Es ist verschwunden, als wir auf Chequers waren.«

»Verstehe.«

»Wissen Sie was darüber?«

»Tut mir leid. Diesen Taschendieb muss ich übersehen haben.«

Wieder scheint ihn das Gespräch zu amüsieren. Er weiß was über mein Handy. Hat er es genommen? Muss er wohl. Bloß warum? Und wenn, warum gibt er es nicht zu?

»Beim nächsten Mal behalte ich dich besser im Blick«, antwortet er. Ist das eine Warnung? »Gibt es sonst noch was?«

Ich schüttle den Kopf und laufe die Eingangstreppen hinauf. Der Fahrer ist zurück und hält mir die Haustür auf. Als sie sich hinter mir schließt, atme ich tief durch.

Was wäre wohl, wenn Coulson mich mit Lucas gesehen hätte? Vielleicht gar nichts. Aber wir sollten besser vorsichtig sein.

AVA

Singend wiegt sie mich im Arm. Ich habe Fieber und Pusteln. Nichts fühlt sich richtig an, sieht richtig aus. Der Schlafanzug wie Schmirgelpapier auf der Haut. Im Kopf dröhnt ein Feuerwerk.

Ich jammere.

Ihre Lippen sind warm und weich, als sie mir die Stirn küsst.

Lilla gumman, *nennt sie mich, ihren kleinen Schatz. Morgen wache ich auf, sagt sie, und alles wird bloß ein böser Traum sein.*

Versprochen.

Doch als ich die Augen öffne, stimmt das nicht.

In der Ferne ist ein Grollen zu vernehmen, das Feuerwerk in meinem Kopf?

Ich stehe auf, werfe mir den Bademantel über und trete ans Fenster.

Unter mir liegt der Lehrerparkplatz mit dem Stacheldrahtzaun verlassen da. Und dahinter? Licht und Lärm.

Explosionen? Feuer? Sirenen zerreißen die Nacht.

Ausgangssperre war schon vor Stunden, aber keine noch so

strikten Ausgangssperren und Vorschriften können den Aufstand verhindern.

Der Lärm hallt durch die kalte Nacht, zitternd stehe ich am Fenster und schaue hinaus. Ich wünschte, Sam wäre bei mir.

SAM

Ich konnte sowieso nicht schlafen, deshalb bin ich davon auch nicht aufgewacht. Als es losging, habe ich Löcher in die Decke gestarrt.

Nun stehe ich in meinem Zimmer am Fenster. Ich knipse sogar die Nachttischlampe aus, damit man mich hier nicht so erleuchtet sieht.

Doch draußen ist es mitten in der Nacht nicht so dunkel, wie es sein sollte. Was immer da draußen geschieht, weit entfernt ist es nicht.

Ich wünschte, Ava wäre hier. Dass ich einfach über den Flur zu ihr gehen, mit ihr reden könnte und nicht so allein wäre.

AVA

Ich schlüpfe hinaus in den Gemeinschaftsraum, obwohl es bis zum Frühstück noch ein paar Stunden hin ist. Ein paar andere Mädchen haben es sich schon mit ihren Decken auf den Sofas vorm Fernseher bequem gemacht. Die Nachrichten laufen.

Aufstände in London, Brände. Das Sirenengeheul aus dem Fernseher vermischt sich mit dem, was von draußen zu uns dringt, gegen Morgen ebbt es allmählich ab.

Es heißt, man habe die Lage wieder im Griff, die Straßen seien geräumt und würden mit Kontrollpunkten gesichert. In London geht alles wieder seinen gewohnten Gang, zwar bleiben die Schulen heute geschlossen, aber nur bis Montag.

Im Raum stöhnen alle.

SAM

Samstagmorgen klopfe ich mit einem unterdrückten Gähnen bei Charlize.

»Hi, Sam.« Charlizes Vater macht mir auf. Er sieht ein wenig blass und müde aus. Ich bestimmt auch. »Komm rein. Es ist alles in einer Suite im Gästeflügel aufgebaut. Anna kann es dir zeigen.« Anna, die zum Küchenpersonal gehört, eilt herbei.

»Danke«, sage ich und folge ihr. In dem Moment geht gegenüber im Flur eine Tür auf. Als ich mich umdrehe, steht dort Charlizes Mutter und sieht nicht besonders glücklich aus: hochgezogene Schultern, starrer Blick.

Sie nickt mir kurz zu, bevor sie und ihr Mann wieder im Zimmer verschwinden.

Charlize hat Profis für Haare, Make-up und sogar für die Nägel angeheuert; das volle Programm, um auf Ruths Party heute Abend umwerfend auszusehen. Wobei Abend vielleicht übertrieben ist, eher Nachmittag, denn wegen der Sperrstunde um neun geht es schon um zwei los, eine merkwürdige Zeit für eine Party.

Nachdem ich die vergangenen paar Nächte wegen der *Unru-*

hen, wie Dad es nennt, kaum Schlaf bekommen habe, war ich drauf und dran, Charlize abzusagen. Doch da ich schon ihre Party verpasst habe, hätte sie mir das sicher nicht verziehen, nicht einmal wenn ganz London in einem Krater versunken wäre.

Während mein Haar hektisch hochgesteckt und mein Kopf in unnatürliche Positionen gedreht wird, wandern meine Gedanken noch mal zur Szene unten im Flur zurück. Charlizes Mum hat einen wichtigen Job bei der BBC, so was wie Producerin, und mischt bei mehreren Nachrichtensendungen und Magazinen zur Tagespolitik mit, aber in letzter Zeit wurde nirgends mehr über die politischen Entwicklungen berichtet. Schon seltsam. Nach den vergangenen Nächten sollte man doch meinen, dass Charlizes Mum bis über beide Ohren in Arbeit steckt. Was macht sie denn zu Hause?

Als Nägel, Gesicht und Haare endlich fertig sind, schickt man uns in zwei benachbarte Zimmer zum Anziehen.

Kurz darauf klopfe ich bei Charlize. »Kannst du mir mal beim Reißverschluss helfen?«

»Warte kurz. Komm rein.«

Charlize macht mir den Reißverschluss am Rücken zu, aber eigentlich hätte ich es auch allein gekonnt.

»Alles okay bei euch?«, frage ich. »Ist was mit deiner Mum?«

»Was soll da sein?« Sie dreht sich zum Spiegel und zieht sich den Rock zurecht.

»Weiß nicht. Sie wirkte eben ziemlich gestresst. Dein Vater auch.«

Charlize sieht mich von der Seite an. »Die haben geredet und wollten nicht, dass ich es mitkriege.«

»Und? Hast du trotzdem was gehört?«

»Bisschen. Mum regt sich auf, weil einige ihrer Sendungen aus dem Programm gestrichen werden. Sie überlegt, ob sie kündigen soll.«

»Nein. Echt?« Ich bin geschockt. Charlizes Mutter ist der totale Workaholic. Schwer vorzustellen, dass sie ihren Job hinschmeißt.

»Und Dad ist sauer auf sie. Meint, sie soll das Spiel einfach mitspielen.« Charlize verdreht die Augen. »Das Geld brauchen wir jedenfalls nicht. Wenn sie aufhören will, soll sie doch, findest du nicht?«

»Vielleicht. Weiß nicht.«

Wenn sie das Spiel nicht mitspielt, verschwindet sie am Ende noch wie Lucas' Mutter.

AVA

Obwohl die Welt draußen kopfsteht, finde ich mich immer am gleichen Ort, in der gleichen Situation wieder. Verrammelt in meinem Zimmer. Mit einer Schachtel voller Briefe, die ich mich nicht zu öffnen traue.

Wenigstens die Schachtel kann ich ja öffnen.

Obenauf liegen die Briefe, die Mum mir geschrieben hat. Ich habe sie so oft gelesen, dass mir manche Passagen fest ins Gedächtnis eingebrannt sind.

Darunter liegen die Briefe, die sie an Dad geschrieben hat, und auch die von ihm an sie. Jemand aus dem Hospiz muss ihm die Briefe nach ihrem Tod zurückgeschickt haben.

Der letzte Brief ist noch ungeöffnet. Abgestempelt kurz bevor die Nachricht von ihrem Tod kam, vielleicht hat der Brief sie nicht mehr lebend erreicht.

Meine Hände zittern.

Mach schon, Ava.

Vorsichtig öffne ich den Umschlag.

Darin stecken ein einziger Bogen und ein Foto.

Das Foto zuerst. Darauf bin ich, das Bild kenne ich! Ich stehe vor dem Affenkäfig im Londoner Zoo. Sonst sind wir jedes Jahr an meinem Geburtstag zu dritt gewesen. In dem Jahr war ich das erste Mal nur mit Dad dort. Da war ich zwölf.

Ich nehme den Brief heraus. Einen Moment lang verschwimmen die Wörter vor meinen Augen.

Meine allerliebste Brita,

ich stelle es mir schwer vor, all das allein durchzumachen, aber ich denke Tag und Nacht an dich. Und ich hoffe, du spürst meine Liebe über die große Entfernung hinweg und lässt dich von ihr tragen.

Du wolltest wissen, was wir an Fräulein Unfugs Geburtstag gemacht haben. Ein Foto liegt bei. Ich wusste nicht, ob es richtig ist, ohne dich mit ihr in den Zoo zu gehen. Ich glaube, sie vermisst dich noch mehr als ich, doch da das unmöglich ist, sage ich mal, sie vermisst dich genauso. Doch sobald wir im Zoo umhergelaufen sind, fing sie wie immer an, mich zu all den Tieren zu löchern.

Mach den Schwestern keinen Ärger. Lass dich von den Ärzten heilen, damit du zu uns zurückkommen kannst, wo du hingehörst.

In Liebe
Ethan
XXX

Ich hatte ganz vergessen, dass er mich früher Fräulein Unfug genannt hat.

Nun steht mir wieder diese Zeit vor Augen. Nachdem Mum weg war, hat er sich freigenommen. Hat alles Mögliche für mich getan, mir sogar Bänder ins Haar geflochten, was ich ätzend fand.

Dennoch verstand ich, dass er versuchte, mir die Mutter zu ersetzen, deshalb habe ich mitgespielt.

Ich war überzeugt, dass sich mein Vater und ich kaum hätten näherstehen können, dennoch hat er die eine Sache vor mir verheimlicht, die ich am dringendsten hätte wissen müssen.

SAM

»Schön, dass du da bist.« Lucas strahlt mich zur Begrüßung an, aber ihm ist anzusehen, dass er schlecht schläft. Er hat dunkle Ringe unter den Augen und hohle Wangen.

»Was für eine Bude! Wow!«, sagt er. Sein Blick wirkt allerdings nicht sehr begeistert. Es ist ein gewaltiges Penthaus mit Blick über die Themse und auf die Skyline von London. Haben die hier oben Champagner geschlürft, während unter ihnen die Stadt brannte? »Wohnt Ruth hier?«

Ich schüttle den Kopf. »Gehört ihrem Onkel. Sie darf hier bloß feiern.«

»Ich habe schon alles ausgekundschaftet. Auf dem Balkon sind wir am ehesten ungestört.« Lucas nimmt meine Hand. Warm legt sie sich um meine. Spielt er den Verliebten, damit uns die anderen in Ruhe lassen? Oder hält er meine Hand, weil er es möchte? Wie ich das finde, weiß ich auch noch nicht, auf jeden Fall löse ich meine Finger nicht aus seinen.

Er führt mich durch die Menge. Charlize und Ruth sind nicht die Einzigen, die uns beobachten. Röte steigt mir in die Wangen.

Wir treten hinaus auf den Balkon, der sich einmal um die komplette Wohnung zieht. Direkt vor der Balkontür drängen sich die Leute, die Musik von drinnen ist laut. Lucas führt mich einmal um die Ecke zu einem schmaleren Abschnitt.

»Nimm. Ist kalt hier.« Er zieht sein Jackett aus und legt es mir trotz meiner Proteste um. Dann setzen wir uns auf eine Bank am Ende.

Nun greift er erneut nach meinen Händen und sieht mit tief in die Augen. Hier sind wir ganz allein, und die Musik im Hintergrund sollte unsere Stimmen übertönen, wenn wir leise reden.

»Ich kann es nicht glauben, dass manche Menschen in so einem Penthouse leben, während andere hungern und auf der Straße fast erfrieren. Es ist …« Er schüttelt den Kopf.

»Tut mir leid.«

»Du kannst ja nichts dafür, dass du dich auf der einen Seite der Kluft befindest und ich auf der anderen.«

»Ist bei dir und deiner Familie alles okay?«

Lucas zuckt die Achseln. »Ja und nein. Wir mussten die Wohnung verlassen. Zwangsräumung.«

»Was? Warum?«

»Hat man uns nicht gesagt. Zum Glück haben wir Unterstützung von Verwandten, sonst säßen wir auch auf der Straße.«

»Oh, Lucas. Das tut mir ja so leid.«

»Wir lassen uns nicht unterkriegen. Warum bist du denn neulich nicht gekommen?«

»Ich war schon da, wollte gerade ins Café, als ich bemerkt habe, dass mich einer unserer Security-Leute beschattet. Ich war unsicher, ob es eine gute Idee ist, wenn er uns zusammen sieht.«

»Bei meinem familiären Hintergrund war das wohl eine weise

Entscheidung. Wir müssen vorsichtig sein, wenn du dabei sein willst.«

»Wobei genau?«

»Ich habe mich der Sache total verschrieben und nicht bloß wegen meiner Mutter. Aber dir steht es frei. Bist du sicher? Willst du wirklich mitmachen? Hast du auch die Folgen bedacht?«

»Ehrlich gesagt, denke ich pausenlos darüber nach. Ich kann doch nicht einfach tatenlos zusehen. Kann nicht wegschauen. Aber genauso wenig kann ich dir eine Antwort geben, bevor ich nicht weiß, worauf ich mich genau einlasse.«

»Das verstehe ich. Ich habe Kontakt zu anderen aufgenommen, hauptsächlich Gleichaltrigen, gemeinsam überlegen wir, wie wir vorgehen wollen. Eine zentrale Frage, die uns beschäftigt: Warum verschwinden Journalisten? Offenbar soll niemand erfahren, was wirklich los ist. Deshalb finden wir es wichtig, Informationen so gut wie möglich zu verbreiten.«

»Klingt logisch. In den sozialen Medien und so?«

»Genau. Wir registrieren uns unter falschen Namen, die man nicht zu uns zurückverfolgen kann, und posten über Leute, die verschwunden sind, so wie meine Mutter. Und dass die Regierung Gewalt provoziert, statt sie zu verhindern. So wie bei der friedlichen Protestdemo nach Kenzis Tod, die die Einsatzpolizei aufgemischt hat.«

Nachdenklich nicke ich. »Zu der Zeit gab es darüber was im Netz, aber nur wenige hat das wirklich interessiert. Und das, was man finden konnte, wurde ganz schnell gelöscht. Die Leute glauben, was sie glauben wollen, und sie wollen sicher nicht glauben, dass die Regierung Mist baut. Und in der Politik wird die Wahrheit verdreht, bis sich am Ende alles rechtfertigen lässt.«

»Bei dir klingt es ziemlich ausweglos.«

»Damit will ich nur sagen, dass es nicht reicht, Dinge bloß zu sagen, du musst den Leuten vor Augen führen, was passiert.«

»Wie denn?«

»Vor allem mit Bildern. Sag allen Bescheid, sie sollen Fotos oder Videos machen und sie teilen.«

Er nickt. »Gute Idee.« Und dann fängt er an zu fantasieren, wovon man vielleicht Bilder bekommen könnte, aber natürlich kam ich bloß drauf, weil ich bereits welche habe.

Bloß wie könnten wir die nutzen? Wenn jemand mein Handy kassiert hat, weiß er, dass die Fotos von mir stammen. Doch selbst wenn ich das Handy nur verloren habe und niemand die Bilder kennt, wer fliegt schon im Hubschrauber über Westminster oder kann Fotos von Chequers machen? Natürlich würden die auf mich kommen.

»Als Nächstes brauchen wir einen Hashtag, den alle benutzen können«, sagt Lucas. »Damit die Botschaft überall verbreitet wird. Ich denke an Mums letzten Artikel im Netz: Der Tod der Demokratie.«

»T-D-D. Das kann man ja kaum aussprechen, außerdem klingt es nach DDT. Wie wäre es mit Demokratie ist tot, also D-I-T?«

»Und Tu Etwas! Demokratie ist tot, tu etwas – DITTE«, sagt er.

»Gar nicht schlecht. Aber als Wort klingt es vielleicht albern.«

»Dafür prägt es sich gut ein. Und für Erwachsene klingt es wie ein Mädchenname, keiner denkt sich was dabei, wenn er ihn zufällig aufschnappt.«

»Stimmt.« Und nicht nur das, es fühlt sich richtig an. Lebendig. So kann es funktionieren. Ich möchte Lucas auch von meinen Fotos erzählen, doch ich habe Angst.

Lucas schaut mir in die Augen, sein Blick wandert von einem Auge zum anderen, als würde er etwas suchen. Wenn er mich so genau ansieht, merkt er dann, dass ich etwas verberge?

Auf einmal stoppt die Musik, das Gerede verstummt. Lucas sieht sich verwundert um.

»Was ist los?«, frage ich.

»Lass uns nachsehen.«

AVA

Es klopft an meiner Tür, und ein Mädchen steckt den Kopf herein, das ich schon ein paar Mal beim Mittagessen im Internat gesehen habe.

»Hi, Mrs Morgan meinte, wir sollten es uns alle anschauen.«

Bevor ich fragen kann: »Was sollten wir uns anschauen?«, ist sie schon weitergezogen und klopft an die nächste Tür.

Ich klappe mein Buch zu und trete in den Flur, alle strömen zum Gemeinschaftsraum.

Im Fernsehen laufen die Nachrichten.

»Es geht los«, sagt jemand und alle Gespräche verstummen.

»Und jetzt live aus Westminster …«

Es ist Sams Vater.

»Inzwischen liegt uns der Sicherheitsbericht über die Gräueltaten der A4A und der darauffolgenden Ausschreitungen vor. Außerdem haben wir vorläufige Berichte über die Unruhen der letzten Nächte. Die daraus gewonnenen Erkenntnisse sind ernüchternd und geben Anlass zu großer Sorge. Aber ich verspreche Ihnen, dass wir als Nation diesen gewalttätigen Zwischenfällen

Einheit gebieten werden. Wie bereits berichtet, waren die Selbstmordattentäter, die Tod und Trauer über vier unserer Städte gebracht haben, noch sehr jung, nämlich zwischen zwölf und fünfzehn Jahren alt. Ursprünglich sind wir davon ausgegangen, dass diese jungen Leute zu den schrecklichen Taten verführt wurden, die sie selbst und alle anderen in ihrer Umgebung in so großes Leid gestürzt haben. Doch je mehr wir über die Vorkommnisse an diesem düsteren Tag in Erfahrung bringen konnten, desto stärker müssen wir diese Hypothese revidieren.« Gregory räuspert sich. »Die Aufstände wurden von Teenagern organisiert, die unmittelbar nach Bekanntgabe der Regierungsmaßnahmen ihre Freunde über die sozialen Netzwerke aufgefordert haben, auf die Straße zu gehen. Dasselbe gilt für die landesweiten Unruhen der letzten Tage.

Bei sämtlichen Beteiligten handelt es sich um junge Menschen: Drahtzieher, Anstifter und Täter, die hinter allem standen und mit Sprengstoffgürteln auf die Straße gingen. Die Frage ist nun, wie gehen wir als Nation mit diesem Problem um? Wie rotten wir dieses Übel aus, das jetzt in diesem Moment unter unserem eigenen Dach heranwächst und uns alle bedroht? Kein Kind ist vor einer Ansteckung gefeit, sie kamen aus allen Gesellschaftsschichten. Wir müssen unsere Jugend schützen, vor sich selbst und vor anderen. Dieser Verantwortung stellen wir uns.«

Aufmerksam höre ich zu. Sams Vater wirkt so ruhig und vernünftig, während er der Nation im Grunde sagt, dass *wir* an allem Schuld haben, wir, die jungen Leute. Der spinnt ja wohl! Das Land steckt im Chaos, weil die Leute aus seiner Generation gewählt oder nicht gewählt haben, ihre Stimme als eine Art Denkzettel benutzt haben. Wie kann er da behaupten, es wäre unsere

Schuld? Und gleichzeitig will er uns beschützen. Unglaublich, diese verdrehte Logik.

»Ab sofort gelten folgende neue Maßnahmen: Jugendliche unter sechzehn dürfen sich in der Öffentlichkeit nur in Gruppen bis zu vier Personen versammeln, außer es liegt eine Sondergenehmigung der Schule oder der örtlichen Behörde vor. Die genauen Richtlinien werden noch bekannt gegeben. Jugendliche, die gegen das Versammlungsverbot verstoßen, werden festgenommen. Bis auf Weiteres gilt zudem für die unter Sechzehnjährigen die Sperrstunde bereits ab 18.00 Uhr, es sei denn, sie befinden sich in Begleitung ihrer Eltern oder eines Vormunds. Bei Verstoß gegen die Sperrstunde droht Haft. Alle jungen Leute zwischen zwölf und siebzehn haben einen neuen Lichtbildausweis ständig mit sich zu führen, der bei Aufforderung der Polizei oder anderen Ordnungskräften vorgezeigt werden muss. Wer den Ausweis nicht mit sich führt oder sich weigert, ihn vorzuzeigen, wird verhaftet. Ausweise werden in den nächsten Tagen landesweit in den Schulen ausgestellt und ersetzen die alten. Und schließlich ist den unter Sechzehnjährigen der Besitz und die Benutzung von Smartphones untersagt. Mobiltelefonverträge werden mit sofortiger Wirkung aufgehoben. Um den Verbleib der Smartphones sicherzustellen, müssen morgen alle Geräte an den eingerichteten Schulsammelstellen abgegeben werden. SIM-Karten für Tablets und andere Geräte werden ebenfalls gesperrt. Jeder, der gegen diese Regeln verstößt, wird verhaftet.«

Der Rest geht im Sturm der Entrüstung unter, der im Gemeinschaftsraum ausbricht und noch lauter wird, als die unter Sechzehnjährigen merken, dass ihre Handys jetzt schon nicht mehr funktionieren. Da saß wohl irgendjemand im Land an einem zentralen Schalter und hat nur auf diesen Moment in der Rede gewartet.

Heute bin ich froh, schon siebzehn zu sein. Trotzdem scheint es mir absurd: Wenn man sich diese Mädchen anschaut, Internatsschülerinnen an einer teuren und renommierten Londoner Schule, würde man kaum meinen, dass von ihnen irgendwelcher Ärger ausgeht. Dennoch verhängt die Regierung das Handyverbot flächendeckend. Wie hat sich Sams Vater noch mal ausgedrückt? Kein Kind ist vor der Ansteckung gefeit. Also muss es für alle in der Altersgruppe gelten. Selbst für ihre eigenen Kinder wie Sam.

Und die Unschuldsvermutung, gilt die nicht mehr?

Dass die Selbstmordattentäter Teenager waren, wussten sie doch längst. Warum ergreifen sie diese Maßnahmen so plötzlich? Anfangs hieß es noch, das Land müsse die Jugendlichen vor Anarchisten wie der A4A schützen, auf einmal brauchen alle Schutz vor uns.

Die Mädchen an dieser Schule gehören eigentlich nicht zu denen, die sich gegen das System stellen, denn sie sind reich und sie und ihre Familien profitieren von dem System. Aber das ändert sich vielleicht gerade. Maßnahmen, die gegen junge Menschen allgemein gerichtet sind, machen alle sauer. So vereint man uns erst.

Nun haben wir einen Grund zu protestieren.

Nur nicht nach sechs, auf dem Handy oder in Gruppen von mehr als vier Leuten.

SAM

»Gut, dass ich gerade sechzehn geworden bin«, sagt Ruth. »Auch wenn dein Vater mir total den Geburtstag verdorben hat.« Sie funkelt mich an. Die Partystimmung ist dahin. Die Musik ist aus, die Lichter ebenso. Die Leute stehen in kleinen Grüppchen zusammen und werfen mir böse Blicke zu. Na toll.

»Bei politischen Entscheidungen bin ich bislang noch nicht nach meiner Meinung gefragt worden«, sage ich zu Ruth. »Es ist ja wohl kaum meine Schuld.«

»Was machen wir denn jetzt?«, fragt Anji. »Ich meine wir, die wir noch nicht den magischen sechzehnten Geburtstag hinter uns haben. Es ist nach sechs.«

»Das kann ja wohl schlecht für heute gelten, wenn sie es erst nach sechs verkünden! Wie stellen sie sich das vor?«, sagt Ruth.

»Aber das mit dem Handy gilt ja schon«, antwortet Anji und schwenkt ihr nutzlos gewordenes Smartphone. Alle unter Sechzehnjährigen haben bemerkt, dass ihre Handys nicht mehr funktionieren. Meines sicher auch nicht mehr. Nur wie soll ich es abgeben, wenn ich nicht mal weiß, wo es ist?

»Wir könnten aus Protest eine Riesenübernachtungsparty machen!«, meint Anji.

»In den Klamotten?« Ich zucke die Achseln, ziehe Lucas' Jackett aus und gebe es ihm zurück.

»Ich bin dabei«, sagt Lucas und küsst meine nackte Schulter. Seine Worte und seine Lippen treffen mich wie ein Schock. Wie soll ich mich verhalten? Meint er das ernst oder gehört das für ihn alles zum Spiel?

»Mehr als vier von uns sind unter sechzehn«, sagt Anji. »Brauchen wir da nicht eine Genehmigung?«

»Galt das nicht nur für öffentliche Orte?«, fragt Ruth.

»Keine Ahnung. Wer kann sich denn schon all die neuen Regeln merken?«, sage ich.

»Was, wenn wir uns einfach nicht dran halten?«, fragt Anji. »Und mit wir meine ich alle. Wenn keiner sich den dämlichen Regeln beugt, was wollen die machen? Alle unter Sechzehnjährigen im Land einsperren?«

»Aber dein Handy geht nicht«, meint Ruth. »In dem Punkt haben sie schon mal gewonnen.«

Eine der Angestellten geht auf Ruth zu und flüstert ihr etwas ins Ohr.

»Du steckst hier schon mal nicht fest, Sam. Dein Fahrer ist da, um dich nach Hause zu bringen.«

Lucas begleitet mich noch zur Tür und umarmt mich zum Abschied.

»Denk noch mal über alles nach. Schick mir eine Nachricht, wenn du mitmachen willst. Ja oder Nein reicht, dann weiß ich Bescheid«, raunt er mir zu.

Als ich in den Wagen steige, koche ich vor Wut. Kerzengerade und mit geballten Fäusten sitze ich auf der Rückbank. Eigentlich hätte ich erst in einer Stunde abgeholt werden sollen, damit ich noch rechtzeitig vor der Sperrstunde um neun zu Hause bin. Da es schon lange nach sechs ist, gibt es ja wohl keinen Grund, die neue Sperrstunde haben wir ohnehin verpasst. Warum werde ich jetzt nach Hause gekarrt?

Wenigstens können die anderen so ungestört auf der Party über mich herziehen.

Zu Hause schlüpfe ich gleich in meine Jeans. Ich frage bei Dads Assistenten nach, wo er sich aufhält. Offenbar ist er in Westminster, und keiner weiß, wie lange noch.

Ich warte.

Es ist schon fast Mitternacht, als Dads Wagen vorfährt. Für ihn gelten Sperrstunden offenbar nicht. Ich laufe in sein Arbeitszimmer, dorthin geht er immer zuerst. Zögernd nehme ich hinter seinem Schreibtisch Platz.

Kurz darauf kommt er durch die Tür. Er ist überrascht und nicht sonderlich erfreut, mich zu sehen.

»Samantha, was machst du hier? Du solltest längst im Bett liegen.«

»Morgen ist keine Schule. Und wir müssen reden.«

»Das klingt ernst. Ich hole den Whiskey. Heißen Kakao?«

Heißer Kakao. Mit baumelnden Beinen auf seiner Schreibtischkante sitzen. Immer tun, was er sagt.

Ich will auch nie wieder böse sein.

Ich schlucke. »Nein. Nein, danke.«

Draußen schenkt er sich klirrend einen Whiskey ein. Er kommt wieder rein und setzt sich auf die andere Seite vom Schreibtisch. Mir kommt es wie verkehrte Welt vor, dass wir Plätze getauscht haben. Warum sitze ich auf seiner Seite?

»Was gibt es denn so Wichtiges, dass du mir mitten in der Nacht im Büro auflauerst?«

»Ich bin fünfzehn.«

»Das ist mir wohl bewusst. Schließlich war ich bei deiner Geburt dabei.« Er prostest mir zu, nimmt einen Schluck.

»Also bin ich von den Maßnahmen betroffen, die du heute Abend verkündet hast.«

»Das ist mir ebenfalls bewusst. Wobei du schon in ein paar Wochen Geburtstag hast.«

»Darum geht es nicht. Wie kannst du behaupten, alles wäre unsere Schuld?«

»Wen meinst du mit uns?«

»Alle in meinem Alter und jünger.«

»Die Untersuchungen sind zu diesem Ergebnis gekommen. Und natürlich ist nichts davon gegen dich persönlich gerichtet, Samantha.«

»Ich fühle mich als Kriminelle abgestempelt.«

»Nun übertreib mal nicht.«

»Und was ist mit den Dingen, die sehr wohl gegen mich persönlich gerichtet sind?«

»Wie meinst du das?«

»Dass ich heute Abend so früh abgeholt wurde.«

»Davon wusste ich nichts. Aber die Security ist für deine Sicherheit verantwortlich, wenn sie dich früh nach Hause gebracht haben, hatten sie sicher gute Gründe.«

»Gehört Beschattung auch dazu?«

»Wovon sprichst du?«

Kann es sein, dass er keine Ahnung hat? »Agent Coulson ist mir beim Shoppen mit Freundinnen auf Schritt und Tritt gefolgt, obwohl die Security das Kaufhaus freigegeben hatte. Was sollte das?«

Dad zuckt die Achseln. »Offenbar hatte er das Gefühl, dass ein Sicherheitsrisiko bestand und er dich im Auge behalten musste.«

»Und deshalb muss er das auch so heimlich machen? Ich habe das Gefühl, man spioniert mir nach.«

»Natürlich geschieht alles nur, um dich zu beschützen. Niemand spioniert dir nach, Samantha. Was ist heute Abend nur in dich gefahren?«

Bin ich ungerecht? Mir liegt es auf der Zunge, mich zu entschuldigen, aber das macht mich auch wieder sauer.

»Ich will nur mein eigenes Leben haben«, sage ich.

»Ich will nur, dass du in Sicherheit bist.«

»Ich muss nicht rund um die Uhr beschützt werden!«

»Du kennst die Welt nicht so wie ich, Samantha. Für junge Mädchen wie dich, wie Ava und auch für Jungs sind es schrecklich unsichere Zeiten. Ihr braucht bloß am falschen Ort zu sein, einen falschen Schritt zu tun, da kann wer weiß was passieren. Die Folgen kannst du dir gar nicht ausmalen.«

»Was hat Ava denn damit zu tun? Außerdem ist sie schon siebzehn.«

»Trotzdem braucht sie jemanden, der sich um sie kümmert.«

Warum bringt er jetzt Ava ins Spiel?

»Ja, die Schule kümmert sich. Ava ist doch nur ausgezogen, weil sie einen Internatsplatz bekommen hat, oder?« Als mein Vater nichts erwidert, kapiere ich es endlich. »Das Stipendium ist nicht von der Schule. Ist es von dir?«

»Gern geschehen.«

»Aber, Dad, warum sagst du denn nichts? Warum machst du es einfach, ohne zu fragen?«

»Weil ich mich um sie kümmern wollte. Nun kümmere ich mich um dich.«

Sich um Ava kümmern? Ging es dabei wirklich darum, was das Beste für sie ist? Aus irgendeinem Grund wollte er sie nicht mehr bei uns haben, deshalb hat er ein paar Strippen gezogen. Vielleicht war es auch wirklich in ihrem Sinne, aber was gibt ihm das Recht, über Avas Kopf hinweg zu entscheiden?

So hat er es mit mir auch immer gemacht.

Als ich meinem Vater in die Augen schaue, spiegelt er mir, was ich nicht sehen will: ein hilfloses Mädchen, das keine eigenen Entscheidungen treffen kann.

Da irrt er sich.

Ich stehe auf und laufe zur Tür. Eine Entscheidung.

Ich schließe die Tür hinter mir. Noch eine.

Auf dem Weg in mein Zimmer mache ich jeden Schritt ganz bewusst. Ich werde nicht mehr die Tochter sein, die er will.

Als ich die Zimmertür öffne, ist es drinnen dunkel. Hatte ich nicht das Licht angelassen?

Ich drücke den Lichtschalter neben der Tür. Und als ich eintrete, sehe ich es.

Dort auf dem Schreibtisch liegt mein verloren geglaubtes Handy.

Mir laufen kalte Schauer über den Rücken. Wie kommt das Handy hierher? Ich halte den Atem an, sehe mich im Zimmer um, schaue im Schrank nach, hinter den Vorhängen, überall, wo sich jemand verstecken könnte.

Keiner da.

Ich verschließe die Tür.

Wie kommt mein Handy plötzlich auf den Schreibtisch? Da ist auch kein Zettel oder so dabei. Wenn es jemand gefunden und mir aufs Zimmer gebracht hätte, hätte die Person mir doch eine Nachricht hinterlassen. Keinen Hinweis darauf, wie es hergekommen ist.

Wenigstens kann ich es so am Montag abgeben.

Ich schalte es ein, nur um sicherzugehen. Ja, mein Vertrag wurde auch aufgehoben. Ich habe kein Netz.

Ich gehe auf Fotos, um sie zu löschen …

Doch da sind keine Bilder mehr. Sie wurden schon gelöscht.

Und nicht nur die neuen Fotos, alle.

Futsch.

Und wenn mein Vertrag jetzt aufgehoben ist, sind sie auch nicht mehr auf der Cloud.

Ich setze mich, schlinge die Bettdecke um mich.

Die neue Regierung, ihre neuen Maßnahmen. Verschwundene Journalisten. Das gewalttätige Vorgehen gegen die Demonstranten. Die Hinrichtungen. Und auf einmal taucht mein Handy wieder auf, bloß ohne die Bilder, die die Brutalität der Polizei, der Armee und der Lorder unverblümt zeigen.

Und dann gibt es da noch Lucas mit seiner Frage.

Ich habe mich mit der Entscheidung schwergetan, war so unentschieden, aber nun ist alles klar. Ich muss nicht länger darüber nachdenken, wo Schluss ist, was richtig und was falsch ist. Im Grunde weiß ich es doch.

Und auf halbe Sachen mit Lucas brauche ich mich auch erst gar nicht einzulassen. Jemand, Coulson vielleicht, hat mein Handy genommen, die Fotos gesehen und alle gelöscht. Ich stecke eh schon bis zum Hals drin.

Schnell greife ich mir das Tablet. Natürlich funktioniert auch diese Sim-Karte nicht mehr, aber ich kann ja noch übers WLAN gehen. Ich schicke Lucas ein einziges Wort.

Ja.

AVA

Montagmorgen geht es mit einer Schulversammlung los, die sonst nur zu Anfang und Ende eines Schuljahres stattfindet. Die Aula ist proppenvoll.

Agenten in grauen Anzügen sind anwesend, aber die Ansprache hält unsere Direktorin. Sie liest vom Blatt ab, was ich bei ihr noch nie erlebt habe.

Bei manchen Wörtern gerät sie ins Stocken, als hätte sie die Rede nicht selbst geschrieben. Man hat sie ihr wohl bloß zum Vorlesen in die Hand gedrückt.

Neben den neuen Regeln für die unter Sechzehnjährigen kommen andere Veränderungen zur Sprache, die auch die älteren Schülerinnen wie mich betreffen. Heute bekommen wir neue Lichtbildausweise, die wir mit einem farblich abgestimmten Band – rot für die unter Sechzehnjährigen und blau für die Sechzehn- bis Siebzehnjährigen – in der Öffentlichkeit immer zu tragen haben. Ältere Schülerinnen, die schon achtzehn sind und kurz vor den Abschlussprüfungen stehen, betrifft das nicht.

Die Agenten in Grau schenken dem Gesagten kaum Aufmerksamkeit. Stattdessen scannen sie mit ernstem Blick die Reihen der Schülerinnen. Hin und wieder fragt einer die stellvertretende Direktorin etwas. Anschließend machen sie sich Notizen. Auf mich wirkt es, als würden sie sich nach Namen erkundigen.

Obwohl wir uns in der Aula drängen, ist es mucksmäuschenstill, nur die Stimme der Direktorin ist zu hören. Wenn jemand hustet, kommt es einem schon laut vor.

Am Ende verlassen wir den Raum klassenweise. Die Jüngeren geben beim Rausgehen ihre Handys ab, und weil die Namen auf einer Liste abgehakt werden müssen, dauert es eine Weile.

Sam marschiert mit ihrem Jahrgang zur Tür. Schon von Weitem sehe ich ihr an, dass was nicht stimmt, als hätte sie nicht geschlafen. Ihr Handy wird einkassiert, ein Haken auf der Liste gemacht und dann verschwindet sie durch die Doppeltüren.

Als mein Jahrgang endlich dran ist, geht es schneller, dennoch müssen auch wir einzeln an den Regierungsbeamten vorbeigehen. Sie scheinen jedes Mädchen abzuschätzen, als könnten sie auf einen Blick erfassen, wer gefährlich ist. Vielleicht suchen sie besonders nach Jugendlichen, die eigenständig denken? Zur Sicherheit schaue ich zu Boden.

Später werden wir für die Erstellung der neuen Ausweise wieder in die Aula zurückgebracht; und mit einem Foto ist es nicht getan. Unsere Fingerabdrücke werden genommen, unsere Iris gescannt. Und eine Speichelprobe müssen wir auch abgeben. Ist das für DNA-Tests gedacht? Ich könnte mich total aufregen. Mit welchem Recht sammeln die all diese Daten über mich? Über jeden von uns? Doch ich bin vorsichtig. Jetzt ist nicht der richtige Zeitpunkt, um aufzufallen.

Mein neuer Lichtbildausweis kommt noch warm aus dem Schlitz der Maschine. Vom Foto blickt mich ein ernstes Mädchen mit dunklem Haar an. Es kommt mir vage bekannt vor, auch wenn sich alles um es herum verändert. Der Ausweis wird an einem blauen Band befestigt, das ich mir um den Hals hänge.

Nach Schulschluss kommt es vor dem Internat zu einem Tumult.

Das Mädchen, das uns gestern wegen der Nachrichten aus den Zimmern geholt hat, wird mitgenommen, ein Agent in grauem Anzug zerrt sie am Arm mit sich. Sie weint.

»Was ist da los?«, frage ich eines der anderen Mädchen.

»Flick hat ihr Handy nicht abgegeben, deshalb holen sie sie jetzt.«

»Warum hat sie es nicht abgeben?«, fragt jemand anders.

»Weil ihre Mutter ständig im Krankenhaus ist. Die schreiben sich den ganzen Tag.«

Mrs Morgan, die Hausmutter, geht zu den Männern hin und sagt etwas zu ihnen, aber auf die Entfernung versteht man nichts. Sie wird einfach beiseitegeschoben. Und Flick wird in einen Regierungswagen gestoßen, der kurz darauf davonbraust.

»Was passiert denn jetzt mir ihr?«, fragt jemand.

Keiner antwortet. Keiner weiß es.

SAM

Ich halte alles mit meiner Kamera fest. Agenten in grauen Anzügen – Lorder – zerren ein kleines Mädchen von ihren Freundinnen weg. Verfrachten sie in einen Wagen. Und ich sehe aus sicherer Entfernung vom Fenster meines Klassenzimmers aus zu.

Unbemerkt lasse ich schließlich meine Minicam wieder verschwinden. Das Mädchen kommt mir bekannt vor. Flick heißt sie, glaube ich, und ist mit Anjis kleiner Schwester befreundet. Sie ist höchstens dreizehn.

Warum wurde Flick verhaftet? Ist verhaftet überhaupt der richtige Begriff, wo sie doch noch so jung ist? Außerdem denkt man bei »verhaftet« an Rechte und Gesetze, die es ja offenbar nicht mehr zu geben scheint.

Bloß was kann eine Dreizehnjährige schon verbrochen haben? Flick wohnt auch im Internat, vielleicht weiß Ava was.

Ich öffne die Tür zum Internatsflügel und schaue hinein. Ein Mädchen kommt gerade die Treppe hinunter.

»Weißt du, wo Ava Nicholls' Zimmer ist?«, frage ich. Sie sieht mich verständnislos an. »Groß, dunkles Haar, geht in die Oberstufe. Wohnt erst seit Kurzem hier.«

Das Mädchen zuckt die Achseln. »Die Oberstufenschüler sind im obersten Stock untergebracht.«

Ich steige bis ganz nach oben und klopfe an ein paar Türen. Keine Reaktion. Dann höre ich am Ende des Gangs leise Stimmen, als würde ein Radio oder ein Fernseher laufen. Die Tür ist nur angelehnt. Ich schaue hinein. Es ist ein Gemeinschaftsraum mit lauter Stühlen, Sofas und einem Fernseher. Niemand da außer Ava.

»Hi«, sage ich.

Überrascht sieht sie mich an. »Hi, Sam.«

»Kann ich reinkommen?« Ich komme mir blöd vor, als hätten wir schon ewig nicht mehr gesprochen, dabei ist es erst ein paar Tage her.

»Klar. Sorry, ich kann nicht aufhören, Nachrichten zu gucken, obwohl es immer wieder das Gleiche ist.« Hastig stellt sie den Ton ab.

»Jeden Tag der gleiche Mist«, stimme ich ihr zu.

Ihre Augen blitzen belustigt auf. »Genau. Warum bist du hier, Sam?«

»Muss ich einen Grund haben?« Zur Antwort zieht Ava nur eine Braue hoch. »Okay, ich möchte dich gerne was fragen.« Ich setze mich neben sie.

»Mir kommt das echt komisch vor«, sagt Ava. »Wir konnten doch sonst so gut reden. Was ist denn anders geworden?«

Und in dem Moment erinnere ich mich wieder an meinen Entschluss, nicht immer so vorsichtig zu sein, sondern das zu sagen und zu tun, was ich für richtig halte. Auch wenn es anfänglich nur um meinen Vater ging, passt es auch auf die Situation jetzt. Ich sage einfach rundheraus, was ich denke.

»Du bist ausgezogen, als ich nicht da war.«

»Das war nicht meine Idee.«

»Und da ist noch was. Als ich auf dem Tablet eine Seite im Verlauf gesucht habe, habe ich gesehen, dass du über mich und meine Familie recherchiert hast.«

»Ich war einfach neugierig, mehr nicht. Und das war ja auch nichts Privates, sondern öffentlich zugänglich.«

»Du hättest mich einfach fragen können.«

»Stimmt. Aber hättest du mir geantwortet?«

»Weiß ich nicht. Bloß mir wär's lieb, wenn ich selbst entscheiden könnte, wer was über mich weiß.«

»Das kann ich verstehen. Nur hast du mich vorher gefragt, bevor du deinen Vater gebeten hast, was über meine Mutter herauszufinden?«

Ich überlege. »Du hast recht. Sorry.«

»Schon gut. Ich wollte es ja wissen. Aber was ich echt nicht okay fand, war das gestern vor der Bibliothek. Ich hatte den Eindruck, du konntest nicht schnell genug von mir wegkommen.«

»Tut mir ehrlich leid.« Fast hätte ich noch *war nicht meine Absicht* hinzugefügt, doch das stimmt nicht. Ich habe auf Lucas' Anruf gewartet und mich in ihrer Gegenwart unwohl gefühlt.

Wir starren uns angespannt an, bis Avas Blick weich wird. »Die Welt ist schon chaotisch genug, da müssen wir uns nicht auch noch zerstreiten«, sagt sie. »Vertragen wir uns?« Sie streckt mir die Hand hin. Ava hat einen festen, warmen Händedruck. Beim Loslassen lächle ich sie an und sie lächelt zurück. Mir fällt ein Stein vom Herzen.

»Ich habe dich vermisst, Ava. Als wir zurückkamen, wollte ich gleich mit dir reden, da warst du weg.«

»Sorry. Das wurde so für mich arrangiert.«

In mehr als einer Hinsicht. Soll ich es ihr sagen?

»Wie ist es denn hier so im Internat?«

Sie zuckt die Achseln. »Ganz okay. Was mir zu schaffen macht, würde mir überall zu schaffen machen.«

»Deine Eltern.«

Sie nickt. »Ich fasse es immer noch nicht, dass Dad mir nichts von Mums Krankheit gesagt hat. Und gleichzeitig passiert all das verrückte Zeug um uns herum.«

»Zu viel auf einmal?«

»Ja. Und irgendwie ist alles miteinander verbunden.«

»Wie meinst du das?«

»Wenn Dad nicht gestorben wäre, könnte ich jetzt wütend auf ihn sein. Mich mit ihm streiten. Mir anhören, warum er sich so verhalten hat. Einerseits vermisse ich ihn schrecklich, andererseits bin ich stinksauer auf ihn. Und natürlich bekomme ich dann sofort ein schlechtes Gewissen, aber ich kann nichts dagegen machen.«

Ich nehme ihre Hand. »Das ist echt ätzend.«

»Ja. Echt.« Nachdenklich sieht sie mich von der Seite an. »Aber vielleicht kann man einen Menschen auch gernhaben, obwohl man sein Verhalten null nachvollziehen kann. Vielleicht können auch die Guten mal total danebenliegen. Und man kann den Menschen ja trotzdem mögen, auch wenn man nicht mit allem einverstanden ist, was er getan hat.«

Ihre Worte spuken mir im Kopf herum. Spricht sie noch von ihrem Vater? Auf meinen trifft das in letzter Zeit genauso zu.

Aber über ihn will ich nicht reden. Nicht jetzt, vielleicht auch nie, denn wie kann ich Ava erzählen, wie es wirklich in mir aussieht, ohne Lucas und DITTE zu erwähnen? Und das sollte ich lieber nicht. Ava hat schon genug Probleme, und wenn sie in alles eingeweiht wäre, würde sie am Ende noch ihr Stipendium verlieren. Das Risiko darf sie nicht eingehen.

»Ich muss schon wieder los«, sage ich. »Für mich gilt ja die frühe Sperrstunde.«

»Alles klar.«

Als ich mich erhebe, spüre ich die Kamera in meiner Tasche, und mir fällt wieder ein, warum ich überhaupt hergekommen bin.

»Ach ja, ich wollte dich noch was anderes fragen. War es Flick, die von den Agenten weggeschleppt wurde? Weißt du, warum?«

»Ich kenne sie eigentlich gar nicht, aber ich habe gehört, dass sie ihr Handy nicht abgegeben hat. Ihre Mutter liegt im Krankenhaus und mit der schreibt sie ständig. Da haben sie sie abgeholt.«

Entsetzt schaue ich Ava an. Dafür können sie das Mädchen doch nicht eingesperrt haben? Vielleicht wird sie befragt und dann wieder freigelassen. Was wollen die denn mit einer Dreizehnjährigen, deren einziges Verbrechen darin besteht, mit ihrer kranken Mutter in Kontakt bleiben zu wollen?

Wir verabschieden uns und ich rase nach unten zum Abholbereich. Mein Wagen wartet schon auf mich, Coulson und der Fahrer wirken gestresst, sind unter Zeitdruck.

Auf der Fahrt nach Hause schaue ich aus dem Fenster und denke noch mal darüber nach, was Ava gesagt hat. Im Hinblick auf ihren Vater kann ich ihre Gedanken gut nachvollziehen. Natürlich sollte sie wegen dieser einen Lüge, so schwerwiegend und unbegreiflich sie auch ist, nicht ihr gesamtes Verhältnis zu ihm infrage stellen.

Mein Vater hingegen hat sich ganz andere Sachen zuschulden kommen lassen. Seinetwegen wurden friedliche Demonstranten gewaltsam niedergeknüppelt und verhaftet, Achtzehnjährige wegen Hausfriedensbruch gehängt. Eine Dreizehnjährige für den Besitz eines Mobiltelefons verschleppt. Mein Vater hat das Leben eines jeden Teenagers in diesem Land verändert und uns die Schuld an allem gegeben, was schiefgegangen ist.

Das hat nichts mehr mit Streitigkeiten innerhalb der Familie zu tun oder dass ich das Gefühl habe, Dad hätte mir unrecht getan.

Es geht um so viel mehr. Ich kann mir kaum vorstellen, dass es ein Zurück gibt.

AVA

Ziellos laufe ich durch die Straßen. Es tut gut, mal von der Schule wegzukommen, nicht immer hinter ihren Toren und Mauern zu hocken. Ich fühle mich dort nicht mehr geborgen, sondern eher wie eingesperrt und brauche frische Luft.

Hat Sam mich nicht gewarnt, dass es mir genau so gehen würde, wenn ich dauerhaft in der Schule wohne?

Ich laufe schneller.

Nichts fühlt sich richtig an, und dem kann ich nicht entkommen, selbst wenn ich noch so schnell renne. Nicht nur mein eigenes Leben ist ein Scherbenhaufen, sondern die ganze Welt. Ich bin vollkommen durcheinander, als wäre mein innerer Kompass gestört.

Haben die Dinge, die mir immer so wichtig waren, überhaupt noch Bedeutung? Und wenn nicht, was hat dann Bedeutung? In mir tut sich eine Leere auf.

Vor mir werden die Leute plötzlich langsamer und bleiben schließlich stehen, ich brauche eine Weile, bis ich verstehe, warum. Auf dem Gehweg gibt es einen Kontrollpunkt.

Ich zögere. Ist was passiert, soll ich umkehren? Doch die Leute vor mir laufen gemächlich durch. Während ich mich dem Kontrollpunkt nähere, versuche ich zu erkennen, was da vor sich geht.

Ausweiskontrolle. Panisch durchsuche ich meine Taschen, bis mir einfällt, dass ich den Ausweis noch von heute Morgen um den Hals hängen habe.

Dem Aussehen nach scheinen normale Polizisten die Kontrollen durchzuführen. Als ich an die Reihe komme, würdigen sie mich kaum eines Blickes, scannen bloß meinen Ausweis ein und schauen auf ihren Bildschirm, dann winken sie mich durch.

Ich laufe weiter. Die Sonne geht schon allmählich unter. Nach einer Weile erreiche ich den nächsten Kontrollpunkt und bald noch einen. Alle paar Kilometer wird mein Ausweis gescannt.

Heißt das, die wissen immer genau, wer wo ist? Wenn ich bis zur Sperrstunde nicht wieder in der Schule bin, würde dann irgendwo einer wissen, dass ich nicht dort bin, wo ich zu sein habe?

Womöglich kann man die Kontrollpunkte umgehen. Als ich den nächsten Kontrollpunkt erspähe, schlage ich einen anderen Weg ein, einfach so aus Neugier, doch schon bald stoße ich auf den nächsten, und am Ende lande ich dort, wo ich begonnen habe.

Aber die Polizei kann doch nicht überall sein. Um das alles zu organisieren, braucht man Zeit und Personal.

Auf einmal fühlt sich die Luft außerhalb der Schulmauern gar nicht mehr viel frischer an und ich laufe den langen Weg zurück.

SAM

Als Charlize und Ruth am nächsten Nachmittag vorbeikommen, reiben sie mir gleich unter die Nase, dass sie bis nach sechs unterwegs sein dürfen.

»Was würde passieren, wenn wir dich vor die Tür zerren würden?«, fragt Charlize. »Kommt dann einer und verhaftet dich?«

Ich zucke die Achseln. »Wie wär's, wenn ich dich im Badezimmer einsperre und erst nach neun rauslasse?«

»Ich kapier das einfach nicht mit diesen Sperrstunden und dem ganzen Kram«, sagt Ruth. »Das ist doch krank.«

»Was hält denn dein Vater davon?«

Ruth zögert. »Bleibt es auch unter uns?«

»Klar«, sagen Charlize und ich.

»Ihm passt es nicht, wie diese neuen Maßnahmen umgesetzt werden, und diese Lorder passen ihm auch nicht.«

Ich bin total überrascht, dass selbst die Polizei Lorder sagt.

»Dass die Lorder alles übernehmen, findet er nicht richtig. Von den älteren Kollegen lassen sich viele früher pensionieren. Er überlegt, das Gleiche zu tun.«

»Er sollte mal mit meinem Vater reden, ihm die Meinung sagen.«

»Das hat er schon versucht, Sam. Dein Vater will ihn nicht sehen.«

Danach wissen wir gar nicht mehr so recht, worüber wir reden sollen, und die beiden verabschieden sich kurz darauf. Doch Charlize hat ihre Tasche bei mir im Zimmer liegen lassen, und während Ruth unten wartet, gehen wir noch mal zurück.

Im Zimmer macht Charlize sofort die Tasche auf, greift rein und fördert eine kleine Schachtel zutage.

»Was ist das?«

»Ein Geschenk von Romeo. Lucas! Übrigens habe ich ihm von der Zeichnung erzählt.«

Mir bleibt der Mund offen stehen. Ist das peinlich! »Charlize, das hast du nicht wirklich gemacht, oder? Wie konntest du?«

»Bei der Hochzeitsrede kannst du mich dankend erwähnen. Na, jedenfalls hat er mich gefragt, ob ich das unbemerkt *Julia* geben kann.« Charlize zwinkert mir zu. Als sie die Schachtel schüttelt, rutscht darin etwas herum. »Für mich klingt es wie Schmuck.« Abschätzend wiegt sie den schmalen Kasten in der Hand. »Ziemlich schwerer Schmuck.«

»Du kannst dir gerne den Kopf darüber zerbrechen, aber das geht nur mich was an. Außerdem wartet unten der Wagen auf dich.«

»Ich bekomme es noch heraus.« Charlize drückt mich kurz und rennt aus dem Zimmer.

Nachdem die Tür hinter ihr zugefallen ist, gehe ich ins Atelier und schließe auch diese Tür.

Ich kann nicht fassen, dass sie Lucas die Sache mit der Zeichnung erzählt hat. Ich könnte im Boden versinken. Seit wann weiß er es schon?

Als ich ihn gezeichnet habe, konnte ich ja nicht wissen, dass ich ihn je wiedersehen würde, sonst hätte ich es sicher nicht getan. Und außerdem lag es eher daran, dass es einfacher war, ein Vorbild für Romeo zu haben, als ihn mir auszudenken. Es hat nichts zu bedeuten, jedenfalls nicht das, was Charlize denkt.

Ich schaue mir die Schachtel an. Sie ist klein, rechteckig und in blaues Papier mit Herzchenaufklebern eingeschlagen. Nachdem ich das Papier aufgerissen habe, kommt eine Holzschatulle zum Vorschein. Ich nehme den Deckel ab. Charlize hat recht, da liegt eine Kette drin.

Sie ist schön, ein silbernes Schmuckstück mit einem vierblättrigen Kleeblatt. Glück können wir gut gebrauchen, aber warum hat er mir die Kette über Charlize zukommen lassen? Er hätte sie doch mit der Post schicken können. Und noch mehr wundert mich, dass er mir überhaupt was geschenkt hat.

Als ich die beiden Teile der Schachtel in der Hand halte, fällt mir auf, dass der untere Teil viel schwerer ist als der Deckel, obwohl sie in etwa gleich groß sind. Die wattierte Einlage im Boden lässt sich mit etwas Mühe lösen.

Im Hohlraum darunter steckt ein Handy.

Ich schalte es ein und sofort erscheint ein Text:

Hi Julia, Romeo hier. Ich dachte, das könnte nützlich sein.

Mein Puls rast. Dass ich ein Telefon habe, verstößt gegen alle Regeln. War die Kette gar kein romantisches Geschenk, sondern bloß Tarnung, um das Handy zu verbergen? Und natürlich konnte er es nicht mit der Post schicken, da wird ja jetzt alles durchleuchtet, deshalb hat er Charlize das Päckchen zugesteckt.

Ich nehme das Handy gründlich unter die Lupe. Es ist ein gewöhnliches Smartphone, so klein und leicht, dass man es einfach in der Tasche verschwinden lassen kann. Außer fertig eingerichteten Social-Media-Apps ist nichts Persönliches drauf. Ich bin unter dem Usernamen JuliaSagt110 eingeloggt. Gepostet wurde noch nichts. Ich muss grinsen. Lucas ist Romeo und mich hat er zur Julia gemacht. Und dazu noch die Notfallnummer, einfach perfekt. Denn es ist wirklich dringend!

Als ich nach dem Hashtag #DITTE suche, erscheint ein Post von RomeoSagt110 über seine Mutter samt Foto. Ich betrachte das Foto dieser eigentlich fremden Frau, die für mich so viel ins Rollen gebracht hat. Da ist auch einen Screenshot ihres Artikels *Der Tod der Demokratie*. Und dazu noch Meldungen über weitere verschwundene Journalisten.

Lucas' Posts sind nicht die einzigen. Unter dem Hashtag #DITTE finden sich Bilder von allen möglichen Accounts aus dem ganzen Land.

Jetzt kommt's drauf an. Hat JuliaSagt110 was zu sagen? Traut sie sich?

Die alte Sam hätte zu viel Angst gehabt. Sie hätte sich nicht getraut, ihrem Vater die Stirn zu bieten. Vielleicht hätte sie das Handy am liebsten in die Themse geworfen.

Stattdessen übertrage ich die Fotos von Flick aufs Handy und teile sie unter #DITTE.

AVA

Zum ersten Mal in meinem Leben bin ich beliebt. Oder besser mein Handy. Auch wenn es so ein uraltes Teil ist, funktioniert es noch. Sobald die jüngeren Internatsschülerinnen mitbekommen haben, dass ich mich um die neuen Regeln nicht schere, rücken sie mir nicht mehr von der Seite. Und sie haben auch endlich aufgehört, sich für den Tod meines Vaters zu entschuldigen, als hätten sie da ihre Finger im Spiel gehabt.

Gerade werde ich von Amelie und Chitra belagert. »Hast du's gesehen?«, fragt mich Amelie.

»Was denn?«

»DITTE.« Sie schaut mich groß an.

»Welche Ditte?«

»Doch keine Person. Ich meine den Hashtag.« Amelie hält mir das Handy unter die Nase. »Da geht's um die ganzen verschwundenen Journalisten und was die Regierung damit zu tun hat. Und seit Neuestem gibt's auch Posts über Flick, also muss jemand aus der Schule mit drinstecken.«

»Flick? Das Mädchen, das verhaftet wurde?«

»Ja. Aber die haben da was verwechselt. Es heißt, ihre Mutter liegt im Krankenhaus, bloß stimmt das nicht. Sie arbeitet nur im Krankenhaus.«

Im Flur nähern sich Schritte, Amelie schließt die Seite blitzschnell und gibt mir das Handy zurück. Als die Tür aufgeht, liegt es sicher auf meinem Schreibtisch. Mrs Morgan erscheint.

»Schlafenszeit, Mädchen.«

Nachdem die beiden mein Zimmer verlassen haben, tritt Mrs Morgan ganz ein und schließt die Tür hinter sich. »Wie ich sehe, schließt du Freundschaften.« Sie lächelt. Wortlos sehe ich sie an.

»Bei dir geht es ja zu wie im Taubenschlag. Ich hoffe nur, du lässt sie nicht an dein Handy. Du willst doch nicht, dass es ihnen wie Flick ergeht.«

»Wissen Sie, was mit ihr geschehen ist? Wo sie ist?«

Mrs Morgan schüttelt den Kopf und wünscht mir Gute Nacht.

Kaum ist sie weg, schnappe ich mir das Handy. Worüber haben die Mädchen gesprochen? Ditte?

Nachdem ich eine Weile gesucht habe, stoße ich auf das, was sie wirklich gemeint haben: #DITTE. Es kommt von **D**emokratie **i**st **t**ot, **tu e**twas. Da, ein Post mit Fotos von Flick. *Schülerin verhaftet. Ihr Verbrechen? Handy behalten, um ihrer kranken Mutter im Krankenhaus zu schreiben.* Die Regierungsagenten, die Flick in den Wagen zerren, sind als Lorder getaggt.

Durch den Blickwinkel ist unschwer zu erkennen, wo die Bilder aufgenommen wurden, nicht nur das Gebäude, sondern sogar das Klassenzimmer. Da die Zeit auch bekannt ist, könnte man anhand des Stundenplans genau herausfinden, wer sich an dem Tag dort aufgehalten hat. Wer auch immer die Fotos gemacht hat, könnte richtig Ärger bekommen.

Unter dem Hashtag #DITTE finde ich weitere Fotos, alle in den letzten Tagen geteilt. Und wie Amelie und Chitra ja schon meinten, gibt es etliche Posts über Journalisten, die spurlos verschwunden sind, und auch über junge Leute aus ganz England, die verhaftet wurden und nie wieder aufgetaucht sind. Und die Posts überbieten sich in Likes, Shares und empörten Kommentaren.

Ich bekomme eine Gänsehaut.

Vielleicht ist die Demokratie tatsächlich tot, aber wenigstens sagt es mal jemand laut.

Und wenn die Leute aufwachen und ihnen klar wird, was in ihrem Land passiert …

Dann lässt es sich vielleicht, vielleicht noch aufhalten.

SAM

Ich kann nie und nimmer schlafen. Nicht mit dem Handy in der Hand, den Fotos auf der Kamera. Dem Hashtag, den wir uns gemeinsam ausgedacht haben und der sich in Windeseile verbreitet. Vor allem die letzten beiden Wörter, für die er steht: *Tu etwas.*

Es ist riskant. Denn alles könnte zu mir zurückverfolgt werden. Aber wenn meine Fotos nun was bewirken, vielleicht sogar eine Veränderung herbeiführen, die Veränderung?

Ich muss es einfach tun.

Sorgsam schaue ich sämtliche Fotos durch und suche die belastendsten heraus. Zunächst die, die ich nach Armstrongs erster Pressekonferenz aus dem Hubschrauber gemacht habe. Die meisten Demonstranten sind so alt wie ich oder noch jünger und angegriffen haben sie auch niemanden. Sie haben ihrer Unzufriedenheit einfach Luft gemacht und sind auf die Straße gegangen, deshalb wurden sie eingekesselt und niedergeknüppelt. In Mannschaftswagen abtransportiert. Keiner weiß, wohin.

Als Nächstes knöpfe ich mir die Bilder von Chequers vor. Wieder waren die Leute nicht gewalttätig, haben im Grunde nur Hausfriedensbruch begangen, höchstens Regierungseigentum beschädigt. Auf den Bildern sieht man, wie sie sich mit erhobenen Händen ergeben. Im Netz finde ich noch BBC-Fotos von der Hinrichtung.

JuliaSagt110

#DITTE

Ich poste alles.

Gleich darauf kommt die erste Reaktion. Von Romeo.

OMG. Du hast nie von den Fotos erzählt … Hammer. Du bist der absolute Hammer.

Klar bin ich das. Danke.

Wir schreiben uns die ganze Nacht, wobei ich nicht an das Schicksal von Shakespeares Julia denken mag. Zwischendurch schlafe ich immer wieder ein, wenn ich aufwache, checke ich die Likes und Shares und schreibe Lukas wieder. Aus Hunderten werden schnell Tausende. Zehntausende. Hunderttausende. Es hört gar nicht mehr auf. Die Likes und Shares kommen aus aller Welt, aber vor allem aus unserem eigenen Land.

Gegen Morgen schließlich bekomme ich am ganzen Körper eine Gänsehaut:

#DITTE geht viral. Wahnsinn!

AVA

Entropie: Das Energielevel der Stadt steigt spürbar, die Unordnung sucht sich einen Weg.

Frühmorgens vor der Schule tigere ich noch mal um den Block. Eigentlich ist es gar nicht meine Zeit, zumal ich heute Nacht kaum geschlafen habe. Ich bin so lange wach geblieben, um alle Posts unter #DITTE zu lesen. Erst war ich geschockt von den Bildern, aber dann habe ich innerlich gejubelt, weil immer mehr Menschen unter dem Hashtag posten.

An jedem Kontrollpunkt wird mein Ausweis von Neuem eingescannt. Ob die dadurch wissen, wie weit ich schon gelaufen bin, und sich fragen, was ich im Schilde führe? Doch ich gehe bloß spazieren, nehme die Stimmung auf, schaue mich um. Um den Hals trage ich das blaue Band der Sechzehn- bis Siebzehnjährigen. Man sieht viel Blau auf den Straßen, offenbar bin ich nicht die einzige Schlaflose. Rot ist nicht so stark vertreten, denn die unter Sechzehnjährigen dürfen sich ja höchstens zu Vierergruppen zusammentun, doch auch sie sieht man, als Einzelkämpfer.

Wie umherschwirrende Teilchen bewegen sich die Gruppen

von Teenagern, verbinden sich hier, zerstreuen sich da, sind immer in Bewegung. Ich kann wieder durchatmen. Es liegt was in der Luft. Ich kann es förmlich schmecken.

Ob die Obrigkeit das auch kann? An den Kontrollpunkten sind sie viel nervöser als beim letzten Mal.

Mit Spannung und Angst verfolge ich, was kommen wird. Ich möchte nicht noch mehr Gewalt in der Stadt, davon hat es in London schon genug gegeben, aber wie soll es sonst weitergehen?

In mir brennt ein Fieber. Ich will mich nicht länger verstecken. Und auch nicht mehr weglaufen. London ist meine Stadt, ihre Energie überträgt sich auf mich. Schluss jetzt mit dem Außenseiterdasein: Ich will dazugehören. Und ich tue es auch.

SAM

Als ich am nächsten Morgen in den Wagen einsteigen will, der mich zur Schule bringen soll, sitzt Coulson nicht vorne beim Fahrer, sondern hinten auf dem Rücksitz. Angst packt mich. Da hat er noch nie gesessen, was will er von mir?

Das illegale Handy ist tief in meiner Schultasche vergraben. Nachdem mein altes Handy so mir nichts, dir nichts verschwunden ist, dachte ich, es wäre besser, dieses mitzunehmen, aber vielleicht war das ein Fehler. Ich steige ein.

»Guten Morgen«, begrüße ich Coulson, dabei hebe ich die Stimme am Ende. So nach dem Motto: *Was machen Sie hier?* Er nickt nur.

Der Fahrer steigt vorne ein und startet den Wagen. Wir fahren durch die Tore. Die Lampe, die anzeigt, dass man vorne in der Kabine nichts hören kann, brennt.

Coulson schweigt, und ich widerstehe dem Drang, die Stille mit Geplapper zu übertönen.

»Wir müssen reden«, sagt er schließlich.

Langsam drehe ich mich zu ihm um. »Ach ja?«

In seinen Augen blitzt es belustigt. »Samantha, hast du von einer Bewegung im Netz gehört, die sich #DITTE nennt?«

Ich schüttle den Kopf. »Sollte ich? Was ist das?«

»Regimegegner, die regierungsfeindliche Botschaften und Bilder ins Netz stellen.«

Ich hebe eine Braue. »Da klingelt bei mir nichts.«

»Das höre ich gern. Es wäre nicht in deinem Interesse und auch nicht im Interesse deines Vaters und des Landes, wenn du da mit drinstecken würdest. Doch eines wundert mich.«

»Was denn?«

»Manche Bilder, die mit #DITTE hochgeladen wurden, kommen mir bekannt vor. Ich glaube, ich habe sie irgendwo schon mal gesehen.«

Also hatte er mein Handy. Und die Fotos darauf muss er auch gelöscht haben. Coulson weiß Bescheid.

Doch ich schweige, atme tief durch, reiße mich zusammen.

»Wenn du was über diese Regimegegner und die Fotos weißt, solltest du es mir lieber sagen. Ich kann dich vor den Folgen beschützen, wenn du ehrlich bist. Aber du musst es jetzt tun, bevor es sich zuspitzt.«

»Tut mir leid, da kann ich Ihnen nicht helfen.«

»Samantha … Sam. Es ist mein Job, dich zu beschützen, auch vor dir selbst. Lass mich dir helfen.«

Meine Wagentür wird geöffnet. Wir sind in der Schule angekommen, ohne dass ich es gemerkt habe.

Als ich nach meiner Tasche greife, zittern meine Hände.

»Denk drüber nach«, sagt Coulson.

Ich steige aus und nehme mir vor, die Tür nicht zuzuknallen.

Vergeblich.

AVA

Wieder trommelt man uns in der Aula zusammen. Diesmal werden wir sogar ohne Vorwarnung aus den Klassen geholt.

Dass wieder Lorder anwesend sind, wundert mich gar nicht. Der Name hat sich durchgesetzt, und auch ich denke *Lorder*, wenn ich sie in ihren grauen Anzügen die Ausgänge bewachen sehe. Wenn sie die Fotos von Flick kennen, wissen sie, dass sie in unserer Schule aufgenommen wurden. Die werden nach der Person suchen, die die Bilder gemacht hat.

Flick.

Ich muss wieder an Sam denken, die mich nach ihr gefragt hat.

Und von mir weiß sie auch, dass Flicks Mutter im Krankenhaus ist. Ich war automatisch davon ausgegangen, dass sie krank ist, und nicht, dass sie dort arbeitet.

Wer auch immer die Bilder gepostet hat, hat den gleichen Fehler begangen.

Das muss jetzt nicht unbedingt heißen, dass es Sam war. Jemand anders hätte es genauso missverstehen können.

Doch dann wird mir schlagartig etwas klar: Viele Posts unter

#DITTE stammten von RomeoSagt110 und JuliaSagt110. In der Zeichnung im Englischheft war Lucas doch ihr Romeo.

Einige Fotos wurden auf Chequers aufgenommen und dort war Sam auch.

Ängstlich lasse ich den Blick durch die Aula schweifen.

Ich entdecke Sam ein paar Reihen vor mir. Bilde ich mir das nur ein oder sitzt sie kerzengerade da?

Jetzt wird verkündet, dass sie nach Handys suchen. Alle Schülerinnen werden durchsucht, nicht nur die, die ohnehin keines mehr besitzen dürfen.

Oh, Sam. Hoffentlich hast du keine Dummheit gemacht!

Sie beginnen vorne. Die erste Reihe marschiert im Gänsemarsch durch die Doppeltüren in die Cafeteria.

SAM

Kann einem das Herz vor Angst stehen bleiben? Meines wird immer langsamer, dafür hallt jeder Schlag umso lauter in meinen Ohren wider, als die zweite Reihe aufgefordert wird, sich zu erheben.

Ich sitze in der fünften Reihe.

Wusste Coulson, was heute hier passieren würde? Hat er mich deshalb auf dem Weg zur Schule in die Mangel genommen?

Als Charlize mich besorgt anstupst, überspiele ich meine Anspannung.

Denk nach, Sam.

Ich habe zwei Dinge getan, die ihnen nicht gefallen werden: Ich bin im Besitz eines unerlaubten Handys. Und auf einem Account eingeloggt, der Posts mit #DITTE verbreitet hat. Letzteres ist definitiv schlimmer.

Kann ich die Posts noch heimlich löschen?

Einfacher und schneller ist es wohl, das Handy zurückzusetzen.

Ich sehe mich um. Die Lorder an den Ausgängen lassen den Blick über die Menge schweifen. Jede falsche Bewegung könnte auffallen.

Charlize ist rechts von mir, Ruth links. Ich sitze ungefähr in der Mitte der Reihe. Was ich mit den Händen tue, kann wahrscheinlich keiner sehen, aber meine Tasche liegt am Boden. Wenn ich mich bücke, fällt das auf. Und es ist mucksmäuschenstill in der Aula, alle sind nervös. Keiner scharrt mit den Füßen oder rutscht auf dem Sitz herum wie sonst, wenn die Aula so überfüllt ist. Jedes Geräusch, jede Bewegung ist riskant.

Hinter uns hustet jemand. Ein Mädchen vor uns schnieft, versucht leise zu sein, was ihr nur nicht gelingt. Wahrscheinlich leidet sie unter Allergien. Charlize lehnt sich inzwischen weit im Stuhl zurück. Sie hat einen Horror vor Keimen.

Taschentücher. In meiner Tasche sind Taschentücher. Die könnte ich dem Mädchen geben und mir gleichzeitig das Handy schnappen. Ohne weiter nachzudenken, beuge ich mich vor und greife in meine Tasche. Lasse das Handy in den Ärmel gleiten, tippe dem Mädchen vor mir auf die Schulter und reiche ich ihr die Packung mit den Taschentüchern.

Die dritte Reihe ist dran. Während die Mädchen aufstehen und zum Ausgang laufen, ist mir die Sicht auf die Lorder versperrt. Wenn ich sie nicht sehen kann, können sie mich auch nicht sehen.

Hinter uns wächst sich der Husten zu einem richtigen Anfall aus, Unruhe entsteht, ein paar Leute drehen sich um.

Ich schaue nach unten.

Einstellungen.

Allgemein.

Zurücksetzen.

Alle Inhalte und Einstellungen löschen.

Geschafft. Als ich aufschaue, läuft gerade die letzte Schülerin aus der dritten Reihe an mir vorbei.

Ich wage nicht mehr, mich zu rühren. Was mache ich jetzt mit dem Handy? Die Zeit scheint sich endlos auszudehnen und gleichzeitig rinnt sie mir doch durch die Finger. Mir fällt nichts ein.

Die vierte Reihe erhebt sich nun vor uns und marschiert zum Ausgang.

Charlize stößt mich vorsichtig mit dem Fuß an. Legt ihre Hand auf meine, die immer noch das Handy umklammert hält.

Hat sie gesehen, was ich gemacht habe?

Vorsichtig zieht sie das Handy unter meinen Fingern hervor. Sie ist über sechzehn und darf ein Handy besitzen, aber ich halte es dennoch fest. Wenn man es nun trotz Reset mit DITTE in Verbindung bringen kann? Und wie will sie erklären, dass sie zwei Handys besitzt? Charlize weiß nicht, was sie tut.

Sie nimmt mir das Handy aus der Hand und steckt es sich in die Tasche.

AVA

Wir werden aufgefordert, sämtliche elektronischen Geräte in eine Box zu legen. Dann werden erst wir und anschließend unsere Taschen mit einer Art Metalldetektor zusätzlich kontrolliert.

Ich habe solche Angst um Sam. Ist sie JuliaSagt110? Hat sie gestern Nacht all die Posts mit #DITTE geteilt? Wenn sie dafür ein Handy benutzt hat und es jetzt bei sich hat, kommt sie niemals durch die Kontrolle. Die finden das garantiert.

Ein Lorder, eine Frau, winkt mich ran.

»Geht es dir besser?«, fragt sie.

»Wie bitte?«

»Du hast doch vorhin so gehustet. Du hast ja einen ziemlichen Wirbel veranstaltet, aber jetzt scheint dir nichts mehr zu fehlen.«

»Ich … ich habe manchmal solche Hustenanfälle.«

»Und die sind dann so plötzlich vorbei?«

»Ja.«

Sie hat mein Telefon in der Hand. Ob sie den Verlauf sehen kann? Ihr Blick ist kalt.

Schließlich gibt sie es mir zurück. »Du kannst gehen.«

SAM

Ich warte im Gang. Wo bleibt Charlize bloß? Warum dauert es so lange bei ihr? Sie war doch vor mir, aber mich hat man trotzdem eher durchgewunken. Mir ist schlecht vor Angst. Ich sag denen die Wahrheit, jetzt gleich. In dem Moment kommt Charlize aus der Tür.

Ihre Schultern sind gestrafft.

»Charlize?«

Unmerklich schüttelt sie den Kopf. »Komm.«

Weil Pause ist, gehen wir zum Kunsttrakt. Charlize lehnt sich wie immer an die Heizung, und bevor ich noch was sagen kann, winkt sie ab.

»Ich will es gar nicht wissen. Sag mir nichts.«

»Was ist passiert? Warum hat es bei dir so lange gedauert?«

»Die wollten wissen, warum ich zwei Handys habe, von denen nur eines unter meinem Namen registriert ist.«

»Und?«

»Ich habe gesagt, ich habe zwei Freunde und brauche für jeden ein Handy.« Sie zwinkert mir zu.

»Haben sie dir geglaubt?«

»Theater ist mein bestes Fach, das weißt du doch. Jedenfalls haben sie das Handy einkassiert, meine Eltern werden auch benachrichtigt, doch einsperren können sie mich dafür ja wohl schlecht. Hallo?« Charlize verdreht die Augen.

»Das hättest du nicht tun sollen. Aber danke.« Eigentlich will ich sie ja nicht noch mehr mit reinziehen, nur weiß ich mir nicht anders zu helfen. »Kannst du mir noch einen Gefallen tun? Lucas eine Nachricht schicken?«

»Sonst noch was?« Sie zückt ihr Handy. »Was soll ich ihm schreiben?«

Mein Hirn arbeitet auf Hochtouren. Zu eindeutig darf es nicht sein, falls Charlize jetzt überwacht wird. Über manche Dinge weiß sie nicht Bescheid und das soll auch so bleiben, das ist besser für sie. Ich berühre das vierblättrige Kleeblatt an meinem Hals.

»Wie wär's mit: *Danke für die Kette, leider ist sie gerissen. Ich rufe dich an, wenn ich sie repariert habe.*«

Kopfschüttelnd sieht sie mich an. Tippt dann die Nachricht, zeigt sie mir und schickt sie ab. »Du schuldest mir was.«

»Einen Riesengefallen.«

»Ja. Noch riesiger als riesig. Ich überlege mir was.«

Charlize tut so ungerührt, aber ihr ist anzumerken, dass ihr die Befragung durch die Lorder zugesetzt hat. Ich umarme sie.

Wir sind schon ewig befreundet, trotzdem kann ich nicht glauben, dass sie so ein Risiko auf sich genommen hat, für mich! Seit einer Weile habe ich das Gefühl, dass wir uns fremd geworden sind, aber vielleicht liegt das an mir. Charlize ist wie immer. Ich bin diejenige, die sich verändert hat und Dinge vor ihr verheimlicht.

Was das Handy angeht, scheint Charlize die Sache als erledigt zu betrachten, doch ich bin mir da nicht so sicher. Was, wenn sie die Daten auf dem Handy doch wiederherstellen können? Keine Ahnung, wo Lucas es herhat, können sie es zu ihm zurückverfolgen?

Ich fürchte, das wird noch ein Nachspiel haben.

AVA

In der hintersten Ecke der Bibliothek finde ich Sam schließlich.

»Wir müssen reden«, sage ich.

»Was ist denn los?«

»Nicht hier. Komm mit auf mein Zimmer.« Ihre Antwort warte ich gar nicht erst ab, sondern laufe einfach los. Sam folgt mir über den Schulhof zum Internatsgebäude, die Treppen hoch, auf mein Zimmer.

Ich schließe die Tür hinter uns.

»Was ist denn?«, fragt Sam.

»Heute Morgen in der Aula hatte ich auf einmal einen bestimmten Verdacht, was die Posts über Flick angeht. Ein paar der Mädchen hier haben mich darauf gebracht.«

»Flick?« Sam meidet meinen Blick, als fürchte sie, ihre Augen könnten sie verraten.

»Du hast mich neulich nach ihr gefragt. Du weißt schon, das Mädchen, das verhaftet wurde, weil es sein Handy nicht abgegeben hat. Und dabei hatte ich was missverstanden. Flicks Mutter ist gar nicht krank, sie arbeitet bloß im Krankenhaus. Merkwürdigerweise hat die Person, die die Fotos von ihrer Verhaftung gepostet hat, den gleichen Irrtum begangen.«

»Ach ja? Aber was soll das mit …«

»Hör zu. Es wurde auch über die Vorkommnisse auf Chequers gepostet, mit Fotos. Warst du nicht an dem Tag da? Ich glaube also, dass ihr es seid, du bist Julia und Lucas ist Romeo.«

Darauf sagt Sam nichts, weder bestätigt sie es, noch streitet sie es ab, doch als sie mir schließlich in die Augen schaut, sagt ihr Blick alles.

»Also habe ich recht!« Bewunderung mischt sich mit Angst. »In der Aula heute Morgen habe ich befürchtet, dass man dich mit was erwischt, was du nicht haben solltest. Ich habe sogar einen Hustenanfall vorgetäuscht, um sie abzulenken.«

»Du warst das? Sorry, dass du dir Sorgen gemacht hast.«

Ich schüttle den Kopf. Sonst fehlen mir nie die Worte, doch jetzt bin ich hin- und hergerissen, was ich sagen soll. »Das ist genial«, bringe ich schließlich bloß heraus.

»Was?«

»Der Hashtag, die ganze Idee mit #DITTE. Ich finde es super. Großartig, genial, mutig. Ich will mitmachen.«

»Nein, Ava. Das ist zu gefährlich.«

»Wie und für dich ist das okay?«

»Ich will nur sagen, dass du dir keinen Fehltritt erlauben kannst.«

Ich zucke die Achseln. »Nicht mal die Konrektorin würde mir das Stipendium wegnehmen, nur weil ich was im Netz poste.« Durchdringend sehe ich sie an. »Verheimlichst du mir was? Was ist es?«

»Hör auf. Du machst mir Angst mit deiner Gedankenleserei.«

»Spuck's aus, Sam.«

»Es hat mit deinem Stipendium zu tun. Ich wusste es auch erst nicht, aber den Internatsplatz bezahlt Dad und nicht die Schule.«

Ich sehe sie an. Im Grunde hatte ich ja selbst schon den Verdacht, dass ihre Eltern mich loswerden wollten. Bloß nach allem, was sie für mich getan hatten, kam es mir unfair vor, so etwas zu denken.

»Aber was soll denn die Geheimnistuerei? Warum hat es dein Vater nicht einfach offen gesagt?«

»Oder dich einfach mal gefragt, was du möchtest?«

»Ist das jetzt also nett und großzügig oder …«

»Kontrollierend und herablassend?«

»Ähm … ja. Vielleicht beides.«

»Weißt du, wir hatten diesen großen Streit. Mein Vater glaubt einfach nicht, dass ich in der Lage bin, eigene Entscheidungen zu treffen oder zu beurteilen, was richtig und falsch ist. Doch das gilt nicht nur für mich, sondern für jeden unter einem bestimmten Alter. Auf uns muss man aufpassen, denn uns kann man nicht trauen. Wir sind eine Gefahr für uns selbst, für andere. Es ist ihm nicht mal in den Sinn gekommen zu fragen, was du möchtest.«

»Du bist ja richtig sauer auf ihn.«

»Ja. Aus vielen Gründen. Überleg doch mal. Seine Generation, die haben doch alles vermasselt. Als es in Europa zu wirtschaftlichen und politischen Umbrüchen kam, was haben die da gemacht? Für den Austritt aus der EU gestimmt. Auch wenn die meisten Leute das gar nicht wollten, haben sie entweder gar nicht erst gewählt oder dafür gestimmt, um der Regierung einen Denkzettel zu verpassen. Deshalb sitzen wir jetzt in der Scheiße. Die haben die Grenzen dichtgemacht, sodass Menschen wie deiner Mutter nichts anderes übrig blieb, als das Land zu verlassen. Und die bauen fröhlich weiter Mist. Dennoch glauben sie offenbar, wir hätten an allem Schuld.«

»Auf jeden Fall. Uns schieben sie die Schuld in die Schuhe, obwohl wir bloß auf das reagieren, was sie verbockt haben. Darum will ich helfen, mitmachen. Und ich möchte es nicht nur, ich habe das Gefühl, ich brauche das gerade. Seit ich mich darauf konzentriere, fühle ich mich wieder lebendig.«

»Aber ich kann nicht zulassen, dass du dich meinetwegen in Gefahr bringst.«

»Ich tue das nicht für dich, Sam. Ich tue es für mich. Außerdem ist es meine Entscheidung.«

Sam seufzt. »Ich würde mir nie vergeben, wenn dir was zustößt.« Sie sackt in sich zusammen.

»Was hast du denn?«

»Ich hatte in der Aula vorhin ein Handy dabei.«

»Sam! Was ist damit passiert?«

»Ich habe es zurückgesetzt. Charlize hat das mitbekommen und es mir abgenommen. Später wurde sie wegen dieses unregistrierten Handys verhört. Ich habe echt Angst, dass sie noch was darauf finden und Charlize dann Ärger bekommt.«

»Du hast sie ja nicht dazu gezwungen.«

»Nein, aber wahrscheinlich dachte sie, ich hätte es nur wegen Lucas.« Sam zuckt die Achseln.

»Sie glaubt, dass ihr zusammen seid?« *Seid ihr?*

»Wir lassen das die Leute glauben.« Offenbar ist ihr das Thema unangenehm, aber ob es nun daran liegt, dass zwischen den beiden wirklich was ist, oder ob alles bloß Show ist, weiß ich nicht.

»Vielleicht sollte ich ehrlich zu Charlize sein«, fährt Sam fort. »Lucas hat sie als Botin benutzt, um mir das Handy zukommen zu lassen. Es war in einem Geschenkkästchen verborgen. Charlize wusste davon nichts.«

»Also hat Lucas sie da mit reingezogen, nicht du.«

Sam legt den Kopf schief. »Wahrscheinlich schon. Wobei auch ich Charlize und Ruth um Hilfe gebeten habe, damit ich mich mit Lucas treffen kann. Da habe ich ihnen auch nicht gesagt, worum es ging.«

»Ja, aber das lässt sich doch gar nicht vergleichen. Jemandem ein unregistriertes Handy unterzujubeln, spielt in einer ganz anderen Liga«, antworte ich. Und je länger ich darüber nachdenke, desto weniger gefällt mir Lucas' Verhalten. Auch wenn ich das, was er und Sam zusammen auf die Beine gestellt haben, bewundere, finde ich es unfair, dass er Charlize einfach so benutzt hat. Ihr war ja gar nicht klar, auf was sie sich einlässt.

»Ich weiß nicht. Kann schon sein. Aber hätte ich sie danach nicht aufklären sollen?«

»Vielleicht war es da schon zu spät? Und wenn sie wüsste, was du treibst, wäre das doch noch gefährlicher für sie, oder? Wenigstens kann sie so ruhigen Gewissens sagen, dass sie nichts über DITTE weiß.«

»Aber wenn ich es ihr gesagt hätte, hätte sie gewusst, wie riskant es ist, mein Handy zu nehmen.«

»Das kannst du jetzt nicht mehr ändern.«

»Da hast du wohl recht.« Sam macht ein gequältes Gesicht. »Ich bin schon seit einer ganzen Weile keine gute Freundin mehr für sie. Bloß kann ich weder Entscheidungen für Charlize treffen noch für dich und du auch nicht für mich. «

»Das heißt?«

»Vielleicht kannst du helfen. Lass mich drüber nachdenken.«

SAM

Als Charlize am nächsten Tag nicht in der Schule erscheint, drehe ich fast durch vor Angst. Ist ihr was zugestoßen? Wurde sie verhaftet? Vielleicht ist sie bloß krank, hat eine Erkältung oder so, aber ich glaube selbst nicht so recht daran.

Ich schicke ihr eine Nachricht über unseren Schul-Messenger. Keine Antwort. Maile ihr. Keine Antwort.

Ich gehe Ava suchen, erzähle ihr, was passiert ist. Zusammen laufen wir auf ihr Zimmer, damit ich ihr Handy benutzen kann.

Erst versuche ich, Charlize mobil zu erreichen, doch es springt sofort eine automatische Ansage an: *Die gewählte Nummer ist nicht vergeben.* Ich werde leichenblass. Als Nächstes tippe ich Charlizes Festnetznummer. Schon vor dem ersten Klingelton hebt jemand ab. »Hallo?«, sagt ihre Mutter atemlos.

»Hi, hier ist Sam, ist …«

»Oh, Sam. Sie ist … Charlize ist …«

»Was ist passiert?«

»Sie ist verhaftet worden. Hör zu, die Leitung muss freibleiben. Tschüss.«

Schon hat sie aufgelegt. Ich starre auf das Handy. Gebe es Ava zurück. Entweder sieht sie es mir an oder sie kann tatsächlich Gedanken lesen.

»Verhaftet?«

»Ja.« Das Wort wiegt schwer wie Blei und zieht mich nach unten.

»Oh, nein.«

»Sollte ich nicht zur Polizei gehen, die Wahrheit sagen?«

»Dann verhaften sie dich auch noch. Und Charlize wäre trotzdem dran, weil sie behauptet hat, es wäre ihr Handy.«

Kopfschüttelnd sehe ich Ava an. »Die glauben jetzt, sie hat als JuliaSagt110 gepostet, das ist doch viel schlimmer.«

»Aber du weißt gar nicht, ob sie das Telefon mit Julia in Verbindung gebracht haben.«

»Warum sollten sie Charlize sonst verhaftet haben? Ich muss mich stellen.«

»Überleg doch mal. Wie könntest du Charlize jetzt am besten helfen? Doch indem du mit #DITTE weitermachst. Charlize als weiteres Opfer des Regimes, noch eine Jugendliche, die wegen eines nicht registrierten Handys verhaftet wurde. Wenn du als Julia postest, wissen sie, dass Charlize nicht Julia sein kann, denn Julia läuft noch frei rum.«

Ich vergrabe den Kopf in den Händen, auch wenn ich Avas Argumentation folgen kann, fühle ich mich schlecht, habe das Gefühl, ich sollte mich stellen, weil die Wahrheit Charlize vielleicht doch hilft.

»Tu's einfach.« Ava hält mir ihr Handy hin.

»Ich kann nicht als Julia posten, weil ich das Passwort nicht habe. Lucas hat mir das Profil eingerichtet.«

»Kannst du ihn erreichen?«

»Wenn ich dein Handy nehme, können sie es vielleicht zu dir zurückverfolgen. Ich will nicht, dass du auch noch Ärger bekommst.«

»Klar, die Ende-zu-Ende-Verschlüsselung wurde schon vor Jahren verboten, aber wir könnten statt mit dem Handy auch übers Internet telefonieren. So kann man seine IP-Adresse verschleiern.«

Mir bleibt der Mund offen stehen.

»Woher weißt du so was?«

»Na, so kann man Leute anrufen, ohne dass Handygebühren anfallen. Dad hat mich immer über das WLAN des Taxiunternehmens angerufen.« Bei dem Wort ›Dad‹ verzieht sie das Gesicht. Dann stellt sie was auf ihrem Handy ein und reicht es mir. »Kann losgehen.«

»Okay. Seine Nummer weiß ich auswendig. Nachdem mein altes Handy schon mal verschwunden war und ich mich auf das illegale nicht verlassen konnte, habe ich sie mir zur Sicherheit eingeprägt. Zum Glück.«

Ava zeigt mir, wie man übers Internet telefoniert. »Funktioniert das zu Hause auch übers Tablet?«, frage ich.

»Klar. Siehst du, man meldet sich einfach bei einem passenden Anbieter an. Der Anruf kommt dann von dort und nicht von meinem Handy. Damit kann man telefonieren und Nachrichten verschicken, ohne dass sie zurückverfolgt werden können. Außer wenn dein Tablet angezapft ist.«

»Das könnte sogar sein.« An Coulsons Stelle hätte ich das gemacht. Also lasse ich das Tablet lieber aus dem Spiel.

Ich wähle Lucas' Nummer. Nachdem es eine Weile geklingelt

hat, springt die Mailbox an. Soll ich eine Nachricht draufsprechen?

»Hi, ich bin's. Ich habe zwar kein Telefon mehr, aber unter dieser Nummer kannst du mich erreichen.«

Keine Sekunde später kommt eine Nachricht von ihm. *Kann jetzt nicht reden. Molly und Dad wurden verhaftet, ich verstecke mich mit Nicky. Sind nur knapp entkommen. Habe die Nachricht von dir über Charlize bekommen. Als ich von ihr wissen wollte, was los ist, war ihr Anschluss nicht mehr erreichbar.*

Ava macht große Augen, als ich ihr den Text zeige.

Ich*: Wie verhaftet? Warum? Handy auf Reset, aber einkassiert. C. hatte es, sie wurde auch verhaftet.*

Lucas: *So sind die vielleicht auf uns gekommen. Über Cs Anrufliste. Wenn sie die Daten wiederherstellen konnten.*

Ich: *Oh, nein … Tut mir leid. Wie geht es euch, habt ihr eine Bleibe?*

Lucas: *Weiß nicht. Habe Freunde, bloß die will ich nicht mit reinziehen.*

»Unsere Wohnung«, sagt Ava, die über meine Schulter mitliest. »Die steht leer. Die Miete ist für zweieinhalb Monate im Voraus bezahlt. Da könnten sie wohnen.«

Ich: *Ava ist auch hier. Ich benutze ihr Handy. Sie wohnt jetzt in der Schule im Internat, aber ihre Wohnung, die sie mit ihrem Vater hatte, steht leer. Miete ist für ein paar Monate gezahlt. Dort könnt ihr unterkommen, sagt sie.*

Lucas: *Das wäre cool. Bist du sicher, Ava?*

Ich: *Ja! Sie sagt Ja.*

Ich reiche Ava das Handy und sie gibt die Adresse und den Türcode ein: *Aristoteles383bc.*

Ich: *Ich fasse es alles nicht. Es tut mir so leid.*

Lucas: *Konnte ja niemand wissen, dass sie die Schulen filzen würden. Das passiert jetzt überall im Land. Aber das hält uns nicht auf, oder?*

Ich: *Nein. Dabei fällt mir ein, ich brauche das Log-in für J.*

Er schickt mir das Passwort.

Lucas: *Halt durch. Ich muss los.*

Ich: *Sei vorsichtig. Du kannst mich über Ava erreichen.*

Lucas: *Okay. Ich schmeiße das Handy jetzt weg und hole mir ein neues, wird also eine neue Nummer sein. Mach's gut xxx*

Ich schaue Ava an, bin sprachlos.

Auf der Webseite der Schule finde ich auch noch ein Foto von Charlize, das poste ich gleich mit. Gemeinsam mit Ava schreibe ich den Text für JuliaSagt110:

Sechzehnjährige Schülerin verhaftet, ihr einziges Verbrechen war ein unregistriertes Handy. Stoppt den Wahnsinn! #freeCharlize #DITTE

»Jetzt müssen sie doch kapieren, dass Charlize nicht hinter diesen Posts steckt«, sage ich. »Und dann lassen sie sie frei. Meinst du nicht?«

»Ich hoffe es.«

AVA

Bei mir klopft es an der Tür. Bevor ich antworten kann, steht Chitra schon im Zimmer. Ich will ihr gerade erklären, dass sie mein Handy leider nicht mehr benutzen kann, als es aus ihr herausplatzt.

»Schnell, du musst uns helfen. Kannst du das Seitentor öffnen?«

»Warum? Was ist los?«

»Komm. Ich erklär's dir unterwegs.« Sie ist so panisch, dass ich aufspringe und ihr im Eiltempo die Treppen hinunter folge.

»Amelie«, keucht sie. »Sie war mit ein paar Mädchen in der Stadt und der Bus kam zu spät, es ist schon fast sechs.« Sechs Uhr gleich Sperrstunde. »Es dauert zu lange, wenn sie vorne bis zum Haupttor laufen müssen.«

Als wir das Seitentor erreichen, ertönen schon die ersten Glockenschläge zur vollen Stunde. Nur die Mitarbeiter der Schule und die Oberstufenschülerinnen haben den Code, rasch tippe ich die Zahlen ein.

Doch das verdammte Tor geht nicht auf. Wurde der Code geändert?

Vielleicht habe ich mich auch vertippt.

Ich probiere es erneut.

Mit dem fünften Glockenschlag springt das Tor auf und vier Mädchen stolpern herein, nur eine trägt ein blaues Band. Panik und Tränen stehen den Mädchen in den Gesichtern. Wenn sie außen herum zum Haupttor gelaufen wären, um dort zu klingeln, hätten sie es nicht mehr geschafft. Alle sind völlig außer Atem.

»Danke, Ava«, schluchzt Amelie und schlingt die Arme um mich. Unbeholfen tätschle ich ihr den Rücken, dann gehen wir alle zusammen ins Internat zurück.

Am Eingang wartet schon Mrs Morgan auf uns, ihr ist die Erleichterung anzusehen. »Bitte seid in Zukunft vorsichtiger, Mädchen«, sagt sie. »Ihr wollt doch nicht verhaftet werden, vor allen Dingen jetzt nicht.«

»Was meinen Sie damit? Ist was passiert?«, frage ich.

»Gerade wurde es verkündet. Das Alter für die Todesstrafe wird von achtzehn auf zwölf Jahre gesenkt.«

SAM

»Hast du was von Charlize gehört?«, fragt Ava und schließt hastig ihre Zimmertür, nachdem ich hindurchgetreten bin.

Ich schüttle den Kopf. »Nichts. Ihre Mutter wurde bei der BBC gefeuert. Ich habe versucht, mit meinem Vater zu sprechen, ob der was für Charlize tun kann, aber er hat mich einfach stehen lassen. Und ist es nicht unfassbar, dass die Todesstrafe auf zwölf gesenkt wurde? Es wird echt immer schlimmer.«

»Das können die doch nicht bringen, oder? Ein zwölfjähriges Kind hängen?«

»So langsam glaube ich, dass die sich alles rausnehmen können.« Ich schaue auf meine Armbanduhr. Ich bin früh dran. Lucas will erst in zwanzig Minuten anrufen, jedenfalls hat er das zu Ava gesagt. Er telefoniert jetzt von seinem eigenen Account aus, sodass seine Handynummer erst gar nicht auftaucht. Wäre Ava doch bloß von Anfang an dabei gewesen, dann hätten wir es gleich so gemacht.

Ich lasse mich auf Avas Bett fallen.

»Du siehst fertig aus.«

»Ich schlafe kaum.«

»Wegen Charlize?«

»Ja. Und wegen Lucas' Schwester und seinem Vater. Die sitzen beide auch im Gefängnis. Alles meine Schuld.«

Ava setzt sich auf den Stuhl neben mich. »Die Regierung hat Schuld. Die Leute, die nichts dagegen unternehmen, haben Schuld. Du versuchst wenigstens, was zu tun.«

»Nett, dass du das sagst, aber …«

»Nichts aber. Mach die Augen zu, bis das Telefon klingelt.«

Diesmal strecke ich mich richtig auf dem Bett aus und schließe die Augen. Erst spüre ich ihre Hand auf meiner Schulter, dann in meinem Haar, ihre Stimme beruhigt mich. Sie erzählt, was sie in Chemie durchnehmen, und schon bald drifte ich weg. Kein Wunder.

Als ihr Telefon klingelt, schrecke ich aus dem Tiefschlaf.

Ava reicht es mir, doch ich winke sie ran, damit sie mithören kann.

»Hi«, sage ich.

»Hey.«

»Ava ist auch dabei.«

»Hi«, sagt sie.

»Danke, dass wir bei dir wohnen dürfen, Ava. Damit hast du uns echt aus der Klemme geholfen. Und die Wohnung liegt zum Glück auch außerhalb der zentralen Kontrollpunkte.«

»Kein Ding«, antwortet Ava. »Gibt's was Neues von Molly und deinem Vater?«

»Nein. Was ist mit Charlize?«

Ich seufze. »Nein. Gibt es wenigstens irgendwas Positives?«

»Wir haben eine irre Resonanz auf DITTE. Shares, Likes, Kommentare. Aber wir haben uns überlegt, dass wir, um was zu bewirken, noch einen Schritt weiter gehen wollen, damit sie uns ernst nehmen.«

»Wer ist wir?«, frage ich.

»Ich und Juro. Mollys Freund. Er war bei der Menschenkette dabei.«

»Ja, ich erinnere mich«, meint Ava.

»Jedenfalls müssen wir es noch weiter treiben, was Großes machen«, sagt Lucas.

»Was Großes, aber Friedliches, nicht wahr?«, frage ich.

»Klar. Kannst ja mal überlegen, vielleicht fällt dir was ein. Bis bald.«

»Okay. Mach's gut«, sage ich.

Ich gebe Ava das Handy zurück, lasse mich wieder auf ihr Bett sinken. *Einen Schritt weiter gehen?*

Darum geht es ja bei #DITTE:

Tu etwas.

AVA

»Sei bloß vorsichtig, Sam. Als Julia zu posten, ist eine Sache, nur *was Großes* klingt nicht gut.«

»Ich kann mich nicht verstecken und anderen Leuten das Handeln überlassen, weil ich zu feige bin.«

»Ich verstehe schon, dass du das Gefühl hast, dich gegen deinen Vater behaupten zu müssen, aber wenn du's öffentlich tust, geht's noch schief. Und es macht nicht ungeschehen, was mit Charlize passiert ist. Und mit Lucas' Familie.«

Sam senkt den Blick, ihre dunklen Wimpern zeichnen sich gegen ihre bleichen Wangen ab. »Weiß ich doch«, sagt sie seufzend. Als ich meine Hand ausstrecke, ergreift sie sie.

»Versprich mir einfach, dass du es dir gut überlegst, bevor du dich auf was einlässt. Versuch, ein wenig zu schlafen, und entscheide erst, wenn du ausgeruht bist.«

»Mach ich, versprochen.« Als Sam mir in die Augen sieht, muss ich wieder daran denken, wie ich mal probiert habe, sie zu zeichnen. Wie das, was ich zu Papier gebracht habe, nichts mit dem zu tun hatte, was ich wirklich gesehen habe.

»Hast du in letzter Zeit mal einen Pinsel oder einen Stift in die Hand genommen?«, frage ich.

Überrascht hebt sie die Brauen. Sie schüttelt den Kopf.

»Warum nicht?«

»Hat verschiedene Gründe. Ich war mit anderen Dingen beschäftigt. Habe meine Kamera benutzt. Aber ich hatte auch das Gefühl, dass sich nichts, was ich gezeichnet habe, real anfühlt. Nicht so real wie ein Foto.«

»Vielleicht solltest du es noch mal versuchen. Vielleicht kann dir deine Kunst dabei helfen, ein paar Dinge klar zu bekommen. Und schlimmstenfalls entspannt es dich nur, sodass du wieder schlafen kannst.«

Sam legt den Kopf schief. »Vielleicht. Ich weiß nicht. Danke, Ava. Wir sollten übrigens noch über Samstag reden.«

Unbehaglich rutsche ich auf meinem Stuhl umher. Dads Einäscherung. Ich seufze. »Genau daran will ich die ganze Zeit nicht denken.«

»Schon klar. Wirst du was sagen?«

Ich schüttle den Kopf. »Ich habe zwar das Gefühl, ich sollte was sagen, aber irgendwie kann ich nicht. Dafür bin ich noch zu durcheinander.«

»Ist doch völlig okay. Musst du ja nicht. Auf jeden Fall bin ich dabei. Penny kommt auch. Wir holen dich morgens ab. Penny meint so gegen zehn, okay?« Sam beugt sich zu mir und drückt mich. Am liebsten würde ich sie nie mehr loslassen.

Dann löst sie sich aus der Umarmung. »In einer Sache hast du aber recht.«

»Und in welcher?«

»Ich muss unbedingt mal ins Atelier.«

SAM

Am nächsten Tag stehe ich vorm Kunstraum und klopfe einmal kurz an die Tür, bevor ich den Kopf hereinstecke.

Mrs Jenson blickt von den Pinseln auf, die sie gerade sortiert. Sie lächelt mich an. »Sam. Dich habe ich ja schon ewig nicht mehr außerhalb des Unterrichts gesehen.«

»Ich weiß. Ich bin schon lange nicht mehr in …«, ich zucke die Achseln, »… in Stimmung gewesen, um zu malen.«

»Große Künstler müssen nicht in Stimmung sein. Ihnen ist es ein inneres Bedürfnis, gerade in schweren Zeiten.«

»Ich bin keine große Künstlerin.« Vom Farbgeruch angezogen, trete ich ins Atelier.

»Vielleicht noch nicht. Aber du könntest eine werden. Hast du denn keinen Unterricht?«

»Nein, ich habe eine Freistunde.« Das ist glatt gelogen, ich hätte jetzt Englisch, vielleicht weiß sie es sogar, sagt aber nichts.

»Magst du mir helfen?«

Bald schon waschen wir gemeinsam Pinsel aus, der Farbgeruch mischt sich mit dem von Lösungsmitteln. Mrs Jenson scheint nicht besonders redselig, deshalb arbeiten wir schweigend vor uns hin.

Wegen der Farbdämpfe stehen die Fenster auf, aber es ist gar nicht so kalt. Ein schöner Herbsttag, der einen glatt vergessen lässt, dass bald der kalte Winter kommt. Am Baum vor dem Fenster hängen noch bunte Blätter und Vögel zwitschern. Ohne das Verkehrsrauschen in der Ferne könnte man glatt vergessen, dass man in der Stadt ist.

Plötzlich fahren zwei große schwarze Wagen durchs Haupttor und halten auf dem Hof.

Die Türen gehen auf, Agenten steigen aus und ich erkenne die gefürchtete Uniform: Lorder.

Hinter wem sie wohl diesmal her sind? Ich seufze. Soll ich Mrs Jenson ablenken, damit ich die Kamera zücken kann? Mehr Fotos für #DITTE machen?

Die Lorder begeben sich zum Englisch-Trakt.

Einige gehen durch den Haupteingang, andere links durch einen Seiteneingang, dessen Türen sich nur zu einem bestimmten Klassenzimmer öffnen.

In dem ich jetzt gerade sitzen sollte.

Die Zeit scheint stehen zu bleiben, die Blätter im Baum regen sich nicht mehr, als würde selbst der Wind den Atem anhalten.

Die Lorder strömen schließlich durch den Seiteneingang wieder nach draußen. Halten Rücksprache mit denen, die vor dem Gebäude gewartet haben. Einer zieht ein Funkgerät hervor, spricht hinein.

Dann schwärmen sie in alle Richtungen aus.

Offenbar haben sie die Person, die sie suchen, nicht gefunden.

Eigentlich hätte ich in dem Klassenraum sein sollen.

Zwei Lorder eilen auf den Kunsttrakt zu, ich weiche vom Fenster zurück.

»Sam? Was hast du?«

Als Mrs Jenson neben mich tritt und die Lorder sieht, flucht sie leise. Dann schaut sie mich an und erschrickt.

»Sam? Steckst du in der Klemme?«

Flehend sehe ich sie an.

»Komm.« Sie zieht mich nach hinten zu den Schränken mit den Materialien, reißt ein paar Staffeleien und Zeug heraus. Schubst mich hinein, stellt die Staffeleien zurück und schließt die Schranktür.

Es ist dunkel, stockdunkel. Die alte Angst mischt sich mit der neuen, ganz realen Angst, schaukelt sich so lange hoch, bis ich am liebsten schreiend aus dem Schrank springen möchte …

»Wir suchen Samantha Gregory«, höre ich eine kalte Stimme sagen und bin plötzlich wie versteinert.

»Hier ist sie nicht«, sagt Mrs Jenson. »Kunst hatte sie gestern. Bestimmt kann Ihnen jemand im Sekretariat Samanthas Stundenplan geben.«

»Den haben wir.«

»Na, dann wissen Sie ja, dass sie nicht hier ist.« Mrs Jenson wirkt nervös, sie redet zu viel. Hoffentlich fällt es nur mir auf, weil ich sie so gut kenne.

Schritte sind zu hören. Schwere Schritte.

Sie nähern sich.

Quietschend wird eine Schranktür neben mir kurz geöffnet.

Dann geht meine Tür auf. Licht dringt hinein, aber ich kneife die Augen fest zusammen, als könnte man mich so nicht sehen.

Die Tür wird wieder geschlossen.

Die Schritte entfernen sich. Erleichtert lasse ich mich nach hinten sinken, woraufhin die Staffeleien vor mir in Bewegung geraten und gegen die Tür knallen.

Panik erfasst mich. Hat das jemand gehört?

Nein. Die Schritte kommen nicht zurück.

AVA

»Kann ich Ihnen helfen?« Die Stimme der Bibliothekarin klingt merkwürdig und ist viel zu laut, wo sie sonst doch immer zur Ruhe mahnt.

Ich linse hinter den Regalen hervor. Lorder. Einer steht an der Tür, der andere am Tresen.

»Wir sind auf der Suche nach Samantha Gregory. Ist sie hier?«

Angst und Adrenalin rauschen durch meine Venen. Die suchen Sam? Beim Reinkommen habe ich sie nicht bemerkt. Ist sie hier?

»Nein, ich habe sie heute Nachmittag noch nicht gesehen«, antwortet die Bibliothekarin. »Vielleicht schauen Sie mal in ihren Stundenplan im …«

»Haben wir schon«, sagt er.

Der Lorder durchkämmt die Bibliothek, schaut hinter jedes Regal, in jede Arbeitsnische. Als er sich mir nähert, starre ich angestrengt auf meine Bücher, nur nicht auffallen.

Kurz darauf verschwinden die beiden Lorder wieder.

Aufgeregtes Stimmengewirr bricht in der Bibliothek aus, Wortfetzen dringen an mein Ohr.

Echt? Sam?

Charlize war nicht mehr in der Schule.

Was haben die nur angestellt?

In die Bestürzung mischt sich auch ein klein wenig Häme, weil nun zwei Mädchen in Schwierigkeiten stecken, die sonst ganz oben in der Schul-Nahrungskette standen.

Als Erstes waren die Lorder doch garantiert in der Klasse, wo Sam Unterricht hatte. Wenn sie da nicht war, wo ist sie denn? Hat Sam die Männer kommen sehen und konnte sich noch rechtzeitig aus dem Staub machen?

Und jetzt wird die Schule durchsucht.

Sam, wo steckst du?

SAM

Schon wieder bin ich im Dunkeln gefangen.

Farbgeruch stört mich normalerweise nicht, aber jetzt ist er extrem stark und die Panik drückt mir auf die Brust. Ich atme flach und hektisch. Mir ist schon ganz schwindelig.

Der Boden des Kofferraums scheuert an meiner Wange. Langsam fährt der Wagen vom Lehrerparkplatz.

Wir bleiben kurz stehen, biegen rechts ab, fahren weiter, halten wieder. Wahrscheinlich befinden wir uns am Hintereingang. Da sitzt kein Pförtner, das Tor funktioniert automatisch und ist nur fürs Personal bestimmt.

Es dauert ewig. Warum dauert es so lange?

Ein metallisches Scheppern. Das Tor? Wir fahren an. Geschafft.

Nun sind wir schneller unterwegs. Die Farbdämpfe – dazu wohl auch Abgase –, die Dunkelheit und die Angst sind schwer auszuhalten. Stop-and-go, das geht ewig so weiter, bis mir ganz schwummrig wird und ich kaum noch einen klaren Gedanken fassen kann.

Wo soll ich nur hin?

Zu Lucas in Avas Wohnung? Ich glaube, die Adresse habe ich mir gemerkt.

Mum wird völlig durchdrehen. Dad wird auf seine Weise ausrasten. Wahrscheinlich schämt er sich und ist gleichzeitig außer sich vor Wut. Ob er zurücktreten muss?

Was passiert nun mit mir?

Hat Charlize denen gesagt, dass es mein Handy war?

Als ich wieder als Julia gepostet habe, haben die womöglich vermutet, dass Charlize weiß, wer dahintersteckt. Vielleicht haben sie sie unter Druck gesetzt, damit sie ihnen sagt, wem das Handy gehört.

Ich hoffe, Charlize geht es gut. Vielleicht sind sie auch anders drauf gekommen, durch die Fotos von Chequers oder aus dem Hubschrauber. Coulson kannte die Bilder ohnehin schon.

Immer wieder sehe ich Avas Gesicht vor mir. Hoffentlich fällt nichts davon auf sie zurück.

AVA

Nicht zu wissen, wo Sam ist und ob es ihr gut geht, macht mich fertig.

Wahrscheinlich haben sie sie längst verhaftet. Wie sollten wir das auch erfahren? Wenn jemand in einen großen schwarzen Wagen gezerrt wird, hört man davon nichts in den Nachrichten. Dann ist die Person einfach wie vom Erdboden verschluckt.

Die Minuten ziehen sich wie Stunden. Ich habe jetzt Chemie, am liebsten würde ich nicht hingehen, doch mein Selbsterhaltungstrieb sagt mir, bloß nicht auffallen. Alles tun wie gehabt.

Ich schleppe mich zum Naturwissenschafts-Trakt. Um mich herum flüstern alle aufgeregt. Immer wieder fällt Sams Name.

Ich setze mich auf meinen Platz und schreibe mechanisch Gleichungen ab, kann sie aber nicht lösen. Mein Gehirn ist wie blockiert.

Hinten im Chemiesaal geht die Tür auf. »Entschuldigung, ist hier vielleicht eine Ava Nicholls?«, fragt eine nervös wirkende Mitarbeiterin aus dem Sekretariat.

»Ja, hier«, sage ich.

»Du wirst im Büro der Konrektorin verlangt.«

Angst packt mich. Was ist bloß los? Ob es Neuigkeiten von Sam gibt? Schweren Herzens trabe ich zu dem Büro.

Als ich dort ankomme, warten bereits ein Dutzend Schülerinnen im Wartebereich, darunter auch Sams Freundinnen Ruth und Anji. Ist sie mit den anderen Mädchen auch befreundet? Nachdem ich mich gesetzt habe, treffen weitere Schülerinnen ein.

Als die Bürotür aufgeht, steht dort statt der stellvertretenden Direktorin ein Lorder.

»Anji Addington?«, sagt er. Anji erhebt sich und geht hinein.

Wir sitzen alle da, werfen uns nur beklommene Blicke zu. Keiner traut sich, was zu sagen. Was geht dadrinnen vor sich?

Nach etwa zehn Minuten geht die Tür wieder auf und Anji kommt heraus. Kalkweiß. Wortlos verlässt sie das Gebäude.

Ein Mädchen nach dem anderen wird ins Büro gerufen. Wenn sie nach einer Weile herauskommen, wirken manche verstörter als andere. Irgendwann sind wir nur noch wenige.

»Ava Nicholls?«

Ich stehe auf, trete ins Büro und setze mich wie geheißen auf den Stuhl gegenüber von dem Schreibtisch.

Der Lorder, der mich hereingerufen hat, bleibt an der Tür stehen. Auf dem Sessel der Konrektorin sitzt ein weiterer Lorder und starrt auf ein Tablet vor sich. Die Stille dehnt sich.

Endlich hebt er den Blick. »Woher kennst du Samantha Gregory?«

»Jeder hier auf der Schule kennt Samantha. Und ich wurde gebeten, ihr Nachhilfeunterricht zu geben.«

»Ihr seid jetzt befreundet.« Eine Frage scheint das nicht zu sein.

»Ja, irgendwie schon. Ich meine, wir verkehren nicht gerade in den gleichen Kreisen. Und seit ich im Internat wohne, habe ich sie kaum gesehen.« Stimmt.

Pause. »Trotzdem müsst ihr euch nahestehen. Du hast immerhin bei ihr gewohnt, nachdem dein Vater ums Leben gekommen ist.«

»Ja. Wobei es nicht Sams Idee war, sondern die ihrer Mutter und der Haushälterin.«

»Aber nach dem Anschlag hast du gleich Sam angerufen. Sie um Hilfe gebeten.«

»Ich wollte nur mit ihr reden. Nicht sie fragen, ob ich bei ihr wohnen kann.«

Ausdruckslos sieht mich der Mann an. »Was weißt du über JuliaSagt110?« Meine Gedanken überschlagen sich. Soll ich es zugeben? JuliaSagt110 kennt doch inzwischen jeder, Lügen hat gar keinen Zweck.

»So nennt sich ein User, der über die Regierung postet.«

»Und weißt du, wer dahintersteckt?«

»Keine Ahnung.«

»Ich verstehe«, sagt er, und es gelingt ihm, in nur zwei Worten eine geballte Ladung Unglauben unterzubringen. »Und wann hast du zuletzt mit Samantha Gregory gesprochen?«

Ob sie wissen, dass sie gestern bei mir war? Vielleicht. Bestimmt wurde sie gesehen.

»Gestern. Sie hat mich im Internat besucht.«

»Warum?«

»Sie hat mich um Nachhilfestunden gebeten.« Schon wieder gelogen.

Bedächtig nickt der Lorder, ihm ist anzusehen, dass er mir kein Wort glaubt. Aus meiner Angst wird Wut, Wut darüber, dass ich mich vor den Lordern und ihren Fragen fürchte. Vielleicht fischen sie auch nur im Trüben, versuchen, uns einzuschüchtern, damit wir etwas preisgeben, irgendwas.

»Es ist ein schweres Verbrechen, einem Ermittler gegenüber die Unwahrheit zu sagen. Hast du sonst noch was zu berichten?«

»Nein.«

»Du kannst gehen. Aber wenn du von ihr hörst, rufst du uns an.« Er reicht mir eine Visitenkarte.

Auch wenn ich am liebsten davonrennen möchte, schreite ich gemächlich zur Tür.

»Und, Ava?« Ich drehe mich noch mal um. »Wenn wir herausfinden, dass du uns angelogen hast, wird das strafrechtliche Konsequenzen haben.«

Der andere Lorder hält mir die Tür auf. Vom Warteraum eile ich schnurstracks nach draußen.

Gierig atme ich die frische Luft ein. Nach und nach werde ich ruhiger, finde wieder zu mir selbst.

Wenn sie mir nicht geglaubt haben, werde ich vielleicht überwacht.

Und meine Wohnung.

Sofort gehe ich aufs Zimmer und schicke Lucas eine Nachricht übers WLAN-Netz. Hoffentlich kann man die wirklich nicht zurückverfolgen.

Ihr müsst sofort raus aus der Wohnung. Es ist nicht mehr sicher dort.

SAM

Schließlich halten wir.

Knarzend geht der Kofferraum auf, und Mrs Jenson nimmt die Malerkittel und die Staffeleien fort, unter denen ich verborgen bin.

»Alles okay?«

»Glaub schon«, sage ich und setze mich auf. Mir ist schwummrig, aber ich bin froh über die frische Luft und das Tageslicht, auch wenn die Sonne schon tief am Himmel steht.

Wie spät mag es sein? Um sechs ist Sperrstunde. Bis dahin muss ich einen Unterschlupf gefunden haben.

Mrs Jenson hilft mir aus dem Wagen.

»Ich habe dich bis hinter die zentralen Kontrollpunkte gefahren. Kannst du irgendwo unterkommen?«

»Ja.« Wenn ich bloß wüsste, wo ich bin. Wie komme ich zu Avas alter Wohnung? Mrs Jenson kann ich schlecht darum bitten, sie sieht schon so verängstigt aus, als könnte sie mich und meine Probleme nicht schnell genug hinter sich lassen. Ich kann's ihr nicht verdenken.

Sie drückt mich einmal kurz und fest an sich.

»Danke für alles«, sage ich.

»Pass auf dich auf, Sam.«

Dann steigt sie in den Wagen und braust davon.

Ich warte noch einen Augenblick, bis ich zur nächsten Ecke laufe und mich umsehe. Läden und Cafés. Für die Leute geht ein Arbeitstag zu Ende, die meisten sind auf dem Weg nach Hause. Mir ist mulmig, denn ich bin ewig nicht mehr allein unterwegs gewesen.

Doch keiner nimmt von mir Notiz. Alle haben es eilig, sind viel zu sehr mit sich selbst beschäftigt. Solange ich mich nicht total seltsam benehme, schaut keiner zweimal hin.

Was jetzt?

Falls man mich mittlerweile auch außerhalb der Schule sucht, muss ich mein Aussehen verändern. Als Erstes muss ich die Schuluniform loswerden.

Ich laufe die Straße entlang, bis ich einen Secondhandladen entdecke. Natürlich ist es kein cooler Vintage-Shop, wie Anji ihn mag, sondern einer mit schlichten, billigen Klamotten, die vielleicht nicht mal sauber sind. Am liebsten würde ich gleich wieder rückwärts rausgehen, aber ich zwinge mich, die Regale zu durchstöbern.

Ich finde eine Jeans, die mir fast passt, einen Pulli und eine Mütze, um mein Haar zu verbergen. Mum wäre entsetzt über das Outfit. *Mum.* Sie wäre so oder so entsetzt, ganz gleich, was ich trage.

Im Spiegel der Umkleide überprüfe ich meinen Look. Ich versuche, lässig zu wirken und älter. Schade, dass ich nicht größer bin. Ich hole mein Portemonnaie aus der Schultasche. Am besten benutze ich die Karten nicht. Ich zähle mein Bargeld. Nachdem ich die Klamotten bezahlt habe, bleiben mir noch 90 Pfund. Ich stopfe mir das Geld in die Tasche, stecke den Ausweis ins Portemonnaie. Das werde ich später irgendwo wegwerfen.

Es ist schon fast sechs. Wenn ich meinen Ausweis mit dem roten Band um den Hals tragen würde, wüsste jeder gleich, dass ich noch keine sechzehn bin und nicht mehr draußen rumlaufen darf. Zwar habe ich bald Geburtstag, aber selbst dann müsste ich zumindest einen Ausweis mit blauem Band tragen. Für achtzehn gehe ich nie und nimmer durch. Wenn ich einem Polizisten in die Arme laufe, wird der sofort misstrauisch.

Was soll ich machen? Mich bis morgen früh irgendwo verstecken? Und dann? Ich habe keine Ahnung, wie ich von hier zu Avas Wohnung kommen soll. Ich habe keine Ahnung, wie ich überhaupt irgendwas allein machen soll.

Internet, das brauche ich jetzt. Bevor ich den Secondhandladen verlasse, frage ich noch danach. Es gibt ein Café mit WLAN, meint das Mädchen hinter der Theke, die haben Tablets für ihre Gäste. Sie erklärt mir den Weg.

Ich beeile mich, weil ich nicht nach sechs noch auf der Straße sein will. Als ich das Café entdecke, bin ich beruhigt: Es ist schön schummrig da. Ich bestelle mir einen Kaffee, leihe mir ein Tablet aus und verziehe mich hinten in eine Ecke, von der aus ich die Tür im Blick habe.

Auf einem Routenplaner gebe ich Avas Adresse ein und … Mist. Es sind fast zwanzig Kilometer von hier.

Kann ich es wagen, mit der U-Bahn zu fahren? Bekomme ich das überhaupt allein hin? Wie erbärmlich ist das denn! Beim letzten Mal war ich mit Ava unterwegs. Wie ging das noch mal mit den Tickets und den Schleusen? Security gab es auch. Womöglich muss ich noch umsteigen. Und auf keinen Fall die Leute anstarren.

Ich gehe auf die Website der Londoner Verkehrsbetriebe, um mir eine Route auszutüfteln. So wie es aussieht, muss ich erst mal wieder ins Zentrum zurück; überirdisch bedeutet das Kontrollpunkte mit Ausweiskontrolle. Ob es die jetzt auch unten in den Stationen gibt? Weiß ich nicht, aber ich riskiere es lieber nicht.

Wenn es sein muss, kann ich zwanzig Kilometer laufen, nur ist es schon sechs, und ab neun wird es dann menschenleer auf den Straßen sein, da gilt die Ausgangssperre für alle. Schaffe ich die Strecke in drei Stunden? Keine Ahnung, aber ich schaue mir die Karte so lange an, bis ich mir den Weg eingeprägt habe.

Mir ist schlecht vor Angst. Irgendwie muss ich bis zu Avas Wohnung kommen. Wenn Lucas nicht da ist, kann ich mich hoffentlich an den Code erinnern. Aristoteles… Dingsbums. Dann müssen wir Pläne schmieden, wie es weitergehen soll, die sozialen Netzwerke mit DITTE-Posts überschwemmen. Vielleicht was ins Rollen bringen, bevor die mich einkassieren.

Das klingt extrem unwahrscheinlich. Irgendwie spinnen wir doch total, oder? Womöglich werde ich heute Nacht verhaftet, und niemand wird je wissen, was ich vorhatte oder warum. Ich werde einfach verschwinden.

Künstler signieren ihre Bilder, um zu sagen: *Das hier ist von mir. Es ist mein Werk.* Ich möchte unsere Aktion auch signieren, mich öffentlich dazu bekennen.

Ich logge mich bei allen Netzwerken als Julia ein und gehe auf mein Profil.

Dort steht unter dem Usernamen überall auch *JuliaSagt110*.

Will ich das wirklich tun? Ja. Ich habe jede Menge Stress, schlimmer kann es gar nicht werden.

Und das ist mein Werk. Das habe ich mit ein wenig Hilfe von Romeo auf die Beine gestellt. Ich ändere den Namen im Profil auf Sam Gregory. Aus dem Netz suche ich noch ein Foto von mir, das ich nicht total bescheuert finde, und stelle es als Profilbild ein. Und als Banner nehme ich Westminster mit dem Big Ben.

So. Speichern oder löschen?

Speichern.

Und nun schreibe ich einen neuen Post:

Ich bin JuliaSagt110. Und ich bin auch Sam Gregory. Heute kamen Lorder in die Schule, um mich zu verhaften, aber ich konnte entkommen. Mein Verbrechen? Unerwünschte Posts in sozialen Netzwerken. Und das in Großbritannien? #NichtmeinGB #DITTE.

Ich logge mich ganz schnell aus und lösche den Verlauf. Ich weiß nicht, ob ein Post mit #DITTE in einem Laden wie diesem irgendwo einen Alarm auslöst. Aber ich mache mich schleunigst aus dem Staub.

AVA

Vor dem Abendessen gehe ich noch mal auf mein Zimmer, um zu sehen, ob ich eine neue Nachricht habe. Lucas hat sich nicht gemeldet. Hoffentlich ist ihm und Nicky nichts zugestoßen.

Beiläufig checke ich noch mal die Beiträge mit #DITTE. Gerade erscheint ein neuer Post.

Von JuliaSagt110.

Von Sam? Sie hat es irgendwie geschafft rauszukommen! Wenigstens geht es ihr in diesem Moment gut. Ich bin so erleichtert, dass ich nicht gleich begreife, was sie da geschrieben hat.

Outet sie sich wirklich als Sam?

Tränen treten mir in die Augen. Damit überschreitet sie eine Grenze. Von dort gibt es keinen Weg zurück.

Der Post wurde gerade erst hochgeladen. Ob sie noch online ist?

Schnell, denk nach, Ava. In Windeseile richte ich mir ein eigenes Profil ein. Nenne mich kurzerhand *AristotelesSagt110*. Hoffentlich weiß sie noch den Türcode und begreift, dass ich es bin. Ich sende ihr eine Freundschaftsanfrage.

Dann warte ich.
Und warte.
Keine Reaktion.

SAM

Als in der Ferne eine Kirchturmuhr schlägt, zähle ich mit, auch wenn ich weiß, wie spät es ist.

Sechs Schläge.

Es ist sechs Uhr.

Weil ich keine Ahnung habe, was ich sonst tun soll, laufe ich einfach weiter Richtung Avas Wohnung.

Es ist kalt, und ich schlinge den Secondhandpulli enger um mich, wünschte, ich hätte wenigstens noch den Schulpullover darunter anbehalten oder mir was Wärmeres ausgesucht.

Um neun beginnt erst die richtige Sperrstunde, deshalb sind noch viele Leute unterwegs. Von manchen ernte ich neugierige Blicke, wahrscheinlich fragen sie sich, wie alt ich wohl bin und warum ich keinen Ausweis um den Hals trage.

Die Straßen werden schmaler. Müll auf den Gehwegen, verrammelte Geschäfte. Vor einem kaputten Gullideckel bleibe ich stehen, tue so, als würde ich mir die Schuhe zubinden, und lasse mein Portemonnaie mit dem Ausweis in den Kanalschacht fallen. Kaum eine Straßenlaterne funktioniert und die Angst vor der

Dunkelheit ergreift wieder Besitz von mir. Am liebsten würde ich rennen. Die Leute schauen mich immer unverhohlener an. Ich gehe weiter.

Vor mir drängen sich die Menschen plötzlich auf dem Gehweg. Ein Tumult. Instinktiv kehre ich um, kämpfe mich zurück durch die Menge, aber auch hier komme ich kaum durch.

Polizei. An der nächsten Kreuzung stehen zwei Streifenwagen. Verstohlen spähe ich zur anderen Straßenseite, auch dort haben sich welche postiert. Die Straße ist abgeriegelt.

Suchen die jemanden? Mich womöglich?

Sei doch nicht albern. Die können nicht wissen, dass ich hier bin.

Die wollen nur Ausweise sehen. Routinekontrolle, mehr nicht. Aber ich habe keinen, und selbst wenn ich ihn nicht weggeworfen hätte, dürfte ich um diese Zeit nicht mehr unterwegs sein. Allein, dass ich keinen Ausweis dabeihabe, reicht, um mich zu verhaften. Dafür müssen die nicht mal wissen, wer ich bin.

In mir steigt Panik auf. Möglichst weit weg von der Straße versuche ich, in der Menge unterzutauchen, sehe mich nach einem Versteck um.

»Hier, Mädel.« In einem Haus mit verrammelten Fenstern steht eine Tür auf. »Komm rein, ich kann dir helfen.« Ein Mann winkt mich ran. Er ist so um die dreißig mit engstehenden Augen, eigentlich ein Typ, vor dem man wegrennen möchte.

Aber wohin? Zur Polizei?

Keine Wahl.

»Schnell, bevor sie dich sehen«, sagt er.

Sobald ich im Haus bin, schließt er die Tür hinter mir.

Es ist so dunkel hier drinnen, dass ich gleich noch panischer werde; elektrisches Licht gibt es keines, nur Kerzen brennen. Und es riecht oder ist er das? Allmählich gewöhnen sich meine Augen an das Licht. Das Haus ist komplett verfallen, überall Müll am Boden.

»Wie heißt du?«, fragt er.

»Julia.«

»Willkommen in meinem Palast.« Er lacht.

Es raschelt. Sind das Ratten? Vielleicht ist die Polizei doch die bessere Alternative, aber als ich zum Ausgang will, versperrt er mir den Weg. *Lauf.*

Ich rase durchs Zimmer in den Flur, dort ist es zwar dunkel, doch die Luft ist frischer. Steht da eine Tür oder ein Fenster auf? Der Mann verfolgt mich. Vor mir eine kaputte Tür. Als ich mich dagegen werfe, gibt sie nach. Draußen stolpere ich über irgendwas und lande bäuchlings im Dreck.

Er packt mich am Arm und reißt mich hoch.

Plötzlich eine schnelle Bewegung. Ein dumpfes Geräusch.

Er lässt mich los und geht schwer zu Boden. Hinter ihm steht ein Mädchen mit einer Holzlatte. Sie wirft sie fort.

Ein dürres Mädchen, vielleicht in meinem Alter. Und da taucht noch ein jüngeres auf. Die beiden laufen los, durch einen verwilderten Garten zu einem Loch im Zaun. Der Mann am Boden stöhnt kurz auf. Ich weiß nicht, wovor ich mehr Angst habe: dableiben oder weglaufen.

»Wartet«, rufe ich. »Bitte.«

»Warum?«, fragt das ältere Mädchen.

»Ich weiß nicht wohin. Kannst du mir helfen?«

Sie sieht mich an. »Habe ich doch gerade. Aber das hat mir selbst Spaß gemacht.«

»Bitte.«

Mit einem Seufzer mustert sie mich. »Du hast eine schöne Tasche.«

»Hier. Kannst du haben.« Ich gebe ihr meine Schultasche.

Interessiert kramt sie durch Schulblazer und Bücher. Dann sieht sie mich erneut an. »Erste Nacht draußen?«

»Ja.«

»Bis morgen gibt es nicht viel zu tun, außer abzutauchen. Sperrstunde, was!« Das jüngere Mädchen stupst sie an, deutet auf die reglose Gestalt am Boden. Der Mann blutet am Kopf.

»Falls er wieder zu sich kommt, sollten wir lieber verschwinden«, sagt das ältere Mädchen. »Oder soll ich ihm noch einen Schlag verpassen?«

»Nein! Bloß weg hier.«

AVA

Als das Telefon klingelt, schlafe ich schon, aber ich bin gleich hellwach. »Hallo? Hallo?« Ich bete, dass Sam dran ist und es ihr gut geht.

Es ist Lucas.

»Was ist passiert?«, fragt er. »Ich habe deine Nachricht bekommen und wir sind gleich raus aus der Wohnung. Hast du den Post von Julia gesehen? Sam hat echt ihre Identität preisgegeben!«

»Heute Morgen kamen Lorder in die Schule, um sie zu verhaften, doch sie konnte fliehen. Ich weiß nicht, wie, aber irgendwie hat sie es geschafft. Und später ist dann ihr Post im Netz aufgetaucht. Ihr muss klar geworden sein, dass sie ohnehin wissen, wer sie ist. Wozu also noch verstecken?«

Lucas flucht leise. »Weißt du, wo sie hin ist?«

»Nein. Sie hat zwar einen Haufen Freunde, bloß glaube ich kaum, dass sie die in Schwierigkeiten bringen will.«

»Familie?«

»Ist ja das Gleiche. Woher soll sie auch wissen, ob die nicht aufseiten ihres Vaters sind? Und heute Nachmittag haben die Lorder ihre Freundinnen aus der Schule verhört. Mich auch. Keine Ahnung, ob die mir geglaubt haben, dass ich nichts weiß. Deshalb habe ich dich gewarnt. Wenn sie es mir nicht abgekauft haben, überwachen sie vielleicht die Wohnung.«

»Du hast recht. Im Moment sind wir bei einem Freund untergekommen, nur da können wir nicht bleiben. Ich überleg mir bis morgen was.«

Unser Gespräch dreht sich noch eine Weile im Kreis, bloß gibt es nichts, was wir jetzt für Sam tun können. Sam war noch nie auf sich allein gestellt. Lorder sind das eine, aber es gibt noch so viele andere Gefahren, mit denen sie sich nicht auskennt. Ich habe solche Angst um sie.

SAM

Stolpernd folge ich den Mädchen durchs Zwielicht. Ich bleibe bei dem Namen Julia, das ältere Mädchen heißt Megan, das jüngere Rosie. Laut Megan spricht Rosie aber nicht.

Im Schutz der Schatten schleichen wir über Geheimwege zu einem leer stehenden Haus. Ständig remple ich im Dunkeln irgendwo gegen, schon bald habe ich überall Schnitte und blaue Flecken. Megan faucht mich an, ich soll nicht so einen Krach machen, nur bin ich vor Angst und Kälte besonders ungeschickt. Mir ist zwar zum Heulen, doch irgendwie habe ich den Punkt bereits verpasst. Ich bin erschöpft, hungrig und verängstigt. Seit meiner Entführung als Kind habe ich mich nicht mehr so sehr gefürchtet. Dabei könnte ich jetzt warm und sicher zu Hause sitzen. Was habe ich mir nur dabei gedacht? Warum habe ich mich in diese Lage gebracht? Vor einem verfallenen Haus bleibt Megan stehen. Sie schiebt ein Brett zur Seite und die Mädchen schlüpfen mühelos durch den Spalt im Mauerwerk. Ich passe gerade mit Ach und Krach durch, dabei bleibe ich mit dem Pulli hängen und schürfe mir den Arm auf.

Hinter dem Durchgang ist es dunkel, kalt und feucht. In einer Ecke flackert schwaches Kerzenlicht, und nachdem sich meine Augen an die Dunkelheit gewöhnt haben, sehe ich die anderen. Ein Dutzend Mädchen und Jungen jeden Alters. Megan und ich sind wohl die Ältesten.

Magen schafft mittendrin einen Platz für sich und Rosie und sieht mich an, weil ich immer noch dastehe. Seufzend sagt sie: »Los, versuch, ein wenig zu pennen.«

Als mich was am Bein berührt, zucke ich zusammen. Ein kleiner Junge mit dunklen Augen lächelt mich an. »Mummy?« Ich setze mich neben ihn auf den Boden. Er legt den Kopf in meinen Schoß.

»Der nennt alle Mummy, der Dummkopf«, sagt Megan.

Sonst spricht keiner. Atemgeräusche sind zu hören, leises Schnarchen. Mir wird schlecht von all den Gerüchen. Ein Mädchen steht auf, pinkelt in die Ecke und geht dann zurück an ihren Platz. Der kleine Junge schläft an mich gekuschelt ein, aber ich schaffe es nicht, hier die Augen zu schließen. Jedes Mal, wenn ich ein Geräusch höre, fahre ich zusammen und sehe mich zu dem losen Brett um.

Beim Gedanken an den Mann erschaudere ich. Was wäre wohl passiert, wenn Megan ihm nicht auf den Kopf gehauen hätte? Ich weiß es nicht.

Wenn er nun zu sich gekommen und uns nachgelaufen ist?

Durch den Spalt in der Mauer würde er nie und nimmer passen. Vielleicht kommen die Kinder deshalb her, um sich vor Typen wie ihm zu verstecken.

AVA

Als ich am nächsten Morgen aufwache, bin ich wie benebelt. Ich reiße mich zusammen und stehe auf. In ein paar Stunden findet Dads Trauerfeier statt. Ganz egoistisch wünsche ich mir dabei Sam an meiner Seite, auch wenn ich sie in Sicherheit wissen will.

Nachdem ich geduscht habe, checke ich mein Handy nach neuen Posts von JuliaSagt110. Nichts.

Anfangs bemerke ich die ganzen Likes und Shares auf sämtlichen Plattformen noch nicht. Überall geht es um Sam. Das Mädchen, das alles riskiert, regt offenbar die kollektive Fantasie an. Ihr Post ist der Hype. Ständig werden neue Beiträge hochgeladen: #meinGBbleibt; #JuliaIstUnserMädchen; #Samoderwieduheißt – und alle Hashtags sind mit #Ditte verlinkt. Eine erwartungsvolle Spannung liegt in der Luft, als müsste etwas passieren. Aber was?

Von Lucas kommt die Nachricht, dass er für sich und Nicky einen Unterschlupf gefunden hat, wo er eine Weile bleiben kann. Er will mich möglichst bald anrufen.

Ich gehe zum Frühstück. Auch hier wird über Sam getuschelt.

Die Zahl der Likes, Shares und neuen Posts, die mit Sam und #Ditte verlinkt sind, steigt immer weiter.

Sam hat mehr erreicht, als ich mir je hätte vorstellen können, bloß wo ist sie?

Bitte, bitte, lass es ihr gut gehen.

SAM

Wieder habe ich diesen Traum, wo ich im Dunkeln sitze, aber es hat sich was verändert. Jemand Neues ist da. Mädel, nennt er mich, sagt, er will mir helfen, bloß das will er gar nicht …

»Wach auf.« Jemand schüttelt mich. Und in dem Moment glaube ich, dass ich zu Hause bin und verschlafen habe und mich Mum oder Penny oder wer auch immer weckt.

»Du hast geschrien«, sagt Megan.

»Sorry.«

Megan zuckt mit den Achseln, als wäre es das Normalste der Welt.

Mir tut alles weh. Ich bin steif und durchgefroren. Als ich mich aufsetze, stoße ich mir den Kopf an der Wand und fluche. Sofort entschuldige ich mich wieder.

Megan lacht. »Bei uns darf jeder fluchen, so viel er kann.«

Es ist hell. Im Sonnenlicht, das durch die Mauerrisse dringt, zeigt sich erbarmungslos, wie dieser Ort und seine Bewohner wirklich aussehen: schmutzige, hungrige Kinder und Jugendliche, die sich wärmesuchend in einem dreckigen Loch aneinanderklammern. Dennoch lachen und zanken sie sich wie ganz normale Kinder.

Wenn man sie nach sechs auf der Straße erwischen würde, würde man sie wie Verbrecher einsperren, dabei sind es doch bloß hungrige Kinder, die nicht wissen, wohin. Vielleicht würde es ihnen im Gefängnis sogar besser gehen. Aber vielleicht auch nicht.

Ich möchte nur nach Hause, ein Zuhause, das ich bislang für selbstverständlich gehalten habe. Erst jetzt erkenne ich, was für ein Glück ich hatte.

Für mich gibt es kein Zurück. Der Punkt, an dem Coulson und Dad mir da hätten raushelfen können, ist längst überschritten. Das war spätestens dann vorbei, als ich mich als Julia geoutet habe.

Deshalb habe ich es im Grunde getan: damit ich meine Meinung nicht ändern und reumütig nach Hause zurückkriechen kann.

»Ich weiß nicht, wie es euch geht, aber ich habe Kohldampf«, sagt Megan.

Wie auf ein Zeichen erheben sich nun alle und quetschen sich durch das Loch in der Mauer. Heute Morgen, bei Licht, gelingt es mir ohne weitere Schrammen und Splitter durchzusteigen.

»Worauf habt ihr denn Lust?«, fragt sie. »Englisches Frühstück?« Im Chor rufen alle begeistert Ja. Scheint ein morgendliches Ritual zu sein.

»Wie kommt ihr denn an Essen ran?«, frage ich.

»Wir wissen, wo die Leute ihr Zeug wegwerfen«, antwortet Megan. »Manche geben uns auch so was. Wir nehmen, was wir kriegen können.«

Aus der Hosentasche ziehe ich fast alles Geld, das ich noch habe. Megan macht große Augen.

»Hier. Geht alle irgendwohin ein englisches Frühstück essen. Ich lade euch ein.«

»Brauchst du das Geld denn nicht? Willst du nicht mitkommen?«

Ich schüttle den Kopf. »Ich muss wohin.« Und was immer da passieren wird, Geld wird mir nicht weiterhelfen, das habe ich im Gefühl.

Megan zeigt mir, wie ich zur Hauptstraße komme. Und dann laufe ich los. Unterwegs denke ich pausenlos an Ava.

Es tut mir so leid, dass ich nicht bei dir sein kann.

Ausgerechnet heute sollte sie nicht allein sein.

AVA

Ich bereite mich auf etwas vor, auf das man sich eigentlich gar nicht vorbereiten kann, als mein Handy klingelt.

Unbekannter Anrufer.

In meinem Kopf überschlagen sich die Gedanken. Bitte, lass es Sam sein! »Hallo?«

»Ava? Hallo, hier spricht Penny.«

»Oh. Hi.«

»Heute ist ein schwerer Tag für dich und … es tut mir wirklich leid, aber ich werde bei der Trauerfeier nicht dabei sein können. Ich wäre wirklich gern gekommen.«

Penny klingt aufrichtig besorgt und es rührt mich.

»Danke, Penny. Das verstehe ich.«

»Ich habe dir einen Wagen bestellt, der dich um zehn am Haupttor der Schule abholt.«

»Ich wollte den Bus nehmen, das ist doch nicht nötig.«

»Keine Widerrede, der Wagen ist bestellt. Der Fahrer wartet dann und fährt dich auch wieder zurück. Kann ich sonst noch was für dich tun?«

»Nein, danke schön. Sie haben doch schon so viel für mich getan.«

»Und, Ava? Wir machen uns alle so schreckliche Sorgen um Sam. Du bestimmt auch. Wenn du was von ihr hörst, meldest du dich dann bei mir? Und sag Sam, sie soll zu Hause anrufen. Ihre Mutter ist krank vor Sorge.«

Kurz darauf verabschieden wir uns. Als ich mich wieder meinem Outfit widme, einem schwarzen Rock und einer himmelblauen Bluse, die vielleicht farblich etwas rausssticht, aber meine schönste ist, frage ich mich: Hat Penny wirklich wegen meines Vaters angerufen, oder wollte sie nur herausfinden, ob ich von Sam gehört habe?

SAM

Ein echtes englisches Frühstück ist eigentlich nicht mein Ding, aber seit Megan es erwähnt hat, geht es mir nicht mehr aus dem Kopf. Nachdem ich schon eine gute Stunde gelaufen bin, immer wieder kurze Stopps an Bushaltestellen eingelegt habe, um auf den Stadtplan zu schauen, knurrt mir der Magen wie nie zuvor.

Das Café, für das ich mich entscheide, sieht zwar nicht gerade toll aus, doch es ist voller Studenten. Ich stelle mich in die Schlange, bekomme einen gehäuften Teller, zahle und habe kaum noch Geld übrig. Megan und ihre Freunde brauchten es dringender als ich.

Im Café stehen lange Tische, an denen alle in stiller Eintracht zusammen essen. Hier nimmt keiner Notiz von mir.

So habe ich mich wohl noch nie aufs Essen konzentriert. Ich schlinge, zwinge mich, langsamer zu essen, sonst wird mir noch schlecht. Ich schwelge in Toast, Butter, Spiegelei, Schinken …

Erst ganz allmählich bemerke ich, dass sich Schweigen über das Café senkt. Unbehagen macht sich breit. Als ich aufschaue, dreht sich mir das fettige Essen im Magen um.

Zwei Polizisten. Suchend sehen sie sich im Café um, als hielten sie nach jemandem Ausschau, und sie stehen zwischen mir und dem Ausgang.

Ich mache mich noch ein wenig kleiner. Mir gegenüber sitzt ein großer Junge, der vielleicht den Blick auf mich versperrt.

Dann gehen die Polizisten umher und kontrollieren Ausweise, lesen sie in so ein Handdingsbums ein. Wenn ich sie ignoriere, ignorieren sie mich vielleicht auch? Doch sie kommen näher.

Einer steht nun direkt hinter mir, der andere verbaut mir immer noch den Weg zum Ausgang.

»Wo ist dein Ausweis?«, fragt der Polizist.

»Ich bin achtzehn.«

»Na, ganz bestimmt.«

Als er mich an der Schulter packt, versuche ich, mich loszureißen. Daraufhin greift er mit beiden Händen zu. Zerrt mich durchs Café zur Tür. Mir rutscht die Mütze vom Kopf, jetzt sind meine langen blonden Haare zu sehen.

»Hey, das ist doch Julia!«, sagt jemand. Das verbreitet sich sofort im ganzen Café, alle Augen sind auf uns gerichtet.

»Lassen Sie sie los!«, ruft einer.

»Ja, sofort loslassen!«, brüllt der Nächste.

Und auf einmal stehen alle von ihren Sitzen auf und umringen uns. Die beiden Polizisten und ich sind in der Menge eingekesselt. Von allen Seiten wird an mir gezerrt, ich werde halb erdrückt. Mir ist schlecht, ich habe Angst. Doch der Polizist schiebt mich langsam aus der Tür.

Draußen vor dem Café strömen noch mehr Leute herbei, wo kommen die alle plötzlich her? In der Menge kriege ich kaum noch Luft. Und dann …

Passiert es.

Mein Bauch krampft so heftig, dass ich mich krümme. Und ich übergebe mich schwallartig über den Polizisten. Er lockert seinen Griff.

Das immer weiter wachsende Menschenmeer trägt mich davon. In der Ferne heulen Sirenen.

»Lauft weg, Leute!«, ruft jemand und die Menge zerstreut sich in alle Richtungen.

Ein Mädchen nimmt mich bei der Hand.

»Komm, Julia. Lauf!«

Die Angst verleiht mir einen Energieschub, und ich renne mit einer Handvoll Studenten im Zickzack durch Straßen und Gassen, bis wir an der Hintertür eines Wohnhauses landen. Alle schlüpfen durch die Tür, doch mir fällt plötzlich wieder ein, was letztes Mal passiert ist, als mir ein Fremder bei der Flucht vor der Polizei geholfen hat. Ich weiche ein paar Schritte zurück.

»Schnell, bevor uns jemand sieht! Rein mit dir!« Zwei Jungs, kaum älter als ich, und das Mädchen, das mich bei der Hand genommen hatte, warten hinter mir und halten dabei nervös nach unseren Verfolgern Ausschau.

Diese Leute haben nichts mit dem Typ von gestern gemein. Es sind verängstigte Studenten, die ihr Leben aufs Spiel setzen, um mir zu helfen.

Ich gehe durch die Tür.

AVA

Der Regierungswagen ist wie versprochen um zehn da. Und nun bin ich Penny doch dankbar, dass ich nicht den Bus nehmen und mich sorgen muss, ob die Verbindungen alle klappen und ich rechtzeitig ankomme.

Ich sinke auf den Rücksitz und es geht los.

Während ich aus dem Fenster schaue, spiele ich mit dem Saum meiner Bluse, vielleicht hätte ich doch die schwarze nehmen sollen. Aber wen kümmert es schon, was ich trage? Wenn überhaupt jemand kommt.

Natürlich wünsche ich mir nur einen Menschen an meiner Seite. Sam.

Den restlichen Morgen nehme ich wie durch einen Nebelschleier wahr. Zur Trauerfeier kommen mehr Menschen, als ich gedacht hätte, sogar ein paar Mädchen aus meiner Schule: Chitra, Amelie und ihre Freundinnen, die ich neulich durchs Seitentor geschleust habe. Ein paar von Dads alten Freunden aus seiner Zeit am King's College, doch vor allem viele Taxikollegen.

Dad hat immer gesagt, die wären ein interessanter Haufen. Er war nicht der Einzige mit Doktortitel, der sich seinen Lebensunterhalt mit Taxifahren verdient hat. Aber so sei es schon von jeher gewesen – Kauze und Sonderlinge, Philosophen und Philologen, die behaupteten, jede Straße in London zu kennen und jede computergestützte Hilfe verachten. Und bald erfahre ich auch, dass nur ein paar von ihnen meinen Vater persönlich kannten, die anderen sind da, um einen Kollegen zu verabschieden.

Penny hat den Trauerredner ausgesucht. Nennt man den überhaupt so? Dad war Atheist, und ich bin es wohl auch, das war so ziemlich die einzige Vorgabe, die ich Penny gemacht hatte. Der Redner spricht über Dads Leben. Und wie stolz er auf mich war. Doch die Frau, die er über alles geliebt hat und von der alle geglaubt haben, dass sie ihn verlassen hätte, wird mit keiner Silbe erwähnt.

Ich blicke dem Sarg nach, wie er ruckelnd hinter einem Vorhang verschwindet. Dahinter muss der Verbrennungsofen sein.

Leb wohl, Daddy.

Schmerz schnürt mir die Kehle zu. Mir ist schwindelig, ich kann das alles nicht begreifen.

Fort. Er ist wirklich fort.

Mir hilft jemand auf, ein netter Taxifahrer mit Cockney-Akzent, der auch schon mal Weihnachten mit einer Flasche Whiskey vorbeigekommen ist.

Er geleitet mich zur Tür, wo ich allen Leuten die Hand schüttle, um mich für ihr Kommen zu bedanken. Dann kann ich endlich gehen.

Draußen sauge ich gierig die frische Luft ein, als mein Wagen vorfährt.

Bevor die Trauerfeier begann, habe ich mich jedes Mal umgedreht, wenn die Tür aufging, weil ich auf Sam gewartet habe.

Doch nun wird mir klar, dass ich wohl nicht die Einzige war, die das getan hat. Etwas abseits steht ein Mann, dessen Gesicht mir vage bekannt vorkommt. Er war einer der Lorder, die mich und Sams Freundinnen verhört haben.

Als er meinen Blick bemerkt, nickt er mir zu. Ich steige schnell in den Wagen.

SAM

Die Studenten drängen sich dicht hinter mir durch die Tür und verriegeln sie dann. Keuchend stehen wir im Flur. Mit den anderen, die vor uns hergelaufen sind, sind es vier Jungs, zwei Mädchen und ich.

Eines der beiden Mädchen linst durch die Lamellen der Jalousie. »Glück gehabt. Die Bullen kommen gerade erst um die Ecke. Ich glaube nicht, dass sie gesehen haben, wo wir rein sind.«

Dann reden alle auf einmal los, während ich noch völlig benommen von den Ereignissen bin.

»Was jetzt?«

»Verstecken?«

»Nein! Die werden hier alles absuchen.«

»Dann schnell vorne raus. Bis die da sind, dauert es eine Weile.«

»Aber nicht besonders lange!«

»Also Beeilung.«

Man schiebt mich durch den Flur, ein Mädchen eilt voraus, rennt die Treppe hoch und kommt sogleich mit ein paar Klamotten in der Hand zurück. Mir ist total schwindelig, wohl weil ich kaum geschlafen und mich dann auch noch übergeben habe. In meinem Zustand kann ich nicht mehr beurteilen, was richtig ist, ich mache einfach mit, denn die Studenten sind ja auf meiner Seite, haben mir immerhin geholfen zu fliehen.

»Zieh den aus«, sagt das Mädchen. Meinen Pulli? Als ich an mir herunterblicke, sehe ich, dass er vollgespuckt ist.

Hastig zerrt sie ihn mir über den Kopf und zieht mir im Gehen was Blaues über. In der Hand hat sie eine Wollmütze, die sie mir aufsetzt, um meine Haare darunter zu verstecken.

»Der alte Pullover muss auch mit«, sagt sie. »Den schmeißen wir unterwegs weg.« Einer der anderen stopft ihn in eine Tüte.

Am Ende des Flurs geht es ein paar Stufen hinunter zur Haustür. Das Mädchen, das hier den Ton angibt, bleibt mit der Hand an der Klinke stehen.

»Lasst euch nichts anmerken, nicht alle auf einmal. Schön langsam«, sagt sie.

Als sie die Tür öffnet, blicken wir auf eine belebte Straße mit Geschäften und Cafés. Unsere Straßenseite ist von Studentenunterkünften gesäumt, ein Haus am anderen.

Einer der Jungs hakt sich energisch bei mir unter, als fürchtete er, ich würde es nicht heil über die Straße schaffen.

Sirenen sind zu hören, ihr Geheul kommt näher, aber wir laufen im gemächlichen Tempo weiter. Durch einen Torbogen verschwinden wir in einer Einkaufspassage, laufen an den Shops ein wenig schneller vorbei. Am Ende der Passage treten wir hinaus in eine Gasse, die zu einem Markt führt. Wir drängen uns durch die Reihen mit den vollgepackten Ständen und verlassen den Markt auf der anderen Seite wieder.

Und so bewegen wir uns weiter fort, laufen im Zickzack von einer Straße zur nächsten, durch Gassen und Hintereingänge, und lassen die Sirenen hinter uns. Die Studenten kennen sich hier gut aus, landen nie in einer Sackgasse. Wie lange ich noch durchhalte, weiß ich nicht, ich muss mich mehr und mehr auf den untergehakten Arm des Jungen verlassen. Schließlich bleibt er stehen, legt mir den Arm um die Taille und stützt mich noch mehr.

Zwischen den Mädchen und Jungs, die vor uns laufen, entspinnt sich eine kleine Diskussion, wie es weitergehen soll. Es wird telefoniert.

Ein Park. Wir sind in einem Park angekommen. Während wir offenbar auf einen Anruf warten, lasse ich mich auf einer Bank nieder. Kurz darauf klingelt ein Handy und wir brechen zum anderen Ausgang auf.

Ein Wagen fährt vor. Die Türen werden geöffnet und wir steigen ein.

AVA

Als ich zur Schule zurückkehre, wartet Mrs Morgan schon vorm Internat auf mich.

»Wie geht es dir, Ava?«

»Nicht gut, also doch, ganz okay.« Ich schüttle den Kopf. Was soll ich sagen? Wie werde ich sie am besten los?

Mrs Morgan will einen Tee kochen, damit wir reden können. Bestimmt gehört das zu ihren Aufgaben als Hausmutter, denn als ich sage, dass ich Zeit für mich brauche, scheint sie erleichtert.

Danach rase ich die Treppen hinauf und verschanze mich in meinem Zimmer.

Wie gerne hätte ich Sam heute an meiner Seite gehabt. Und wie froh bin ich, dass sie nicht gekommen ist. Hat der Lorder wirklich geglaubt, sie würde auftauchen?

Während der Trauerfeier habe ich mich nicht getraut, vor all den Leuten mein Handy rauszunehmen, auch nicht im Regierungswagen, wer weiß, vielleicht gibt es da versteckte Kameras. Endlich kann ich es hervorziehen. Ich checke schnell, ob es neue Posts von JuliaSagt110 gibt. Aber nichts.

Seufzend lasse ich mich aufs Bett fallen. Dann schaue ich, ob es sonst noch was Neues oder Interessantes mit Hashtag Sam oder DITTE gibt und … seitenweise Posts. Mit klopfendem Herzen setze ich mich auf und gehe sie hektisch durch. Es gibt einen richtigen Hype. Sie wurde echt gesehen?

Manche Leute haben sogar Bilder gepostet, die meisten sind zwar verschwommen, trotzdem bin ich sicher, dass es Sam ist. Wenigstens geht es ihr gut, zumindest als die Fotos gemacht und die Clips gedreht wurden. Offenbar war das zur gleichen Zeit wie Dads Trauerfeier. Sie hat sich übergeben … hoffentlich fehlt ihr nichts! Aber schon cool, wie sie den Polizisten losgeworden ist. Dann hat die Menge sie davongetragen.

Den Posts entnehme ich, dass die Polizei bei einer Ausweiskontrolle ganz zufällig auf Sam gestoßen ist. Die Beamten wussten gar nicht, wer sie ist, sahen nur eine Minderjährige ohne Ausweis. Inzwischen wissen sie garantiert, wer ihnen da durch die Lappen gegangen ist. Was geschieht mit denen, die Sam bei der Flucht geholfen haben? Ob man die Leute mithilfe der Fotos ermitteln kann? Und dann erst geht mir auf, dass die Fotos wahrscheinlich mit Absicht unscharf gemacht wurden, bevor man sie hochgeladen hat.

Sam hatte Glück, dass die Polizisten nur zu zweit waren und sich keine Verstärkung in der Nähe befand. Und dass keine Lorder involviert waren. Im Gegensatz zu den Bobbies haben die nämlich nicht nur Schlagstöcke, sondern auch Schusswaffen dabei.

Doch wo ist Sam jetzt?

SAM

Toast und Butter, die beste kulinarische Kombi aller Zeiten. Ich esse ganz langsam und konzentriert, lecke mir die Butter von den Fingern. Köstlich.

Allerdings werde ich wohl nie wieder ein englisches Frühstück zu mir nehmen. Schon allein bei dem Gedanken wird mir schlecht.

»Willst du noch 'n Toast?«, fragt der Typ, der uns abgeholt und mit zu sich in die Wohnung genommen hat. Nasir. So heißt er, glaube ich.

»Wollen schon, aber ich habe Angst, dass mir wieder schlecht wird. Also lieber nicht.«

»Kein Ding.«

Nach dem Toast fühlt sich mein Kopf gleich viel klarer an. Ich schaue auf zu den vier Jungs und den zwei Mädchen, die mich gerettet haben.

Irgendwie starren sie mich so seltsam an, als wäre ich nicht von dieser Welt.

»Ich kapier nicht so ganz, was da passiert ist. Die Leute haben mich Julia gerufen und mich vor der Polizei gerettet. War natürlich super. Hoffentlich bekommt keiner deshalb Ärger. Aber wie haben die mich erkannt, woher wissen sie, wer ich bin?«

»Du bist berühmt«, sagt Daisha. Ihren Namen weiß ich noch, sie hat unsere Flucht organisiert. Und mit berühmt meint sie wahrscheinlich nicht, dass sie mich als Tochter des stellvertretenden Premiers kennt.

»Wie, berühmt?«

»Du bist überall im Netz. Hier, ich zeig's dir.« Sie zieht ihr Handy aus der Tasche und sucht meinen letzten Post, bei dem ich mich als Sam Gregory geoutet habe. Als sie auf die Zahl darunter zeigt, traue ich meinen Augen nicht. Wie bitte?

Millionen Menschen – und das ist keine Übertreibung – haben meinen Post geliked und geteilt? Das will mir nicht in den Kopf.

»Kann nicht sein«, sage ich schließlich.

»Doch. Und das ist noch nicht alles.« Daisha zeigt mir ein paar der Kommentare und Hashtags, die mit mir verlinkt sind, und die Rufe nach Veränderung, alle mit #JuliaSagt110 und #DITTE. Ich fasse es nicht. Träume ich?

Im Netz kursieren auch die unterschiedlichsten Fotos und Videos, die direkt nach meinem unterbrochenen Frühstück im Café aufgenommen wurden. Wie mich der Polizist durchs Café schleift und mir die Leute zu Hilfe eilen, dann das Handgemenge mit dem Polizisten, das damit endet, dass ich ihm auf die Klamotten kotze.

Oh Mann. Bei den Bildern wird mir gleich wieder schlecht.

»Ich danke euch. Für alles. Ohne euch hätte ich es nie im Leben geschafft.«

»Das haben wir gerne gemacht«, sagt Nasir.

»Kann ich eine Nachricht schicken?«

»Klar«, antwortet Daisha und reicht mir ihr Handy. Ich logge mich als Julia ein und sende Lucas alias Romeo eine private Nachricht: *Ich bin sicher bei neuen Freunden. Wir müssen reden. Wann/wo?* Dann überlege ich kurz, ob ich Ava auch schreiben kann. Soll ich? Ich möchte sie so gerne sehen, mit ihr reden, sie wissen lassen, dass es mir gut geht. Aber vor allem möchte ich sie von dem hier fernhalten. Damit sie nicht in Gefahr gerät.

Deshalb schreibe ich stattdessen Lucas noch eine Nachricht: *Sag Ava, dass ich ok bin.*

»Und wie geht's jetzt weiter?«, fragt Nasir.

Als ich mich umschaue, sehe ich es – spüre es. Sie blicken zu mir auf, als hätte ich alle Antworten und einen Plan. Mir dreht sich der Magen um.

»Sam?«, sagt Daisha. »Du hast was ins Rollen gebracht, die Leute wachgerüttelt. Sie zusammengebracht. Es könnte was ganz Großes draus werden.« Als Daisha mir in die Augen sieht, möchte ich am liebsten vor ihr und ihren Erwartungen davonlaufen.

Was kann ein Mädchen allein schon groß ausrichten?

Doch vielleicht, vielleicht geht es auch genau darum.

Ich schlucke. »Ich bin doch bloß ein Mädchen. Aber du hast recht. Wenn ich allein schon so einen Wirbel auslöse, erreichen wir zusammen noch viel mehr. Und ich meine nicht nur uns hier, sondern alle, die die Posts teilen und selbst welche schreiben. So viele Menschen kann die Regierung nicht ignorieren.«

Daisha lächelt. »Jetzt oder nie.«

»Ja. Vielleicht haben wir nur diese eine Chance, bevor sie uns schnappen. Lasst uns was auf die Beine stellen, was richtig Aufsehen erregt. Aber alle gemeinsam, hier in London und im ganzen Land.«

»Was stellst du dir vor?«, fragt Nasir.

Mir fällt ziemlich schnell wieder der Tag ein, an dem für mich alles begann. Da bin ich zum ersten Mal für meine Überzeugung eingetreten und ich war nicht allein, Hand in Hand haben wir für den Frieden demonstriert. Und für Kenzi, den Jungen, der irrtümlich von der Polizei erschossen wurde. Noch nie habe ich mich so vielen Menschen verbunden gefühlt und dieses Gefühl werde ich nie vergessen.

Eine einfache Menschenkette ist viel zu verwundbar. Wir müssen mehr Leute zusammentrommeln, um ganz viele Ketten zu bilden. Koordinierte Aktionen in London und überall in GB.

Ich sammle mich. Will ihnen gerade meinen Plan unterbreiten, als es klingelt. Alle schrecken zusammen.

»Es ist die Gegensprechanlage«, sagt Nasir. »Jemand ist an der Tür.«

»Erwartest du jemanden?«, fragt Daisha.

»Nein.« Nasir steht auf und linst durch die Gardinen. »Da unten steht jemand. Ein Typ, unser Alter. Ich kenne ihn nicht.«

Wieder klingelt es.

»Wollen wir einfach warten, bis er von selbst verschwindet?«, fragt Nasir. Im selben Moment brummt sein Handy. »Ich habe eine Nachricht«, sagt er. »Von einem User mit dem Namen *FreiheitSagt110*. Er bittet uns, ihn reinzulassen.«

Eine eilige Suche im Netz ergibt, dass *FreiheitSagt110* als einer der Ersten und Eifrigsten mit #DITTE gepostet hat.

»Lasst ihn rein«, meint Daisha. »Er hat von Anfang an dazugehört.«

»Wenn er es denn wirklich ist«, sage ich.

»Wie könnte er sonst von dem Account posten?«, fragt sie.

»Nur was will er hier?«, wundere ich mich.

»Lasst ihn rein und fragt ihn«, antwortet Daisha.

Am Ende einigen wir uns darauf, die Tür zu öffnen, aber die anderen bestehen darauf, dass ich außer Sicht bleibe.

Nasir drückt den Summer. Ich stehe hinter der Küchentür und lausche. Kurz darauf klopft es und die Wohnungstür wird geöffnet.

»Du wunderst dich bestimmt, was ich hier mache.« Die Stimme kenne ich nicht.

»Kann man wohl sagen.« Nasir.

»Wir versuchen, Julia ausfindig zu machen. Man hat sie mit deiner Schwester Daisha weglaufen sehen. Dachte, vielleicht sind sie bei dir.«

»Wer ist wir?«, fragt Daisha.

»Die Gründer von DITTE. Lucas, ich und noch ein paar.«

»Da hast du richtig gedacht.« Die Neugier siegt und ich komme hinter der Tür hervor.

Vor mir steht ein vielleicht Achtzehnjähriger. Er hat dunkles, glattes Haar, weit auseinanderstehende Augen und blasse Haut. Wenn man ihn einmal gesehen hat, vergisst man ihn nicht so leicht, deshalb weiß ich, dass ich ihn noch nie gesehen habe.

Er grinst. »Da bist du ja! Julia, Samantha, Sam. Endlich lernen wir uns mal kennen. Ich habe schon viel von dir gehört.«

»Und wer bist du?«

Er lacht. »Sorry. Ich bin Juro, ein Freund von Lucas.« Und ich erinnere mich, dass Lucas ihn mal erwähnt hat. »Ich bin mit seiner Schwester Molly zusammen.« Plötzlich steht ihm eine stumme Wut im Gesicht. Molly wurde zusammen mit ihrem Vater verhaftet.

»Hast du was von Molly gehört? Geht es ihr gut?«

»Nichts, gar nichts. Am besten ist Molly und ihren Eltern geholfen, wenn wir dieser Regierung den Garaus machen. Aber erst mal müssen wir dich hier rausbringen. Wenn es uns gelungen ist, dich zu finden, wird es die Polizei früher oder später auch schaffen.«

Nasir und Daisha tauschen erschrockene Blicke.

»Tut mir so leid«, sage ich zu ihnen.

»Ist doch nicht deine Schuld«, meint Daisha. »Aber er hat recht. Wir müssen alle verschwinden.«

»Um die Ecke steht mein Transporter«, sagt Juro. »Lass uns los.«

»Moment«, sage ich. »Woher wissen wir, dass du wirklich Juro bist?«

»Lucas hat sich das schon gedacht.« Er nimmt sein Handy aus der Tasche und zeigt mir, was sie sich geschrieben haben. Als Letztes hat Lucas ein Foto von sich, Juro und Molly geschickt.

»Okay«, sage ich. »Dann mal los.«

AVA

Ich kann nicht atmen, nicht stillsitzen. In die Angst mischt sich Hoffnung. Ist Sam noch frei? Geht es ihr gut?

Die Likes und Shares steigen im Sekundentakt an.

In den sozialen Netzwerken lieben die Leute Sam, obwohl sie sie doch gar nicht kennen, nicht die wahre Sam, die so witzig und lebhaft sein kann. Aber auch traurig; und dann hat sie auch noch das Zeug zu einer Künstlerin, traut sich bloß nicht. Mir laufen Schauder über den Rücken, als ich daran denke, was sie mir dazu gesagt hat: Ich sehe mich immer nur im Jetzt, nie in der Zukunft.

Als ich von Lucas eine Nachricht bekomme, bleibt mir fast das Herz stehen.

Ihr geht's gut! Sie ist auf dem Weg zu mir.

Und zum ersten Mal an diesem langen, traurigen und verwirrenden Tag kann ich weinen.

SAM

Als Juro die Haustür aufschließt, stehen da Lucas und sein kleiner Bruder Nicky.

Lucas grinst. »Da bist du ja endlich! Erinnerst du dich noch an Nicky?«

»Klar. Hi, Nicky. Und das ist Daisha.« Juro hat die anderen zu einem Freund gebracht, weil er meinte, bei ihm sei nicht genug Platz für alle, aber Daisha wollte ich unbedingt dabeihaben. Auch wenn ich sie gerade erst kennenglernt habe, traue ich ihr und ihrem Urteilsvermögen. Und das wird bei unserem Gespräch heute Abend wichtig sein.

»Komm, Nicky«, sagt Juro. »Lass die beiden mal einen Moment allein.« Er, Nicky und Daisha verlassen das Zimmer. Wenn man sich Romeo und Julia nennt, erwarten die Leute wohl, dass man auch mal allein sein möchte.

Lucas nimmt mich bei den Händen. Er sieht mich an, als wollte er mir von den Augen ablesen, was ich in den letzten Tagen durchgemacht habe. Dann umarmt er mich und ich erwidere den festen Druck seiner Arme.

»Ich habe mir solche Sorgen um dich gemacht«, sagt er. »Ava hat mir erzählt, was bei euch in der Schule passiert ist. Wie bist du entkommen?«

»Lange Geschichte, aber ich war eigentlich auf dem Weg zu Avas alter Wohnung.« Ich habe Mrs Jenson versprechen müssen, keiner Menschenseele von ihr zu erzählen, deshalb lasse ich die Details weg.

»Sobald du auf der Flucht warst, hat Ava uns alarmiert, die Wohnung zu räumen, deshalb sind wir hierhergekommen. Ava wurde in der Schule von den Lordern verhört. Die haben mit vielen deiner Freundinnen gesprochen.«

Überrascht sehe ich ihn an. »Oh, nein. Arme Ava. Und die anderen auch?« Ich schüttle den Kopf. »Außer Ava wusste aber keiner was. Echt ätzend, dass die sich meine Freundinnen vorknöpfen. Damit hätte ich nie gerechnet.«

»Kannst du doch nichts dafür. Es liegt an dieser Regierung, diesen Agenten. Wo bist du überhaupt gewesen?«

»Waren nicht gerade die besten Tage meines Lebens. Aber mir geht's gut.«

»Okay, Mystery Girl. Wie du willst, behalt deine Geheimnisse ruhig für dich. Und ich habe gehört, dass du die Londoner Polizei heute Morgen vollgekotzt hast. Habe sogar Bilder davon im Netz gesehen. Alle Achtung!«

»Ja, das war voll die Strategie.«

»Klar. Muss ich jetzt Angst haben? Sollte ich dir lieber nicht zu nahe kommen?«

»Nur wenn du mir vorher ein Frühstück ausgibst.«

Er lächelt. »Vorher müssen wir noch kurz die Welt retten. Das mit dem Frühstück sparen wir uns für ein anderes Mal auf.« Als ich kapiere, was er damit andeuten will, nämlich was in der Nacht vor dem Frühstück passiert, schießt mir das Blut in die Wangen. Bevor ich noch überlegen kann, wie ich darauf reagieren soll, hat er sein Handy rausgeholt. »Ich will dir noch was zeigen.« Lucas geht auf sein Account RomeoSagt110. Dort ist ein Foto von ihm und sein richtiger Name.

»Lucas! War das denn nötig?«

»Fühlt sich einfach gut an, ich selbst zu sein. Außerdem suchen die ohnehin schon nach mir, da spielt es auch keine Rolle mehr. So, nun müssen wir aber dringend unsere Strategie besprechen.« Er klopft an die Zwischentür zum Nachbarzimmer.

Wir setzen uns zu viert zusammen: Lucas, Juro, Daisha und ich.

»Es ist Zeit für den nächsten Schritt«, sagt Lucas. »Wir müssen uns erheben, alle gemeinsam. Solange DITTE dank Sam so viel Aufmerksamkeit bekommt.«

»Einen besseren Moment gibt es nicht«, sagt auch Daisha.

»Aber wie soll unsere Aktion aussehen?«, fragt Juro.

»Ich habe eine Idee«, werfe ich ein.

»Erzähl mal«, meint Lucas.

»Die Demo für Kenzi war toll, wie sich alle an der Hand gehalten haben. Bloß eine einfache Menschenkette lässt sich zu leicht auseinanderreißen, von der Bereitschaftspolizei oder sonst wem. Wir brauchen was, das sich länger durchhalten lässt und möglichst viel Aufmerksamkeit auf sich zieht. Wie wäre es mit Sit-ins auf Regierungsgelände, und zwar überall im Land gleichzeitig?«

»Im Sitzen kann man uns doch auch ohne Weiteres wegzerren«, sagt Daisha. »Dauert bloß länger, wenn mehr Leute involviert sind.«

»Nicht, wenn wir ein Gitter bilden«, sagt Juro.

»Wie geht das denn?«, fragt Lucas.

»Alle haken sich in Reihen rechts und links unter und schlingen zusätzlich die Beine um den Vordermann.«

»Lasst uns das mal versuchen.«

Wir setzen uns in zwei Reihen auf den Boden, Juro und Daisha vorne, Lucas und ich hinter sie und klemmen ihnen die Beine um die Hüfte.

»Wenn wir viele Reihen haben, so viele wie möglich, kann man uns schwer auseinanderreißen«, sagt Lucas, während er mir aufhilft.

»Es wäre sogar noch besser, wenn am Rand alle mit den Füßen nach außen sitzen, also Rücken an Rücken zur Reihe dahinter«, sagt Juro.

»Bekommen wir denn genügend Leute zusammen?«, frage ich.

»Wenn man sich den Hype im Netz anschaut, schon!«, sagt Daisha.

Juro hat sich Stift und Notizbuch geschnappt. »Lasst uns mal eine Liste mit Leuten machen, die den Protest in den verschiedenen Städten organisieren könnten. Dann eine Liste mit Regierungsanlagen, die für ein Sit-in infrage kommen. Angefangen mit den wichtigsten. Die jeweiligen Hauptorganisatoren müssten dann ihre Kontakte in der Stadt nutzen, um ihre Leute zu mobilisieren.«

»Wow. Wie lange dauert es, das zu organisieren?«, frage ich.

»Ist wie für 'ne Prüfung lernen«, antwortet Daisha. »Wenn du Wochen hast, brauchst du Wochen. Wenn die Prüfung morgen ist, schaffst du's auch irgendwie, dich für morgen vorzubereiten.«

Wir tauschen Blicke.

»Können wir das echt alles bis morgen hinkriegen?«, fragt Lucas. »Ist das nicht ein bisschen verrückt?«

»Wo bleibt deine Abenteuerlust?« Juro lacht. »Wir sind gerade so gut in Schwung. Und je schneller wir handeln, desto geringer die Chance, dass sie uns vorher schnappen.«

»Woher wissen wir, wem wir trauen können?«, frage ich. »Vielleicht sind ja ein paar User, die mit #DITTE posten, auch Agenten der Regierung, die uns bloß ausspionieren wollen.«

»Keiner darf mitmachen, der nicht von jemandem vorgeschlagen wird, den wir bereits kennen. Was hältst du davon?«, fragt Lucas. Doch so richtig beruhigt bin ich noch immer nicht. A kennt B, B kennt C, C kennt D, aber wenn man bei Z angekommen ist, kennt doch keiner keinen mehr, oder?

»Im Grunde reicht eine Fehleinschätzung und schon geht die ganze Sache schief«, sage ich.

»Vertrau mir«, sagt Lucas. »Einen Regierungsagenten erkennen wir auf zehn Meter Entfernung, außer die rekrutieren jetzt auch schon Jugendliche.«

»Du hast recht, wir müssen vorsichtig sein, aber dann schließen wir auch eine Menge Leute aus«, meint Daisha. »Mich zum Beispiel, wenn ich nicht zufällig heute Morgen im gleichen Café wie Sam gefrühstückt hätte. Wie wär's, wenn wir die Aktion erst kurz vorher posten, sodass alle, die mitmachen oder uns anfeuern wollen, dazustoßen können?«

»Super Idee«, sagt Lucas. »Und die Posts können wir ja schon vorbereiten.«

»Wir sollten auch Bilder und Videos von der Aktion verbreiten. Ein paar von uns sollten sich unter die Leute mischen und filmen«, sage ich.

»Noch besser wäre, auf allen Netzwerken live zu streamen«, meint Lucas.

»Um wie viel Uhr?«, fragt Daisha.

»Sechs fände ich gut«, antworte ich. »Zur ersten Sperrstunde.«

»Als Ort steht in London ganz klar Westminster oben auf der Liste«, sagt Juro. »Wir vier sollten dort sein.«

»Als ich das letzte Mal Bilder von Westminster gesehen habe, sprangen da eine Menge bewaffneter Wächter herum«, meint Daisha.

»Das stimmt«, sage ich. »Ich habe sie selbst gesehen.«

»Aber da sind auch Massen von Touristen. Die ballern doch nicht vor Publikum auf eine Handvoll Jugendlicher, die im Gras sitzen. Das könnt ihr mir glauben«, entgegnet Juro.

Mir ist unwohl, ich denke daran, was Ava über meinen Vater gesagt hat. Westminster wäre eine direkte Kampfansage an ihn. Es ist sein Territorium. Doch wir können Westminster ja schlecht aussparen!

»Also, seid ihr alle für ein landesweites Sit-in morgen um sechs?«, fragt Juro.

Ich schiebe meine Bedenken beiseite. Wie Daisha gesagt hat, jetzt oder nie. Wir haben buchstäblich Millionen hinter uns. Erst grinsen wir uns an, dann brechen wir in aufgeregtes Gelächter aus.

Als Nächstes schreibt Juro jedem von uns eine To-do-Liste.

Während die anderen eine Liste mit allen vertrauenswürdigen Kontakten aufstellen, soll ich den Leuten von unserer Aktion schreiben und sie um Unterstützung bitten. Wenn der Aufruf von mir kommt, werden die Leute eher bereit sein mitzumachen, glauben die anderen zumindest.

Doch als Erstes lade ich einen öffentlichen Post als JuliaSagt110 hoch:

Ich danke allen für ihre Liebe und Unterstützung! Ich bin bei Freunden in Sicherheit #GBrocktnurnichtdieRegierung #alleswird-anders #DITTE #bisbald …?

Wenn wir schaffen, dass sich alles ändert, nehme ich den Stress der letzten – und nächsten – Tage gern in Kauf. Ich bin wie im Rausch, als hätte ich Drogen genommen. Der Kopf ganz leicht, die Angst verschwunden. Arme und Beine pulsieren bis in die Finger- und Zehenspitzen. Aufregung. Stolz, dabei zu sein.

Und Hoffnung.

AVA

Immer wieder lese ich Sams Julia-Post.

Die planen doch was! Nur was?

Ich habe schreckliche Angst um Sam, bin aber auch voller Hoffnung, dass sie und die anderen etwas erreichen können. In mir toben all diese widersprüchlichen Gefühle. Aber vor allem macht mich die Ungewissheit fertig. Was haben sie nur vor?

Meine Freundschaftsanfrage von *AristotelesSagt110* hat sie nicht akzeptiert. Entweder hat sie sie noch nicht gelesen oder weiß nicht, dass ich das bin.

Ich seufze. Ich kann nicht tatenlos rumsitzen und auf Nachrichten warten, die nicht kommen. Ich muss mal raus, frische Luft tanken. Zeit für einen Spaziergang.

Nachdem ich das Schultor hinter mir gelassen habe, lege ich einen Zahn zu, ohne ein besonderes Ziel zu haben. Muss nur ein wenig auf den Weg achten, damit ich mich nicht verlaufe.

Es ist warm. Schwere, dunkle Wolken hängen am blauen Himmel. Wie im Spätsommer kurz vor einem Gewitter, dabei passt es gar nicht zur Jahreszeit.

Hinter mir erklingen Schritte, aber ich bin so in Gedanken versunken, dass ich sie erst wahrnehme, als sie näher kommen.

Als ich an der Ecke stehen bleibe, um mich umzudrehen, stockt mir der Atem. Es ist der Lorder, den ich im Büro der Konrektorin und auch auf Dads Trauerfeier gesehen habe. Den Mann erkenne ich, auch wenn er Jeans und ein Hemd trägt. Ist wohl undercover unterwegs. Folgt er mir?

Ich warte, bis er mich eingeholt hat. Er ist jung, Anfang zwanzig vielleicht. Bei der Befragung hat er sich im Hintergrund gehalten und nur zugehört.

»Hallo, Ava«, sagt er.

»Folgen Sie mir?« Fragend sehe ich ihn an und er grinst.

»Ja. Am Anfang bin ich dir noch mit Abstand gefolgt, doch langsam werde ich müde. Und ich habe den Eindruck, dass du gar kein Ziel hast, weil du immer wieder umkehrst.«

»Das nennt sich Sport.«

»Verstehe.«

»Wollen Sie was Bestimmtes von mir?« Und im selben Augenblick frage ich mich, ob ich den Bogen überspanne. Nachher wird er noch sauer und ich bekomme Ärger. Aber ihn scheint das eher zu amüsieren.

»Mich würde interessieren, ob du was von Samantha Gregory weißt?«

»Nur das, was im Netz steht«, antworte ich.

»Ich habe den Eindruck, dass ihr Freundinnen seid, richtige Freundinnen. Wenn dir Sam am Herzen liegt, sag ihr, sie soll mich anrufen. Damit wir ihr helfen können, bevor es zu spät ist.« Er holt eine Visitenkarte aus der Hosentasche, gibt sie mir und verschwindet.

Auf der Karte steht Agent Coulson. Mir kommt der Name irgendwie bekannt vor. Ist das nicht der Agent, der Sam auf der Demo gerettet hat?

Erst jetzt, nachdem er weg ist, reagiert mein Körper. Ich zittere. Muss ich nun ständig fürchten, dass man mir auf Schritt und Tritt folgt?

Oder wollte Coulson mir wirklich nur seine Karte geben und lässt mich in Zukunft in Ruhe?

Ich gehe zurück ins Internat.

SAM

Während Lucas nach Nicky sieht, lege ich mal eine Pause ein. Bestimmt habe ich schon an die tausend Nachrichten von unseren 110er-Accounts verschickt.

Ich überfliege die Rückmeldungen und die Posts, in denen ich getaggt wurde.

Eine Freundschaftsanfrage von jemandem mit dem Namen AristotelesSagt110.

Das muss Ava sein! Als ich mir ihr Profil anschaue, steht da bloß »384BC«. Das war der zweite Teil ihres Türcodes, also muss sie es sein.

Nachdem ich die Freundschaftsanfrage bestätigt habe, ploppen zwei Nachrichten von ihr rein.

Die erste stammt von gestern: *Muss mit dir reden. Bist du ok?*

Und die andere von heute: *Habt ihr was geplant? Ich will dabei sein.*

Wie gerne möchte ich Ava sehen, mit ihr reden. Heute Morgen fand die Trauerfeier von ihrem Vater statt. Doch durch die Sache mit der Polizei und der Flucht war ich in Gedanken nicht so bei ihr, wie ich es hätte sein sollen. Und Ava möchte mitmachen? Kommt nicht infrage. Das will ich nicht.

Ich antworte ihr: *Tut mir so leid, dass ich heute Morgen nicht dabei sein konnte. Hoffentlich war es okay. Aber ich will nicht, dass du dich in Gefahr bringst. Halte dich fürs Erste fern von allem und von mir. Ich möchte dich auch sehen, aber lass uns danach reden.*

Lucas kommt zurück. »Juro meint, wir sollten heute an verschiedenen Orten übernachten und morgen auch getrennt kommen. Nur für den Fall, dass einem von uns was zustößt.«

»Klingt plausibel.«

»Nicky und ich werden zu einer Freundin der Familie gehen. Die wohnt nicht weit von Westminster entfernt, da kann Nicky während der Aktion auch bleiben. Wir müssen gleich los, vor der Sperrstunde noch. Aber ich möchte dir erst noch was zeigen.« Er hält mir die Hand hin. »Kommst du mit?«

Am Ende des Flurs steigen wir eine schmale Treppe hinauf, eine Art bessere Leiter, und zwängen uns durch eine Luke. Überraschung, eine Dachterrasse! Ein kleiner Garten aus Topfpflanzen, eine Bank mit Kissen und ein Blick über London, der zwar von anderen Wohnhäusern versperrt wird, aber trotzdem unbeschreiblich ist.

Dunkle Wolken hängen tief am Himmel, dazwischen bricht stellenweise die Sonne durch und taucht alles in gespenstisches Licht. Zum ersten Mal seit Langem habe ich wieder Lust zu malen.

Wir setzen uns, und Lucas greift in die Tasche, die er über dem Arm trägt. Er holt eine Flasche Champagner heraus.

Ich lache. »Ist es nicht ein bisschen früh, um zu feiern?«

Er zuckt die Achseln. »Vielleicht. Aber so haben wir uns kennengelernt«, sagt er. Er entfernt die Folie vom Korken, zwirbelt den Draht auf und zieht das Metallgestell ab.

»Beim Wohltätigkeitsdinner.«

»Und beim Champagner.« Er hält die Flasche fest und dreht den Korken, bis es laut ploppt und der Korken in die Luft fliegt.

Ich verziehe das Gesicht, ich erinnere mich gut. »Und dann die Kopfschmerzen.«

»Einen kleinen Schluck verkraftest du schon. Sorry, ich habe keine Gläser. Ladies first?« Er reicht mir die Flasche und ich proste ihm zu.

Der Champagner sprudelt, als ich trinke, und ich muss lachen, als die Flasche überschäumt. Ich halte sie von mir weg, damit die geliehenen Klamotten nichts abbekommen.

Lucas nimmt die Flasche wieder, trinkt einen ordentlichen Schluck und hustet. »Schmeckt gut.«

»Ja.«

»An dem Tag hätten wir uns auch nicht träumen lassen, in was für einer Lage wir bald sein würden – dass wir so hier sitzen.«

Ich nehme die Flasche und trinke noch mal, die feinen Bläschen kitzeln mich an der Nase. »Das reicht mir.«

Lucas stellt die Flasche neben die Bank, beugt sich plötzlich zu mir und küsst mich spontan.

Ich küsse ihn zurück. Warum, weiß ich nicht, ich war nicht scharf drauf. Vielleicht will ich nur wissen, wie es sich anfühlt. Noch eine Sache, die ich von der Liste mit Dingen streichen kann, die man einmal getan haben sollte, bevor einem die Zeit davonläuft?

Während ich im Rausch von Champagner, Aufregung und Angst vor dem, was uns bevorsteht, Lucas küsse, weiß ich eigentlich, dass dieser Moment, dieser Kuss nicht echt sind. Es gehört einfach dazu, hat aber im Grunde nichts mit mir zu tun.

Dann öffnet sich knarzend die Luke und Juro steckt den Kopf durch.

»Sorry, deine Mitfahrgelegenheit ist da, Lucas. Es wird Zeit.«

AVA

Ich lese Sams Nachricht immer wieder, ich bin so glücklich, dass sie mir endlich geantwortet hat, aber sie will mich nicht dabeihaben. Noch nicht mal reden will sie mit mir, bevor diese Sache überstanden ist.

Doch ich kann es nicht auf sich beruhen lassen. Dafür gibt es zu viele Was-wäre-wenn-Fragen. Was wäre, wenn es schiefgeht? Was wäre, wenn Sam was zustößt? Was wäre, wenn ich sie nie wiedersehen würde? Nicht zu wissen, was sie vorhaben, macht mich wahnsinnig. Doch Sam will mir ja nichts verraten, wie bekomme ich es nur raus?

Lucas.

Bevor ich ins Bett gehe, schreibe ich ihm. *Bitte ruf mich an, egal wie spät.*

Ich bin überzeugt davon, dass ich niemals einschlafen werde. Ich wälze mich im Bett umher, versuche, mich zu beruhigen. Und als das Handy dann endlich klingelt, war ich wohl doch weggedriftet und fahre hoch.

Im Dunkeln taste ich nach meinem Handy, fürchte, dass ich den Anruf aus Versehen unterdrücke, anstatt ihn anzunehmen.

»Ja, ja?«

»Ich bin's. Lucas. Sorry, ich habe deinen Text erst gerade gelesen.«

»Ist Sam bei dir?«

»Nein, ich habe sie vorhin gesehen. Ihr geht es gut. Wir waren nur so beschäftigt, weil wir alles für morgen planen.«

»Was habt ihr vor?«

»Hat Sam dir das gar nicht erzählt? Wir organisieren Sit-ins. Landesweit vor Regierungsgebäuden.«

»Morgen? So schnell?«

»Ja. Je eher, desto besser, dachten wir. Solange DITTE und Julia noch gehypt werden. Die Aufmerksamkeit müssen wir ausnutzen, um was zu bewirken. Bevor sie uns schnappen und allem ein Ende setzen.«

»Klingt logisch.«

»Willst du mitkommen?«, fragt Lucas.

Der Augenblick ist gekommen, ihm zu sagen, dass ich keine Revolutionärin bin. Das ist nicht mein Ding.

Doch ich sehe bloß Sam vor mir. Höre nur ihre Stimme. Will nur in ihrer Nähe sein. Aber wo ist sie jetzt? Wo wird sie morgen sein?

»Ja«, höre ich mich sagen.

Mit diesem einen Wort überschreite ich eine Grenze, die mein Leben vielleicht für immer verändern wird.

SAM

Ich bekomme einen Ausweis von einem Mädchen, das etwa die gleiche Größe und Haarfarbe wie ich hat, nur ein wenig älter ist. Deshalb ist ihr Band blau. Emily heißt sie. Irgendwie schien sie erleichtert zu sein, dass ihre Aufgabe für heute nur darin bestand, mir ihren Ausweis zu leihen. Denn ohne Ausweis kann sie nirgends hin.

Wir bewegen uns in kleinen Gruppen – zu zweit und zu dritt. Ich bin mit Daisha und Juro unterwegs. Kurz vor Westminster treffen wir uns dann alle wieder.

Ich bin nervös. Wie genau werden die sich das Foto auf dem Ausweis anschauen? Was, wenn ich nach allem, was passiert ist, an einem der Kontrollpunkte gestoppt werde? Dann war alles umsonst.

Juro hat die Kontrollpunkte, die wir auf dem Weg ins Zentrum passieren müssen, sorgfältig ausgewählt, auch wenn es einen Umweg bedeutet, meiden wir die, die mit Lordern besetzt sind. Allmählich werden die Polizisten überall ersetzt, aber offenbar gibt es nicht genügend Lorder.

Noch nicht.

Wir müssen sie aufhalten, bevor sie alles unter ihre Kontrolle bringen.

Als wir beim ersten Kontrollpunkt anstehen, sagt Juro leise zu mir: »Guck nicht so ängstlich. Verhalt dich ganz normal.«

Leicht gesagt. Doch es geht schnell vorwärts, also können sie die Leute nicht allzu genau unter die Lupe nehmen. Und dann atme ich tief durch, tue so, als wäre ich jemand namens Emily, die nicht von den Behörden gesucht wird.

Juro macht den Anfang. Eine Polizistin liest seinen Ausweis ein und winkt ihn weiter. Dann Daisha, sie ist auch durch.

Ich reiche der Frau meinen Ausweis, aber noch bevor sie zugreifen kann, lasse ich los, sodass er runterfällt. Sie atmet mit einem verärgerten Zischen aus.

»Tut mir leid.« Ich bücke mich nach dem Ausweis und reiche ihn ihr. Dabei spüre ich, wie ich rot werde.

Sie liest das Dokument ein, reicht es mir zurück und ich gehe durch.

AVA

In der Tür bleibe ich noch mal stehen. Es ist Zeit, dieses Zimmer und dann diese Schule zu verlassen. Am Tor den Code einzugeben, zum Bus zu laufen. Zur U-Bahn. Bei allem muss ich noch extra Zeit einplanen, damit ich Umwege gehen kann, um sicher zu sein, dass ich auch nicht verfolgt werde. Spätestens um fünf sollen wir alle beim Treffpunkt sein.

Von dort geht es weiter nach Westminster.

Ich weiß nicht, was dann passieren wird. Ich bin nicht mal sicher, ob ich je hierher zurückkommen werde. Um den Hals trage ich das Amulett meiner Mutter als Talisman. Immer wieder habe ich es an- und abgelegt, weil ich nicht möchte, dass es zu Schaden kommt. Aber dann habe ich mich entschlossen, diese kleine Erinnerung an meine Mutter mitzunehmen. Als ich es zu guter Letzt wieder umgebunden habe, haben sich plötzlich die Kettenglieder verhakt, und ich habe ewig versucht, den kleinen Knoten herauszubekommen. Dabei wurde ich das Gefühl nicht los, dass es ein schlechtes Omen ist.

Ich habe Dads Stimme im Ohr. Er war immer so vorsichtig,

hat hart gearbeitet und sich aus allem Ärger rausgehalten. Jetzt würde er sagen: Geh nicht, Ava. Sei vorsichtig. Riskier nichts. Wie eine lästige Mücke summt mir seine Stimme im Ohr, während ich über den Schulhof zum Tor laufe.

Klickend springt das Tor auf. Ich atme einmal tief durch, bevor ich hinaustrete.

Ob Sam da sein wird?

Ich hoffe es.

Ich tue es für sie.

So einfach ist das auch nicht. Es gibt viele Gründe, aber sie ist der wichtigste von allen. Womöglich ist das hier meine einzige Chance, sie noch einmal zu sehen.

Vielleicht sage ich ihr sogar die Wahrheit.

SAM

Den Rest des Weges – Kontrollpunkte, U-Bahn, umsteigen – legen wir problemlos zurück. Wir laufen die Treppe von der U-Bahn hoch, von da ist es nur ein Katzensprung zum Treffpunkt, dem Haus, in dem einer der anderen 110er wohnt.

Schon bald sind wir da, klingeln, werden reingelassen. Es ist viel los. Unentwegt kommen neue Leute, um zu erfahren, wo sie als Nächstes hinsollen, manche gehen schon wieder.

Und wen sehe ich dahinten im Zimmer stehen? Ava.

Freude überkommt mich. Ich habe sie so vermisst. Gleichzeitig bin ich aber bestürzt. Wie hat sie nur davon erfahren?

Als sie mich entdeckt, winkt sie und läuft auf mich zu. Ich stürme ihr entgegen und wir umarmen uns ganz fest. Ich ziehe sie in eine Ecke, weg von den anderen.

»Woher wusstest du, wo wir uns treffen, Ava?«

»Ich habe Lucas geschrieben.«

Zu spät wird mir klar, dass ich Lucas hätte bitten sollen, ihr nichts zu sagen.

»Warum bist du hier?«

»Warum bist du hier?«

»Ich stecke mittendrin. Du nicht. Du musst da nicht mitmachen.«

Ava zögert. »Ein Typ namens Coulson hat mich gebeten, dir auszurichten, dass du noch immer aussteigen kannst. Du brauchst ihn bloß anzurufen.«

Ich bin geschockt. »Coulson? Coulson hat mit dir gesprochen?« Ich schüttle den Kopf. Vor ein paar Tagen hätte ich's vielleicht noch gemacht, aber jetzt nicht mehr. »Ich könnte niemals aussteigen, Ava. Du aber schon.«

Ava reagiert nicht. Irgendwas verschweigt sie mir doch, das sehe ich in ihren Augen.

Als ich sie damals gezeichnet habe, hatte ich auch immer das Gefühl, dass mir etwas Wesentliches entgeht. Ich bekam es einfach nicht zu fassen – und damit auch sie nicht. Mir war, als ob Ava ein Geheimnis hätte.

Die Zeit drängt. Letzte Gelegenheit für alles, was noch gesagt, erfahren und erlebt werden muss.

Und plötzlich wünsche ich mir nichts sehnlicher, als Ava zu kennen, sie ganz und gar zu kennen.

»Du verheimlichst mir doch was. Was auch immer es ist, du kannst mir vertrauen, Ava. Sag's mir. Bitte.«

Ava wendet den Blick ab, schweigt einen Herzschlag lang, zwei, drei …

Dann schaut sie auf. »Als die Lorder in der Schule nach dir gesucht haben, dachte ich, ich würde dich nie wieder sehen. Als mir dann klar wurde, dass du entkommen bist, musste ich … also, ich musste dich einfach noch mal treffen.«

Ich lächle, bin so glücklich, dass sie hier ist, auch wenn es eigentlich viel zu gefährlich ist. Ich möchte, dass Ava in Sicherheit ist, bin hin- und hergerissen. Nun sieht sie mich mit weichem offenem Blick an. Zeigt mir endlich ihre Gefühle. Und ich werde von Empfindungen überschwemmt. Meine Haut brennt wie Feuer, mein Atem ist wie elektrisiert. Endlich sagen ihre Augen, was ich im Grunde schon immer gewusst habe.

»Sam, Ava!« Ich fahre zusammen. Lucas. Er kommt zu uns, küsst mich auf die Wange und geht dann weiter zu Juro.

Ich schüttle sanft den Kopf, doch Ava sieht es nicht, sie hat die Augen wieder niedergeschlagen.

»Das ist nicht so … ich meine, er …« Ava hebt den Blick. »Ich mag ihn nicht auf diese Art«, bringe ich schließlich heraus. Und endlich begreife ich, was mein Problem mit Lucas und auch mit allen anderen Jungs bislang war. »Nicht so wie dich«, sage ich leise.

Und ihre Augen strahlen.

»Deshalb möchte ich auch, dass du nach Hause gehst. Du musst gehen. Bitte.«

Hinter uns gibt es Krach. Eine Kinderstimme krakeelt. Nicky.

»Ich habe dir gesagt, du sollst bei der Tante bleiben«, knurrt Lucas.

»Ich bin weggelaufen. Ich will mit!«

»Das geht nicht! Ich habe versprochen, auf dich aufzupassen. Du bist zu klein.«

»Bin ich nicht. Ich komme mit dir.«

»Nein, Nicky.«

»Die Zeit reicht nicht, ihn zurückzubringen«, sagt Juro. »Wir müssen ihn wohl oder übel mitnehmen.«

Auch wenn ich höre, was um uns herum geschieht, nehme ich es nur entfernt wahr, als wäre ich mit Ava allein. Wir sind in unserer eigenen Welt, fern von den anderen. Vollkommen fixiert auf uns.

Noch immer sehe ich sie flehend an. »Bitte geh.«

»Ist irgendjemand bereit, Nicky zurück zu unseren Freunden zu bringen?«, fragt Lucas.

»Für mich gibt es kein Zurück, aber niemand weiß bisher, dass du dabei warst«, sage ich und sehe sie weiter eindringlich an. »Geh. Bitte, Ava. Tu's für mich.«

»Ich mach's«, sagt sie laut zu allen. Sie wendet sich Lucas zu. »Ich bringe Nicky zurück.«

Lucas ruft seine Freundin an, erklärt Ava, wo sie Nicky in Empfang nehmen will. Noch mehr Leute kommen dazu, es wird besprochen, wie alles ablaufen soll. Weitere Gruppen brechen auf, um sich in der Gegend zu verteilen. Ich werde in der letzten Gruppe mit Lucas und Juro sein, doch ich höre bloß mit halbem Ohr hin, was sie vorhaben.

Für mich gibt es gerade nur Ava.

»Danke, dass du das machst«, sage ich.

Ava fasst sich an den Hals. Trägt sie eine Kette?

»Ich habe dich noch nie mit Schmuck gesehen.«

»Es ist ein Amulett, es gehörte meiner Mutter.« Ava zieht das Medaillon unter ihrem Pulli hervor und hält es hoch.

»Sind da Fotos drin?«

»Jetzt nicht mehr. Früher steckte eins von mir drin, dazu eine Babylocke. Sie muss beides mit nach Schweden genommen haben.«

Ich berühre das Amulett in ihrer Hand, ein silbernes Oval mit zarten Verzierungen an einer feingliedrigen Kette. Kurz über dem Amulett ist die Kette auf einer Seite verhakt.

»Da ist ein Knoten drin.«
»Ich bekomme ihn nicht raus. Ich habe's schon versucht.«
»Lass mich mal. Darin bin ich gut.«
Zögernd nimmt sie die Kette ab und reicht sie mir.

AVA

Ich verlasse das Haus, eine kleine Hand in meiner.

Nicky protestiert. Offenbar meint er, ihm würde ein tolles Spiel entgehen. Vielleicht habe ich auch nur ein Spiel gespielt, keine Ahnung. Aber heute nicht hinzugehen, war ausgeschlossen – ich musste Sam noch mal sehen, mit ihr reden. Und irgendwie hat sie gespürt, dass ich einen Ausweg brauchte.

Jetzt trage ich das Amulett wieder um den Hals, unter der Bluse, auf der Haut. Sam hat den Knoten gelöst, es schwingt frei an der Kette.

Typisch Sam. Immer gibt sie mir das Gefühl, dass alle Probleme, meine und die der Welt, lösbar sind.

Dass das Unmögliche wahr werden kann.

4. TEIL: FOLGEN

Es kommt nur sehr selten vor, dass man durch sein Handeln oder Nicht-Handeln den Verlauf der Geschichte beeinflusst. Und sogar noch seltener, dass man danach nicht mehr derselbe ist, weil man nur die Wahl zwischen zwei Übeln hat. Dies ist ein solcher Moment.

Stellvertretender Premierminister Gregory in einem persönlichen Gespräch mit Premierminister Armstrong

In einem durchchoreografierten Tanz ist die Freiheit der Bewegung eine Illusion.

Astrid Connor, Abgeordnete, persönliches Tagebuch

SAM

Wir sind Teil einer riesigen Menge und laufen hierhin und dahin.

Scheinbar ziellos.

Obwohl Lorder mit ihren Waffen Westminster bewachen, sind reichlich Touristen mit Kameras unterwegs. Vielleicht sogar mehr als sonst, weil sie sich durch die Kontrollpunkte und die Sperrstunden wieder sicherer fühlen. Manche von uns mischen sich unter die Touristen, Kameras und Handys gezückt, um alles per Livestream zu übertragen.

Langsam bewegen wir uns auf Westminster zu, ordnen uns zu dichten Reihen, immer die Uhr im Blick. Sind bereit für Juros Menschengitter, bei dem die inneren Reihen ineinander verschränkt sind und teilweise Richtung Westminster blicken und am Rand alle mit den Beinen nach außen sitzen. Mit fast unmerklichen Signalen bringt Juro die Gruppen in Position. Lucas und ich bleiben in der Nähe von Juro und Daisha, wir werden gemeinsam das Zentrum bilden.

Der Himmel ist ein einziges Drama aus Licht und Schatten.

Leises Stimmengemurmel.

Big Ben schlägt sechs.

Nun geht alles ganz schnell.

Rechts hake ich Lucas unter, links Daisha. Juro ist in der Reihe hinter uns, Rücken an Rücken mit mir, den Blick auf Westminster gerichtet. Vor uns sind Reihen von Menschen und hinter uns. Als wir uns alle auf einmal hinsetzen, schlingen wir auch die Beine um die Person vor uns, verhaken uns.

Für einen Augenblick kommt alles zum Erliegen. Stille.

Und dann geht der Lärm wieder los.

Touristen suchen vor Angst das Weite. Aber nicht alle. Manche bleiben auch da und feuern uns an, stimmen in unsere Rufe ein, die bald unüberhörbar werden.

Wir sind ein Land; wir sind wichtig. Wir sind alle miteinander verkettet und stärker, als sie denken.

Sirenen. Schreie.

Kalte Wassersalven gehen auf uns nieder – Wasserwerfer. Allein hätte der Strahl uns längs umgerissen, weggespült, doch vereint halten wir hustend und prustend die Stellung.

Die Einsatzpolizei rückt an. Zu was die imstande ist, habe ich am eigenen Leib erfahren. Die Angst hinterlässt einen bitteren Geschmack in meinem Mund.

Doch wenn alle es überall zu sehen bekommen, lohnt es sich. Hat Bedeutung.

Die Leute kriegen mit, dass wir nichts getan haben, außer vor Westminster zu sitzen. Das ist unser Land, es sollte auch unsere Regierung sein. Ist sie aber nicht, da stimmt doch was nicht. Mit der Welt als Zeuge, wird sich da nicht alles ändern? Wenn alle sehen, was hier und jetzt passiert?

Deshalb müssen wir uns festhalten.

Eine Stimme erschallt durch ein Megafon, ruft zur Ruhe und Besonnenheit auf. Ich erkenne die Frau, die vor den Reihen der Demonstranten auftaucht. Sie ist eine Abgeordnete, war schon mal zum Abendessen bei uns.

Dann löst sich Juros warmer Rücken plötzlich von mir.

Was ist los? Ich drehe mich um.

Das kann doch nicht sein, kann nicht sein …

Seine ganze Reihe dreht sich um, erhebt sich, zieht gleichzeitig die Jacken aus. Auf ihren T-Shirts steht in roter Schrift:

A4A

Und … und … in ihren Händen…

Waffen?

Schüsse dröhnen mir im Ohr. Sie feuern über unsere Köpfe hinweg auf die Polizei und auf die schreiende Menge dahinter. Die Abgeordnete, die noch gerade gesprochen hat, wird getroffen und geht zu Boden.

Polizisten brüllen, erwidern das Feuer. Wir drücken uns flach auf den Boden, versuchen, den Rückzug anzutreten, doch wir sind ineinander verkeilt. Wir können nirgends hin. Und Juro und die Leute in seiner Reihe haben sich das genau so ausgedacht, nicht wahr? Die sind zwischen uns geschützt.

Die Einsatzpolizei wird von Lordern mit schusssicheren Westen und Schutzschilden angeführt. Sie knöpfen sich die Ränder vor, schnappen sich die Demonstranten, an die sie herankommen. Arbeiten sich Stück für Stück vor, zerfetzen unser Gitter.

Angst. Ich schmecke sie, rieche sie, höre sie in den Schreien rings um mich herum. Im Sekundentakt werden wir auseinandergerissen, von allen Seiten und jedes Mal tut es mehr weh.

Schreie. Schüsse. Die Schlagstöcke kommen zum Einsatz.

Blut.

Lucas' Arm wird aus meinem gerissen. Sie schleifen ihn weg, so sehr er sich auch wehrt. Ein dumpfer Schlag. Blut.

Mich packt jemand am Hals, zerrt mich von Daisha weg. Schreie. Diesmal schreie ich selbst, versuche, mich zu wehren.

Mein Kopf explodiert …

Lichtblitze …

Schmerz …

Dunkelheit.

AVA

Es ist schon fast sechs. Ich sitze in der U-Bahn, fahre zurück zur Schule, nachdem ich Nicky bei einer Freundin der Familie abgeliefert habe. Mit einer Mischung aus Angst und Hoffnung hole ich mein Handy raus, aber das Internet funktioniert hier nicht. Ich runzle die Stirn. Wie gerne würde ich wissen, was los ist.

Ich rase die Treppen des U-Bahn-Schachts hinauf, das Handy in der Hand.

Doch als ich oben auf der Straße stehe, habe ich immer noch kein Netz.

Seltsam. Ich bin überzeugt, dass ich hier sonst nie Probleme hatte.

Während ich an der Bushaltestelle warte, checke ich immer wieder. Hat das uralte Teil jetzt den Geist aufgegeben?

Mein Bus kommt. Ich steige ein, setze mich. Schaue mich um. Die anderen Fahrgäste sehen verwundert und verärgert auf ihre Handys und Tablets. Offenbar liegt es gar nicht an meinem Telefon. Nichts funktioniert.

Mir rutscht das Herz in die Hose. Was ist los?

Meine Haltestelle. Ich renne fast zurück zur Schule. Mit zitternden Händen geben ich den Code fürs Tor ein.

Als ich an der Bibliothek vorbeirase, sehe ich noch Licht, hämmere gegen die verschlossene Tür.

Die Bibliothekarin öffnet mir. »Was ist denn, Ava? Wir haben schon geschlossen.«

»Weiß ich, aber darf ich mal kurz an einen Computer?«

Sie schüttelt den Kopf. »Das Computersystem der Schule liegt lahm.«

»Wie, lahm?«

»Wir wissen es nicht. Wir haben kein Internetsignal. Nichts geht.«

Nichts?

Ich laufe ins Internat, stürme in den Gemeinschaftsraum.

»Hat jemand von euch Empfang?«, rufe ich. Kopfschütteln. Ich schnappe nach Luft, und nicht nur, weil ich gerannt bin, sondern weil ich panisch werde. »Wann? Seit wann funktioniert hier nichts mehr?«

»Seit sechs, seit Punkt sechs«, sagt ein Mädchen. »Ich weiß es, weil gerade die Nachrichten anfingen.«

»Ava? Was hast du denn?«, fragt Amelie.

Stumm schüttle ich den Kopf. Ich schließe die Augen. Fremde Hände bugsieren mich zu einem Sessel.

In meinem Kopf dreht sich alles.

Lief das nicht irgendwie alles zu glatt? Alle kamen ungehindert zum Treffpunkt. Sam und ein paar der anderen, die ebenfalls gesucht wurden, haben mit geliehenen Ausweisen problemlos die Kontrollen passiert. Dass alles so gut geklappt hat, habe ich Sams Magie zugeschrieben.

Doch irgendwas ist schiefgegangen, so richtig schief. Es kann nicht ein zufälliges technisches Problem sein. Aus irgendeinem Grund müssen die Lorder gewusst haben, dass was im Busch ist. Und sie haben es zugelassen, aber dafür gesorgt, dass nichts nach draußen dringt. Keine Handysignale, kein Internet, keine Posts mit #DITTE, keine Bilder, keine Livestreams. Nichts.

Niemand weiß, was passiert ist.

Was ist nur passiert?

SAM

Bildfetzen, Geräusche. Schmerz.
Bewegung. Und der Schmerz wird immer unerträglicher.
Alles wird schwarz.

Ich werde immer brav sein, ich versprech's.
Traurig schüttelt er den Kopf. Geht.
Daddy! Ich schreie, doch ich bin allein.

Keuchend wache ich auf. Habe ich das alles bloß geträumt? Als ich mich bewege, explodiert mein Kopf fast vor Schmerz. Ich zwinge mich, die Augen zu öffnen.

Wo bin ich? Dämmerlicht. Ich liege im Bett. Über mir eine Metallspinne mit einem Vorhang. Wie in einem Krankenhausbett. Bin ich im Krankenhaus?

Vergeblich versuche ich, mich aufzusetzen, irgendwas hält mich fest. Als ich den Kopf drehe, keuche ich vor Schmerz.

Handschellen. Ich bin mit Handschellen an ein Krankenhausbett gekettet.

Ferne Geräusche, eine Tür geht. Stimmen. Ich versuche, die Handschellen loszuwerden.

»Ah, du bist wach.« Jemand hält mein Lid auf und leuchtet mir mit einer hellen Lampe erst ins linke, dann ins rechte Auge. Ich blinzle, Tränen laufen mir über die Wange.

»Wo bin ich?«, krächze ich. Jetzt merke ich, dass mir der Hals wehtut. Ich habe nicht bloß im Traum geschrien.

»Im Gefängniskrankenhaus.«

AVA

An dem Abend schaue ich die Nachrichten stündlich.

Es wird berichtet, dass aufgrund von technischen Problemen der Handy- und Internetempfang gestört waren. Ja, klar! Ein Reporter verkündet mit ernstem Gesicht, dass ein gewalttätiger Protest in Westminster zum Tod von einer Abgeordneten, von einem halben Dutzend Polizisten und weiterer unbeteiligter Dritter geführt habe. Außerdem habe es zahlreiche Verletzte gegeben. Kurz werden auch noch Aufstände in anderen Städten erwähnt, die damit in Verbindung gebracht werden. Ein Regierungssprecher versichert, dass alle Täter die volle Härte des Gesetzes zu spüren bekommen werden.

Das Gesetz? Wie können sie dieses Wort so schamlos in den Mund nehmen?

Wie kann man ein Sit-in als Gewaltprotest bezeichnen?

Wenn es zu Ausschreitungen gekommen ist, sind die sicher nicht von Sam, Lucas und DITTE ausgegangen.

Was ist passiert?

In den Nachrichten um zehn bringen sie es endlich.

»Das ist gerade reingekommen.« Die Wangen der Nachrichtensprecherin sind gerötet, als könnte sie das alles selbst nicht glauben.

»Zwei der Anführer der landesweiten Gewaltproteste konnten identifiziert werden. Hinter den Codenamen Romeo und Julia verbergen sich Lucas Economos, Sohn der in Verruf geratenen Journalistin Giana Economos, und Samantha Louise Gregory, Tochter des stellvertretenden Premierministers Merton Gregory.«

Sams und Lucas' Gesichter erscheinen riesengroß auf dem Bildschirm. Sehnsüchtig starre ich Sam an. Sie haben eines der seltenen Fotos genommen, auf dem sie mal nicht wie die perfekte Tochter eines Politikers aussieht. Verärgert, fast trotzig blickt sie in die Kamera. Und Lucas wirkt bloß wütend.

»In den sozialen Netzwerken waren die beiden wohlbekannt und haben scharenweise junge Menschen zu Gewalttaten gegen die Regierung angestachelt. Und nun schalten wir live zur Downing Street.«

Schnitt. Downing Street, Zoom auf die Tür. Armstrong tritt heraus, gefolgt von Gregory. Ein Podium steht schon bereit.

»In einer freien und gerechten Gesellschaft kann gewalttätiger Widerstand nicht toleriert werden«, sagt Armstrong. »Und wir werden ihn auch nicht tolerieren. Ganz gleich, von wem er kommt.«

Gregory ist blass. Unter Schock vielleicht? Nein, ihm steht nur eiskalte Wut und Entschlossenheit ins Gesicht geschrieben.

SAM

Coulson ist mein erster Besucher.

Er schüttelt den Kopf. »Ich habe mir solche Mühe gegeben, dir zu helfen. Und was hast du gemacht? Du hast mich zum Versager abgestempelt. Ich versage sonst nie.«

Darauf erwidere ich nichts.

»Vielleicht kann ich dir trotzdem noch helfen.«

Ich wende den Blick ab.

»Wir können beweisen, dass du die JuliaSagt110-Accounts nicht eingerichtet hast. Wir behaupten, dass du gezwungen wurdest mitzumachen, dass man dir gedroht hat. Du musst uns unterstützen, dich von der Gewalt distanzieren, die in deinem Namen stattfand.«

»Die einzige Gewalt ging von der Polizei und der A4A aus. Und die gehörten nicht zu uns. Ihre Ziele waren nicht unsere.«

Coulson nickt. »Das glaube ich dir sogar, aber du gehörtest zu einer Gruppe, die eine gemeinsame Aktion mit der A4A gemacht hat. Du hast die Gruppe angeführt. Vor dem Gesetz hast du dich damit strafbar gemacht, auch wenn du auf ihr Handeln keinen

Einfluss hattest. Du unterstützt die Ziele der A4A nicht, warum bekennst du dich also nicht auch öffentlich dazu?«

»Weil Sie möchten, dass ich mich nicht nur von der A4A, sondern von allem distanziere. Das kann ich nicht.«

Er seufzt. »Du hast dich von ihnen benutzen lassen, weißt du das überhaupt? Lucas Economos hat vielleicht nicht gewusst, dass Juro Adachi und auch seine eigene Schwester Molly zur A4A gehörten, aber er war ihre Marionette. Es war von Anfang an deren Idee, dich einzuspannen. Sie brauchten ein Gesicht, dem die Leute folgen würden. Eines, das sie in Aufruhr versetzt, ihre Aufmerksamkeit fordert. Dein Gesicht.«

»Ich glaube Ihnen kein Wort.« Doch im Grunde gibt er mir zu denken, stelle ich nun einiges infrage. Hat sich vielleicht doch alles gar nicht so zufällig ergeben, wie ich dachte? Lucas wollte mich nach der Wohltätigkeitsgala unbedingt wiedersehen. Und ich erinnere mich noch, dass Ava es seltsam fand, dass er den langen Weg zu Charlize auf sich genommen hatte, um zu der Party zu gelangen, obwohl man gerade auf seinen Freund Kenzi geschossen hatte. Und dann hat sich Lucas mir gleich anvertraut. Wir kannten uns kaum, und trotzdem hat er mich gleich angerufen, als Kenzi starb; und auch als seine Mutter abgeholt wurde.

Lucas hat mir Dinge erzählt, die bei mir den Wunsch auslösten, ihm zu helfen.

Den Schock lasse ich mir nicht anmerken.

»Das ist noch nicht alles. Juro hat uns erzählt, vielmehr damit angegeben, dass du extra ausgewählt wurdest, um deinen Vater fertigzumachen. All das, was in deinem Beisein in Westminster geschah, hat nur auf ihn abgezielt. Dein Vater sollte in eine unmögliche Position gebracht werden, um so die Regierung zu stürzen.«

Ich bin entsetzt. Zum ersten Mal in meinem Leben bin ich für meine Überzeugungen eingetreten, habe meine eigenen Entscheidungen getroffen, obwohl ich mich damit gegen Dad gestellt habe. Dabei wurde ich seinetwegen von Anfang an bloß manipuliert.

Wie konnte Lucas mir das antun?

Ich schüttle den Kopf. Nein. Selbst wenn mich Lucas als Aushängeschild für diese Sache gewinnen wollte, war es immer noch *meine* Sache. Eine, an die ich geglaubt habe und noch immer glaube. Und Lucas hat bestimmt nichts von Juros und Mollys Verbindung zur A4A gewusst. Das kann nicht sein. Das glaube ich nie und nimmer.

»Auch wenn es stimmt, macht es keinen Unterschied. Ich habe getan, was ich für richtig gehalten habe.«

Coulson schüttelt den Kopf. »Ich verstehe dich nicht.«

»Schon klar, ich bin eben loyal.«

Wieder schüttelt er den Kopf, diesmal abschätzig, als wäre Loyalität keine wünschenswerte Eigenschaft. »Ihr habt euch für oberschlau gehalten, dabei wussten wir längst, dass was geplant war. Wir haben euch nicht aufgehalten, sondern haben lieber zugeschaut. Glaubst du wirklich, dass unter normalen Umständen so viele Querulanten bis nach Westminster gelangt wären? Und dazu noch mit falschen Ausweisen? Ihr seid bloß durch die Kontrollpunkte gekommen, weil wir euch gelassen haben.«

Nun kann ich mein Entsetzen nicht länger verbergen. »Sie wussten davon und haben es geschehen lassen? Was ist mit all den Menschen, die dabei gestorben sind?«

Coulson zögert, weiß nicht, was er entgegnen soll. Dann zuckt er die Achseln. »Uns war genauso wenig klar wie dir, dass die A4A eure Gruppe infiltriert hatte, sonst hätten wir in der Situation anders gehandelt. Wir haben euch mit eurem Sit-in gewähren lassen, damit wir alle Regimegegner auf einen Haufen haben, um euch ein für alle Mal den Garaus zu machen. Und wir haben auch alles blockiert, damit nichts nach außen dringt.«

»Was blockiert? Wie meinen Sie das?«

»Internet, Handysignale, alles. Nichts ist an die Öffentlichkeit gelangt. Kein einziges Bild.« Er steht auf, um zu gehen. »Wenn du deine Meinung änderst und mit mir reden willst, sag dem Wächter Bescheid. Nur warte nicht zu lange damit.«

Noch so ein Schock, ich weiß nicht mehr, wo mir der Kopf steht. Coulson schreitet durch die Zelle. Jetzt steht er an der Tür. Ich habe mich noch so weit im Griff, dass ich ihm diese eine Frage stellen kann, obwohl ich die Antwort fürchte.

»Moment.«

Er dreht sich um.

»Was ist mit Charlize? Sie hat mit alldem nichts zu tun. Sie wollte mir nur helfen und hat mein Handy an sich genommen.«

»Ich weiß.«

»Bitte, sagen Sie es mir.«

»Dennoch hat sie wegen des Handys gelogen. Aber sie hat ihre Strafe abgesessen und ist inzwischen auf freiem Fuß.«

Die Tür fällt scheppernd hinter ihm ins Schloss.

Wenigstens muss ich mein Gewissen nicht mehr mit Charlize belasten. Ihr geht es gut. Ich sitze auf dem Boden, ziehe die Knie zur Brust und schlinge die Arme um mich.

Stimmt denn auch alles andere, was Coulson gesagt hat? Hat Lucas mich ins Visier genommen? Und hatten Juro und Molly es wegen meines Vaters auf mich abgesehen?

Ich war überzeugt, dass wir das Richtige getan haben, dass es wichtig war. Ich habe mich frei gefühlt, doch war mir am Ende alles vorherbestimmt?

Und dann hat Coulson noch gesagt, dass sie die Handynetze und das Internet geblockt haben.

Dabei habe ich mich die ganze Zeit an die Hoffnung geklammert, dass die Menschen in Großbritannien und in aller Welt erfahren hatten, dass friedliche Demonstranten gewalttätig angegriffen wurden. Natürlich war die A4A für die Eskalation verantwortlich, aber bei einer Liveübertragung hätten trotzdem alle gesehen, dass wir genauso geschockt waren, oder nicht? Und vielleicht, vielleicht wären die Leute dann endlich aufgestanden, um die Regierung zu stürzen und die Demokratie wieder einzusetzen.

Um uns zu befreien.

Und jetzt weiß keiner, was passiert ist.

Coulson meinte, dass wir alle für die Taten der A4A verantwortlich wären, weil wir gemeinsam vor Ort waren. Können die uns wirklich die Verbrechen der A4A anlasten?

Die haben Leute umgebracht. Heißt das, dass wir unter Mordanklage stehen?

Ich wiege mich, versuche, den Gedanken auszublenden. Diese kleine Zelle mit ihren kalten Wänden schlägt mir mehr aufs Gemüt als zuvor. Werde ich für immer in einer Zelle bleiben? Lasst mich raus, möchte ich schreien. Aber nicht unter Coulsons Bedingungen. Niemals.

Kennt keiner die Wahrheit?

Keiner kennt die Wahrheit.

AVA

Der Prozess beginnt schon Tage später. Braucht es dazu nicht mehrere Anwälte und monatelange Vorbereitungen?

Die Verhandlung wird nicht im Fernsehen übertragen, nur die Urteilsverkündung. Also können wir bloß warten.

Ich lenke mich mit der Schule ab, aber selbst das funktioniert nicht mehr so zuverlässig wie früher. Bisher lag eine erwartungsvolle Spannung in der Luft, alles schien möglich, doch das ist jetzt vorbei. Wir machen trotzdem weiter wie gehabt, was bleibt uns auch anderes übrig?

Still, ohne den Blick zu heben, bewegen sich die Schülerinnen von Klassenzimmer zu Klassenzimmer. Da sitzen sie und schreiben artig mit oder tragen Reagenzgläser durchs Chemielabor.

Mir kommt es vor, als würden sie, die Schule, ja die gesamte Stadt den Atem anhalten. Mit mir warten. Warten, was passiert.

SAM

»Samantha Louise Gregory, Lucas Daniel Economos, Daisha Salah Khan und Juro Adachi, erheben Sie sich bitte.«

Beim Aufstehen klirren die schweren Ketten an unseren Fußgelenken. Ich bin immer noch benommen von den Schlägen. Wir haben alle bei der Auflösung der Demo Verletzungen davongetragen.

Uns vieren wurde zusammen der Prozess gemacht. Genau wie Coulson gesagt hatte, wurde das Ganze als Gemeinschaftsaktion eingestuft, also müssen wir uns alle für alles verantworten. Wobei die tatsächlichen Ereignisse im Gerichtssaal kaum zur Sprache kamen und wir kein Wort sagen durften. Wir durften überhaupt nicht reden, nicht mal untereinander. Da lag bloß die ganze Zeit Lucas' verzweifelter Blick auf mir, sein stummes, flehentliches *Tut mir leid.* Genauso sehe ich Daisha an, denn ohne mich säße sie jetzt nicht hier. Juro sucht immer wieder meinen Blick, um mich zu verhöhnen.

»Sie werden der folgenden Verbrechen für schuldig befunden.«

Die Liste ist lang.

Mord in sieben Fällen. Versuchter Mord und schwere Körperverletzung in etlichen weiteren Fällen. Anstiftung zum Mord. Schwere Sachbeschädigung. Gewalttaten. Aufstand. Anstiftung zum Aufstand.

Am Ende der Liste hält der Richter inne.

»Sie werden alle zum Tod durch den Strang verurteilt.«

»Nein. Das können Sie nicht machen!«, ruft Lucas.

Trotz der Ketten gelingt es ihm noch, sich zu den Kameras zu drehen: Um die, die zuschauen, an das Motto von #DITTE zu erinnern: *Tut etwas!*

Und während Lucas weggeschleift wird, schluchzt Daisha leise und Juro lacht. Ist er jetzt völlig hysterisch geworden oder macht er sich weiter über uns lustig? Vielleicht beides. In seinem verdrehten Hirn glaubt Juro wohl, er hat gewonnen. Doch auch er wird sterben. Vielleicht wollte er das so.

Ich fühle gar nichts mehr.

AVA

Ich frage im New-London-Gefängnis nach, ob ich Sam besuchen darf. Doch die vier dürfen keinen Besuch haben.

Ich rufe ihren Vater immer wieder an, sowohl zu Hause als auch in Westminster, doch keiner will mich zu ihm durchstellen. Keiner will überhaupt mit mir sprechen.

Schließlich gehe ich zu ihr nach Hause. Ich klingle an dem Tor, wo ich einst als Nachhilfelehrerin und dann als Freundin willkommen war.

»Ja?«

»Hier ist Ava Nicholls. Ich möchte gerne mit Merton Gregory sprechen.«

Pause.

»Er ist nicht da. Hast du einen Termin?«

»Kann ich einen Termin machen?«

Noch eine Pause.

»Warte mal kurz.« Und ich habe die Hoffnung, dass er vielleicht doch da ist, dass mich zumindest irgendjemand empfängt.

Aber dann tritt Penny aus dem Tor.

»Ava. Hallo, was machst du denn hier?«

»Ich muss Sam sehen. Bitte, helfen Sie mir. Ich komme nicht an ihre Eltern ran, ins Gefängnis lässt mich auch keiner …«

»Lass es auf sich beruhen, Ava. Ruf nicht mehr an und komm auch nicht mehr her.« In ihrer Stimme liegt aufrichtiges Mitgefühl. »Das ist zu deinem eigenen Besten, Ava. Sam würde nicht wollen, dass du Ärger bekommst, meinst du nicht auch? Nun geh.«

»Aber …«

»Geh.«

Penny verschwindet hinter dem Tor und ich stolpere davon.

SAM

»Du hast Besuch.«

»Was?« Ich bin total überrascht. Uns wurde am Tag der Urteilsverkündung gesagt, dass wir keinen Besuch empfangen dürften. Davor war nur Coulson bei mir. »Wer ist es?«

»Der stellvertretende Premierminister Gregory.«

»Sie meinen meinen Vater.«

Darauf sagt er nichts. Der Wärter wartet, dass ich aufstehe und ihm aus der Zelle folge. Ich bin kurz davor, mich zu weigern. Was habe ich mit meinem Vater noch groß zu besprechen?

Andererseits gibt es auch keinen Grund mehr, den Streit fortzuführen. Ich folge dem Wächter durch den Gang.

Er macht eine Tür auf. Dad befindet sich in einem winzigen Raum. Der Wächter geht nicht mit hinein, was mich überrascht. Bin ich nicht eine gefährliche Kriminelle?

»Samantha«, sagt Dad.

»Dad.«

Wir sehen uns an.

Er schüttelt den Kopf. »Wie konntest du nur?«

Mir liegt es auf der Zunge, mit einem *wie konntest du* zu kontern, aber ich verkneife es mir. »Ich weiß nicht, ob es was bringt, darüber zu reden.«

»Wahrscheinlich nicht.« Er seufzt. »Meine eigene Tochter unterminiert alles, wofür wir stehen.«

»Ja, das bin ich. Die minderjährige Unterminiererin. Pass bloß auf, wir sind gefährlich.« Fast hätte ich losgekichert, so überreizt bin ich.

Er schüttelt wieder den Kopf. »Ich weiß nicht, warum ich gekommen bin.«

»Ich auch nicht.« Und ich sehe ihn an und will vielleicht, dass er weint. Dass er sagt, er hätte keine Wahl gehabt, dass Armstrong dafür verantwortlich sei.

Genauso wünscht er sich womöglich, dass ich ihn um Verzeihung anbettele. Und das werde ich garantiert nicht tun.

»Ich muss dir noch was sagen«, meint er. »Ich … also eigentlich muss ich nicht.« Er verstummt. Offenbar weiß er nicht, wie er es anstellen soll. Das Problem hat er doch sonst nicht.

»Was denn, Dad?«

Er schluckt. »Armstrong hat angeboten, dich zu begnadigen. Offenbar hat ihn seine Tochter Sandy dazu überredet.«

Erschrocken reiße ich die Augen auf. »Begnadigen? Aber wie? Und was ist mit den anderen?«

»Ich habe Nein gesagt.«

Ich schaue ihm in die Augen und bringe schließlich hervor: »Nein? Du hast … Nein gesagt?«

»Das können wir nicht machen, Samantha. Dann würde uns keiner mehr ernst nehmen. Alles, was wir bisher erreicht haben, würde infrage gestellt.«

Wollte Juro nicht genau das erreichen? Meinen Vater in diese unmögliche Lage bringen? Wahrscheinlich hat Juro geglaubt, mein Vater würde mich retten und als Folge dessen würde die Regierung stürzen. Da kennt er meinen Vater aber schlecht.

Und ich auch.

Vor mir steht der Mann, der mich immer beschützt hat. War das nicht auch sein Job? Und nicht bloß, als er noch bei der Polizei war und mich vor den Entführern gerettet hat. Eltern beschützen ihre Kinder. Sollten sie zumindest. Klar tun es nicht alle, aber wenn ich mich früher auf jemanden verlassen konnte, dann auf meinen Vater. Darauf hätte ich mein Leben verwettet.

Er hat mir damals in die Augen gesehen und gesagt: »Solange ich da bin, tut dir keiner weh.«

Und jetzt wollen sie mir nicht nur wehtun, sondern mich töten, und er hätte es verhindern können.

Mein Vater ergeht sich in Erklärungen, warum er mir nicht das Leben retten kann. Bettelt geradezu um mein Verständnis. Nun ist er wohl derjenige, der Vergebung möchte.

Doch all das Geschwafel vom großen Ganzen, den Folgen, die es hätte, wenn er mich verschonen würde, kaufe ich ihm nicht ab. Es geht doch eigentlich darum: Auf eine Art bin ich nicht mehr seine Tochter, sondern eine von *denen*. Auch wenn es ihn innerlich zerreißt, hat sich zwischen uns was verändert, und er sieht in mir das, was er mit jeder Faser eines Ex-Bullen hasst:

Eine Kriminelle. Einer Kriminellen könnte er nie das Leben retten, nicht mal, wenn sie seine eigene Tochter ist.

Ich kehre ihm schließlich den Rücken zu und laufe zur Tür.

»Samantha, bitte. Lass uns nicht so auseinandergehen. Wie kann ich es dir denn nur verständlich machen?«

Ich bleibe noch mal stehen und drehe mich zu ihm um. »Es geht nicht ums Verstehen. Für mich ist es eher so, dass ich den Glauben an den einen Mensch verloren habe, an den ich immer geglaubt habe.«

Verzweifelt blickt er mich an. »Ich hatte keine Wahl.«

»Wenn du dich damit besser fühlst, kannst du das ja gern glauben.« Nun tut er mir fast wieder leid.

»Kann ich noch was für dich tun?«

Ich kämpfe mit Gefühlen, die ich nicht mal benennen kann. Wut? Verletzung? Verrat? Vielleicht alles drei. Ich zögere.

»Sag doch, Samantha. Was ist es?«

»Ich möchte mit Lucas reden.«

»Nein! Kommt nicht infrage. Nur seinetwegen sitzt du hier.«

Ich seufze. »Es mag dich ja überraschen, aber ich treffe meine eigenen Entscheidungen.«

Dann wende ich mich wieder zur Tür und klopfe.

Der Wächter öffnet.

»Wir sind fertig.«

Fragend sieht er meinen Vater an.

»Abführen!« Seine Stimme klingt so komisch. Weint er?

Die ganze Zeit dachte ich, dass ich mich besser fühlen würde, wenn er weint. Aber es stimmt nicht.

AVA

Warum ich das ausgerechnet jetzt machen muss, weiß ich auch nicht. Vielleicht, weil ich mich sonst schreiend in einer Ecke verkriechen würde, wenn ich weiter an Sam denke und daran, was mit jeder Minute langsam näher rückt. Oder vielleicht, weil ihr Vater nichts unternommen hat, um ihr zu helfen.

Dagegen scheint mein eigener Vater nicht so übel zu sein.

Bislang habe ich nur einen seiner Briefe gelesen, den, den er Mum kurz nach meinem Geburtstag geschrieben hat. Nun nehme ich sie alle aus der Schachtel. Ich mache zwei Stapel, einen mit Mums und einen mit Dads Briefen, und sortiere sie nach Datum.

Ich werde mir selbst was vormachen. Ich werde die Briefe einfach so lesen, als hätten andere Eltern sie geschrieben. Nein, noch besser: Ich werde mir vorstellen, einen Roman zu lesen. Als wären meine Eltern Figuren in einer Erzählung, einer traurigen, die nicht so leicht zu lesen ist, aber die man nicht mehr weglegen kann, weil man wissen muss, wie es ausgeht.

Die ersten Briefe drehen sich um praktische Dinge, um ihre

Reise nach Schweden ins Hospiz. Dads Briefe sind voller Sehnsucht und Geschichten von mir, als wollte er, dass ich noch Teil ihres Lebens bin.

Warum hat er nicht dafür gesorgt, dass sie Teil meines Lebens bleibt?

Nach kurzer Zeit bat Mum ihn, mir die Wahrheit zu sagen, damit ich ihr zurückschreiben könnte. Doch er hat's nie getan. Er hat mir nicht mal ihre Briefe gezeigt.

Der Grund muss sich hier irgendwo zwischen den Zeilen verbergen. Wenn sich zwei Menschen über Dinge unterhalten, die ihnen bekannt sind, müssen sie sie nicht ausdrücklich benennen. Aber vielleicht komme ich trotzdem dahinter.

Innerlich wappne ich mich weiterzulesen. Ich versuche, nichts dabei zu empfinden, es mehr wie ein Rätsel zu betrachten, was mir natürlich kaum gelingt.

Auffällig ist, dass ständig die Rede von meiner Schule ist, vor allem in Dads Briefen, aber auch in Mums. Und bei Dad geht es nicht bloß um meine schulischen Leistungen, manche Passagen wirken, als hätte er sie aus dem Newsletter der Schule abgeschrieben, so wie die akademischen Errungenschaften anderer Schüler und die Siege der Sportteams. Und dann lässt er sich sogar darüber aus, dass überdurchschnittlich viele Mädchen aus unserer Schule anschließend zum Studieren nach Oxford und Cambridge gehen. Was soll Mum damit anfangen? Die Uni war für mich ja noch Jahre hin.

Und schließlich sehe ich diese Worte in Dads wohlvertrauter Handschrift: *Ich will nicht, dass Ava sich die Schuld gibt.*

Warum sollte ich? Wofür?

Mum hat England verlassen, weil sie hier die dringend benötigte Krebsbehandlung nicht bekommen hätte. Was hat das mit mir zu tun?

Noch einmal überfliege ich sämtliche Briefe und stoße auf einen Satz, den ich übersehen haben muss. In einem der ersten Briefe schreibt Mum, dass ihre Schwester traurig ist, dass sie mich nun doch nicht kennenlernen wird. *Doch nicht* beinhaltet, dass es mal zur Debatte stand.

Vielleicht … wollten wir Mum begleiten. Nach Schweden.

Bloß warum haben wir das nicht getan?

Nach einiger Überlegung fügen sich die einzelnen Teile zu einem Bild zusammen. Kurz bevor Mum verschwand, bekam ich das Stipendium. Mir wurde dieses unglaubliche Stipendium an der besten Mädchenschule Londons angeboten.

Meine Eltern waren so stolz, alle beide. Aber irgendwie haben sie auch seltsam reagiert. Mir ist es aufgefallen, und ich hatte damals so ein Gefühl, dass sie mich nicht auf diese Schule gehen lassen würden, wobei ich mir den Grund nicht erklären konnte.

Als ich jetzt daran denke, zieht sich in mir alles zusammen. Ich habe damals zu meinen Eltern gesagt, ich würde sterben, wenn sie mich nicht auf diese Schule ließen. Ich war ja noch ein Kind, erst elf, aber trotzdem. Wenn ich daran denke, wie krank Mum damals war, wird mir ganz schlecht.

Das ist doch verrückt. Ich schüttle den Kopf. Sind wir nur nicht mit Mum nach Schweden, weil ich dieses Stipendium bekommen habe? Dad hat immer viel Wert auf Schule und Hausaufgaben gelegt, ihm war es wichtig, dass ich gut war, aber trotzdem, das ist doch Wahnsinn.

Sorgfältig lese ich alle Briefe noch mal von vorne. All die kleinen Anspielungen, die mir beim ersten Lesen entgangen sind, ergeben nun einen Sinn. So wie Dad von der dämlichen Schule schwärmte, die mir wer weiß welche Möglichkeiten einräumte; wie Mum immer wieder beteuerte, sie hätten mit der Schule für mich die richtige Entscheidung getroffen.

Das ist also der Grund! Deshalb habe ich meine Mutter nie wieder gesehen, damit ich das Stipendium wahrnehmen konnte. Natürlich wollte ich auf diese Schule, aber niemand hat mir gesagt, was auf dem Spiel stand.

Die wichtigste Entscheidung meines Lebens wurde ohne mich getroffen.

Wie konnten sie mir das antun? Meiner Bildung Vorrang vor meiner Mutter zu geben?

Das ist doch krank.

Und dann hat Dad auch noch seinen Uni-Job verloren. Wir konnten uns kaum über Wasser halten. So viele Menschen waren obdachlos, hungerten – nicht nur bei uns, überall in Europa war die Wirtschaft zusammengebrochen. Vielleicht war dieses Stipendium die Chance, meine einzige Chance, etwas aus meinem Leben zu machen.

Meine Eltern haben es für mich getan, doch wenn sie mich gefragt hätten, hätte ich Nein gesagt. Ich hätte mir gewünscht, dass wir als Familie zusammenbleiben.

Wie wäre es wohl gewesen, wenn wir nach Schweden gezogen wären?

Wenn ich bei meiner Mutter gewesen wäre, als sie mich gebraucht hat? Wenn ich ihre Hand hätte halten können, als sie starb?

Nun wird Sam bald sterben. Und ich kann auch nicht bei ihr sein, nicht ihre Hand halten.

Die Verzweiflung hat mich nun fest im Griff. Ich kann mich nicht mehr rühren, nicht mal mehr weinen.

Dass ich noch atme, weiß ich bloß, weil es immer und immer weitergeht.

SAM

Ich liege in dem schmalen Bett in meiner Zelle und starre an die Decke. In weniger als einer Stunde wird das Licht gelöscht und dann ist es hier stockdunkel. Ein winziger Lichtstrahl dringt vom Flur durch das Fenster in der Tür. Das war's.

Doch anscheinend habe ich meine Angst vor der Dunkelheit überwunden. Mögen werde ich sie nie, aber blinde Panik löst sie auch nicht mehr aus. Vielleicht, weil es zu viele andere Dinge gibt, vor denen ich mich fürchte? Wenn ich morgen aufwache, vorausgesetzt ich schlafe überhaupt ein, wird es das letzte Mal sein.

Ob es sehr weh tun wird? Erstickt man langsam oder ist es ein plötzlicher Schmerz durch den Genickbruch? Vielleicht beides.

»Morgen werde ich sterben«, flüstere ich in die Stille hinein, doch auch das macht es nicht realer.

Als im Flur Schritte erklingen, schaue ich zur Tür. Eigentlich hat der Wärter gerade erst kontrolliert.

Vor meiner Zellentür halten die Schritte an. Ich setze mich auf. Der Schlüssel knirscht im Schloss und die Tür geht auf.

Neben dem Wärter steht Lucas.

Überrascht reiße ich die Augen auf. Hat mir Dad doch noch diesen letzten Wunsch erfüllt?

»Ihr habt zehn Minuten«, sagt der Wärter, schubst Lucas in die Zelle und verriegelt die Tür wieder.

Lucas ist blass, er hat dunkle Ringe unter den Augen, als hätte ihm jemand ein Veilchen verpasst. Er kann mich kaum anschauen.

»Hi«, sage ich.

Er wankt auf mich zu, streckt mir die Hände entgegen und geht vor mir auf die Knie. Doch ich ergreife seine Hände nicht und irgendwann lässt er die Arme sinken. Als er endlich aufschaut, stehen ihm die Tränen in den Augen.

»Sam. Es … es tut mir so leid. So sollte es nicht enden.«

»Nein, gehängt zu werden war nicht geplant!« Die Stille dehnt sich. »Komm, schon«, sage ich schließlich. »Setz dich zu mir.«

Lucas tut wie ihm geheißen. Ich sehe ihm an, dass er mich im Arm halten möchte, denn nun kann er die Augen gar nicht mehr von mir lassen, blinzelt nicht mal.

Doch die Sekunden vergehen.

»Lucas, ich möchte gerne ein paar Dinge wissen.«

»Du kannst mich alles fragen.«

»Warst du wirklich mit Kenzi befreundet?«

Er macht große Augen, mit der Frage hat er nicht gerechnet. »Nein, also nicht direkt. Ich kannte ihn vom Sehen aus der Schule. Aber …«

»Du hast behauptet, er wäre dein Freund. Das war alles ein abgekartetes Spiel, nicht wahr? Um mich zu locken. Mich reinzuziehen.«

»Ich, also, es war nicht meine Idee. Es war Mollys und wohl auch Juros, als sie hörten, dass du bei dieser Wohltätigkeitsveranstaltung sein würdest. Doch ich wusste nicht, dass sie zur A4A gehörten, ich schwör's dir.«

»Aber du hast mich von Anfang an belogen.«

»Ich wollte dir ja die Wahrheit sagen. Nach den Sit-ins hätte ich es getan. Ich wollte, ich will mit dir zusammen sein, Sam. Du musst doch merken, wie sehr ich dich mag. Es tut mir so, so leid.«

Nun weint er richtig, schlingt die Arme um mich und schmiegt den Kopf an meine Schulter. Zuerst sitze ich stocksteif da, doch schließlich hole ich Luft und lasse innerlich los.

Ich weiß, dass es ihm leidtut. Und ich weiß auch, dass er nichts mit der A4A zu tun hatte. Doch während ich geglaubt habe, er wolle mit mir befreundet sein, hat er mich in die Falle gelockt. Er hat mich angelogen und benutzt. Und selbst als er Gefühle für mich entwickelt hat, hat er mir immer noch nicht die Wahrheit gesagt. Angeblich hatte er es vor, aber stimmt das?

Und morgen werden wir beide sterben.

Ich bin verletzt. Wütend. Er hat mich da reingezogen, mir keine Chance gegeben, mich eigenständig zu entscheiden. Doch wenn ich ehrlich zu mir bin, hätte es nichts geändert. Nach wie vor finde ich, dass wir richtig gehandelt haben.

Ich habe sogar zugelassen, dass er mich küsst. Mir hat es zwar nichts bedeutet, jedenfalls nicht das, was er wohl denkt. Ich wollte bloß mal wissen, wie es sich anfühlt. Als ich Lucas geküsst habe, habe ich begriffen, warum er und auch sonst kein Junge für mich infrage kommt. So habe ich ihn vielleicht auch ein klein wenig benutzt. All das liegt mir nicht so am Herzen, dass ich ihn über meine Gefühle aufklären möchte, aber doch genug, um ihn mit einer Lüge zu trösten:

»Schhh, Lucas. Schon gut. Ich verzeihe dir.«

AVA

Die Sonne geht auf wie an jedem Tag. Mir kommt das falsch vor. Wie kann das sein?

Als ich den Teil der Tribüne erreiche, die für Familie und Freunde reserviert ist, bin ich total schockiert, Lucas' kleinen Bruder Nicky dort vorzufinden. Die Frau, die bei ihm sitzt, ist eine Freundin der Familie. Die, bei der ich ihn neulich abgeliefert habe. Offenbar kümmert sie sich immer noch um ihn.

Ich gehe zu ihr. »Können Sie ihn nicht von hier wegbringen?«

»Nein. Die Lorder bestehen darauf, dass er die Folgen mitansieht.« Ihr Gesicht ist vor Wut wie versteinert, doch sie wagt nicht, sich den Lordern zu widersetzen.

Keiner traut sich das mehr.

SAM

Mein letztes Outfit. Ob Mum wohl zusieht? Die Klamotten sind scheußlich, ein unförmiges dunkles Hemd und eine Hose.

Da kann ich nur hoffen, dass Mum nicht hier ist. Mit dem Unerfreulichen und Hässlichen kommt sie nicht gut klar. Wie wird sie mit alldem nur fertig? Weiß sie, dass Dad Armstrong davon abgehalten hat, mich zu begnadigen? Ob sie es ihm je verzeihen könnte?

Womöglich ist sie seiner Meinung.

Meine Hände sind auf dem Rücken gefesselt.

Irgendwie bewege ich mich vorwärts: setze einen Fuß vor den anderen.

Einen Schritt … zwei … drei …

Ich gehe aufrecht, atme tief ein.

Alle Sinne sind hellwach, geschärft. Die kalte Luft in den Lungen, der raue Kleiderstoff auf der Haut, der Klang unserer Schritte im Flur. Irgendwie riecht es komisch, ohne dass ich sagen könnte, wonach. Ein wenig nach Desinfektionsmittel; es scheint von dem Wärter zu kommen, der hinter mir läuft.

Zwölf Schritte … dreizehn … vierzehn …

Mir tut nichts leid, gar nichts. Nur Mum tut mir leid, auch Dad. Er mag ja glauben, dass er weiß, was er tut, doch ich bezweifle, dass ihm das Ausmaß seiner Entscheidungen wirklich bewusst ist. Am Ende wird es ihm mehr zusetzen, als er sich vorstellen kann.

Zwanzig … einundzwanzig … zweiundzwanzig …

Es tut mir leid, Ava. Ich möchte dich nicht verlassen. Sei stark.

Während ich beim Laufen meine Schritte zähle, denke ich an Ava, an ihre Augen, wie sie mich zuletzt angesehen haben. Mit dieser Erinnerung will ich sterben.

AVA

Sams Eltern sind gekommen. Neben ihnen Agenten der Regierung, Lorder, um sie abzuschirmen, damit ihnen niemand zu nahe kommen kann. Sams Vater steht aufrecht, steif; er stützt seine Frau. Hinter einer dunklen Brille sieht man ihre Augen zwar nicht, dennoch macht sie einen seltsamen Eindruck. Wurde sie unter Medikamente gesetzt, damit sie das hier übersteht?

Die vier treten nun ins Freie: Lucas, Daisha, Sam, Juro.

Sie sind zu weit von uns entfernt, als dass wir ihre Gesichter sehen könnten. Zum ersten Mal kommt das neue Gesetz zum Einsatz, das die Hinrichtung von Jugendlichen erlaubt. Aus Rücksicht auf ihr Alter verzichtet man beim Filmen auf Close-ups, auch die Familie darf nur von Weitem zusehen. Als wäre damit alles okay.

Selbst auf die Entfernung erkennt man, dass Daisha weint. Sie muss zum Galgen getragen werden, entweder kann oder will sie nicht laufen. Sam hält den Kopf gesenkt. Schwankend und mit schleppenden Füßen bewegt sie sich vorwärts. Mich wundert das. Ich habe es mir bei ihr anders vorgestellt, nur was weiß ich schon, wie man sich in einer solchen Situation verhält.

Die vier klettern die Stufen hinauf. Daisha steht jetzt aufrechter, schafft es allein auf die kleine Plattform.

Hätte ich lieber nicht kommen sollen? Ich weiß nicht, ob es für mich besser oder schlechter ist, auf jeden Fall muss ich Sam beistehen. In ihren letzten Augenblicken. Keine Ahnung, ob sie ihre Umgebung überhaupt wahrnimmt. Aber wenn sie aufschaut, sieht sie mich hier stehen und weiß, dass ich da bin.

Doch ihr Kopf bleibt gesenkt.

Die Schlingen werden ihnen um den Hals gelegt.

Die Falltüren gehen unter ihnen auf.

Sie hängen in der Luft, zucken zuerst noch. Und als hätte ich selbst eine Schlinge um den Hals, bekomme ich erst wieder Luft, als es vorbei ist.

Es dauert eine gefühlte Ewigkeit, bis sie sich nicht mehr bewegen. Auf einmal sehen sie unwirklich aus, wie Marionetten in den Händen der Lorder. Wo eben noch vier junge Menschen mitten im Leben standen, voller Mut und Träume, beseelt vom Wunsch, die Gesellschaft zu verbessern, hängen nun vier leblose Gestalten am Galgen. Wer jeder Einzelne von ihnen war und was sie an diesen Punkt gebracht hat, wird die Welt nie erfahren, denn der Prozess wurde im Geheimen abgehalten. Ihre Individualität wurde ausgelöscht.

Schreie der Verzweiflung ertönen, werden lauter, klingen beinahe animalisch. Nicky. Wer kam nur auf diese absurde Idee, ihn zuschauen zu lassen? Mich lenkt es von mir selbst ab, endlich reiße ich den Blick von dem los, was mich mein Leben lang verfolgen wird.

Ich gehe zu Nicky, will ihn in den Arm nehmen, doch er stößt mich weg.

»Ich räche mich. Das kriegen die wieder«, brüllt er mit der unbändigen Wut eines Fünfjährigen.

Die Frau, mit der er dort ist, nimmt ihn bei der Hand. »Komm, Nicky. Wir gehen.«

Sie zerrt ihn mit sich, doch plötzlich reißt er sich los und stürmt zu den Gregorys. Mr Gregory zuckt zusammen, als Nicky ruft: »Ich hasse dich!«

Einen Moment lang frage ich mich, und vielleicht auch alle anderen hier, ob auch dieses junge Leben auf dem Spiel steht?

Ein Lorder packt Nicky und schleift ihn zurück zu seiner Begleiterin. Bevor sich Mr Gregory abwendet, sehe ich noch die Tränen auf seinem Gesicht.

SAM

Ich huste. Was ist das nur für ein fieser Geruch hier? Mir wurde was vors Gesicht gehalten, davon bin ich ohnmächtig geworden …

Jetzt fällt mir wieder ein, wo ich hinwollte. Ich rapple mich auf.

Ich befinde mich hinten in einem Lieferwagen. Glaube ich jedenfalls. Es gibt zwar Fenster, doch die sind verhangen, sodass nur an den Rändern Licht durchsickert. Wir fahren, haben ordentlich Tempo drauf.

Ich kapier's nicht. Was ist los? Ich bin total benebelt.

Denk nach, Sam. Was weißt du?

1. Ich war auf dem Weg zum Galgen.

2. Man hat mich betäubt.

3. Ich bin hinten in einem Transporter, auf dem Weg nach sonst wohin.

Dad. Dad muss dahinterstecken. Offenbar konnte er es doch nicht ertragen, mich hängen zu sehen, deshalb hat er mich da rausgeholt. Wer sollte sonst dazu imstande sein?

Lucas, Daisha und Juro? Was ist mit denen? Mir kommen die

Tränen. Ich mag nicht daran denken, was inzwischen wohl passiert sein muss.

Als die Wagentüren endlich aufgehen, blendet mich das Tageslicht. Ich bin hungrig und durstig.

»Raus mit dir«, sagt eine Stimme.

Stolpernd klettere ich aus dem Lieferwagen. Es ist bitterkalt, regnet. Rings um mich herum hohe Zäune mit Stacheldraht. Nichts als trostloser grauer Beton mit einem Schieferdach.

Noch ein Gefängnis. Ich bin wieder in einem Gefängnis.

»Wo ist mein Vater?« In meiner Stimme schwingt Panik mit.

»Dein Vater?« Jemand tritt vor. Ich schüttle den Kopf, als müsste ich meine Gedanken wieder zurechtrücken. Es ist Astrid Connor, die Abgeordnete, die ich im Verdacht habe, den Deal mit meinem Vater und Armstrong initiiert zu haben. Wenn das stimmt, hat sie das ganze Land in diese momentane Hölle gestürzt. Was macht Astrid denn hier?

»Was geht hier vor sich?«

»Dein Vater hat keine Ahnung, wo du bist.«

»Sagen Sie es ihm!«

»Er glaubt, er hätte heute Morgen deiner Hinrichtung beigewohnt. Wahrscheinlich tröstet er sich jetzt mit einer Flasche Whiskey.«

»Was? Aber ich dachte, er …«

»Nein. Dein Vater hat verhindert, dass du begnadigt wurdest, und nun hat er dich auch nicht gerettet. Ich habe dich gerettet. Nur dankst du es mir vielleicht nicht.«

»Verstehe ich nicht. Was wollen Sie von mir?«

»Dein Vater heimst all die Lorbeeren von der Lorder-Partei ein. Der Name, den ihr uns zugeschrieben habt, gefällt uns übrigens, den behalten wir. Jedenfalls hat dein nobler Vater seine eigene Tochter für die Sache geopfert und dem Land gezeigt, wie ernst es ihm mit Gesetz und Ordnung ist. Er wird Armstrongs Nachfolger sein, der nächste Machthaber, keine Frage. Und irgendwann, wenn ich an der Reihe bin, benutze ich dich, um seinen Höhenflug zu stoppen. Ich werde es so aussehen lassen, als hätte er alle hintergangen und dich auf Kosten einer Unschuldigen gerettet. Doch das sind langfristige Pläne. Fürs Erste möchte ich dich im Honister-Slate-Mine-Gefängnis willkommen heißen. Deinem neuen Zuhause.«

AVA

Mir ist so kalt, als würde ich nie wieder warm werden.

Ich sitze auf dem Bett, laufe durchs Zimmer, setze mich wieder hin. Ich möchte schreien, toben und allen mit brutaler Rache drohen, die Sam das angetan haben. So wie Nicky.

Meine Hände flattern auf und ab, als gehörten sie nicht zu mir. Mit einer greife ich nach dem Amulett an meinem Hals.

Als ich Sam das letzte Mal gesehen habe, hat sie es berührt, den Knoten aus der Kette gelöst. Sie hat das Amulett in der Hand gehalten. Wie ich jetzt.

Wenn ich ein Foto von ihr hätte, würde ich es hineinlegen; ein eigenes Foto, das Sam so zeigt, wie sie wirklich war, und nicht, wie die Welt sie gesehen hat.

Als ich den kleinen Haken öffne, springt der Anhänger auf.

Etwas fällt in meine Hand.

Es ist weich und von diesem unfassbaren Weißblond. Eine Haarlocke von Sam? Sie muss sie heimlich hineingelegt haben. Und die ganze Zeit über habe ich ihre Haarlocke nah am Herzen getragen! Ohne es zu wissen.

Sam muss geahnt haben, dass etwas Schlimmes geschieht. Zumindest hat sie wohl geahnt, dass wir uns nicht wiedersehen würden. Deshalb hat sie mir die Locke zurückgelassen.

Mir kommt es vor, als wäre es in einem anderen Leben gewesen, dass sie zu mir gesagt hat, sie sähe sich nicht als Künstlerin oder überhaupt in der Zukunft, sondern immer nur im Jetzt. Als hätte sie gewusst, dass sie nie erwachsen werden würde.

Bevor Sam und ich uns das erste Mal offiziell getroffen haben, habe ich sie immer aus der Ferne beobachtet. Ich konnte nicht anders. Sie war so schön. Für mich war sie das Mädchen, das alles hatte, dem alles offenstand. Ihr Leben schien so mühelos und perfekt und dafür habe ich sie ein klein wenig gehasst.

Dann aber habe ich die wirkliche Sam kennengelernt und gesehen, dass ihr Leben auch nicht leichter ist als meines, nur eben anders. Und ich konnte meine Gefühle nicht mehr mit der Illusion bändigen, dass ich sie hasste, denn das tat ich nicht.

Ich schließe die Augen und rufe mir ihr Lächeln ins Gedächtnis, ihre Wärme bei unserer letzten Umarmung. Ihre Stimme, als sie sagte: »Ich mag Lucas nicht, nicht so wie dich.«

In der Hand halte ich das Amulett meiner Mutter mit der Locke des Mädchens, das ich geliebt habe. Denn es war wirklich Liebe.

Die beiden Menschen, die ich verloren habe, sind bei mir, in mir, in meinem Herzen.

Mein Vater kannte mich besser als ich mich selbst. An dem Tag, als alle Richtung Westminster aufbrachen, hatte ich seine Stimme im Ohr, er hat mich gewarnt, vorsichtig zu sein und nach Hause zu gehen. Doch es war auch meine Stimme. Ich bin nicht so mutig, kann mich Autoritäten nicht widersetzen, wenigstens nicht so wie Sam und Lucas. Sam wusste das.

Aber ich werde meinen eigenen Weg finden, um etwas zu verändern.

Ich umschließe das Amulett mit der Hand und endlich fließen die Tränen.

EPILOG

5 Jahre später

AVA

Ich lerne für Neurologie, mein Lieblingsfach. In den Neuronen, den Nervenbahnen und der Gehirnstruktur liegt solch elegante Leichtigkeit. Alles ist so einfach, aber zugleich auch komplex. Morgen habe ich Prüfung. Sonst habe ich keine Probleme mit dem Geräuschpegel im College, aber gerade fällt es mir zunehmend schwerer, mich zu konzentrieren.

Angestrengt lausche ich. Irgendwas ist anders. Sind die Leute aufgeregt oder ängstlich? Beides vielleicht? Ist was passiert?

Ich öffne die Tür und schaue in den Flur. Aus dem Gemeinschaftsraum kommen Stimmen. Als ich hineingehe, zischt jemand, alle sollten leise sein. Der Fernseher wird lauter gedreht.

»Eilmeldung. Premierminister Armstrong und seine Frau Linea sind heute Nachmittag auf dem Weg nach Chequers einem terroristischen Anschlag zum Opfer gefallen. Heute, genau um 16.00 Uhr, fünf Jahre nachdem der Vertrag zur Bildung der Lorder-Regierung ratifiziert wurde.«

Sie breiten weitere Fakten aus – oder besser gesagt das, was sie uns als solche verkaufen wollen. In den Gesichtern der Nachrichtensprecher spiegeln sich Trauer und Entsetzen. In denen meiner

Kommilitonen auch Schadenfreude, die sie aber schnell zu verbergen suchen. Der Premierminister und seine Frau waren auf dem Weg zu Feierlichkeiten anlässlich des fünfjährigen Jubiläums der Lorderregierung. Ihre Kinder waren schon vorgefahren und wurden in Kenntnis gesetzt.

Sandy, ihre älteste Tochter, muss jetzt so alt sein wie Sam damals, als sie starb.

Luftaufnahmen von Rauchschwaden auf der Autobahn; Spekulationen, wer dahinterstecken und wie die Täter vorgegangen sein könnten. Der Premierminister hatte für seine Ankunft auf Chequers eine Pressekonferenz einberufen, kein Mensch weiß, warum.

Dann wird ein pixeliges Video von einem Jungen gezeigt, er ist vielleicht zehn oder elf und sein Gesicht ist nicht deutlich zu erkennen. Offenbar hat er mit dem Anschlag zu tun und die Bevölkerung wird um Hinweise gebeten. Sein Vorname ist Nico. Als Nicos Gesicht mehrere Sekunden lang im Profil zu sehen ist, trifft es mich wie ein Schlag.

Könnte das Lucas' kleiner Bruder sein? Könnte dieser Nico Nicky sein? Als das Video ein zweites Mal gezeigt wird, sehe ich genau hin. Ich bin mir nicht sicher, aber selbst wenn es so wäre, würde ich nichts sagen.

Dann wird live zu Gregory geschaltet. Sams Vater. Er gibt eine Erklärung ab. Ist entsetzt über die Gräueltaten, verspricht eine zügige Bestrafung der Täter. Nun ist er nicht mehr der stellvertretende Premierminister. Natürlich nicht. Nach Armstrongs Tod ist er jetzt Premier.

Ich starre ihn an und versuche, hinter dem schütteren grauen Haar und den faltigen Augen etwas anderes – *ihn* zu erkennen.

Ich habe Gregory ganz anders in Erinnerung. Doch wer war er damals? Jedenfalls nicht der, für den ich ihn gehalten habe. Warum hat er bloß nicht eingegriffen, ich verstehe es bis heute nicht. Irgendwie kann ich die Bilder, die ich von ihm habe, nicht unter einen Hut bringen. Denn immerhin hat er die Beisetzung meines Vaters bezahlt und auch mein Stipendium aufgestockt. Wäre ich sonst überhaupt da, wo ich heute bin?

Und dann hat er bei Sams Hinrichtung geweint.

Ich kann ihn nicht anschauen, ohne gleich daran zu denken, deshalb ziehe ich mich schnell in mein Zimmer zurück.

Als ich mich gegen die Tür sinken lasse, bin ich kurz vorm Zusammenbruch. Und in dem Fall tue ich immer das Gleiche:

Ich halte Mums Amulett in der Hand.

Ich öffne es. Sams Haarlocke ist da, ein strahlender Talisman, der nie verbleicht. Und die Zeilen, die ich in winziger Schrift für Sam und Mum habe eingravieren lassen:

Man lebt im Tun, in Jahren nicht, man denkt
Im Fühlen, nicht im Zahlenziffernblatt

Auswendig sage ich den Rest des Gedichts auf, das nicht mehr hineinpasste: Man misst Zeit eher am Pulsschlag. Wahrhaft lebt, wer scharf denkt, edel fühlt und Gutes tut.

Ich klappe das Amulett wieder zu, lasse es zurück unter die Bluse gleiten. Trage es nah am Herzen, das silberne Amulett mit der Haarsträhne und den Worten eines toten Dichters, denn in eigene konnte ich es nicht fassen. Philip James Bailey ist vielleicht schon über hundert Jahre tot, aber er hat genau ausgedrückt, was ich fühle.

Nach einer dunklen Zeit habe ich wieder Trost in Büchern gefunden. Jetzt studiere ich Medizin. Die Lorder-Regierung hat dafür gesorgt, dass Universitäten nichts kosten und dass die Aufnahme allein von Leistung abhängt, deshalb habe ich einen Studienplatz in Cambridge bekommen. Anfangs wollte ich vor allem Menschenleben retten, so wie vielleicht jemand meine Mutter hätte retten können. Ich habe sogar ihren Namen angenommen, damit ich nie vergesse, wofür ich es tue.

Doch inzwischen erstreckt sich meine Motivation so viel weiter. Obwohl die Regierung auch Gutes getan hat, wurde ihre Herrschaft auf dem Rücken von Mädchen wie Sam und Jungs wie Lucas errichtet.

Als Gregorys eigene Tochter gehängt wurde, haben plötzlich alle die Lorder-Regierung für voll genommen. Die Menschen hatten Angst, aus gutem Grund. Die Lorder fackelten nicht lange, und jeder, der sich ihnen widersetzte, landete am Galgen. Und sie haben die Anarchisten, die A4A, mit denen das ganze Unheil begann, wie versprochen ausgelöscht.

In den letzten Jahren hat sich niemand mehr getraut, die Lorder öffentlich zu kritisieren. Warum sollte das auch jemand mit Sinn und Verstand tun? Großbriannien ist sicher und wirtschaftlich erfolgreich in seiner Isolation. Seit den letzten Änderungen sind alle über einundzwanzig gleichgestellt, unabhängig von ihrer Herkunft und dergleichen. Und jeder, der den Lordern in irgendeiner Form nicht passt, verschwindet oder wird gehängt.

Ich hüte meine Erinnerungen wie Schätze, auch wenn sie schmerzhaft sind. Sams Lächeln, nicht das künstliche Lächeln, für die Öffentlichkeit bestimmte, sondern das echte, bei dem ihr ganzes Gesicht und ihre Augen gestrahlt haben. Ihre Art, sich zu bewegen, schwungvoll und leicht wie Sonnenstrahlen zwischen den Bäumen, flüchtig, aber wunderschön. Wie sie für ihre Überzeugung am Ende alles riskiert hat. Ihr künstlerisches Talent, auf das sie sich nie was eingebildet hat. Was wäre wohl in einer anderen Welt aus ihr geworden?

Was wäre aus uns geworden?

Sinnlos verschwendetes Leben. Ich bin keine Revolutionärin, auch wenn ich Sam zuliebe fast eine geworden wäre, aber ich werde einen anderen Weg finden. Einen Weg, sie aufzuhalten.

Das schwöre ich, so wahr ich Ava Lysander heiße.

SAM

Wir bekommen so wenig von der Außenwelt mit, dass es jedes Mal ein Schock ist, wenn was zu uns durchdringt.

Ein Wächter erzählt es uns beim Essen. Premierminister Armstrong und seine Frau sind tot? Ermordet von Terroristen?

Unter den Frauen bricht spontaner Jubel aus, zur Strafe entzieht man uns die eine Stunde Freizeit.

Ich mochte Mrs Armstrong, mir tut sie leid, aber nur sie und ihre Kinder, ihr Mann nicht. Dieser Mann war für so viel Leid verantwortlich.

Heißt das, dass mein Vater nun Premierminister wird und Astrid endlich Gelegenheit bekommt, ihn zu vernichten? Ihn vor aller Augen mit meiner Existenz zu konfrontieren?

Ob ich dann hier rauskomme? Bitte, lieber Gott. Bitte.

Wobei ich dann am Ende doch noch gehängt werde. So lautete ja mein Urteil.

Neben mir fängt Giana meinen Blick auf. Sie weiß, was mir durch den Kopf geht, was ich hoffe, und sie drückt kurz meine Hand, als wir aus dem Speisesaal zurück in die Zellen gehen. Hier habe ich sie gefunden, Lucas' Mutter, habe sie gleich nach meiner Ankunft erkannt. Ich musste ihr die schmerzhafte Nachricht vom Tod ihres Sohnes überbringen.

Nach fünf Jahren hat Armstrongs Herrschaft ein passendes Ende gefunden. So lange bin ich nun fast hier.

Es kommt mir vor wie eine Ewigkeit, aber zugleich auch, als wäre ich erst seit gestern hier: In dieser Hölle namens Honister, einer alten Schiefermine, die nun als Arbeitslager für Frauen dient. Es erscheint mir wie eine Ewigkeit, weil sich die Minuten bei der gefährlichen Knochenarbeit endlos dehnen. Und gleichzeitig ist es wie gestern, weil ich in Gedanken immer noch bei dem Tag in Westminster bin, bei all der Freude und Hoffnung, die sich in Schmerz und Verzweiflung umgekehrt haben.

Die Zellentür fällt schwer ins Schloss, der Schlüssel wird herumgedreht, das Licht geht aus.

Astrid hatte recht: Ich bin ihr nicht dankbar, dass sie mir das Leben gerettet hat, um mich hier vergammeln zu lassen. Aber hätte ich lieber einen Strick um den Hals?

Ich habe zwei, nein, drei Dinge gelernt, seit ich hier bin.

Ich bin stark. In mir ist eine Härte, die alles überdauert. So ungern ich es auch zugebe, aber das habe ich wohl von meinem Vater.

Freunde findet man an den unmöglichsten Orten. In Honister gibt es Journalistinnen wie Giana, die sich nicht haben mundtot machen lassen, und Demonstrantinnen wie mich, bis hin zu echten Verbrecherinnen und Mörderinnen. Aber da ist auch Güte, Freundschaft oder zumindest Respekt.

Und ich bin eine Künstlerin. Ava hatte recht. Und Mrs Jenson auch, wie hat sie sich ausgedrückt? *Kunst ist ihnen ein inneres Bedürfnis, gerade in schweren Zeiten.*

Meine Hände sind kalt und rau von der harten Arbeit. Durch die Gitterstäbe der Tür dringt nur wenig Licht vom Gang.

Trotzdem ist das jetzt meine Zeit. Stifte und Zeichenblöcke habe ich mir von den Wächtern verdient, indem ich ihre Kinder, Haustiere oder sonst was von Fotos abgezeichnet habe.

An die Tür gelehnt sitze ich auf dem kalten Steinboden, weil hier das Licht am besten ist. Ich blättere in meinen Zeichnungen. Keine einzige hat mit dem Gefängnis zu tun, ich zeichne nicht, was ich mit den Augen sehe, sondern was ich im Herzen trage, meine Gefühle, meine Erinnerungen, gute und schlechte: Mum, Freunde, ein paar Orte und sogar Dad. Indem ich sie alle zeichne, werden sie realer, sind noch näher bei mir.

Und vor allem ist da Ava.

Als ich ihr Gesicht auf dem Papier berühre, als ich atme und fühle und Sehnsucht habe, weiß ich, dass ich froh bin, noch am Leben zu sein.

Was Lucas, mir und vielen anderen widerfahren ist, ändert nichts an meiner Überzeugung. Eines Tages, selbst wenn dieser Tag noch fern ist, wird jemand kommen und all die Dinge ändern, an denen wir gescheitert sind.

Bis dahin warte ich. Hoffe.

Und eines weiß ich: Ich mag eingesperrt sein, aber wenn ich den Stift übers Papier führe, bin ich frei.

DANKSAGUNG

»Exit Now!« ist ein Roman, den ich schreiben musste, obwohl ich mir nicht sicher war, ob es wirklich eine gute Idee ist: Wollen die Leute so etwas lesen – von einer alternativen Zukunft, die unserer doch so ähnlich ist und die spiegelt, wie schrecklich falsch die Dinge laufen könnten, nachdem Großbritannien die EU verlässt.

Gleichzeitig war es mir ein Bedürfnis, den Jugendlichen eine Stimme zu geben, die in wichtigen Schlüsselmomenten nicht wählen durften und doch später mit den Folgen leben müssen.

An alle alten und neuen »Gelöscht«-Fans: Habt Dank! Eure Begeisterung für Kyla und ihre Welt hat mich an den Punkt gebracht, an dem ich heute stehe. Ich weiß, dass dies nicht der Folgeroman zur Trilogie ist, auf den einige gehofft haben. Aber es gab einfach so vieles, was ich erzählen wollte: über Sam, über Ava und über die politische Situation, die letztlich zu dem Regime in »Gelöscht« führen soll. Ich hoffe, ihr seid vom Ergebnis nicht enttäuscht.

Ich danke meiner Agentin Caroline Sheldon und meinen Lektorinnen Megan Larkin, Emily Sharrat und Rosie McIntosh, dass sie mir dabei geholfen haben, meine Vision zu verwirklichen, und für die Namensinspiration. Außerdem danke ich Thy Bui für ein weiteres großartiges Coverkonzept!

Ein besonderer Dank geht an Ann Giles, die auch als Bloggerin »The Book Witch« bekannt ist und die mir das Wiegenlied vorgeschlagen hat, welches Avas schwedische Mutter singt. Von ihr habe ich außerdem den Kosenamen, den sie für ihre eigene Tochter benutzt.

Nick Cross, vielen Dank, dass du mir sowohl Nickys bzw. Nicos Namen ausgeliehen hast und mich außerdem immer wieder mit technischem Rat unterstützt hast. Natürlich gehen alle möglichen inhaltlichen Fehler auf meine Kappe.

Herzlichen Dank an alle, die bei dem Wettbewerb mitgemacht haben, bei dem es einen Namen im Roman zu gewinnen gab, und Glückwunsch an die Gewinner Ruth Miller und Anji Kilvert-King.

Zu guter Letzt danke ich Graham, Scooby und der ganzen Truppe, dass sie mich daran erinnern, was wirklich wichtig ist. Selbst im größten Chaos ist unser Fleck in der realen Welt immer noch ein wunderbarer Ort.

»Exit Now!« ist die Vorgeschichte zu Teri Terrys berühmter »Gelöscht«-Trilogie. Wie sich die Welt von Ava Lysander und Sam Gregory weiterentwickelt, könnt ihr in der nachfolgenden Leseprobe entdecken.

Leseprobe

KAPITEL 1

Merkwürdig.

Zugegeben, ich habe wenig Erfahrung, um diesen Eindruck begründen zu können. Ich bin 16 Jahre alt und weder langsam noch zurückgeblieben oder seit meiner Geburt in einem Schrank eingesperrt gewesen – zumindest soweit ich weiß –, aber das Slating macht das mit einem. Es nimmt einem alle Erinnerungen.

Es dauert eine Weile, bis nicht mehr ständig alles zum ersten Mal geschieht. Erste Worte, erste Schritte, die erste Spinne an der Wand, der erste angeschlagene Zeh. Ganz einfach: erstes ALLES.

Wenn ich mich heute also seltsam und unsicher fühle, könnte es einfach daran liegen.

Ich kaue an meinen Nägeln, während ich hier sitze und auf Mum, Dad und Amy warte, damit sie mich aus dem Krankenhaus abholen, um mich nach Hause zu bringen. Aber ich weiß nicht, wer sie sind. Ich weiß nicht, wo *zu Hause* ist. Ich weiß gar nichts. Wie könnte das nicht … merkwürdig sein?

Bzzzz: ein sanftes vibrierendes Warnsignal von dem Levo an meinem Handgelenk. Ich schaue nach unten: Ich bin auf 4,4 gefallen. Also esse ich ein Stück Schokolade, und mein Level steigt ganz langsam wieder an, während sich der Zucker in meinem Mund ausbreitet und ich beobachte, wie sich mein Levo-Wert verändert.

»Mit so schwachen Nerven wirst du irgendwann dick.«

Ich zucke zusammen.

Dr. Lysander steht in der Tür. Sie ist groß und dünn und trägt einen weißen Kittel. Ihre dunklen Haare sind nach hinten gekämmt und auf ihrer Nase sitzt eine dicke Brille. Sie bewegt sich geräuschlos wie ein Geist und scheint immer schon vorher zu wissen, wann das Levo bei jemandem in den roten Bereich rutscht. Aber sie ist nicht wie die Schwestern, die einen mit einer Umarmung zurückholen. *Nett* würde man sie wohl nicht gerade nennen.

»Es ist so weit, Kyla. Komm.«

»Muss ich denn gehen? Kann ich nicht einfach hierbleiben?«

Sie schüttelt den Kopf. Ein ungeduldiges Zucken in ihren Augen sagt *»Das habe ich schon eine Million Mal gehört«*. Oder zumindest 19.417 Mal, denn das ist die Nummer meines Levos.

»Du weißt, dass das nicht geht. Wir brauchen das Zimmer. Komm.«

Sie dreht sich um und geht durch die Tür. Ich nehme meine Tasche und folge ihr. Darin ist alles, was ich besitze – sie ist nicht schwer.

Ehe ich die Tür schließe, blicke ich zurück in mein Zimmer. Ein Bett, zwei Kissen, eine Decke, ein Schrank. Das Waschbecken mit einer Schramme an der rechten Seite ist das Einzige, was dieses Zimmer von den endlosen Reihen von quadratischen Räumen auf meinem und den anderen Korridoren unterscheidet. Das Erste, woran ich mich *erinnere.*

Neun Monate lang waren diese vier Wände die Grenzen meines Universums. Sie und Dr. Lysanders Büro, die Sporthalle und die Schule einen Stock tiefer, zusammen mit anderen wie mir.

Bzzzz: Es vibriert an meinem Arm noch stärker als vor einigen Minuten. Mein Levo ist auf 4,1 gefallen.

Zu niedrig.

Dr. Lysander dreht sich um und schnalzt leise mit der Zunge. Sie beugt sich zu mir herunter, sodass wir auf Augenhöhe sind, und berührt meine Wange mit der Hand. Wieder ein erstes Mal.

»Glaub mir, alles wird gut. Und wir werden uns ja alle zwei Wochen sehen.«

Sie lächelt. Aber eigentlich spannt sie die Lippen über die Zähne und ihr Gesicht wirkt damit fremd. Als ob das Lächeln unsicher wäre, wie es überhaupt dorthin gelangt ist. Ich bin so überrascht, dass ich meine Angst vergesse und mein Levo aus dem roten Bereich steigt.

Sie nickt, richtet sich auf und läuft den Flur hinab zum Lift.

Wir fahren schweigend neun Stockwerke nach unten ins »Erdgeschoss«, dann gehen wir einen kurzen Gang entlang, bis wir zu einer weiteren Tür gelangen. Eine, hinter der ich noch nie gewesen bin – aus gutem Grund. Darüber steht »S & E«: Sachbearbeitung und Entlassung. Sobald man durch diese Tür tritt, ist man raus.

»Geh nur«, sagt Dr. Lysander.

Ich zögere und öffne die Tür nur einen Spalt. Dann drehe ich mich noch einmal um, weil ich »Auf Wiedersehen« oder »Bitte gehen Sie nicht« oder beides sagen will, aber mit einem leisen Rascheln des weißen Kittels und der dunklen Haare ist Dr. Lysander schon wieder im Lift verschwunden.

Mein Herz schlägt viel zu schnell. Ich atme ein und aus und zähle dabei jedes Mal bis zehn, wie man es uns beigebracht hat, bis mein Puls wieder langsamer wird. Dann straffe ich meine Schultern und ziehe die Tür weiter auf. Hinter der Schwelle befindet sich ein langer Raum mit einer Tür am anderen Ende und Plastikstühlen an der Wand. Darauf sitzen zwei andere Slater, mit der gleichen Tasche, wie ich sie habe, vor sich auf dem Boden. Ich kenne beide aus der Schule, obwohl ich viel länger hier war als sie. Genau wie ich tragen sie nicht mehr die hellblauen Baumwoll-Overalls, sondern richtige Jeans – also einfach eine andere Uniform. Die beiden lächeln, weil sie sich darauf freuen, endlich das Krankenhaus mit ihren Familien zu verlassen.

Es ist ihnen egal, dass sie ihre Eltern und Geschwister noch nie zuvor gesehen haben.

Eine Krankenschwester hinter einem Tisch auf der anderen Seite des Raums blickt auf. Ich stehe in der Tür und will sie nicht hinter mir zufallen lassen. Die Frau runzelt leicht die Stirn und winkt mich ungeduldig herein.

»Komm. Bist du Kyla? Du musst dich bei mir eintragen, bevor du dich abmelden kannst«, sagt sie und lächelt breit.

Ich zwinge mich, zu ihr zu gehen. Mein Levo vibriert, als die Tür hinter mir ins Schloss fällt. Die Krankenschwester nimmt meine Hand und sieht auf mein Levo, während es noch stärker zu vibrieren beginnt: 3,9. Sie schüttelt den Kopf, hält mit einer Hand meinen Arm fest und bohrt mit der anderen eine Spritze in meine Schulter.

»Was war das?«, frage ich und ziehe meinen Arm weg, obwohl ich die Antwort kenne.

»Nur etwas, um dich bei Laune zu halten, bis du das Problem von jemand anderem geworden bist. Setz dich. Du wirst aufgerufen.«

Mein Magen dreht sich um, doch ich tue, was sie sagt, und setze mich. Die anderen beiden Slater sehen mich mit großen Augen an. Ich spüre, wie der Happy Juice langsam durch meine Adern strömt und alle Gefühle verwischt, aber er kann meine Gedanken nicht stoppen – selbst dann nicht, als mein Levo auf 5 steigt.

Was, wenn mich meine Eltern nicht mögen? Selbst wenn ich mir wirklich Mühe gebe – was zugegebenermaßen nicht immer der Fall ist –, scheinen mich andere Menschen nicht unbedingt leicht ins Herz zu schließen. Sie werden wütend, wie Dr. Lysander, wenn ich nicht tue oder sage, was sie erwarten.

Und was, wenn ich sie nicht mag? Ich kenne nur ihre Namen. Alles, was ich habe, ist ein Foto, das gerahmt an der Wand meines Krankenzimmers hing und jetzt in meiner Tasche steckt. David, Sandra und Amy Davis. Dad, Mum und meine große Schwester. Sie lächeln in die Kamera und sehen ganz nett aus, aber wer weiß schon, wie sie wirklich sind?

Doch letztendlich ist das alles unwichtig, denn ganz egal, wer sie sind – ich muss dafür sorgen, dass sie mich mögen.

Scheitern ist keine Option.

KAPITEL 2

Die »Sachbearbeitung« ist kaum der Rede wert. Ich werde gescannt, fotografiert, gewogen und meine Fingerabdrücke werden genommen.

Wie sich herausstellt, ist die »Entlassung« der schwierigere Teil. Die Schwester erklärt mir auf dem Weg, dass ich meine Mutter und meinen Vater begrüßen muss, dass sie und ich ein paar Formulare unterschreiben werden, die belegen, dass wir jetzt alle eine große wundervolle Familie sind, und wir dann gemeinsam nach Hause fahren werden, um für immer glücklich miteinander zu leben. Natürlich springt mir das Problem sofort ins Auge: Was, wenn sie mich sehen und sich plötzlich weigern zu unterschreiben? Was dann?

»Steh gerade! Und *lächle*«, zischt die Schwester und schiebt mich durch die Tür.

Ich setze ein breites Lächeln auf, obwohl ich genau weiß, dass es aus einer ängstlichen und traurigen Kyla keine engelsgleiche und glückliche Erscheinung macht.

Kaum bin ich über die Schwelle getreten, bleibe ich wie angewurzelt stehen: Da sind sie. Ich hatte irgendwie damit gerechnet, dass sie dort stehen würden wie auf dem Foto, in den gleichen Klamotten, wie Puppen. Aber alle drei tragen unterschiedliche Kleidung, sie stehen anders und tausend Details kämpfen um meine Aufmerksamkeit. Es ist alles zu viel für mich. Der Anblick meiner neuen Familie droht mich zu überwältigen, sodass ich wieder in den roten Bereich abrutsche, obwohl immer noch der Happy Juice durch meine Adern fließt. Ich höre die gelangweilte Stimme meiner Lehrerin mit dem ewig gleichen Mantra, als stünde sie direkt neben mir: *Eins nach dem anderen, Kyla.*

Also konzentriere ich mich auf ihre Augen und hebe mir den Rest für später auf. Dads Augen sind grau, rätselhaft und zurückhaltend. Mums Augen haben kleine Flecken auf hellem Braun – es sind ungeduldige Augen, die mich an die von Dr. Lysander erinnern. Augen, denen nichts entgeht. Und meine Schwester ist auch da: große, dunkle, fast schwarze Augen sehen mich neugierig an, umrahmt von schimmernder Haut wie brauner Samt. Als das Foto vor ein paar Wochen geschickt wurde, wollte ich wissen, warum Amy so anders aussieht als meine Eltern und ich, aber sofort wurde ich zurechtgewiesen, dass die ethnische Herkunft ohne Bedeutung sei und unter der wunderbaren Zentralkoalition keiner Erwähnung mehr wert sei. Aber wie kann man so etwas übersehen?

Die drei sitzen an einem Tisch, zusammen mit einem fremden Mann. Alle Augen sind auf mich gerichtet, aber niemand sagt ein Wort. Mein Lächeln fühlt sich immer unnatürlicher an, wie ein Tier, das gestorben ist und jetzt mit einer Todesfratze auf meinem Gesicht klebt.

Dann springt Dad von seinem Stuhl auf. »Kyla, wir freuen uns so, dass du jetzt zu unserer Familie gehörst.« Lächelnd nimmt er meine Hand und küsst mich auf die Backe. Seine Wange mit den Bartstoppeln fühlt sich rau an, aber sein Lächeln ist warm. Und echt.

Dann kommen auch Mum und Amy zu mir und alle drei überragen mich mit meinen ein Meter fünfzig. Amy hakt sich bei mir ein und streicht über mein Haar. »So eine schöne Farbe, wie goldener Weizen. Und so weich!«

Mum lächelt nun auch, aber ihr Lächeln gleicht meinem.

Der Mann am Tisch räuspert sich und raschelt dann mit irgendwelchen Papieren. »Würden Sie bitte unterzeichnen?«

Und Mum und Dad unterschreiben dort, wo er hinzeigt. Dann reicht Dad mir den Stift.

»Deine Unterschrift, Kyla«, sagt der Mann und tippt auf eine leere Linie am Ende des langen Dokuments. »Kyla Davis« ist darunter getippt.

»Was ist das?«, will ich wissen, und die Worte kommen aus meinem Mund, ehe ich *denken kann, bevor ich spreche*, wie Dr. Lysander es mir immer wieder eingeschärft hat.

Der Mann am Tisch hebt eine Augenbraue, während sich auf seinem Gesicht erst Überraschung und dann Verärgerung spiegelt. »Das Standardformular für die Entlassung aus der stationären Behandlung in den externen Vollzug. Unterzeichne.«

»Kann ich es erst lesen?«, frage ich, denn eine merkwürdige Sturheit in mir treibt mich an, obwohl ein anderer Teil von mir *schlechte Idee* flüstert.

Die Augen des Mannes werden schmaler, dann seufzt er. »Ja, das kannst du. Dann warten jetzt bitte alle, bis Miss Davis ihrem Rechtsanspruch nachgekommen ist.«

Ich blättere das Dokument durch, aber es hat über zehn Seiten, die so eng bedruckt sind, dass alles vor meinen Augen verschwimmt und mein Herz wieder rast.

Dad legt mir eine Hand auf die Schulter und ich drehe mich um. »Das ist schon in Ordnung, Kyla. Nur zu«, sagt er ruhig.

Auf ihn und Mum muss ich ab jetzt hören. Ich erinnere mich, dass das eine der Regeln ist, die mir eine Schwester letzte Woche geduldig zu erklären versucht hat. Und es ist Teil dessen, was im Vertrag steht.

Ich werde rot und unterzeichne: Kyla Davis. Nicht mehr nur Kyla – der Name, den eine Beamtin für mich ausgesucht hat, als ich hier vor neun Monaten zum ersten Mal die Augen aufschlug. Und jetzt habe ich außerdem einen richtigen Nachnamen, der zu mir gehört und mich zum Teil einer Familie macht. Das steht auch irgendwo im Vertrag.

»Lass mich das tragen«, sagt Dad und nimmt meine Tasche. Amy hakt sich wieder bei mir ein und wir gehen durch die letzte Tür.

Und einfach so lassen wir alles hinter uns, was ich kenne.

Mum und Dad mustern mich im Autospiegel, als wir aus der Tiefgarage unter dem Krankenhaus fahren. Es ist okay, denn ich mustere sie genauso.

Sie fragen sich wahrscheinlich, wie sie zu zwei Töchtern gekommen sind, die so überhaupt nicht zusammenpassen. Und das hat noch nicht mal mit der Hautfarbe zu tun, die man ja sowieso nicht bemerken darf.

Amy sitzt auf der Rückbank neben mir: groß, attraktiv und drei Jahre älter als ich. Ich bin klein und dünn und habe feine blonde Haare – ihre sind dunkel, dick und schwer. Sie ist eine *Granate*, wie einer der Pfleger immer eine Schwester genannt hat, auf die er stand. Und ich bin …

Mein Gehirn sucht nach einem Wort für das Gegenteil von Amy, aber es kommt nichts. Vielleicht ist das aber auch schon die Antwort: Ich bin ein leeres, langweiliges Blatt Papier.

Amy trägt ein fließendes, rot gemustertes Kleid mit langen Ärmeln, aber sie hat einen davon hochgeschoben, sodass ich das Levo an ihrem Handgelenk sehen kann. Meine Augen weiten sich vor Überraschung: Sie wurde auch geslated. Ihr Levo ist ein älteres Modell, groß und dick im Vergleich zu meinem, das nur aus einer schmalen Goldkette mit einem kleinen Display besteht und aussehen soll wie eine Armbanduhr oder ein Armkettchen. Aber darauf fällt natürlich niemand rein.

»Ich freu mich so, dass ich jetzt eine Schwester habe«, sagt Amy, und es muss stimmen, denn auf ihrer Digitalanzeige steht 6,3.

Wir kommen zur Pforte – hier halten mehrere uniformierte Männer Wache. Einer tritt ans Auto, die anderen sehen hinter der Glasscheibe zu. Dad drückt auf ein paar Knöpfe und alle Autofenster und der Kofferraum gehen auf.

Mum, Dad und Amy ziehen ihre Ärmel hoch und halten ihre Hände aus den Fenstern, also tue ich das Gleiche. Der Wächter schaut auf Mums und Dads leere Handgelenke und nickt, geht dann zu Amy und hält ein Ding an ihr Levo, bis es piept. Dann macht er dasselbe mit meinem Levo. Er wirft einen Blick in den Kofferraum und schließt ihn wieder.

Eine Schranke geht auf und wir dürfen passieren.

»Kyla, was möchtest du heute machen?«, fragt Mum.

Mum ist rund und spitz, nein, das ist kein Scherz. Ihr Körper ist rund und weich, aber ihr Blick und ihre Worte sind spitz.

Der Wagen fährt auf die Straße und ich drehe mich um. Ich kenne das Krankenhaus gut, aber nur von innen. Das Gebäude ist riesig – ich sehe endlose Reihen von vergitterten Fenstern. Hohe Zäune und Türme mit Wachen, die auf und ab patrouillieren, markieren die Grenzen des Klinikgeländes. Und …

»Kyla, ich habe dich etwas gefragt!«

Ich schrecke hoch. »Ich weiß es nicht«, sage ich vorsichtig.

Dad lacht auf. »Natürlich nicht, Kyla, keine Sorge.« Dann wendet er sich an Mum: »Kyla weiß nicht, was sie unternehmen möchte, denn sie hat ja nicht einmal eine Vorstellung davon, was man unternehmen *kann.*«

»Also komm, Mum, das weißt du doch«, sagt Amy und schüttelt den Kopf. »Lasst uns direkt nach Hause fahren. Sie soll sich erst ein bisschen an alles gewöhnen, hat die Ärztin gesagt.«

»Ja, Ärzte wissen immer *alles*«, seufzt Mum, und ich kapiere, dass dieses Thema wohl schon häufiger zur Diskussion stand.

Dad schaut in den Spiegel. »Kyla, weißt du, dass 50 Prozent aller Ärzte die schlechtesten Schüler ihres Jahrgangs waren?«

Amy lacht.

»Also ehrlich, David«, protestiert Mum, aber sie lächelt auch.

»Kennt ihr den Witz von dem Arzt, der links nicht von rechts unterscheiden konnte?«, beginnt Dad und zählt eine lange Liste von Operationsfehlern auf, von denen ich hoffe, dass sie nie in meinem Krankenhaus passiert sind.

Aber bald vergesse ich alles um mich herum und starre nur noch aus dem Fenster.

London.

Ein neues Bild entsteht in meinem Kopf. Das New London Hospital verliert seinen zentralen Platz in meinen Gedanken und versinkt in einem weiten Meer. Straßen, die immer weiter und weiter führen, Autos, Gebäude – alles ist voller Leben. Zum Trocknen aufgehängte Wäsche auf Balkonen und Vorhänge, die aus Fenstern herauswehen. Überall: Menschen – in Autos und auf der Straße. Menschenmassen und Läden und Büros und immer noch mehr Menschenmassen, die in alle Richtungen strömen und die Wachleute ignorieren, die an den Straßenecken stehen, wenn auch immer seltener, je weiter wir uns vom Krankenhaus entfernen.

Dr. Lysander hat mich oft gefragt, warum ich den Drang habe, alles zu beobachten und alles wissen zu wollen, um es mir einzuprägen und jeden Bezugspunkt und jede Position zu merken.

Doch die Antwort ist, dass ich es nicht weiß. Vielleicht will ich mich nicht leer fühlen. Es fehlen so viele Details, die ergänzt werden müssen.

Schon nach wenigen Tagen in der Klinik – sobald ich wieder wusste, wie man einen Fuß vor den anderen setzt, ohne hinzufallen – bin ich jedes frei zugängliche Stockwerk abgegangen, habe Flure und Türen gezählt und als Bilder in meinem Gehirn gespeichert. Ich hätte danach jedes Schwesternzimmer, jedes Labor und jeden anderen Raum blind wiedergefunden. Und auch jetzt noch schließe ich meine Augen und sehe alles vor mir.

Aber London ist anders. Eine ganze Stadt. Ich müsste jede einzelne Straße entlanggehen, um das Bild zu vervollständigen. Doch wir scheinen den direkten Weg *nach Hause* zu nehmen, in ein Dorf, eine Stunde westlich von London.

Natürlich habe ich in der Krankenhausschule Landkarten und Fotos gesehen. Stundenlang haben sie uns jeden Tag mit so viel Allgemeinwissen gefüttert, wie unsere leeren Gehirne aufnehmen konnten, um uns auf unsere Entlassung vorzubereiten.

Wie anders das doch war. Ich habe mich auf jede Information gestürzt und sie mir eingeprägt und gezeichnet, mir alles in meinem Notizbuch aufgeschrieben, damit ich nichts vergessen würde. Doch die meisten anderen waren weniger aufnahmebereit. Sie waren zu sehr damit beschäftigt, alles und jeden breit und dämlich anzugrinsen. Denn als wir geslated wurden, haben sie die Ausschüttung unserer Glückshormone manipuliert und erhöht.

Wenn sie also auch mein Hormonlevel verändert haben, muss ich vorher bei null gewesen sein.

KAPITEL 3

Dad nimmt meine Tasche aus dem Kofferraum und geht pfeifend und mit den Schlüsseln in der Hand zum Haus. Mum und Amy steigen aus dem Auto und drehen sich dann um, weil ich nicht nachkomme.

»Los, Kyla.« Mums Stimme klingt ungeduldig.

Ich drücke gegen die Tür, fest und dann fester, aber nichts geschieht. Ich sehe zu Mum auf und mein Magen verkrampft sich, weil sich ihre Miene langsam, aber sicher ihrem Ton anpasst.

Schließlich öffnet Amy die Tür von außen. »Du ziehst an diesem Hebel an der Innenseite und drückst die Tür dann auf. Okay?«

Sie schließt die Tür wieder, und ich greife nach dem Hebel und mache es so, wie sie gesagt hat. Die Tür schwingt auf, und ich steige aus dem Wagen, froh darüber, meine Beine ausstrecken und nach so langer Zeit im Auto aufstehen zu können. Aus einer Stunde Fahrt sind wegen Stau und Umleitungen drei geworden und Mum konnte ihre Ungeduld kaum mehr zügeln.

Jetzt nimmt sie mein Handgelenk. »Seht euch das an: 4,4 – nur weil sie eine Autotür nicht aufbekommt. Mein Gott, das wird harte Arbeit.«

Ich will widersprechen und antworten, dass das unfair ist und dass mein Level nichts mit der Tür zu tun hat, sondern mit der Art, wie sie mit mir umgeht. Aber ich bin unsicher, was ich sagen oder lieber nicht sagen soll. Also halte ich den Mund und beiße mir stattdessen die Innenseite meiner Wange blutig. Amy legt einen Arm um meine Schultern, als Mum hinter Dad ins Haus geht. »Das meint sie nicht so. Sie ist nur sauer, weil unser erstes Abendessen verspätet beginnt. Aber du bist noch nie in einem Auto gefahren, oder? Wie sollst du dann wissen, wie die Tür aufgeht?«

Amy verstummt, und ich weiß wieder nicht, was ich sagen soll, aber diesmal, weil sie so nett zu mir ist. Also versuche ich ein Lächeln, ein kleines nur, aber ein echtes.

Amy lächelt zurück. »Lass uns doch eine Runde ums Haus drehen, ehe wir reingehen, ja?«, schlägt sie vor.

Dort, wo der Wagen vor dem Haus parkt, ist alles voller kleiner Steinchen, die beim Gehen unter unseren Schuhen knirschen. Der Vorgarten ist ein Rechteck aus grünem Gras mit einem großen Baum auf der linken Seite – eine Eiche? Die Blätter sind eine Mischung aus Gelb, Orange und Rot und buntes Laub liegt unordentlich neben dem dicken Stamm. *Blätter fallen im Herbst*, erinnere ich mich. Welches Datum haben wir heute? Den 13. September. Links und rechts vor der Eingangstür wuchern ein paar rote und pinkfarbene Blumen, deren verwelkte Blütenblätter auf dem Boden liegen. Und überall um mich herum ist so viel Platz. Alles kommt mir nach dem Krankenhaus und der Fahrt durch London sehr still vor. Ich stehe auf der Wiese und atme die kühle Luft tief ein. Sie schmeckt feucht und nach Leben und dem Ende des Lebens, wie diese Blätter auf dem Boden.

»Kommst du mit rein?«, fragt Amy und ich folge ihr durch die

Eingangstür ins Haus. Davon zweigt ein Raum mit Sofas, Lampen und Tischen ab. Ein großer Flachbildschirm beherrscht die Wand. Ein Fernseher? Er ist viel größer als die Geräte, die wir im Freizeitraum im Krankenhaus hatten – nicht, dass sie mich da nach dem ersten Mal je wieder reingelassen hätten, als klar war, dass Fernsehen meine Albträume nur verschlimmerte.

Durch dieses Zimmer gelangt man in einen anderen Raum mit langen Arbeitsflächen und vielen Schränken. Außerdem gibt es hier einen riesigen Ofen, den Mum gerade öffnet, um eine Schüssel reinzustellen.

»Geh auf dein Zimmer und pack vor dem Abendessen deine Sachen aus, Kyla«, fordert mich Mum auf und reißt mich aus meinen Gedanken.

Amy nimmt meine Hand. »Hier lang«, sagt sie und zieht mich wieder in den Flur. Ich folge ihr die Treppen hinauf in einen anderen Flur, von dem drei Türen abgehen und eine weitere Treppe nach oben.

»Wir wohnen in diesem Stock, Mum und Dad oben. Schau, das ist meine Tür.« Sie zeigt nach rechts. »Das Zimmer am Ende des Ganges ist das Badezimmer, das teilen wir uns. Oben gibt es noch ein weiteres. Und hier ist dein Zimmer.« Sie deutet nach links.

Ich sehe sie ratlos an.

»Geh nur.«

Die Tür steht einen Spaltbreit offen. Ich schiebe sie auf und gehe hinein.

Der Raum ist viel größer als mein Zimmer im Krankenhaus. Meine Tasche steht schon auf dem Boden, wo Dad sie abgestellt haben muss. Im Zimmer befindet sich ein Kosmetiktisch mit Schubladen und einem Spiegel darüber und einem Schrank daneben, aber kein Waschbecken. Ein großes breites Fenster geht auf die Vorderseite des Hauses hinaus.

Zwei Betten.

Amy kommt rein und setzt sich auf eine der beiden Matratzen. »Wir dachten, wir stellen für den Anfang zwei Betten ins Zimmer. Ich kann bei dir schlafen, wenn du das möchtest. Die Schwester meinte, es wäre eine gute Idee, bis du dich eingewöhnt hast.«

Sie spricht nicht weiter, aber ich kann mir schon denken, worauf sie hinauswill. Die Leute aus dem Krankenhaus müssen es ihnen gesagt haben. *Für den Fall, dass ich Albträume habe.* Die habe ich oft, und wenn dann nicht schnell genug jemand bei mir ist, falle ich zu tief und mein Levo schaltet mich aus.

Ich setze mich auf das andere Bett. Etwas Rundes, Schwarzes und Felliges liegt auf der Decke. Ich strecke die Hand danach aus, doch halte mitten in der Bewegung inne.

»Nur zu. Das ist Sebastian, unser Kater. Er ist ganz lieb.«

Ganz vorsichtig berühre ich sein Fell mit den Fingerspitzen. Es ist warm und weich. Er rührt sich, der Ball entknäuelt sich, er streckt seine Tatzen aus, legt seinen Kopf zurück und gähnt.

Ich habe natürlich schon Bilder von Katzen gesehen, aber das hier ist anders: lebendig und atmend, mit seidigem Fell, das sich in Falten legt, als Sebastian sich streckt. Große gelbgrüne Augen starren in meine.

»Miau«, macht er und ich schrecke zurück.

Amy steht auf und beugt sich zu uns.

»Streichle ihn so«, sagt sie und fährt mit ihrer Hand durch sein Fell, vom Kopf bis zu seinem Schwanz. Ich mache es ihr nach, und der Kater gibt ein Geräusch von sich, das wie ein tiefes Brummen von seiner Kehle aus durch seinen Körper vibriert.

»Was ist das?«

Amy lächelt.

»Er schnurrt. Das heißt, er mag dich.«

Später, als es schon lange dunkel vor dem Fenster ist und Amy auf ihrem Bett in meinem Zimmer eingeschlafen ist, schnurrt Sebastian noch immer leise neben mir, während ich ihn streichle. Die Tür ist für ihn ein wenig geöffnet und Geräusche dringen von unten herauf – klappernde Küchengeräusche, Stimmen.

»Sie ist ein ruhiges, kleines Ding, nicht wahr?«, höre ich Dad.

»Das kann man wohl sagen. Überhaupt nicht wie Amy damals. Sie hat gar nicht mehr aufgehört zu kichern und zu plappern, als sie zum ersten Mal durch diese Tür spaziert ist, oder?«

»Das tut sie immer noch«, sagt er und lacht.

»Kyla ist auf jeden Fall ganz anders. Ein bisschen seltsam, wenn du mich fragst, mit diesen großen grünen Augen, die starren und starren.«

»Ach, sie ist ein liebes Mädchen. Lass sie doch erst mal ankommen.«

»Es ist ihre letzte Chance.«

»Pst.«

Unten wird eine Tür geschlossen und ich verstehe nichts mehr, nur noch ein leises Murmeln.

Ich wollte das Krankenhaus nicht verlassen. Nicht, dass ich dort ewig hätte bleiben wollen, aber innerhalb der Klinikwände wusste ich wenigstens, woran ich war. Wie ich mich einzufügen hatte und was von mir erwartet wird.

Hier ist mir alles fremd.

Aber es macht mir nicht so viel Angst, wie ich dachte. Ich weiß, dass Amy nett ist. Dad scheint in Ordnung zu sein. Und ich habe das Gefühl, dass Sebastian besser als Schokolade ist, um mich zurückzuholen, wenn ich zu tief falle. Auch das Essen ist viel besser. Mein erster Sonntagsbraten. Den gibt es jede Woche, meinte Amy.

Das Abendessen und keine Dusche, sondern ein richtiges Bad – eine volle, heiße Wanne, in die man eintauchen kann – haben dafür gesorgt, dass mein Wert vor dem Schlafengehen fast auf 7 geklettert ist.

Doch Mum hält mich für seltsam. Ich muss darauf achten, sie nicht so oft anzustarren.

Der Schlaf legt sich über mich wie eine Decke, doch ihre Worte gehen mir nicht aus dem Kopf.

Letzte Chance …

Hatte ich je irgendwelche anderen Chancen?

Letzte Chance …

Ich renne.

Wellen krallen sich in den Sand unter meinen Füßen, während ich ein Bein vor das andere zwinge, wieder und wieder. Mein Atem geht keuchend ein und aus, bis meine Lungen fast platzen, und ich renne immer noch. Goldener Sand, so weit das Auge reicht. Er gibt unter mir nach und immer wieder rutsche ich aus, rapple mich auf und renne weiter.

Das Grauen schnappt nach meinen Fersen.

Es kommt näher.

Ich könnte mich umdrehen und mich ihm stellen. Sehen, was es ist.

Ich renne.

»Schhhhh. Ich hab dich.«

Ich kämpfe verzweifelt, bis ich merke, dass es Amys Arme sind, die mich halten.

Die Tür geht auf und Licht fällt vom Flur herein.

»Was ist los?«, will Mum wissen.

Amy antwortet: »Nur ein böser Traum, aber jetzt ist alles wieder in Ordnung. Oder, Kyla?«

Mein Herzschlag wird langsamer, mein Blick klarer. Ich schiebe sie weg.

»Ja, alles okay.«

Ich sage die Worte, aber ein Teil von mir rennt immer noch.

TAUCH EIN IN DIE DÜSTER-FESSELNDE WELT VON »GELÖSCHT«

Teri Terry
Gelöscht (Limitierte Sonderausgabe)
Aus dem Englischen von Marion Hertle
432 Seiten · Klappenbroschur mit Stanze, Folie und eingelegten Zeichnungen
ISBN 978-3-649-63396-9
Auch als eBook erhältlich:
ISBN 978-3-649-61521-7

Kylas Gedächtnis wurde gelöscht, ihre Persönlichkeit ausradiert, ihre Erinnerungen sind für immer verloren: Kyla wurde geslated. Aber die Stimmen aus der Vergangenheit lassen die 16-jährige nicht los – zählt sie wirklich zu einer Gruppe von gefährlichen Terroristen? Und warum steht ein Bild von ihr auf einer geheimen Webseite mit vermissten Kindern? Kann sie ohne Erinnerungen überhaupt jemandem trauen?

Teri Terrys Trilogie »Gelöscht« wurde in zahlreiche Sprachen übersetzt und hat auch in Deutschland eine große Fan-Gemeinde. Die limitierte Sonderausgabe von Band 1 mit aufwendiger Coververedelung und eingelegten Zeichnungen ist ein echtes Geschenk für alte und neue Fans der Autorin.